哥兒們
白中黑／著

# 目錄

# 答辯症候群

論文遞出後，在準備答辯時，除了失眠、食慾不振、偶爾瀉肚子以外，隨著預定日期的迫近，小姐的心裡突然升起了巨大的恐懼。

小姐清楚得很，理想、夢想、與家人的齟齬，都不是拋棄一切，滿腔熱血地跑來法國留學——或說流浪——的眞正原因，也不是論文探討的主題，雖然表面上看來冠冕堂皇、理直氣壯，但不具說服力。

就同電視節目《Faites entrer l'accusé（傳喚被告）》所述，被告若非精神不正常，一般不會無緣無故殺人、犯案，背後都有不爲人知的動機，如爲性、爲財、爲情，或者爲了遮蓋過失。

評審團將根據被告的辯詞、蒐得的證據，推測其動機，決定是否有罪，該判幾年徒刑。

把自己比做罪犯（criminel），被檢視、拷問，似乎太嚴苛了些，但在不是很遠的過去，雖未殺人，小姐的行事卻已構成犯罪（crime），是可以被抓起來關的。

小姐爲何創作？偏愛展現哪種內容？花幾年青春寫論文的目的是什麼？這些必有其起源、心理成因，以及企圖解決的問題，絕不會只是無聊、想打發時間而已。

藝術是這麼直接、自剖、吶喊的東西，裡面充斥的情感、痛苦與掙扎，是無法掩飾的。

評審教授各個見多識廣、閱人無數，勢必早在小姐的字裡行間，發現這個空缺，嗅到某種不算陌生、幾乎可以呼之欲出的訊息，與——祕密。

他們若是挑明此種創作／治學態度有其局限，要小姐眞誠面對，給這些糾葛、騷亂命名，該怎麼辦？

小姐該支吾其詞、顧左右而言他，還是假裝法語造詣不夠，沒聽懂？或者狠狠地大哭一場，默認了，以狼狽的眼淚、鼻涕，把他們的嘴封住？要不乾脆坦承一切，做好與老師、同學，再也不相往來的準備？

啊！眞是謝天謝地！

可能是手下留情，不想讓小姐難堪，老師們並未提出這個刁鑽的問題。

也可能是因爲他們非我族類，無法從隱晦、陰鬱的氣氛中，辨認出那種鋪天蓋地的壓力，以及對存在根本的質疑？

或者，由於這是一篇混合論文，一般來說，博士生——同時也是專擅繪畫、雕塑，或影像的藝術家（養成中）——在研究他人的作品之餘，嘗試依據個人經驗，理論化屬於自己的創作模式，小姐卻打破慣例，在這些組成以外，特別加入了幾篇散文和小說，使得非文學專業的老師們，不曉得該怎麼看待這頭怪獸。

表達是危險的，小姐早有深刻的體會。但若要表達，就得冒險，不可能demi-mesure（半調子）、不徹底。唯有冒險，才能突破表達的層次，慢慢轉成身體力行的人生哲學。

就像投稿，或參加一些文學競技，總要猶豫是否採用本名。因爲書寫的內容，往往涉及自己對家人、朋友的看法，也免不了暴露自己的隱私，所以一方面希望文章被接受、能得獎，印成鉛字，一方面又希望被拒、落敗，省得產生後遺症，那樣很麻煩。

這種矛盾，就源於事情的不可告人，但又非發抒不可，否則太沉重，長此以往，必會壓垮自己。正因爲有顧忌，使得行文遮遮掩掩，前進兩步又後退一步，想要坦白，又故弄玄虛，態度搖搖擺擺，連自己都討厭，更別說得到救贖了。

有時作品在台灣刊登或獲獎了，那個快樂也很難與人分享。小姐怕大家對號入座，傷了當事人，不敢讓熟識看到，也擔心親人要是讀了，將更惡化彼此的關係，只好把書寄到可以信靠的朋友那邊。

既然不敢冒險、不願正面衝突，表達就不完整、就只能講述半個眞實。如此產生的文字，盡是正面感受，充滿了良善美意，在寫的當時或許不覺得，之後再取出閱讀，就顯得虛假。

遣詞用字儘管沒有欺騙，但由於有所隱瞞，事情的原味變了——去掉一些元素，等於加強了其他元素所占的比率，造成了整體上的不平衡——，散發出人工改造的氣息。

這個氣息，就是不誠懇的氣息，像個性上的汙點，但又是個人權利，沒理由隨便妥協。

青澀的作者利用種種障眼法，自我保護，人們可以理解、原諒其心態，但懷有文學企圖的讀者，則無論如何必須剝光作者、支解作品，從實例中學習。

就同分析、讚賞普魯斯特（Proust）的巨著《追憶似水年華（A la recherche du temps perdu）》，卻對其生平、性傾向支字不提一樣，在作品的領會上，多少會碰到一些死角。

雖然一般認爲作品可以獨立於作者而存在，或者不應戴著被作者背景渲染過的眼鏡來評論作品，但對於想從事創作、想更精進技藝的人而言，刻意的迴避與忽視，等於拒絕一窺作者如何摻合自身經驗，想像、開創、孕生作品的機會。

敏銳些的人，因爲對作者傳記、軼聞的認識，更能偵測到作品未曾明示的弦外之音，甚至洞悉作者在下意識裡不自覺流露的心聲。

所以，答辯時沒被評審教授掀底、揭穿研究動機，逃過一劫，小姐雖然慶幸，但心底不免有些失望。

都已經是博士論文的深度與高度了，仍未能碰到知音，可見精神上的導師與朋友，在現實生活中難逢，大概也只能在書本或藝術裡，隔空找尋了。

# 天線

當評審主席向在場來賓，鄭重宣布你以優異的成績（mention très honorable avec félicitations du jury），通過論文答辯時，你的眼睛不禁濕熱起來。

但，這種苦盡甘來的激動情緒，僅維持了一秒鐘。

你雖頷首致意，身體卻漸漸脫離地面，開始懸浮、攀升，彷彿長了羽翼，或者說拾回了羽翼。

世界的運行，突然被拋入另一個向度。

老師、同學的鼓掌與道賀，和一邊牆上靜靜播放的影像，形成強烈對比——那是你的一部短片，叫《守護神》，拍攝地點在拉雪茲神父墓園（cimetière du Père-Lachaise）。

移動、跳接的畫面，帶領著觀眾在碑石間走走停停，像以攝影機獵取不同造型的天使、像在找尋名人長歇的所在，也像只是無目的的漫遊，在孤獨、徬徨的冬日午後。

然而，靜音的法文旁白，卻以回憶的速度馳向遠方，那近一萬公里的遠方。

你依稀看見，飛機騰昇到一萬公尺的高度，以八百公里的時速，穿越雲層，橫跨大陸與海洋。

大約在十二個小時之後，想念的家、國，那一切力量或傷害的初始與中心，即在腳下。

像過去幾年般，都由哥載母親來接機；爸懶得理你，一直還在爲你自私地辭掉工作、出國讀書，只於逢年過節給他一點錢，生氣。

母親耐心地等在欄杆外，盯著出口，臉上難掩喜悅與焦急——因爲每一次的等待，都起碼兩年，長長的兩年。

十數年前，你初抵巴黎，就住在墓園不遠處，偶爾還去那邊散步、透氣。

後來搬家了，卻被繪畫老師要求，回到灰石叢林寫生。結果在那裡一蹲，就蹲了一個冬天。母親還特別叮嚀，對逝者要尊重，千萬不可以隨便。

三年前，有一天，你一邊在墓園閒逛，一邊思考論文的架構，竟一頭撞上了——普魯斯特。

你急忙彎腰、行禮，恭敬地以法文自我介紹，還反射性地在他光滑的墓碑上，留下了長年攜帶的護身符，像呈上一封來自遠方的推薦函。

這護身符是母親給你求的。

每一次回台灣，剛到和臨走前，總要跟母親到村尾廟裡拜拜，與老公公磕頭。那裡，供奉諸多神明，職掌互異，可以滿足人們各類需求。

桌上擺著簡單的瓜果，手中捻著一束香，在老公公的神位前，母親微閉雙眼，開口報出你的名字、出生年月日、在哪裡求學等，還說你一回家就趕來這裡感謝他的幫助與庇護。

你則像面對神父，先爲你不爲人知，或尚未被直接道破的罪惡，默默懺悔，然後才與老公公細數上次歸來迄今努力的成果，並請他繼續指導你的學業和行止。

你從不敢要求他賜你聰明和智慧，你只希望他給你勇氣和毅力，得以面對考驗、突破困難。

末了，你懇請他保佑你的母親，讓她健康平安，因爲你實在離得太遠，無法親自照顧——這也是你多年來，睡前的禱詞。

自童年以來，母親因忙家務、做代工，加上沒讀很多書，不知怎樣培養你，便將你交託給老公公管教，爸常年缺席，但只要回家，就在罵人，可以說跟你的成長完全無關。所以，老公公不止看著你長大，還照亮了你每個階段的人生。

在這樣的環境耳濡目染久了，才與普魯斯特碰面，你不知天高地厚，便上前向他請益，想拜他爲師。

你自認沒有背叛老公公，他的訓戒早已潛移默化，成爲你日日奉行的律則，只是在這個分工細密的時代，隔行如隔山，各門學問都很專精，你需要高人指點，尤其是在文學的領域。

與其說你拋棄老公公，不如說你找到了他位在巴黎的代理人。打從這天起，你投入普魯斯特門下，聆聽新老師的教誨。

正巧這時，你收到朋友寄來的《追憶似水年華》中文版，厚厚的七大本。

你捧在手裡，又是看封面，又是嗅聞，一直捨不得翻開。好像你需要一個隆重的儀式，如齋戒沐浴，才能開始這趟探尋過往的旅程。

你挑了第二冊，《在少女們身旁（A l'ombre des jeunes filles en fleurs）》，帶去墓園給普魯斯特看。不知他是否滿意黃底綠邊、上頭有花的設計。

你還任風吹拂書頁，隨意挑選幾個段落，唸給他聽。

你在家自習時，若遇到翻譯看不懂，或者前後邏輯有問題的地方，便查看原文。如果仍掌握不住要義，便請教M。

於是，在巨著的閱讀與論文的書寫中，你不時到墓園拜訪普魯斯特，跟他訴說你的疑惑與心得。

至於平日生活的訊息，你則透過墓園和神廟強力電波的發收，以天宇共通的語言，迅捷地傳到地球彼端，讓惦掛的母親安心。

而她的關愛與祝福，也以同樣的管道，反向操作，化解了你的愁憂。

似乎這兩個天、地、生、死，相互對立的所在，共同在夜空中拱起了澄明的月亮。你若迷路了，只消稍稍抬頭，就可以找到方向，感到無限溫馨。

縱使電話與網路便捷，但有表情的聲音與影像，要不透露太多讓人擔心的細節，要不無法表達內心真正的感受。所以思念故鄉時，你還是喜歡到墓園問候普魯斯特，從此養成了一個新的習慣——遠方風俗另一種樣貌的延伸。

墓園裡各式各樣的天使，陪伴、守護著長眠的死者。

普魯斯特也像天使一樣，啟發你的思想，讓你一窺記憶的奧妙。

你周遭的人，如提攜、鼓勵你的指導教授，如母親，如M及一些法國朋友，都是你的天使，更不用說廟裡的老公公了。

得之於人者多，你暗自期許，有一天也能以某種形式，成爲別人的天使。

三年晃眼而過，你的論文以穩定的步調，順利完成。

答辯這一天，墓園裡的天使忙著幫你實況轉播，母親因此得以同步品嚐你奮鬥的果實，眼中閃爍著欣慰的光芒。

你知道，入境當日下午，你將一手攙扶年邁的母親，一手提著香燭、素果，往村子的另一頭走去。

母親將向老公公深深三鞠躬，以抑揚頓挫的語音，一五一十地向他報告你的近況及簇新的頭銜。

儘管母親弄不清楚你的論文寫了什麼，答辯時是不是很害怕，她的臉上仍藏不住驕傲的神色——這畢竟是多年來，你這個遊子，唯一能送給她的禮物。

香煙嬝嬝，你相信，在母親的述說中，孔子莊嚴的臉容將漸漸融化，現出慈祥、和藹的一面。

# 脈礦

拿到學位幾個月後，有一天小姐邀一位在圖書館工作的法國朋友F，來家裡餐敘。

F好奇地問小姐近況。

講得好聽，F不知道小姐要怎樣貢獻所長，對未來有什麼打算；講得直接，就是如何善用這張簇新的文憑，謀生。

「除了繼續影像的創作以外，我想重操舊業，開始認眞書寫。」

「書寫？寫什麼？寫藝術評論？還是影評？」F疑惑地問。

「不，只是想寫人生的種種，包括自己的經歷，以及在一些bordels（窯子、淫慾場所）裡的所見所聞，可能以小說或散文來呈現。」

F聽了，突然語重心長：「書寫是否辛苦不是重點，而且肯定會很辛苦，怕的是在投注很多心力以後，才發現自己的作品平庸、乏味，之前的付出全白費了。所以在做出決定以前，要先掂量自己的斤兩，看看是不是這塊料。」

F寫過詩，集結起來有百來首，但不管投哪都被退，後來就擱在一邊，任其沾惹塵埃，像個錯誤示範。

小姐曾問他：「或許就只差那麼一小步，爲什麼沒有繼續走下去？」

他回說：「就像懷了個蒙古症的小孩，明明知道改不好、救不了了，難道還要執意生下來？」這個比喩頗殘忍，卻很現實。

「別太替我擔心，過去我曾發表過一些文章，雖然零零星星，還算有一點經驗，現在要做的是質與量的精進，以便提升作品的被接受率和能見度。」

「那……那你要用什麼語言書寫？」F一定在想，就連他都還無法純熟、精準地操控自己的母語，更何況是個外國人？

小姐瞭解F這樣問，並沒輕估自己法語程度的意思，便說：「沒有啦！目前還只能用中文。過去三年寫論文就已經領教過法文的艱難，每一頁都要請M修改，都快把他煩死了。所以，除非是非法文無法表達的想法或體悟，暫時不會自討苦吃。」

「那……那要在哪裡發表呢？能賣錢嗎？」F一直想從小姐不切實際的計劃中，看出得以養活自己的可能。

「就努力試試囉！」小姐把頭往左傾，拉起嘴角，表情似微笑但不露齒，還聳了下肩，意思是——雖知此事不易，但要堅持。

務實的建議，通常比較負面，呈現的往往是述說者的恐懼。這種話聽聽就好，不用太在意，一切還是以自己的直覺爲主，不要受到影響。

小姐認爲，應該先把非抒發不可的東西寫出來、寫好，再尋找可以刊登的地方，至於稿酬，要能討價還價，那已是下個階段的事了。別還沒開始動手，就因種種的評估與考量，把可貴的熱情給澆熄了。

「要努力到什麼程度？試多久呢？總該給自己一個時限吧！」

其實，小姐平日需求不多，開銷也少，而且還有M的幫助，並不擔心這些。

但如果要寫，多少總離不開自己的生活，也就是個人經驗。會不會這樣寫出來的東西，偏向某些議題，自戀、封閉，與別人少有交集，根本沒人要看？也沒看的樂趣和益處？——這才是小姐關心的。

有一篇文學獎的作品，內容極盡描述傢俱的品牌與設計。但是，這些細節全在小姐的注意力之外。小姐只重視產品的必要性、實用性，以及合理的價格。

小姐從路邊免費扛回一個矮書架，擺在電腦邊，寫東西時若需要援引某些書籍，就可以直接從架上取閱。至於它的顏色、造型是否與其他傢俱搭配，這無所謂，因爲小姐從未從這個角度觀看自己的房間。

可能是因爲老是穿同樣的衣服，看起來很寒酸，一些同好便把不要的找出來送小姐。

小姐挑了符合自己個性的款式——不要緊身、不要花炫、不要褲腰掉在屁股下那種——，剩下的全投入路邊的舊衣回收箱。

獲悉衣服的下場，朋友把小姐訓了一頓：「這些都是名牌耶，可以賣錢的！早知道就不給你了。」

後來，他們便把還沒流落在外的，要了回去，等流行回來再自己穿，或者做做人情給識貨的，起碼這些人懂得感激。

冬天，小姐常在地鐵或街路上拾撿別人遺落的圍巾、小帽、手套，沒成雙也沒關係，洗淨後便高興地穿戴在身上。若是有一天，在某個狀況下不小心弄丟了，也不會覺得太惋惜，因爲它們又回到了物流、回到了尋找新主人的循環。

這些王老五朋友，沒有家累、太閒，都有時光不再的恐慌。

他們偷偷染髮，不願意老實告訴別人自己的年紀，要不減個十五歲，還勤擦防魚尾紋的乳液，總要讓臉看起來年輕緊繃。

外在眞的有這麼重要嗎？這樣就能減緩青春的流逝嗎？還是這樣才會有更多的豔遇？

他們在生活中唯一的消遣，就是跟小姐炫耀打折時又買到了什麼名牌衣物、香水、保養品等，好便宜。小姐覺得很無聊，不想跟他們浪費時間，漸漸便與他們疏遠。

某報副刊，常常刊登作者到幾顆星餐廳大吃的文章。可是小姐既捨不得花大錢在美食上，也不認爲這種嗅覺、味覺、視覺的享受，有多了不起。

同樣是一餐，容量差不多的胃，第二天一樣要放屁和排泄，値得挹注這麼多的精神與金錢嗎？

小姐懷疑，一窩蜂地跑去這些地方吃精緻美食，不忘拍照存證，人就有品味、就比別人高貴、就比別人懂生活？

曾在某個展場當翻譯，一位一周老闆想去見識一下高檔的法式料理，還說錢多少沒關係。小姐便請了個老饕幫忙推薦了家一顆星的，下班之後直接過去。

食物和酒都點好後，老闆問小姐：「大概多少錢？」

「一個人約一百歐。」

餐廳人多有點吵，老闆沒聽清楚：「除以二，一個人只要五十塊。還不算貴！」

小姐不得不糾正：「不，兩個人要兩百。」老闆的臉倏地轉綠。

「老闆沒關係，您不用請我，我有心理準備，反正也是第一次，就學個經驗吧！」

老闆緊蹙的眉頭，才慢慢舒展開來，但臉上卻多了別的表情。

酒足飯飽，老闆品評說：「少將級，其實也不過如此。……我想我們這幾天討論的合作，必須取消，因爲你……不太適合當我的駐法代表。畢竟，你是學藝術的，認爲錢很俗氣，也沒有追求財富的野心。而且，你辛苦賺的錢，隨便就可以吃掉五分之一，還一副不打緊的樣子。我怕你基礎都還沒替我打好，就已經在幻想買車子、買房子的事了。」

小姐聽得啞口無言，心想：不愧是老闆，邏輯與思路這麼不同。

其實，在平樸中找到樂趣，才是小姐的飲食哲學。

例如，想重溫上中餐館點菜前的感覺，小姐買了盒蝦片，在家裡自己炸。在燙熱的油鍋裡，看著它們像白花慢拍快放瞬間膨脹伸展，好不愉快。

這讓小姐想到普魯斯特描述的日本紙片，一旦碰著了水，所有藏在裡面的色彩與形狀，那前世的記憶，都被召喚回來。

這白白圓圓的小片，若忽視如波浪扭曲的差異，在沒碰到熱油以前，像極了人們在教堂含吃的聖體。當所有聖經的奧祕都吞進肚子裡，經過強酸和烈火的作用，信徒自然都被聖靈充滿。

夏天，買了薏仁，想煮湯解暑。小姐把薏仁倒入鍋中，注水清洗。手才攪拌兩下，不禁尖呼：「啊！薏仁會排隊！薏仁會排隊！」

小姐像國中做實驗，仔細端詳這些浮在水面上的顆粒，研究它們半圓不圓的形狀，對它們一個挨一個排出的整齊線條，讚歎不已。

可是在跟別人分享這個偉大的發現時，大家都認爲小姐大驚小怪，腦筋有問題。

雖然從事創作，小姐卻沒半點一般人眼中藝術家的樣子。

小姐自己剃頭，推子幾次來回，清潔溜溜。

標新立異的外表，並非藝術造詣的指標。小姐希望吸引人的是作品的內容，而不是作者的外觀。

小姐不喜歡裝飾性的東西，家裡的牆上空無一物，天花板垂下的燈是爲了看清楚、是爲了晚上能工作，與情調或氣氛無關——這似乎也與所學對立。

對物質的陶醉不感興趣也罷，爲了防堵分心，小姐甚至對肉體的溫柔、黏膩，毫不眷戀，總怕被這些感官慾望，那別人謳歌的頹廢與沉淪，牽絆。

就像一吃完飯非馬上過牙線、刷牙不可，衛生的理由還在其次，主要是想趕快進入下一個狀態，絕不留連。

明眼人不難推斷，小姐對接吻可能沒什麼興趣，與人在短暫的激情之後，應會即刻跳下床、淨身、著裝，一點也不浪漫。

才剛和Ｆ談到這些與別人的差異，兩天之後，小姐平靜的生活，即被徹底攪亂——接到幾通台灣同學相約見面的電話。

同學有的人已在巴黎，有的即將抵達，令小姐忐忑不安，急急上網瞭解一下他們現今的職掌、頭銜，才發現都已是一些單位的主管，或者學校的副教授，可說皆是社會的中堅。

小姐像突然聽到有人呼叫自己的名字，猛的從影像與文字的迷陣中抬頭回看，才發現十年已過。

小姐雖然面染風霜，心靈及思想卻還很天眞，像被過度保護，處在無菌、無塵的房間裡，與平日的柴米油鹽脫了節，自然不知人間疾苦，也因爲跳過某個步序與歷練，跟外面的世界格格不入。

似乎在地球彼端，同時進行著小姐隱性的生命，以同學爲類型，代表著泰半可以確定的現實；而小姐在這裡顯性的存在，因爲沒有一個具體的社會狀態、沒有一個可以換算成帳戶數字的成就，就顯得空虛。

他們都已四十幾歲，可是小姐卻像剛從大學畢業，正有一搭沒一搭地找工作。之所以不積極，是因爲工作意味著自由的失去，小姐不願像好不容易逃出囚籠的小鳥，只因貪圖安定、渴望一個避風雨的居所，以及源源不止的食物，而自願再度被關起來。

說眞的，偉大的人生都已過了大半，汲汲營營的目的何在？還有什麼非完成不可的宏願？就算有，頂多也只是希望自己的拙作，有一天能陪伴一個自我找尋的人，繼續前進吧！

小姐與M在巴黎活得好好的，甚至可以說過得很充實。

平日小姐認眞做筆記、書寫、閱讀、散步、拍照、看電影，偶爾逛展覽、到博物館參觀、打工、替M做會計，兩人每年三、兩次去地中海沿岸的國家旅遊兩星期，聖誕節前後則到南美渡假約一個月，當然大部分的開支皆由M付。

不好，都是在與別人接觸時。譬如，去看醫生、與銀行顧問討論存款的事，或者不小心撞見熟人，要不然就是在某些場合與人初見面。

可能是基於習慣、禮貌，或者好奇，別人總免不了問：「您在哪裡高就？」

這一問，就狠狠地把小姐拉回現實，好像非會員擅闖禁區，沒有在那裡逗留的資格。

爲了避免被追問下去，小姐只好說自己失業中，讓對方尷尬地閉嘴。

職業介紹所的顧問，責備小姐沒有四處遞履歷，也沒有打電話催詢候選人的審核狀況。

小姐辯說：「我可是認眞得不得了，天天打拼超過十六個小時！」

顧問則告訴小姐：「對不起！如果不能變成收入都不算。」

其實與同學比，求學、工作，小姐或多或少還能想像，但對養家活口、教育小孩，小姐卻像文盲。同學循著尋常的模式，建立家庭，有了自己的親人，同時扮演了丈夫、爸爸的角色。小姐對這些身分，完全沒有概念。小姐感到陌生的，就是這份透過愛情、婚姻，以及血緣關係，產生的親情。

小姐不是擔心不孝有三，無後爲大，不是突然發現具有強烈的父愛，無處發揮，也不是覺得自己良好的基因，沒有傳承下去很可惜——或許年輕時曾這樣想過，但那只是涉世未深的自大——，而是沒有經過這樣的洗禮，生命是否有所欠缺？晚年會不會感到遺憾？

長期光棍——光是棍棒——的結果，就像某個器官，因爲沒有善加運用，久而久之，便萎縮掉了；或者反而過度發展，越磨越利，越磋越尖；還是像大腦的聯結，一旦在某個形式上固著下來，不同的意念就不會進入思維；而習慣了單性的自由自在，天倫之樂、有家的幸福，對小姐都失去吸引力。

沒有親身體驗傳承的付出與收穫，人生是否顯得貧脊？要創作，小姐有足夠的素材與天分嗎？

面對幾乎二十年沒碰面的同學，免不了要重新自我介紹、被迫應答一些關切的詢問，還得狀似意興風發地暢談自己在離開台灣、改換跑道以後，所從事的研究與創作，並表達對人世的情、愁看得很淡，內心卻很空洞、乾澀。

但是用心做每一件事、每天有一點進步的喜悅，別人或許不看重，也很難體會，對小姐卻很眞實。

假若排除錢財、權勢、地位的考量，儘管偶爾會感到孤獨、徬徨、沮喪，生活其實像流動的饗宴（*a moveable feast*[1]），或永恆的假期，任小姐安排、探索、參與、品嚐。

在這裡，小姐不必天天在社會的要求與壓力下苟延殘喘，沒有比較，不用與人競爭，不受大衆法則的制約，可以活得比較眞誠、比較像自己。

長此以往，除了對父母——特別是母親——的牽掛以外，小姐忘了還有大學同學，也忘了別人的目光。

小姐沒有的，同學有，同學沒有的，小姐有，平均起來，大家可能一樣富有，或者說一樣貧窮。也就是說，不管人生怎麼過，整個結算時，差別其實並沒有太大？

可是，有一天晚上，在半睡半醒之間，小姐突然發現記不得曾經怎樣瘋狂、專注、生活、遊歷的點點滴滴，一下子感到好惶惑，覺得一切都將徹底消失。

---

1 斜體字爲英文，其他主要爲法文。

小姐不禁自問：如果連這些得以與同學區分的過去都忘卻了，此生還剩什麼？

小姐必須趁記憶還沒背棄自己以前，趕快以文字和影像，保存這些過去。正同《追憶似水年華》所說，大腦的豐富礦藏，若未及時挖掘，當僅有的工人死了，所有的寶石也將永遠掩埋、湮滅在深黑的洞坑裡。同學創造生命、延續姓氏、造福人群，小姐則爲自己、爲這些年的浪蕩，留下一些紀念，先不管有沒有人欣賞、會不會起共鳴。在這個桃花源似的福地洞天，何不以藝術、文學爲妻，以作品爲子呢？

小姐打算給自己三、五年的時間，或許更久，認眞筆耕硯田，看看行不行得通。

「Quoi（什麼）?!這麼久！」F若聽到這樣的答覆，大概會雙眼圓瞪，一邊搖頭，一邊如此驚呼吧！

只是，有這麼多東西要說，該從何說起？

是不是先替不同階段的自己，那外人看不到的自己，畫個肖像呢？像林布蘭特（Rembrandt）或梵谷（Van Gogh）那樣，每隔幾個月或幾年，便在鏡中觀察、審視自己，然後以新的畫材、新的構圖、新的技巧、新的閱歷，完整呈現當下的心境與煩惱。

那就從困擾自己一輩子的性傾向開始吧！

這樣做，必須對自己誠實，沒有誇大、隱瞞，小姐準備好了嗎？

# 人生的切面照

你眞正同性戀的人生，已經超過現今年紀的三分之一。

從現在起，你要儘量按自己的喜好生活，別再受到這個世界的干擾。

你不是要向大家張揚你的一切，道出你的眞實姓名，或者炫耀你豐富的性經驗，你只是要這個社會別管你、別過問你的隱私，一如你從不打聽異性戀的隱私一般，大家井水不犯河水。

十六歲時，你初嚐禁果，而且還不是你挑起的。

在這之前，你曾望著報上刊登的裸女油畫——是張黑白照——，模模糊糊地想像著女性的身體，感到興奮無比。

可是，你卻因同學的啟發，從此執迷不悟，堅持到底，排除了另一種可能。

同學有太多的罪惡感，註定了你們的分手。

你的失戀，不能跟任何人傾訴，因爲據說這種情感違反自然。

痛苦至極，你雖企圖在週記上發抒，但也只能寫得很抽象。班導只知道你的成績一落千丈，卻不曉得你差一點從高高的橋上，縱身一躍，落得更低，了斷此生。

家人，不知是幸還是不幸，從不重視你的課業，甚至不曾注意到你的轉變。

你終究沒有自殺，卻過著放棄的人生，彷彿自我切斷羽翼，不再做飛翔的夢。

首先，你放棄參加北聯。之後，在高中、大學，都僅牛刀小試，大概知道自己可以達到什麼程度，就沒再努力——因爲你的心思早被其他事情占據了。

所以，你在青春歲月，從沒認眞，都在那裡晃盪、掙扎、騷擾同學。

大學讀軍校，你在自己的書桌前貼了一張座右銘，扭扭曲曲地寫著——以自己的方式，做一個快樂的人。

一直到三、四年後，當這句話已經成爲生命的信條，不用再提醒自己時，你才驚訝地發現：「式」這個

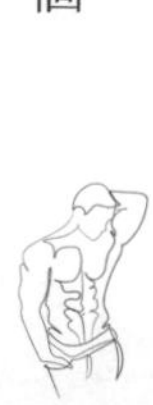

字，右邊竟多了一撇，寫成了「戈」。好像在自我建設的過程中，你必須擁有一把刀，自我保護，才不會被險惡的世界打倒。

儘管自己在學業上沒有付出，有時你仍不免喟嘆，要是國中沒發生這件事、要是沒性傾向的困擾，你的未來一定有不同的發展。

只是生命不可能重來，你永遠也無法探知，潛力若發揮到極致，將把你帶往何方？在那個獨爲你設計的領域裡，你又能走得多遠？

或許長久深埋的心願還是可以達成，但要比一般人晚上十幾二十年。可是時間錯了，再輝煌的學歷也不具意義，頂多自我安慰，證明心底的直覺是對的，卻消減不去那種與可能的自己擦肩而過（passer à côté de sa vie）的遺憾。

現在回過頭來，審視自己當時的心境、遭遇的困難，你不禁感慨萬千。

如果那時，能夠碰到一個思想開放，心智比你成熟二、三十歲的人，可能是過來人、一個哲人，或者稱職的心理輔導老師，告訴你性傾向跟別人不一樣，並不是罪惡，並指導你怎樣去疏解慾望、怎樣去面對往後的人生，一切都將不同。

可是卻必須由自己撞破頭皮去摸索，還不見得找到出路。

精擅以眼神呈現慾念的阿根廷導演Marco Berger，在他的電影《Mariposa（蝴蝶）》中，曾有這樣的假設：片頭女嬰的拋棄與否，並不會改變她未來將碰到的人、可能愛戀的對象，只是身分、方式、過程有所不同罷了——因爲該發生的還是會發生，不該發生的就算強迫也沒用，一切皆已註定。

所以，按他的說法，你的初戀情人不管是不是這位同學、你後來有沒有得到家人或師長的協助，你都將是同性戀，都會過著痛苦、孤獨，但又豐富的生活。

眞是這樣嗎？這豈不太宿命、太悲觀了？或者以比較正面的角度來看：你是被上帝揀選的，因爲天將降大任於斯人也……？

於是，便帶出了這樣的提問：同性戀到底是天生的，還是受到後天環境的影響？是寫在基因裡無法抗拒的命令，還是個人理性、非理性的選擇？雖然不同專業的科學家，做了諸多研究，企圖找出答案，但爭議仍多。

二十三歲大學畢業，你被派到研發單位工作。你痛定思痛，暗自期許社會給你一條新的起跑線，不要計較你的過去，你一定會跑得很好、跑得很快。

你腳踏實地、主動積極，果然頗獲上司賞識，終於在曠課七年後，重新品嚐到那種表現好、被老師喜歡，因此表現得更好的美妙滋味。

三年後，你爭取到公司的獎學金，準備申請美國的研究所。沒想到回母校索取成績單時，竟找不到去路。這條你當時閉著眼睛都可以找到的路，竟眞的閉著眼睛走了四年。一如高中三年，因爲沒有光榮，所以沒有記憶。

你到美國九個月就拿到碩士學位，回台灣後，繼續在同個部門上班。

此時，表面上一切進展順利，好像你已擺脫放棄的情結，私底下卻波濤洶湧——因爲每個人生階段應該履行的義務，開始成爲議論的中心。

金子、車子、房子、妻子、孩子，那一般男人奮鬥的目標，對你而言，只有車子最容易實現，若把它獨立出來，代表的甚至是自由。

這五子，互相關連，說穿了就是爲了成家與傳宗接代，把良好的基因繁衍下去。房子意味著分期付款，一簽就是二十年，而家，則是一輩子的事——多可怕的束縛啊！但這五子，若無精子、卵子的相逢，皆屬枉然。

所以七子要能齊聚一堂，首先必須交女朋友。

可是，大學時的交往、工作中的接觸、同事與朋友的介紹、親人的安排等，你雖沒斷然拒絕，但也只能草草了事。

是有一些女孩喜歡你，與她們也頗談得來，但你知道既然沒那個心，就不可以耽誤她們，總得找一些方式讓她們傷心、死心。

你無法想像，明明知道自己的性傾向，怎麼還能在父母的壓力下結婚，然後延續香火？身體上，或許你做得到，可是心靈上，卻是永恆的折磨。你也不忍心挑選一個女孩，只爲了當生產工具、完成上一代的心願，就此決定了她一生的不幸。

你相信別人這樣做，一定有他們的苦衷，譬如是獨生子，但你必須尊重自己、忠於自己的慾望，畢竟這也是你的人生啊！

你希望你個人的痛苦，在這一生了結，不要再繼續下去。

儘管研究指出，每十到十五個人之中，就有一個是同性戀，你卻從來沒在自己的生活圈或工作崗位碰到過。

你一天到晚都在與異性戀的同學、同事糾纏，言語曖昧、放肆，還在想像中墜入情網，自然單戀、暗戀是生活的常態。

可以說，在三十歲以前，全世界就你一個同性戀，你獨自承受這個詞所描述的一切邪惡、敗德與齷齪。

週末的夜晚，在別人與女朋友、家人相處的時刻，你開了車在路上橫衝直撞，你不知道屬於自己的世界在哪裡？你的同類在哪裡？這樣的生活，有什麼意義？有必要繼續走下去嗎？

你甚至暗自祈禱：上帝啊！求求祢賜我許多陰莖粗大、全身毛茸茸的男人！謝謝！謝謝！

這段過去，距今已有十五、六年了。當然，那時的條件，已不見得是你現在選擇的標準。而且在這個時代，媒體衆多、網路便捷，什麼資訊都找得到，也少有人會再覺得只有自己一個人在那裡單打獨鬥。可是當時的寂寞、無助，在記憶裡卻始終這麼清晰鮮明。

快三十歲時，年紀相仿的同學、同事，紛紛結婚生子，變成丈夫、爸爸，然後變胖。單身的朋友沒了，親人不停地嘮叨，幾經思量，並在直覺的導引下，有一天你成了逃犯。

你不顧家人的擔心、反對，以追尋理想爲由，辭職、離開台灣，放棄了三十歲以前的人生。

臨行前，你約了一個有過關係，但不是同性戀的大學同學，在一家餐廳碰面。你們從不曾提起年輕時發生的意外，但你們還有往來。

你告訴同學你即將出國，以及遠行眞正的原因。你不曉得這之後的人生，會發生什麼事，但你希望在你的故國、故土，起碼有一個人知道眞相。

好像必須爲昔日立個碑，上面註明死因，你才能安心地投胎轉世。

以前所有的心智和精力，都因克制性的飢渴、應付人們的期待，在你的內裡抵銷。在這個沒有人認識你，比較少社會壓力的法國，慾望又可以獲得解決，你終於能夠專心地做想做的事，發揮你的潛能，第一次感到人生快樂而美好。

儘管付出的代價很高，能夠選擇，已算幸運。你眞不知其他同志，怎麼能在相同的環境中，繼續生活、僞裝下去？這多麼無奈，或者說需要有多大的勇氣啊！

你雖能選擇，但不可否認的，你的離去，仍是被迫的流亡，只因同性戀的傾向。

你曾經對不起很多同學，和一些人。

他們可能記得或不記得你的騷擾，可能發現或沒發現你的侵犯。你或許曾經在他們的心裡投下陰影，擾亂了他們平靜、沒有疑問的生活，但事情都已發生，無法挽回，你只能在心裡道歉，請求他們原諒。

你唯一可以讓他們安心的是：你再也不做這種事了。不是因爲你已改過自新，而是因爲你在同性戀的圈子，已經找到疏解的管道。

你年輕的時候有著二十四吋的蛇腰，新兵訓練時，S腰帶綁到底，都還鬆垮垮的，加上腿長得還算勻稱，常引以爲傲，跑步時總要穿著很短的褲子，以爲這樣就可以姿態萬千，引人注目。

一直要到出了社會、換了工作，乃至與同性世界有了接觸，也體驗了一些人以後，你才毅然捨棄這些女性化的樣貌與思維。

這個改變，除了要感謝某些同事的接納與認可，還要歸功於同性情人的開導與示範。這些同性戀夥伴教會了你該如何舉手投足，才像男人、才能自在。你雖無法絕對陽剛，但你至少已是個類男人，而不再是類女人。

從此，別人看到的是你眞正的價值，而不是所謂「噁心的外表」。

這些舉止很矛盾，裡面有很多複雜的心理。一方面以爲這就是自己，自己就是像女孩，嬌嬌滴滴，很迷人、很有氣質，一方面又很丟臉，常遭人白眼，或者羞辱。

一些法國男孩告訴你，他們不是異性戀，他們不喜歡女性化的男生。他們要的是百分之百的男生，而不是男生底下那個莫名其妙的女生。

有時你遇見一些女性化的同志，看他們走路搖曳生姿，喜歡叉腰生氣，講話愛嘟嘴、揚眉、翻眼，手腕轉來轉去，彼此還以姊妹相稱，都會替他們捏一把冷汗。

你不知道這樣撒嬌作態，人會更快樂、會有更多機會，還是會產生更多心理的問題？

你不是不尊重他們的選擇，要他們像別人一樣，而是希望他們跳出一個距離看自己，看看這樣的自己，是不是他們喜歡的自己。

你認爲這些舉止，是心理因素的產物，可以調整，但有些身體特徵，卻很難改變。

在觀察很多同性戀之後，你推斷自己的性傾向，源起於喉嚨，但不是《深喉嚨（*deep throat*）》，然後才是際遇。

小時候，由於一些身體的特徵或缺陷，儘管只是稍微超出一般標準而已，就常被同學譏笑，因此感到自卑，長大後便不自覺地在同性之間找尋自己所沒有的東西，開始羨慕、仰慕、愛慕他們。

但爲什麼一定要跟大家一樣呢？不一樣不行嗎？不一樣會危害集體利益，破壞一般人觀念上的男、女形象，或者動搖社會賴以建立的根本嗎？

可是卻因爲同儕對你的排擠，或者爲了好玩聯合起來攻擊、戲弄你，久而久之，你便成了眞正的異類。

所以就某個程度而言，正是未來這些普通、沒有特色的異性戀，創造了以後可以明正言順加以貶低、踐踏的同性戀。

在你還不懂事的童年，你卽因嗲嗲的聲音，被冠以娘娘腔、陰陽怪氣、人妖等稱呼——你至今仍不懂，小朋友何以如此殘忍？這樣做對他們有什麼好處？難道殘忍，正是人性本惡中的一項？還是教育的問題？

發育後，你的聲音是降低了些，但狀況並沒有改善多少，國中的綽號就叫「小姐」。

綽號歸綽號，你從沒視自己爲女人，既不會想化妝、著女裝——雖然試過——，也慶幸兩腿之間藏了隻可愛的小鳥，不用每月失血、受苦，似乎並沒性別認同的問題。但綽號畢竟是效果極強的指令，聽久了，就像被反覆洗腦，人不由得便與綽號靠攏，若沒在某種狀況下醍醐灌頂，無法打破這個如催眠般的暗示。

高中生物課，同學曾煞有介事地拿你的案例問老師，是不是你的染色體結構跟他們不一樣，好像你是一種病變的產物，或者是次等人。

這些外界的嘲諷與傷害，能不影響你的心理嗎？你那時還那麼年輕，能一笑置之嗎？這說明了你的沉默，因爲只要你一開口，就引來奇異的目光，就是羞辱的開始。

但就聲音本身而言，若不牽涉性別歸屬，只是傳達訊息、表現情緒的工具，並沒有優劣高下之分。

很多人想吸引別人的注意，你則希望自己像透明人一般，沒有人意識到你的存在。

但你又認爲能演講，儘管怕，還是毛遂自薦，跑去參加比賽，也是國中時，學校裡唯一得過獎的男生。

在離開台灣以前，你曾計劃到法國後要開刀，切掉這個像原罪一樣的恥辱。

身在法國，你一方面擔心這個手術會造成自我認同的問題，畢竟這個聲音，陪伴你這麼多年，就像名字一樣，不管好壞，都已經是你人格的一部分了，能夠說改就改嗎？另一方面則因爲這樣的訕笑，從未在這裡發生，所以便不再覺得有開刀的必要。何況這個想法，來自外界的揶揄，而不是疾病治療的需要。你甚至不曾認眞研究，要改變聲音，是不是只能開刀？

說別人的語言，狀況也與你的嗓音相似。

總是因爲在用字與語法上怕犯錯，而且也一定會犯，儘管有一些獨到的見解，都不太敢講，或者覺得講得很糟糕。

其實很多老師都讚美你的法語程度很好，但你很明白你的猶豫與掙扎，一直沒什麼自信。

不像有些人，講話好大聲，都不會因爲沒有內容，或者暴露了自己的程度，而不好意思。

彷彿聲音細、身爲外國人，比沒有教養還可恥。

在語言學校學法文時，你驚訝而悲哀地發現：同學裡，五個男生就有三個或四個是同性戀。當然，都沒有明說，是在一些場所撞見了，才知道的。

同性戀並沒有較多的語言天分，對文字的敏感度也沒有比一般人高，他們之所以在成年或中年以後，牙牙學語，那是因爲他們往往必須棄絕自己的母語，離開成長的土地，到另一個觀念比較開放的國度，重新開始。

第一個出生，他們無權置喙，第二個出生，則在痛苦的抉擇之後。

但第二個出生，並不像一張白紙，一切重來，與過去無關。此時，同性戀是他們的先天遺傳，他們必須靠雙倍的後天努力，在短暫的時間快速成長。但起碼，這個後天努力的成果，比較不會被別人的成見與歧視，毫無理由地抹煞掉。

譬如，在舊世界，不管他們表現得多好，連血親關係，有時都可以因爲得知他們的性傾向，而斷絕。在新的國度裡，他們雖是孤兒，沒有家世、背景，但沒有人可以否定他們。

不過，不可否認的，不論他們公開或不公開，異性戀的朋友畢竟還是少數。

既然異性戀的朋友很少，別以爲同性戀的朋友就很多。

經過幾年的異地生活，你已經比較瞭解自己。以前常到吧裡喝啤酒，或到三溫暖瘋狂，同時與一堆人交往，但漸漸地，你發現你跟大部分的同性戀，不論品味或嗜好，甚至連性慾的強度，都少有交集。

同性戀大遊行，一開始還去看熱鬧，後來卻覺得和這些花枝招展的人，一點關係也沒有。而圍觀的人，始終那麼多。這些人並不是已經接受了這個族群，對同性戀的訴求也不見得支持，但那裡有易裝秀、有肌肉男、有吵噪的音樂，可以在大街上喝酒、跳舞、狂歡，幹嘛不去！

但大家都知道，同性戀並不是只爲了這一天表面上的驕傲與快樂而生，他們還有其他三百六十幾天的煩惱與羞恥要面對。

在法國，仍有一些人，教育程度不低，有的甚至已在修博士了，還當你的面批評或譏笑同性戀。他們對同性戀的所知有限，可是就是有這麼多的不滿和偏見。他們不知道講的人就是你，你除了感到尷尬、不解，就是從此與他們保持距離。你不會在一氣之下，向他們表明身分，因爲跟這些人鬥，不會有好下場。何況同性戀是你的隱私，是你和另一個成人，關起房門，在被單下——對不起，還有別處——做的事。你沒有必要到處打著招牌，說你的陰莖只能爲男性挺舉，或者標示你的快感帶在哪裡。

別說你不誠懇，你跟這些人的交往，與性無關，你也不會越界勾引，爲什麼逢人就得脫下褲子，表明立場？

同性戀到處都是，他們罵的，可能是他們的親戚、朋友、師長、同學、同事，甚至是他們的小孩。

異性戀的性交，形形色色，又高貴到哪裡去？

在公園草地上、在地鐵裡，發情的男女可以當衆擁吻，動作不雅地搓來搓去，只是因爲這種性愛，是大多數人的模式，所以就可以被接受、被謳歌。

如果是兩個男的或兩個女的，除非在巴黎的馬黑區（Le Marais），而且還不能百分之百確保安全，那不僅妨害風化、在挑釁，還會被人毆打。

在社交網絡，一個不慎，祕密被揭發，馬上傳遍全世界。新聞報導裡，很多年輕的同性戀，就是因爲這些人變態的惡意或殘酷的無知，而自殺。爲什麼他們還要持續讓悲劇重演？是不是必須等到這種不幸發生在自己親人身上，才會有所醒悟？

百分之九十的大多數，都已經是大多數了，爲什麼還要對不到一成的少數，趕盡殺絕，不肯留給他們一點存活的空間？是因爲缺乏自信嗎？

這顯示，「包容不同」的基礎教育，極爲重要，必須從小開始。

在異國羈旅多年，你對自己與對他人的慾望和偏好，已經有某種程度的認識。性的探險，以耗費的時間來看，也已退到其次又其次的地位。

同性戀只是生活的一小部分，在這以外，你和一般人無異。但這與一般人無異的大部分，早年卻在知道自己的性傾向之後，全然放棄。

在這裡，你積極重建的，正是這個被拋擲的過去。

因此，你在法國的居留，不是遊歷，而是生活與學習。只是，你沒想到，在這個你自以爲歸屬的團體裡，你依舊獨來獨往，與在異性戀的環境中無異。

你不禁自問，如果同性戀是邊緣人，那麼你呢？你在哪裡？

三十歲時，你以爲已經站在同性戀陣營的這一邊；現在，你則發現自己身處世界的邊陲。

你一開始很震驚，但想想，在人間，管他是同志或非同志，志趣相投的知己本就很少，這沒什麼好奇怪的，你才慢慢釋懷。

所幸，在這個新天地的探索中，透過藝術創作，你終於找到自己，不再覺得孤獨。

從十六歲到三十歲，你因爲性慾的導向，浪費了十五年的青春。從三十一歲到四十五歲，你終於拾回虛擲的光陰，肯定了自己的能力，也確立了個人的行事風格。

可是不管你怎麼努力，或者說企圖調整，生命的走法，早在情竇初開的瞬間，定下——一條不可能回頭的單行道。

你知道，在下一個十五年的輪迴裡，不論世界怎麼改變，你唯一能堅持的就是面對自己的心態。

你不期望，也不能等待這個社會給你什麼，你要儘可能快樂地過自己的生活。

然後，每隔一段時間，就替自己留下一篇怎樣行來的——側寫（profil）。

profil這個字，讓你聯想到profilage criminel（罪犯行爲調查）。雖然從未把同性戀視爲一項罪行（crime），你仍將傳喚被告——不用說就是自己——，以中立無私的態度檢討、質問，然後根據結果規劃、打造未來。

但這麼做，並不爲了疾病的治療或行爲的矯正。

# 魔音繚繞

小姐十九歲入伍時，成天想性交的同學，晚上做了一個春夢，打濕了被褥。

夜訪的倩女，長得什麼模樣已不復記憶，但她的話語溫柔、悅耳，有如魔音繚繞，讓同學聽了一身酥軟，彷彿通體被唇舌愛撫，以至在宣洩後，仍餘波盪漾，回味無窮。

只是醒來時，在洋洋得意的敘述中，同學赫然發現，這個聲音的主人，不是別人，正是鄰床的小姐，把自己嚇一跳。

以前，人們說小姐「說得比唱得好聽」，「如果閉上眼睛聽他講話，會以爲在聽廣播」，他萬萬沒想到，自己的聲音竟也能催情，還能模糊性別，讓同學射錯靶子。

這有點像彈起前腳、環抱人腿、猛烈頂進下體的狗兒。激發這個動作的原因不詳，可能與那人的親切、善良有關——一種陰性氣質。

也許，陰性氣質是有味道的——母狗發情的味道。

小姐的嗓音，會不會就是同學夢裡嗅得的味道？

小時候因爲對環境及狀況的錯誤詮釋，又沒大人開導，小姐暗自否定了一些能力的價值。要到成年以後，覺得沒將這些能力充分發揮很可惜，他才慢慢試著把它們與喜好結合。

但有些特性，像逃不去的詛咒，無法改變，時不時總會勾起傷痛。

小姐一生的坎坷，先撇開第一次誘惑所造成的影響，都要歸咎於他的聲帶與喉嚨。

這怎麼可能？

這個陳述聽起來像個笑話，卻是殘忍的事實。

誰能料到，那些可以讓人馬上分辨不同的東西——如聲音太細、咬字太清晰，手臂過長、彈簧腿、屁股太大，長得太難看、太好看，太矮小、太胖，功課太好、太多才多藝，太笨手笨腳、不喜歡運動，太多愁善感、太冷漠，下體太嬌小、太巨大——，未來竟是變成同性戀的原因？

任何東西，大多數人都落在一個範圍內，如果你身處罩鈴的兩端，不論是太壞或太好、負面或正面，因爲與衆不同，就會被歸爲異類，要不被揶揄嘲笑，要不被漠視孤立，所以只要是分組的活動，除非你的這項特質對其他組員有利，別人大都不會找你，你自成一國。

童少，小姐不但頭腦發達，還會畫畫，作文又寫得不錯，常上台領獎、被老師誇讚，但實在太出風頭了，令同學討厭。

課間休息，根本沒人想跟他玩。他除了上廁所，就只能坐在自己的位子上，假裝很入神地看童話故事；像他四肢這麼簡單，就算想參與，同學也會拒絕。

更何況他的嗓門太尖，畏畏縮縮，像女生一樣，男生之間的拉扯、碰撞、追逐、打滾，都與他扯不上關係。

倒是在難得被接受的情況下，男生們若玩瘋了，像被施了魔法，就會不自覺地視他爲女生，對他生起保護之心，然後爭風吃醋，不准別人跟他好。他們互相攻擊，彼此爲敵，想要把他據爲己有；等到清醒時，不懂發生了什麼事，大家重修舊好，與他恢復原先的距離，又剩下他孤伶伶一個。

小三時，有一次美術課，老師要大家畫「我的父親」。這是一個小姐完全不想畫的題目，但作業在交出後，還是得了最高分，被貼在教室後面的公布欄。第二天上課，就發現他的畫已被人在上頭塗抹、破壞了。由於其他同學的畫都完好如初，他知道那是針對他，便傷心地哭了起來。老師在問明狀況後，要他別在意，說某人這麼做，可能是因爲眼紅。但這個解釋，又能對他起什麼撫慰作用呢？

可能就是自這時起，即十歲左右，小姐開始質疑能力的用處，祈願自己平庸一些，跟同學才不會有無法逾越的鴻溝。

而在家裡，他又被爸罵書呆子，什麼事——其實也就只有家事——都不會做，一點用也沒有。會讀書，在別的家庭可能求之不得、要好好栽培，在他家卻被棄之如敝屣，老被譏諷、懲罰，好像他假借讀書不肯做事一樣。

結果，哥哥也很討厭他。一來因爲他只顧寫作業、準備考試，家事都落在哥哥肩上，二來因爲名字的關係——一看就知道是一家人——，學校的老師都責備哥哥不努力，或不認眞，才會沒有弟弟優秀，讓哥哥壓力很大。這自然使得他像沒有哥哥般成長，但也沒因此成爲被呵護、嬌寵的獨生子。

不用說，對會讀書這件事，他的價值觀很早就被扭曲了。

更糟的是，因爲成績的關係，小姐既當班長，又當模範生，可是每次要繳錢——營養午餐、文具、一些活動的費用等——，而且還是由他來收，雖然老師頻頻催促，他卻一拖再拖，感到雙倍丟臉。

這也難怪，小姐記不得有過什麼朋友，也不曾邀同學到家裡玩，因爲他始終爲家裡的貧窮而自卑。無憂無慮的快樂童年，不是被剝奪了，而是根本不曾存在。

他又怎麼知道，同學之間如何相處？他們在玩什麼、想什麼、聊什麼、瘋什麼？更不曉得什麼叫友誼、義氣？什麼是歸屬感？被一個團體接受，爲什麼這麼重要？那會是怎樣的經歷呢？

但那時他尚未領悟，沒有溫馨、和樂的家，其實比貧窮還悲哀，因爲在往後的人生裡，他漸漸發現，他完全不懂什麼是愛、什麼是感情，自然也沒體驗過施與受的美好，也不認爲有那個需要。

這麼多問題交織，他如果很遲鈍也罷，偏偏又很敏感，怎麼能不在人格的養成上，產生負面影響？

種種質素，日積月累，預示了他未來畸形的發展。

儘管爹不疼、同學不理，幸好還有母親，以及看似無用的聰明——就算有些後知後覺，起碼他還知道思考——，不然這一生早就完蛋了。

沒有低沉的嗓音，副性徵不合格，讓小姐缺乏自信，很少開口與人交談，這很正常。

比較不同的是，嗓音雖然使他戀慕男人，他仍堅持保有性交模式的選擇權——此卽他對同性戀傾向最倨傲的抗拒！

小姐不讓人插，因爲他不想扮演被動（passif）的角色，尤其是他的嗓音，很難不讓人以爲他女性化，所以除了閉嘴、夾緊屁股以外，他更要刻意避免太過搓弄對方的下體，讓它變得堅硬危險。

有了這樣的堅持，自然就沒機會體驗或享受後面的樂趣——那所謂的前列腺快感，或預高潮。不過他想，這個讓很多人沉迷、渴求的樂趣，並沒什麼大不了，感覺應該與便祕好不容易擠出，或瀉肚子拉得一灘又一灘，相去不遠吧！他並不豔羨，畢竟「拔出蘿蔔帶出泥」，這種方式實在不是很乾淨。

不肯就範，還衍生出另一個現象：小姐會主動淘汰身材高大的人。

理由很簡單：體型傲人者，往往喜歡被服務，也等著對方翹起屁股或大張雙腿被進入，但這些小姐都不做。

他可不願讓人產生誤會，結果在進房間之後，才發現性趣不合。而且要是被撩撥的人，沒什麼修養，性慾或怒氣一下子消不下去，便以武力強迫，下場就會很慘。

有一次小姐在三溫暖的走道，突然被一個魁梧的帥哥劫入房間。其動作之迅速、力道之勇猛，小姐還沒回過神，就已被壓在底下。

帥哥不由分說，躁急地捧高他的雙腿，昂揚的陰莖捅著他的屁眼，頭同時朝他的平臉靠近——可能是想親他。

帥哥一寸寸進逼，近到雙眼互相重疊，變成獨眼巨人（cyclope），眼看著就要被強姦了，小姐終於使出吃奶的力氣，把他推開。整個過程，除了最後那一瞬，小姐幾乎都動彈不得，也叫不出聲，彷彿鬼壓床。

這個經驗，讓小姐對獨眼巨人神話的由來，有了新解——源自床上家暴。而家暴的武器，就是下體。自己反覆搓弄下體，除了尋常的動詞se masturber（手淫），又叫moucher le cyclope，卽替小人國版的獨眼巨人，或說獨眼小巨人，擤鼻涕——多具象的描述啊！

這就是爲什麼，小姐傾向跟個子與他相若的人在一起，沒有壓迫感，平等互動，性交才比較安全。

實際上小姐很被動，極少主動上前找人攀談，或表達對對方的興趣。怕被拒絕沒錯，但主要還是因爲難得有人能激起他跨出第一步的慾望，當然也怕一開口，就洩露了自己的祕密。

在以主動（actif）的姿勢穿刺過一些人之後，他發現自己並沒有因此變得更男性化，騎著人展現的雄風也是虛假的，沒什麼意義。

而且獨眼小巨人一旦鑽入對方屁眼，在腸道裡穿梭，由於不再受到肛門的鉗夾，視野又受到保險套蒙蔽，感覺就像霧裡看花，整個人頓時迷航，失去了游泗的方向。

儘管他還是做做樣子持續前進後退，卻不清楚自己是仍然堅挺、具殺傷力，還是已經疲軟不堪？

如果碰到慾求無度的老千，喜歡大幅扭擺臀部，更糟糕，不但操控權易手，還有技巧不好、無法滿足對方的歉意，也以爲正在與女人性交，太鬆弛柔軟了，感覺怪異——雖然他根本不懂女體。

這個陰莖上的孔，同時是尿道口和洩精之處，粗俗法文叫 trou de pine，平日瞇闔，狀若銳利的小眼睛（petit œil perçant），此卽獨眼小巨人令人懼怕的原因？若操勞過度、太累了，人們就會說，眼睛半閉如尿道口（avoir les yeux en trou de pine）。

把尿道口類比眼睛，不論將陰莖從嘴導入或走後門，都在扮醫生，以內視鏡或淺或深探索對方，但如果只是在外面大眼瞪小眼，那叫互相手淫。

而疲倦時，將眼皮低垂的靈魂之窗，形容成尿道口，似乎顯示人們對陰莖的這個部位，司空見慣，且仔細研究過，才會成爲比喻的參考。這麼說來，從語言表達，卽可一窺該民族對性器的態度？

小姐的獨眼小巨人，對屁眼並沒有望眼欲穿的絕對愛好。

他的主動往往是被動的。通常都是喜歡被動的人挑上他，或者兩者皆可的人找他進房間，在愛撫、吮吸之後，問他是主動還是被動，才有更深入的交合。

其實，他心裡有數，能霸占一個屁眼，並沒什麼好驕傲的。

小姐見過模樣不像同性戀的人，攬舌熱吻，互相口交，舔摳屁眼，輪流進入對方，溫柔與狂暴兼具。此時重點已不是主動、被動，男性化、女性化，而是極樂的追尋和給予——非試遍所有姿勢、探索每個部位、嚐盡各類快感不可——，像全心投入一項行動藝術，爲彼此留下最美好的回憶。

他們如此專注、陶醉，四周的圍觀者早陷入暗影中，或根本不存在，成爲舞台上、聚光燈下令人嫉羨的演出，與——憧憬。

但憧憬的實現，取決於是否能拋卻一切文化、禮教的束縛，不在乎別人的眼光，也排除自己對某些行爲骯髒的印象。

但主動或被動，並非一陳不變。

帕索里尼（Pasolini）的電影《一千零一夜（Les mille et une nuits）》裡有說，醜總是臣服於美，因受到吸引，而率先起身走向美。

所謂美，就是相對而言有比較高的身價，因爲值得、因爲秀色可餐，於是較醜的人，便很有自覺地上前舔跪，取悅對方。

在巴西東南部的一個天體海灘，小姐的行爲證明了這個說法。

那應是一個性傾向還沒完全定型的男孩，好奇、想，但又不太敢，可能也有一點鄙夷，或者說挑剔，只孤伶伶地站在男人狂歡的灰色岩洞邊，靠著巨石，看海。

他的姿態，像極了尤利西斯（Ulysse），一方面想聽聞美人魚令人銷魂的歌唱，或說男人的淫叫，沒在耳中塞蠟，一方面又抗拒受到蠱惑，怕身不由己，而把自己牢牢綁在船桅上。

他的身體曬得焦黑，沒有白色的泳褲痕跡，顯然常去那裡曝曬、沉思，或者說測試自己？

男孩可能也沒有小姐想像的單純、未經世事，因爲近看，才發現他的陰毛刮掉了，但已經長成三天鬍渣的模樣。他大概比小姐小二十多歲，還留存青少年不用努力就維持得很好的體態。

小姐一言不發，因爲他知道自己的話語中，並未藏有眞理，他也無法預見未來，出聲只會洩底，而被男孩排斥。

但小姐還是主動上前，輕輕撫摸男孩的臉和胸膛，整個人激動地快透不過氣，雙手則不聽使喚地微微顫抖。可是，男孩的臉仍如嚴冰，並沒有溶化丁點，眼睛則始終望向遠方。

男孩雖然冷漠，但起碼沒有閃避，或顯出被打攪的表情，小姐便繼續往下探索。終於有了起色。小姐忍不住想親男孩，但在快觸到他的嘴巴時，他卻突然把臉撇開了。小姐把他的手拉過來，希望也能幫自己搓一搓，但他僅勉強握了下，就鬆開了。

像看到鏡中的自己，小姐忽然懂了。

於是，小姐蹲了下來，幻化成吹海螺的人，把男孩青春的賁張含入口中，輕輕演奏。

味道鹹鹹的，小姐在前進後退幾次之後，便放過他，任他在微風中顫震，然後慢慢平靜下來。

小姐不喜歡吸人，討厭那股雞屎味——特別是前夜洩精沒清洗過——，但就同法國人最喜歡說的：C'est plus fort que moi（這個衝動強過我），我無法抗拒。

以前小姐這樣對待別人，愛理不理，被刺激的人，還教會了他一個字snober：勢力眼、自恃不凡、擺架子；現在角色互換，改由小姐服務男孩，還因沒被斷然拒絕而竊喜，就算是施捨也不在意。

唉！十年河東，十年河西，風水輪流轉。男孩雖不是極美，畢竟持有青春；小姐則處於劣勢，確實變老、變醜了。

小姐早就明白，性行爲與氣質可以是兩回事。

譬如個性粗暴、樣子很*man*的人，卻令人傻眼地喜歡讓人進入，一方面因爲能承受痛苦是男子氣概的表徵，另一方面則因爲每個人的zone érogène（敏感帶）——érogène源自Eros（愛神）及gène（產生），合起來就是：可以產生愛或被愛感的區域——不同，在某種心理因素及性幻想的推波助瀾下，身體的特定部位便產生

了強烈的反應，久而久之就變成了偏好，完全與一般觀念上的公母、雌雄無關。

佛洛伊德將性心理發展，自嬰兒至成人，分五個階段：口腔期、肛門期、性器期、潛伏期，和生殖期。各個階段的發展，若有停滯、固著，就會形成諸如潔癖、吝嗇的人格特質，也容易染上吸菸、酗酒的惡習。

小姐雖沒看到什麼科學研究，證實這些階段的停滯，會使人沉迷於某種性交模式或對象——如口腔期對應口交、肛門期對應肛交、性器期對應戀父或戀母情結、潛伏期對應同性戀，生殖期對應異性戀等——，但確實很難不讓人產生這些聯想。

這些發展，若是順利進行，最終指向的應是異性戀間正負性器的媾合，路途中所有的停頓、徘徊、叉出，可能就會被視爲不同等級的病態，人生也就不容易美好了。

由於小姐的聲帶，沒有隨著身體的發育變粗，他的性心理便一直躲在潛伏期，走不出同性戀模式，也習慣了這種模式。

從另個角度看，他因爲長年受到魔音繚繞，時時被催眠、迷惑，才會甘願把自己門在桅杆上、藏在暗影中，自絕於生殖期之外。

曾經在三溫暖碰到一個男生，小姐之所以記得他，不是因爲他的敏感帶有什麼特殊，而是與其對應的身體部位，好像與性沒什麼關係。

他的敏感帶可能是口腔與鼻子，但他喜歡啃咬、舔弄的不是陰莖、耳垂或乳頭，而是別的東西。

那一天小姐忘了帶拖鞋，只好赤腳在或黏膩或濕滑的地上行走。

也不知男生看上小姐哪一點，大概是接收到小姐迷眩人心的召喚吧！這召喚，有著特殊頻率，一般人聽不見。

小姐才在乾室坐下，他卽撲倒在地，溫柔地撫摸小姐的腳丫子——那雙農人的醜腳，M如此戲稱——，拉近閉目嗅聞，仰起下巴以鬍渣磨擦，然後冷不防把大腳趾含入口中，津津有味地吮吸。從他的表情看來，眞有如冰棒可口、熱狗芳香。

小姐感到不解，不懂男生爲何挑上自己這雙臭腳，而且趾甲還因癬菌變得灰黃。雖然被他濕熱的唇舌這樣寶貝，小姐的大腳趾並沒傳來觸電的感覺，僅如隔靴搔癢。

不過男生在嘴巴蠕動的同時，手可沒閒著——以越來越快的節奏，自搓。想不到，沒多久，他便噴射而出，還好有大腳趾撐著，否則他的頭早叩倒在地。

「Déjà（已經結束了）?!」小姐驚訝地問，不相信自己的大腳趾竟如此天賦異稟，一下子就讓他達到高潮；也只有在事後才問，不然軟綿綿的聲音會把他嚇跑。

他不好意思地點點頭、抹抹嘴，起身離開。

小姐站起來時，不小心踩到那攤黏膩，覺得好恐怖，趕快跑去沖水、抹肥皂。

在泰國的Lopburi，一幕現場演出令小姐傻眼。

那是一個被猴子占領的國度，與其說人們縱容、忍受猴子的存在，不如說猴子不介意人們在牠們身邊生活、穿行。

牠們追逐、嬉戲、打鬥、性交，立在一邊的人像是透明的，或者如一塊石頭、一棵樹，與牠們無關；但如果牽涉到食物，或一些勾起好奇心的東西，如太陽眼鏡、帽子、包包、水壺、相機等，獸與人就有了交集，大家都站在同個時空。

在人們不注意時，猴子會偷、會搶、會突襲；對人們伸手遞出的水果、麵包、餅乾、糖、飲料，勇敢的會小心謹愼靠近，然後奪取、快逃，膽小的則伺機而動，在人們拋出的瞬間，準確躍起、空中攔截。

有一隻小猴子，大概是青少年，盜走了M要給一邊小娃猴的香蕉。

M大喊：「這不是給你的！」並舉手做勢要打牠。

小猴子哪裡怕他，馬上拉長下巴，露出上下尖尖的獠牙，吼吼出聲。

M模仿牠的表情，回懟牠，還直跺腳，想把牠驅離。

這時牠變成M的鏡子，非但沒有退卻、逃跑，還往前跨出一步，發出更恐怖的威脅。

兩人目光炯炯，互相對峙，還追來跑去，僵持不下。

垂垂老矣的M，似已忘了自己是人，少不經事的牠，則忘了自己是猴子，二者有著相近的地位與實力，正在一較高下，看誰能占上風。

他們彼此挑釁，各不相讓，戰火愈演愈烈，好像看不到盡頭。

此時，神奇的事情發生了：一隻年長些的猴子，可能是青年，一言不發地挪到青少年背後，開始進入牠。

牠沒有掙扎，沒有顯出羞赧或快樂的表情，只沉靜而無辜地接受，或享受，但臉上的線條馬上緩和許多。

可是M仍繼續找牠麻煩，牠不得不再度擺出猙獰的面目，自然又被臨幸。

如此重複了幾次，小姐都要懷疑，青少年的兇猛只是爲了討人進入，得到肛交的快感。

但不可否認的，這個雞姦行爲的確能夠舒壓，同時還達到教育目的：小子，你很勇敢，大家都看到了，可是沒必要這樣劍拔弩張。放輕鬆一點，這個老頭只是在逗你玩，不用看得太認眞。

呲牙咧嘴久了，M和青少年都累了，兩隻猴子也爽了，人猴之鬥，終於停止，小姐也對肛交的意義，有了新的領會。

原來，在猴界，勇氣可佳的獎勵，就是被進入；在人界，起碼以小姐爲例，怕聲音尖細被笑娘娘腔，他只好借進入別人，壯陽。

# 以上帝的形象

動物中，有一些雌雄的外觀有別，除了體格的不同，還有明顯的副性徵，像公獅耳下的一圈鬍子，像公nasique（長鼻猿）如人類下體的大長鼻子與下巴，也像公大猩猩隆起的頭顱與銀白的背。

若是交配權的取得，不那麼靠牙齒、角、爪、脖子和體能，雄性的副性徵就發展得越絢爛誇張，特別是鳥類，有時還加上築巢、唱歌與舞蹈的技能，表示最懂得顧家，或者具備最佳的基因。

就小姐的眼光，萬物之靈的人類，外觀也是公母不一。若是排開智慧與語言能力，他認爲倒三角的男人，可以說方方面面都比正三角的女人漂亮，還散發著迷人的體味。

男人的身體，不知爲何，老是引起小姐的讚嘆？不但要遠距離仰慕、品評，還得上前嗅聞、掂量、撫摸。

孔雀一族，雌性素樸，雄性璀璨，幾乎是副性徵炫惑人心的極致。

青春正好，乃至快達壯年末期的男子，都像昂起羽冠、打開尾屏的孔雀，以一個個太陽般的金環，將小姐迷眩。

他必須一直尋索更閃亮、更獨特的光芒，打在自己月兒般略爲遜色的亮點上，然後以無比的強度反射回去，像一面鏡子，或一個謙虛、敏銳，並且懂得欣賞的載具，呈現彼此輝映的美好。

月光，柔和而有層次，不到競爭的強度，不會產生威脅，卻可以襯托陽光的耀眼——這正是他的功能與價值。

這樣的說法，某個程度上，與王爾德（Wilde）的一首詩〈*The Disciple*（門徒）〉相呼應：納西斯（Narcisse）死後，池水（*pool*）感到悲傷，但池水悲傷的不是再也看不到納西斯的美貌，而是從此無法在俊男如明鏡的眼中，瞥見自己熒熒閃動的幽光。

這幽光，小姐本沒什麼自覺。

在里斯本附近的長長海灘，搭乘小火車在二十一號站下車，就是同志遊走、相逢的所在。

小姐在矮樹叢中鑽來鑽去，這裡那裡探看別人性交，竟遇到一個好帥好帥的男生。兩人語言不通，但男生似乎很喜歡他，讓他受寵若驚，不敢置信。

後來，他在男生海藍的眼瞳中，發現一抹神祕的紅光，心想那是何物？怎麼如此迷人？仔細看進去，才發現：男生靈魂深處那個美麗的身影，正是著紅衣的自己。

相較於小姐，女人雖沒似月的明鏡，卻以延續生命，掌握了是否與男人交好的權力。

《創世紀（Livre de la genèse）》裡說，上帝在開天闢地的第六天，依自己的形象，以塵土捏出了亞當，然後對他吹了口氣，他便活了過來。因怕他在伊甸園太孤單，沒人陪伴，便從他的身上掏出一根肋骨，做成了夏娃。

一位聖經考古學家發現，其實夏娃不是由亞當的肋骨製成的，而是——陰莖骨；但不論是哪根骨頭，想來都沒塵土那麼容易形塑吧！

考古學家說，幾千年前人們將舊約翻成希臘文時，錯把希伯來文的tzela這個字，譯爲肋骨；也可能是不想講得太露骨，才以肋骨取而代之，畢竟此骨離心近，就在懷抱裡，感覺比較高尚？

考古學家援引的證據之一就是：上帝在取出亞當的陰莖骨後，還用肉將傷口封了起來，此即男人的陰莖與陰囊間有縫合殘跡的解釋。

小姐在讀了這篇報導後，不禁讚嘆：哇！《創世紀》裡的描述，是多麼嚴謹的科學觀察，與具象徵意義的聯想啊！

這個出土的新譯，一方面標示了男人的陰莖從有骨到無骨的進化過程，一方面也註記了舊約書寫當時，人們如何看待男女的主從關係，以及在社會上扮演的角色。

倘若順著這個思路繼續推展下去，女人吮吸男人的陰莖、被進入，這個兩性的結合，不過是爲了將陰莖骨歸還給男人，讓男人找回分裂前的完整與孤獨——那男人最初的鄉愁。

看來，男人的另一半，僅是命根子裡的一根骨頭，他自己的骨頭。

沒了陰莖骨，視覺上，男人的陰莖粗長搖擺，陰囊巨大垂懸——只差沒像長尾猴，有著如泡泡糖般鮮豔奪目的藍色陰囊——，始終露在體外，如瓜似果，一副豐饒多汁的模樣。

女人看了得以遐想：這般的下體，勃起後，在觸碰及進入陰道時，可以激起怎樣的快感？

觸覺上，不論是撫摸或感應，在真槍實彈正式交媾時，即可驗證先前的假設是否正確，並滾動式修正，找出最能激發快感的下體。

此外，男人的龜頭之所以呈蘑菇狀，在靈長類裡獨一無二，則是爲了在性交的抽搐中，耙出前一個男子在女體留下的精液，大大提高了孩子爲己出的機率。

當然，嗅覺、味覺，甚至聽覺，也加入了評審團隊，慢慢形成女性擇偶的標準，雕塑了男人現今的形貌與身材。

達利（Dali）的一幅畫《Le grand masturbateur（大自瀆者）》，姑且不論畫家的創作意旨，其右上角，正好可以詮釋女性對男人下體的癡迷與期待。

女子只消閉上眼睛，揚起鼻頭，貼著男人的緊身四角褲——底下形體美好——，深呼吸，即可青筋暴跳、心花怒放、神魂飄飛。

原來，那令小姐爲之癡狂的男人肉身，竟是千萬年來隨著女性挑選男體——尤其是下體——的審美觀，淘汰、精進、演化而來。

所以，能夠把玩這樣的肉體，還要感謝女人的品味呢！

據說，人類在失去陰莖骨的過程中，*DNA*雖然缺了某些序列，大腦卻因禍得福變大了，因此在靈長類蓊鬱的蘆葦群中，獨樹一格，更能彎腰思考，引發了後續的文明與進步。

在西斯汀小堂（Chapelle Sixtine），米開朗基羅（Michel-Ange）以人形回溯上帝的臉容，畫了祂的屁股、圓凸的肚子，以及白髮灰鬚，想當然爾，祂應該也是有下體與陰毛的，但可能沒有肚臍，因爲肚臍是人子的標記。

畫中，夏娃是從亞當的側身爬出來的。假如陰莖骨的翻譯正確，她在伊甸園現身的圖像，應該像從阿拉丁的神燈那樣的燈嘴，冉冉逸出、昇起才對。

亞當是上帝造的，按理應沒肚臍，夏娃是從亞當的陰莖骨變的，也沒肚臍，但他們是人類的始祖，必須繁衍後代，其機制自然已在上帝的規劃中——讓胎兒以臍帶與母體相連，直至呱呱落地爲止。

這個孕生方式的預告與殘餘，就是肚臍，早寫在兩人身上，如此方能萬事具備，不用再讓上帝費心。

想來，米開朗基羅在畫亞當時，對於該不該添上肚臍，應該苦思良久吧！

米開朗基羅的大理石坐像《摩西（Moïse）》，在藝術表達上，乍看也犯下了一個翻譯錯誤：把摩西見到上帝後，臉上散發的光芒，刻成了頭上的兩個角。

頭上長角，在西方民俗中，指涉的通常是撒旦。但這裡不然，摩西的角反而是力量與榮耀的象徵，是和上帝關係親密的證明。因爲希伯來文qaran「發光」這個動詞，其名詞qeren有「角、長條的錐狀放射體」的意思，譯者在斟酌到底是意譯還是直譯時，選擇了直譯，保留了角的意涵。

另外，就大理石的質地而言，確實不易在雕像上表達榮光。米開朗基羅只好將錯就錯，以中古後期慣用的角來呈現。

但其技藝之精湛，從摩西細長、扭轉的大鬍子，可見一斑。彷彿在大師手下，堅硬的石頭融化爲紙，鋒利的雕刻刀則變成了柔軟的畫筆，跨越了藝術門類。

儘管陰莖骨或肋骨的論辯頗有趣，小姐還是比較看重「上帝以自己的形象造人」的陳述。

小姐爲什麼沉迷於男人的肉體？不論頭臉胸腹肚臍生殖器四肢，都喜歡，每一個凹陷隆起，甚至卷曲的毛髮，都能引來或大或小的悸顫。

小姐似在男人身上，回溯造物主時弱時強掐捏的勁力與濃濃的愛，想像若是由自己的藝術家之手來塑造，會開創出什麼樣的格局？

小姐也企圖在男人的面容與姿態中，找尋上帝的影子，因爲拷貝的技藝再精湛，也不如原版傳神。小姐愛男人、在男人身上看到上帝，其實就是對上帝的眷戀，就是愛上帝的表現。

小姐一直變換男人，在不同的男人身上，蒐集上帝豐富多元的細節。男人的美，就是上帝的美，就是美的定律。

換個說法，小姐太愛上帝了，但上帝遙不可及，只好退而求其次，愛戀披著上帝樣貌的男人。但是愛男人是愛整體，不是只愛局部、只愛陰莖，而且除了體格之外，還包括個性，所以小姐對由陰莖骨刻出的女人，那男人身上早不存在的過去，以及不同的思維模式，不太感興趣。

或許，小姐的性傾向顯示的，正是同樣失落陰莖骨的男人之間，特殊的愛與惺惺相惜吧！

上帝有沒有女朋友或太太？祂有自己的家庭和性慾嗎？會不會有百分之十的祂，也是同性戀？不得而知。只聽說父、子、聖靈，三位一體，三合一。聖靈還以氣、光，或鴿子呈現。

而聖家庭，則包括耶穌、聖母瑪利亞，以及可有可無、完全沒有用到陰莖的木匠約瑟夫，不過這個組成確實較接近凡俗社會。

至於上帝的嗓子，小姐猜想，一定低沉而富磁性；不像小姐的聲音，如無性的天使，只適合在教堂唱頌歌。

但也未必。

一個個體的各項特質，如果都落在罩鈴的中間，即平均值，則最具代表性，可以讓最多的人在這個範圍發現自己，得著認同。各項平均值的組合，所形成的樣貌，是不是最接近上帝？

依統計學的觀察，以上帝的形象創造出的人類，除了少部分比較不像以外——位於罩鈴的兩側，一側極

醜，一側極帥——，絕大多數都與上帝相仿，也就是長得還可以，亦即不太醜，也不太帥。

可是誰願意相信，這普通、平凡、不獨特的面貌，就是上帝的面貌？這是不是顛覆了上帝在一般人心中的刻板印象呢？

同理，從人類的音質、音域看來，上帝的嗓子，應該也是介在中間，既不低沉也不尖銳，大概就是合唱團裡的男中音吧！所以也沒有想像的那麼男性化。

這讓小姐感到欣慰，這表示他並沒有離上帝太遠，頂多被罩鈴的半徑相隔，而不是直徑。

基因的混合、配置，給男人的模樣概略地打了個底，剩下的就靠荷爾蒙的修飾了。

在青春期，小姐被荷爾蒙的風暴，沖昏了頭，喜歡或不喜歡一個人，只憑直覺。

中年以後，他開始懂得觀察與欣賞，因爲他曾目睹個體在生命的進程中，受男性荷爾蒙影響，產生的變化。

男性荷爾蒙，在短短幾個月，把小男孩雕塑成雄壯健美的男子，讓他最接近上帝，或神（beau comme un dieu，帥得像神），如米開朗基羅的《大衛（David）》，或羅丹（Rodin）的《青銅時代（L'âge de bronze））》所捕捉到的形貌。

但過了這個時間點，荷爾蒙卻開始破壞，分明的五官越顯粗糙、突兀，比例變得誇張，難看、老朽便開始了。

鄰居、M的兒子，以及某些男星，在成長、成熟、老化的某一個階段，荷爾蒙的劑量得到最佳的調和，此時人最性感、迷人、最有人氣。

這個階段，有早有晚，可能很急促，也可能爲期頗長，是美的巔峰，是走紅、豔遇很多、老被追求的時候。

所以，除了好的模子以外，男人的美，是上帝安置在人體中的化學分泌，太過與不及都不行，而且有它的時間性。

外在架構與微調雖是天生的，求之不得，內在氣質卻可以靠個人的耕耘——如浸淫於藝術、文學之中——、靠豐富的人生經歷，來陶冶、養成，最後得以從內而外，修飾、柔化一個人的儀表，彌補基因的缺失，以及荷爾蒙的過量。

藝術家肯定對男人的美，有其敏銳度，精確一如雷達，沒有一個細節能逃過他的眼睛；稍縱即逝的影像，也逃不出他的手，得以將美的巔峰，以不同的技巧和形式，精準再現。

小姐相信，藝術是最烈的酒、最強的催情劑，因爲每次他在男體雕塑中穿行，總會搞得內褲一攤濕。這是因爲心有雜念嗎？還是唯有能令人勃起的作品，才夠格稱爲藝術？

而一切藝術的根基，就是人體素描，訓練學生觀察與呈現那具活生生、能呼吸、會累、偶爾失態的存在。

爲何人體素描，源自西方？而且早期只有男性模特兒，女性模特兒是被禁止的。

爲何畫家、雕刻家總要以神話爲題材，把衆神剝個精光？好像神的自由自在，是裸裎的藉口，是對人體美低調的吟唱。

此外，解剖死屍，如米開朗基羅、如達文西（De Vinci）所做，似是熟習人體構造的必要手段。小姐之所以始終無法快速掌握肢體的凹凸起伏，是因爲不會像醫學院學生，對屍體進行切割、研究嗎？

在藝術學院上人體素描時，小姐第一次發現，poignet（手腕）並非僅是手和前臂銜接的地方，中間還有個轉折。

米開朗基羅在西斯汀小堂的作品《亞當的創造（La création d'Adam）》，描繪了亞當和上帝互相伸手的第一次接觸，就是poignet很好的示範。

在三溫暖——特別是天體日——欣賞人體、窺視人性交時，小姐才驚覺那個介於腰、臀之間的部位，法文

叫poignées d'amour，即「愛的把手」，取得實在太傳神了。

那是男女情侶人前散步時，勾肩攬腰之處；那是人後做愛時，從後面進入，不管是陰道或肛門，雙手把持的所在。

相較之下，中文的翻譯「肚腩贅肉」，不但遜色，還令人厭惡。

小姐對這兩個部位不熟，不光是解剖學上的問題，這同時也涉及不同的人種、文化對肉體的態度，譬如是否常有機會暴露、凝視、撫摸、掂量。

就以人體結構來看，西方人的手腕有明確的起企位置，而「愛的把手」則幾乎是個子比東方人高出十五公分的主要原因。

是否具備這種語彙的民族，更懂得性愛的浪漫？

有人在「愛的把手」的高度，即屁股分裂線和兩個小酒窩凹痕的上方，紋了一對藍色的翅膀。

這個刺青，是爲了讓進入他的人，於反覆前進後退之際，脫離地面，乘風飛翔？還是在讓人以幫浦打足氣後，神魂爽醉輕飄，冉冉升天？

所以只要在「愛的把手」內側看到這對翅膀，就可以猜出此人的姿勢癖好？

人體素描課，有時也會出紕漏。

曾經有個高瘦的模特兒，姿勢擺著擺著，可能是睏睡，或心思馳騁，就流出了液體，垂懸成線，陰莖也隨著脈搏與呼息，一舉一舉的。

四周的女孩，噤聲埋首，若無其事地將注意力轉向他方，小姐則趁機仔細研究每個機件組成，然後快速將這把長槍上膛。

小姐才換張紙，企圖把全景轉成局部特寫，旁邊突然升起一個沙啞的聲音：「我們是不是休息一下，讓模特兒活動活動筋骨？」

沒錯，是筋骨，不是陰莖骨！畢竟聽過陰莖骨的人少之又少。

這位老先生，像個見多識廣的大家長，奮勇地站出來，替大家解圍，卻壞了小姐好事。

這個畫硬挺下體的景象，似曾相識，但小姐一時想不起來，是在何時、何地？

這張下體勃發的素描，出人意料，竟挖出了一些祕密。

就在大夥到院子抽煙，或取出三明治啃咬時，一位教動畫的老師走過，隨手翻了翻小姐的畫冊，還在色情的這一頁，多留連了一秒鐘，但沒說什麼。

有一天在馬黑區，小姐遠遠看到他穿越馬路，但沒一下就失蹤了，無法確定是否看走了眼。

又再過一陣子，小姐已從藝術學院畢業，跑去讀大學的藝術系了，竟在沒課的週末，在一家三溫暖撞上了他。

雖然光線陰暗，但兩人馬上就猜出了對方的身分。

碰到這種事，小姐明白老師一定比學生恐慌，所以在狹路相逢時，便大方地把他推入房間。儘管他不是小姐的型，小姐還是尊師重道，開始溫柔地撫摸他，希望他放鬆、卸下警戒。

其實，兩人已完全沒什麼利害關係，也幾乎不會再見面了，眞的沒什麼好擔心的！

他應比小姐年輕，三十五歲左右，大概是驚魂未定，也可能是因爲很少在這類地方鬼混，所以態度拘謹。

小姐抱抱他，雙手在他的胸前滑動，還揑握他的陰莖、撩撥他的睪丸。

縱使他的身體有反應，他卻像怕被握有把柄一般，以幾乎懇求的語氣說：「我們可以不可以點到爲止，不要全做？」

那表情，說穿了就是電影《長日將盡（*The remains of the day*）》中，男總管被好奇的女管家逼到牆角時，臉上露出的羞窘表情——她發現，他讀的不過是一本愛情小說。一切羞窘僅在男總管心中，女管家並不以爲這有什麼好丟臉的，這反倒證明他外冷內熱，對人生仍存有憧憬與夢幻。

於是，在點頭同意之後，與其戛然中斷所有的動作，小姐疼惜地從後面摟著他，一手在他的乳頭上打轉，

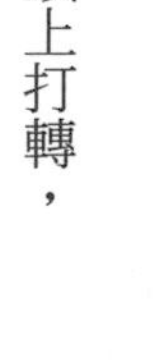

另一手則繼續替他搓拉，臉貼背，聆聽他逐漸急促的呼息，並輕輕地在他的頰上啄了下，然後才如允諾，淺嚐即止。

「祝您玩得盡興！」當然小姐沒有說：下次見！若眞有下次，應該還是很尷尬吧！

小姐對老師微微一笑，開門離去，眞的離去。在沖澡、著裝後，即走出三溫暖，留給老師一個可以自在放縱的下午。

在藝術學院不僅因爲陰莖素描闖了禍，與老師發生那件糗事，之前還因爲不同類型的素描——文字的素描——刺激了想像，與一位同學發生了誤會。

結果也是不歡而散。

那時小姐常以法文寫詩，或者說短短、條列、無標點的散文。沒有押韻，沒有依循特別的規則，只是以簡單的文字，陳述散步時的見聞與靈思，語調跳躍，彷如行走。

人說詩屬於年輕人，小姐雖老，已近四十，但法文才五、六歲，初生之犢不畏虎，仍很熱情浪漫，才敢挑戰中文不會涉略的文類，當然字字句句還得經過M的修改。

上課時，小姐把這些詩稿帶在身上，一有空閒就取出來增刪，或記下新的點子。一位男同學看到了，好奇地瀏覽了下，然後若有所思地停在這一頁：

〈兩端〉

朝協合廣場上的方碑
幅射的矮樹籬間
藏著一些裸女

銅像
體型豐滿
姿態優雅
但沒人渴望
一親芳澤

在羅浮宮的玻璃金字塔前
小凱旋門兩側
各有一個小公園
方形矮樹籬
圍繞

夜色降臨
哥兒們晃了過來
早先抵達的
化作一尊尊雕像
晚些到的
要不與人玩躲貓貓
要不迷失在灌木叢中
急切地找尋
一個洞

從此，同學有機會就與小姐接近，課後有時也會相邀去喝杯啤酒，不著邊際地聊天，膝蓋則若有若無地在桌下碰撞。

他們小心謹慎地遣詞用字，談論的內容卻模模糊糊，像在打暗語，又像在試探，只能憑直覺猜臆，但兩人好似又都懂了，有某種程度的默契，所以話還是對上了。

同學年紀與小姐相當，或大些，喜歡藝術，所以在工作的餘暇，來當不用考試的旁聽生（auditeur libre）。已婚，有兩個小孩，至於夫妻生活，他嘆了口氣：「唉！就是那麼一回事！」既沒勁又無奈。

他說小姐的詩，一般人讀了，僅是情境的勾勒，不痛不癢，他卻隱約從裡面嗅得一絲訊息，彷彿看到一抹微光。

「微光？」

「是的，希望的微光！」

面對同學的評論，小姐沒有狡辯，說詩中的觀察者不見得是作者，也沒責怪，說讀者不該認定詩裡的景況，就是作者的親身經歷。

小姐只是很驚訝，自以爲含蓄、有距離、不帶批判眼光的表達，竟這麼明顯，全被同學識破了。想不到，百來字的文句練習，就這麼誠實地向難得的讀者吐白，還以爲拿捏得恰到好處，沒有洩漏丁點自己的身分。

或許，有著類似傾向的人，因爲意氣相投，比一般人更敏銳，所以能夠輕易從中偵測到一切吧！

這提醒了小姐：別愛現，以後的塗鴉不要隨便給人看。

至於後來的博士論文，之所以沒被任何評審教授拆穿，是因爲小姐的行文更爲隱晦了嗎？

同學在經過一些迂迴之後，終於開誠布公，坦承從小就知道自己的心之所向，但那是不可公開的祕密，只能戴著面具在社會上遊走，雖然置身人群，卻孤獨無比。

根據同學的說法——顯然有討好之嫌——，小姐就是他心馳神往的型，他們的相遇，讓他有重新活過來的感覺。對小姐如此告白，同學的臉頰、脖子都紅了起來。

可能是同學掩飾得太好了，小姐過去從沒留意過他，只把他當一般沒有臉孔、沒有特色的異性戀看待，對他不抱任何幻想，遇到了眼睛要不隨卽偏開，要不視若無睹；也可能因爲小姐不曾露出馬腳，沒給他可以刺探的線索，他當然不會主動攀談，所以同窗兩年，都沒交集。

爲了能暢所欲言、更進一步認識彼此，他們約好某一天下午——M剛好有個記者會——，到小姐家碰面。至於怎麼認識、認識到什麼程度，小姐已有心裡準備，也不介意，一切不過是平淡生活中的小小插曲，甚至不會激起什麼漣漪。

但事情進行得太快，可能不到三分鐘就結束了，之前一、兩個月的鋪陳，毀於一旦。

同學開車來，小姐本要泡個咖啡、請他吃片自己做的蛋糕，兩人無拘無束地坐下來閒扯，培養氣氛，沒想到他一上樓，客套的問候全略去，便將手上的東西朝地上一擲，一邊交互用腳尖推掉鞋子，一邊粗魯地問：「臥室在哪裡？」

怎麼在頤指氣使，像大男人對待平日打慣的老婆？他以爲這樣可以助興嗎？小姐雖疑惑，還是比了個手勢，把他領向房間。

才一開門，他就把小姐推倒在床，還急急拉開皮帶、褪下褲子，開始狂烈搓動。小姐被他的態度嚇到了，還來不及生氣，頭已被他拽了過去、按低，嘴巴則被他橫眉豎目的獨眼小巨人，強強頂進。

「你喜歡這樣，ha！賤貨！」

小姐閃避，寧死不從，竟挨了個耳光。

「別假了，我知道你很風騷，像發情的母狗！」

小姐忍無可忍，馬上站了起來，一臉寒冰：「夠了！你給我滾出去！這裡不歡迎你！」

他先楞了一下，動作僵在空中，像被潑了冷水，突然醒了——他發現，小姐是認眞的，並非扭捏作態——，只得悻悻然、戚戚然著裝離去。

兩人沒有互道再見。

小姐不懂同學在想什麼？平日看來如此靦腆、君子，有異性戀沒有的深度，怎麼一下子變了一個人，簡直就像一頭野獸，不知何謂尊重，彷彿暴力是性不可或缺的一部分。

這已不僅是操之過急的問題了，還有性愛觀的歧異，使得他們不可能走得更近或更遠。

微光幻滅，兩人再未打招呼。

上帝，萬物的主宰，人類的樣本，是不是也有陰暗、肉慾與暴力的一面？

會不會人體美的追尋，以及對上帝形貌還原的企圖，正是小姐墮落的起因？

# 體現

一切混沌不明。

在伊斯坦堡一家博物館裡，不知爲何，面對一尊雄偉、比例勻稱的光裸雕像，他竟亢奮不已，下半身血流洶湧，迅速積累、鼓脹，彷彿受到神祕的召喚。

於是，他怔怔地定在那裡，像著魔一般，壓抑不住那個文明人在這種場合不該有的衝動——觸摸那副矯健、粗獷的男體，尤其是那個部位。

他並不知道雕像來自何處？是有名的神話人物，歷代的帝王、英雄，還是傑出的運動員？但，他就是癡狂地盯著它，或者說被它盯著，彷彿看到了自己依舊陌生的未來。

他耐心地等待，一直到所有的遊客絕跡，然後趁工作人員至隔廳與同事聊天或上廁所之際，飛快靠上前去，踮起腳尖，輕輕地在毛髮卷曲如翅的位置，親吻了下。

就在嘴唇碰到大理石——灰白、光滑、冷涼——的剎那，裡外的電流突然接通了：他的腸肚扭絞、灼燒，整個人痙攣地側倒在地上；四周警鈴大作，在寬敞的展室迴盪。

所有的警衛，蜂擁而至。他想逃，卻寸步難行，暫時也失去了語言能力。看他表情痛苦，大家以爲他因不適而暈眩，肢體失去了平衡，才穿越界線，並不是想破壞或偷盜古物。

一個下午，在傳統土耳其浴的大理石平台上，濃眉大眼美鬚赤膊多毛——腋下的毛卻刮光了——的按摩師，以二十公分不到的近距離，盡職地對他纖瘦的肉體使勁。

蒸氣氤氳，初次被人這樣清理整頓，他呼吸急促，心跳加劇，在帶點檸檬香的汗味中，有一種既緊張又放鬆的迷醉。

冷不防在師傅的推按下，他竟像浮冰，輕飄飄地滑到平台的另一側，把彼此都嚇壞了。

幸好師傅手快，趕忙勾住他的腳，他才沒掉落平台。但因拉力過猛，他又溜了回來，準準地撞入師傅跪著的雙膝之間，然後卡在那裡。好熱。

一個亞洲人，在按摩師的掌中表演花式，這罕見的一幕，引來了衆人的哈笑。

那一年，他才二十五歲，還沒經歷過西方人高大的身軀。而土耳其人，在穆斯林國家，門都沒有，就別奢望了。

●

天將亮不亮，地還暗不暗，白色點明光源，黑色標出深影，意識迷濛，彷如鋪上一層薄紗。

微風吹過，簾幕輕啟，一具形體逐漸浮顯，你的慾念跟著揚昇。

你緩步靠近，脈搏撞擊著血管，在耳中咚咚震盪。你屏氣凝神，強自按捺，不敢發出任何聲響。

你一邊吞嚥口水，一邊反覆檢視、確認，內心躁動不已。

這麼貼近，到底是誰的身軀？是眞人？是一尊雕像？是一幅素描？還是一張單色的照片？

你無從分辨，因爲有半張臉被手臂遮去了，而結實帶毛的胸腹，則似在灰暗中微微起落。

儘管取景與構圖不太尋常，很多部位被截去了，你仍直覺只要跳出畫框、跨越浮雕的邊際，活生生的男人就躺在後面。

這個想法讓你放心，可是視窗裡圈囿的影像，卻因此漸漸失焦。

●

J像個小混混，曾在吧（*bar*）裡跟我敲詐過一杯啤酒。

雖然我對他有些害怕，但由於他的身體結實，臉又長得很性格，我仍冒險問他可否當我的模特兒。

他一開始有點驚訝，大概是從未想過自己會與藝術扯上關係，沉思了會兒，才說好。

問他要電話號碼，需要時可以聯絡，方知他居無定所。

其實約歸約，我對他會不會記得這件事、來不來，仍很懷疑。
他竟眞的來了，而且很準時。
走出地鐵，他先向路人借了電話卡，通知我他到了。
去車站接他時，他正四處向人討菸，說怕沒抽，待會兒打瞌睡可不好。
原來如此，我便買了包送他。
他的腳很臭，身體大概也髒，所以人一到，便先去洗個澡。這表示他並沒騙我，每天都在爲夜宿的地點煩惱。難怪曾聽人說，他的身上可能有蝨子，因爲僅與他一夜之歡，第二天卷毛的森林就癢癢的。
淋浴出來，他的腰下卻圍了條毛巾。怎麼這麼害羞？
他問：「擺什麼姿勢？要脫光嗎？」
「嗯，脫光好。」
他賊賊地笑：「啊！你喜歡看！」
「當然！這還用說？！」
他扯下毛巾，想不到裡面還穿了條內褲！原來在別人面前展露性器，小流氓也是保守的。
他的法文，聽起來頗流暢，但腔調像阿拉伯人。
他的眉毛，自己刮成一截一截的，鬍子則從一個耳垂連到另一個耳垂，細細的一條，像項鍊——這種鬍子的法文，正是項鍊（collier）。
他的身上有幾處刺青，上半身很好看，雙腿則稍嫌細瘦。
「你是一個人住，還是已婚？」
「我跟男友住在一起。」
「你都做女的？」
「這是我的祕密。」

「噢，對不起！」他便沒再追究下去。

他一邊擺姿勢，一邊看電視，但沒什麼耐心，頻頻轉台，後來乾脆關掉。

可能是畫筆在紙板上的搓擦聲，有安撫人心的神奇效力，適合打開心扉、回憶過往，他竟主動告訴我：他是一個非法移民，十八歲便到了法國，剛來就被招待他的神父睡過，還坐過牢，已十數年沒與家人見面了。

我聽了有些感慨，但也膽戰心驚，深怕引狼入室、惹禍上身。

素描結束，看到自己的神采躍然紙上，他高興地在背後簽下名字、日期，將生命這一刻的俊俏、美好贈與我，交付我保存。

我們一起吃過午飯、喝過咖啡，他便跟我揮揮手，瀟灑離去。

我有點擔心，怕他在走前，要求我付他一筆鐘點費；怕趁我沒注意，他已經偷了M什麼東西；更怕他在採勘好狀況之後，有一天偷偷摸回來。

但在我心深處，我相信他是善良的。

下次去吧若碰到他，再買杯啤酒請他吧！都已經無條件讓我凝視下體兩個多小時了，怎麼還不算朋友？

●

他抓了本手掌大的素描簿，闖入浴室，把M洗澡時，一手拿著蓮蓬頭、一手全身搓擦的動作，以快速而準確的筆觸，擷錄下來。

他捧出濕土，把紙上的線條，以擣、壓、增、削的方式，捏出了一個個形體，然後將它們擱在陽台上晾乾。

這土，柔軟、可塑，甚至能捶、擲、發洩，不怕做錯，也不用擔心弄壞，不像嚴肅的創作，可以隨心所欲。他喜歡沉溺其中久久，回憶在爛泥中打滾，卻不曾這樣存在的童年，專注、認眞。

他想像自己的雙手是個石磨，經過一系列的動作——摻水、混合、調拌、揉按、掐塑——，最後在另一頭，漏下一具具人體。他不禁自問，上帝造人的感受就是這樣、就是依循這類程序嗎？

一尊尊扭曲的身形，以某個敘事方式擺在一塊，像羅丹的《地獄門（La porte de l'enfer）》，各種慾情、苦痛、掙扎，都收攬在裡面。

•

在陰暗之中，你看見身邊躺著一具裸身，灰黑灰黑的，弓縮成三角形。

你毋須瞇眼細看，就能確定：那是一具肌肉發達、常健身，或者從事體力勞動的男體。

這具血肉之軀，會側躺在那邊，只爲了等你去撫摸、去喚醒他所有的悸動嗎？

如果在伸手碰觸時，他突然醒來，把你逮個正著，你該怎麼辦？

他會不會把你痛揍一頓，或者當衆宣布你的醜行，將你羞辱得無地自容？還是他會趁機跟你勒索？你爲了顧及顏面，只好讓他予取予求？

儘管你有這麼多顧忌，必須自我克制，但男體是如此的迷人，讓你垂涎、蠢動，你只好不斷地向前撲去，又反射性地抽回，不能自己，像電影《發條桔子（*A Clockwork Orange*）》裡，有關厭惡療法（*Aversion therapy*）那一幕，顯得既徒勞又可笑。

•

今天不到十點，T便到了住處。

他是在昨天早上近十一點，打電話給我的，那時我正與J在一起。

T問我還記不記得他，我說當然。沒想到，T並沒忘了兩個月前，在塞納河畔與我的約定。

他的頭有一點禿，細細的頭髮理得短短的，一隻眼睛稍稍歪斜，不知是鼻子生得太高，還是有鬥雞眼？

他穿了件毛衣，袖子拉在手肘上，可能是手臂太長，走路時像在划水，看起來很誇張。

進到家裡，T要求喝了杯咖啡，便開始卸裝，準備上工。

他的內褲很漂亮，白色，上面寫了些看不懂的黑字，像藏著他的祕密。

他的身體瘦小，看起來像個青少年，可能是經過一個夏天的曝曬，正到處脫皮。他的比例極好，雖比一般西方人小一號，但較東方人更修長而細緻。

我要他靠沙發坐下，看電視，並借機調整他的身體。

於是，他一腳平折，左手觸著腳趾，右手雖拿著搖控器，但若在畫時把它去掉，樣子就像在責備、質問，或發牢騷。

我畫他的側面剪影，背後橫過一扇長窗，亮著天光。

我非常喜歡他的胸線，平坦光滑，畫著畫著，總想上前摸摸他。

嚴格說，他看電視的樣子，與J並沒太大的差別，但總散發著一股自然的優雅。

畫完後，給他看，他似頗喜歡。我便在他旁邊坐下，抱住他，閉目養神，像完成了一項艱鉅的任務，必須撒一下嬌。

其實在畫的過程中，我都有一種已經與他這樣生活很久之感。

後來，不提畫了，我的手輕輕劃過他的胸膛，往下移動，同時不自禁朝他湊上嘴巴，兩人便熱吻起來。

起初只覺得T的舌頭黏滑，一直向我吐來、捲來，但後來我發現，他的口水在垂下時，會形成長長的一條線，剪也剪不斷。

之後，他躺下，我騎在他身上，他則兩腿張開，緊夾著我。

我們持續接吻。我的喉嚨開始變得黏稠，像覆上一層薄膜，或——膠水！

他爬起身，把我壓在下方，開始吭吸我，越吸越起勁，也偶爾抽拉自己。

我閉上眼睛，捏著他的乳頭，微微發出興奮的聲音，好像正在與M做愛。

T走後，我老覺得嘴巴裡有一股噁心的滋味，便在廁所裡乾嘔了半天。

咎由自取。

•

他等土坯乾硬之後，挑了最中意的一個，按比例找了塊灰白的大理石，並在上頭用鉛筆大略勾出個模樣，然後便把一切——坯、石、工具、沙包、沙紙等——置入背包，到人跡罕至的小丘公園工作。

他以鋸斷的樹幹爲基座，在上面擺好沙包、石頭，開始以鐵鑿、木槌，有韻律地揮擊，像在打鼓，或在運動，也像在空中揮毫，定出了初始的形狀。

接著他以銼刀，循著不同的面，找出相交的線，一個與畫畫逆反的過程。

他不挖洞，洞是相臨幾個面的陷落。他不鑿掘，必須全面降低，以便與另一個傾斜銜接。

他除了保留，只能去除，但若削掉太多，無法彌補，只好把整個雕刻縮小一號。因此懂得預設可能發生錯誤的裕度，非常重要，像水彩的留白，一旦著了色，就很難修改。

石頭並沒想像的堅硬，耐心是更鋒利的鑽石。在平扁刀具的琢磨下，細屑紛紛掉落，漸漸現出較精確的輪廓。

在用針般的細刀修飾關鍵部位後，他用沙紙，添水，從頭到尾擦磨，產生乳狀的膏。

漸漸地，頑石終於能夠透氣，顯露出脈絡、紋理，以及晶瑩的質地。

整個執行的過程，非常感官、直接，還挑戰體能。

作品初步完成後，他背著手，三百六十度繞轉，靠視覺評斷各個角度是否正確、和諧，然後閉上眼睛，雙手齊下，憑觸覺檢驗各個面的銜接是否順暢。只要有任何不妥，感到哪裡卡卡的，就進行修整，並歷經相同的查核步驟，直至滿意爲止。

這個小小的訣竅，正同一幅畫在大體完成後，瞇上雙眼、將畫倒置，或對鏡觀看一樣，以新的目光，揪出結構、光影、顏色、景深的問題，達到質的精進；或像一篇文字在電腦上寫畢，將橫式改直式、新細明體換楷

書、十二號變十號，然後列印出來閱讀，就會有不同的感受，若擱一段時間再讀，好壞的評量就會更客觀。

所以他認爲，在人體雕刻展裡，除了或遠或近、仰頭俯首、走動式欣賞之外，應該允許參觀者如盲人一般，撫摸肌肉的起伏，掂量皮下的筋骨，才能更完全地體會、掌握作者的技藝與巧思。

●

你在裸體的上方盤旋，一圈又一圈，像天花板上的吊扇；你懸於一線，如蜘蛛般慢慢下降，將裸身擁入懷中，糾纏圍繞；突然你被吸入一個墨黑的洞，溫熱、滑膩，你雖想抗拒、抽離，但引力實在太強了，你無法掙脫，只得投降。

於是，下一刻，你在氣道裡匍匐、在濃濁的血脈中漂蕩，最後在腸管間艱辛地蠕動，成爲他的一部分。

你的眼珠在半張的眼皮下，快速轉動，影像更易，情節推展，你攀上這具青春的軀體，有一種暈眩的疼惜。

你越爬越高，空氣越來越稀薄，你的鼻子漸漸阻塞不通。你像得了重感冒，喉嚨積滿了痰，想嚥嚥不下去，想清清不掉，幾乎就要窒息了。

忙亂之中，你奮力把一邊的身體踹開，氧氣剎時灌入你的胸肺。只需一口氣，你重新回到吊扇的高度。

●

D也是我在吧裡挑上的，因爲他魁梧圓滾，還禿頭，也因爲我自以爲是米開朗基羅，專在酒肆街坊尋找靈感。

在他家打著藍光的客廳裡，我忠實地把他過多的肥肉呈現在畫裡，自認已成功地反映了隱藏在軀殼下的心靈——Il est mal dans sa peau（他在自己的皮囊裡活得很痛苦，彷如住監獄。也就是說：他對自己的外表沒自信，感到很不自在）——，還得意洋洋地把畫亮給他看。

可能是有所期待，不料，瞥見的竟是一尊不太快樂的彌勒佛，他的臉頓時陷入陰影。

他質問我到底是朋友，還是畫家，怎麼下手這麼殘忍，讓他很受傷？並向我尋求慰藉，要我也與他肝膽相照。

占人便宜，又毫不留情，總是要付出代價的。我便把衣服脫了，在他面前轉了一圈，表達：這就是我，現在你看到了，我們扯平了，可以了吧！

準備著裝時，他要我到他旁邊坐下。我無法拒絕，只好靠上前去，兩人便肩並肩，肉碰肉。

他輕撫我，我沒什麼反應，始終小小的，還在心底暗自希望他因此失去興致，他卻開始勃起。

他的包皮很長，長到龜頭始終露不出來，身體則因有很多毛，汗涔涔、油滋滋的。

我擔心傷到他的自尊，便把自己當成瞎子，回摸他的胸膛，以及他圓鼓的肚子，感覺像在摸一頭獸，有點恐怖。

後來他問我到房間躺一下好嗎？不知如何抽身，我便與他上了床，像個交易。

他吻我，舔我，很敏感，很舒服，令人既害怕又喜歡。

後來他抱住我的頭，直往下壓，我假裝不懂他的意思。他並不吸引我，我怎麼可能這樣取悅他？何況他的包皮這麼長，多嚇人啊！

好不容易我替他打了出來，他也用最靈活的舌尖，幫我解決。

之後，我趕忙洗澡，然後跟他去吧。這吧非去不可，我得瞬間把身上沾滿煙味，回家時M才聞不到陌生的皂香。

●

也不知自何時起，他喜歡收集石頭。

這些石頭，對別人可能毫不起眼，但他在散步或旅遊時看到了，在上面發現了一些獨特之處、讀出了某種訊息，便把它們撿了回來。

這些石頭，有大有小。最大，不會超出姆、食指敞開的掌幅，因爲必須是他的行李箱可以容納的體積與重量；最小，其實沒有限制，只要能塞進褲袋，又不易丟失卽可。

在家裡，有時他會把它們排成一列，在上面澆水，欣賞它們在不同狀況下的美麗。有時，他把它們拿在手上把玩，觀察它們的紋路，回憶是在何處、在什麼情況下、跟誰在一起時，把它們選上的。

但不論質地軟硬粗細，都可以在他淺淺的手心，撩起深深的快感。

那是一種經由表面，感知轉折，發現體積，揣度內裡的遊戲。

他似乎可以掌握石頭驚濤駭浪的過去，但礙於自己有限的經歷，他再怎麼也只能窺見一斑；他雖嚮往石頭平靜無波的未來，那近乎永恆的未來，但他也害怕那種死寂，因爲他的心仍奔放、跳躍，他還未達沉澱、無慾的狀態；而他更珍惜與石頭相對不語、百看不厭的現在，彼此維持一個若及若離、既親近又疏遠的關係。

但有那麼幾次，在久久注視之後，他望石成禪，像身上有塊石頭，像進入了石頭，像他卽是石頭。

於是，石子的拓痕，連上了他的經脈，他身上的血液、氣息，則推動了石頭的微粒，穿透彼此的隔膜，開始循環。

漸漸地，他們之間達到了對流，既吵噪滔滾，亦靜默迂緩。

望著它們，他便有了重心，找到了方向，同時，他的思緒又如塵沙飄散，迷失在另一個國度裡。

●

橙紅豐厚的肉塊，堆排在魚市攤上，傳來濃烈的腥味，你趕忙蹙眉閉氣。

可是你似又知道，肉塊在切割、料理之後，沾上嗆鼻的芥末，一點醬、醋，就可以搖身一變，成爲可口的生魚片。

你突然來到《聖戰奇兵（*Indian Jones and the last crusade*）》裡的Pétra，在烈日威逼下，疾疾閃入鄰近的墓室乘涼。

等到瞳孔適應了內部的陰暗，你卻被眼前一層層如波浪般擺盪的紅、橙、白、紫，那岩壁因風化而揭露的底色，搞得暈頭轉向，以爲自己是Jonas，莫名其妙被鮭魚吞入肚腹，在大海漂流了四天三夜（三天的票，第四天免費），才被吐出。

隨後，你看到一具屍體吊掛在那裡，像林布蘭特及培根（Bacon）肉紅的畫，開膛剖肚，但另一側卻毛髮濃密。

你彷彿走入芬蘭浴的木製小屋，裡面熱氣騰騰、燈火昏紅、油光閃亮，到處迷漫著一股強烈的焦烤味。溫度實在太高了，你覺得鼻孔內的黏膜就要爆裂、滲血了。

你憋不住，猛的深呼吸，氣管、胸肺突的灼燒起來，卻聞到洗髮精化學的芬芳，整個人頓時冷卻，醒了過來。

●

N是很久以前，在三溫暖認識的朋友。

那時他給了我一個全套的服務——以燻衣草香精，將我全身塗敷，用指用肘或重或輕幫我按摩——，讓我感到舒爽極矣。

N指定他的畫像，要正面盯著我，也就是直接望向觀眾，對自己的裸身很有信心，或者說並不覺得羞恥。這個彼此互看的過程，是在N掛滿鏡子的臥室進行的。

也不知在想什麼、靠什麼支撐，足足有兩個鐘頭的時間，他都能面帶微笑，幾乎不需要稍微舒展筋骨，而且毫無怨言。

畫畢，N得到解放，他的鏡像則被捆綁，進入永恆。

我精疲力竭地坐在他身邊，小口小口地啜飲啤酒，沒想到，他竟瘋狂地撫摸我——就從我發瘦的肩膀和手臂開始——，顯然已抑遏多時。

完事後，他頭低低地說：「對不起，我太亢奮了，請不要因此再也不理我。」

「恰恰相反，謝謝你職業級的馬殺雞。」

N說從來沒有人這樣聚精會神地看他看這麼久，而且不帶批評，感覺很自在，好像被我移動的目光，溫柔地愛撫，身體相對應的部位，也輪番升起一股暖流。

而畫筆在紙上皴擊的聲音，以及顏料淡淡的氣味，具有催眠的效果，可以安頓他的心，讓他得到徹底的放鬆與休息。

所以，分三段（pauses）擺完姿勢（poses）後，他變得精力充沛、神采奕奕，也慾望勃勃，自然就如狼似虎地侵犯了我，把從我這兒獲得的能量，悉數還給了我，像——禮上往來。

●

他酷愛輕輕廝磨古蹟、城堡，好像在拍撫時間的獸，企圖打開牠所看守的門扉。

他想像著石塊過去的風情，從工地採運的過程，由其圈圍的苑囿，裡面曾經上演的故事，以及常年聽聞但無法吐露的怨恨與歎息。

似乎經由這樣的撫觸，歷史就在他的手中，他得以出入不同的時代，體會不同的人、不同的五官、不同的身材結構，因而達到小小的高潮。

他喜歡觀察陽光、風雨、塵埃，在石壁上劃下的痕跡，像時間的皺紋；青苔，在上面發展出的霉菌，像癬；藤蔓留下的根莖，則像繭、像毛髮，是生命的記錄。

他望著石牆，看到了石頭的深度與內涵，也看到了走動其中的肉身，在光陰中演變——成長、茁壯、頹敗、衰老——的歷程。

他認爲石頭有感，能聽，與les murs ont des oreilles（石牆有耳）的表達，產生了共鳴。

這個表達，中文翻成「隔牆有耳」，但指的是人耳，不是牆耳，而且是在牆的另一側，像李康生以玻璃杯貼著牆附耳聆聽一樣。

法文適用的情境是：在公眾場合進行私人的對話，旁邊遊走的人雖在做自己的事，沒有特別豎耳傾聽，但談話的人仍覺得不太自在，因爲les murs ont des oreilles，誰曉得旁人從聽得的支字片語，是不是已猜出在講什麼？所以還是得小心。此時，周遭的人變成了牆，人牆有耳，牆耳即人耳。

西西里島東部，有一個古希臘時期的採石場，挖空的洞穴高達二十三公尺，深六十五公尺，入口形似微開的女陰，裡面迂迴曲折，回音效果極佳，就連紙張撕裂聲，在外面都可以聽得一清二楚。

據說畫家Caravage在逃離Malte島至Syracuse避難時，曾到此一遊，並稱此洞穴爲L'oreille de Denys（Denys的耳朵）。

這個叫法，可能源自另一個傳說：暴君Denys在這兒設監獄，人犯在裡頭暢所欲言，卻不知道石壁有耳，監聽、掌控了一切叛變的陰謀與企圖。

●

豔陽下，無垠的沙灘，微風輕拂，棕櫚搖曳，一口清涼的椰子汁，一具古銅色的軀體，沒有泳褲遮出的白影，在睏睡的午後，面向大地。

打翻一瓶香水，潤澤整個身軀，以手以腳，全面搓壓、貼靠。

章魚布滿吸盤的軟臂，慢慢探索一個新大陸，以保護色與環境融爲一體，最後吐水躍離，拔罐似地留下一個個吻痕。

一切，與激愛無關，只是皮膚通電的感覺，在掌下悸動。你不知道，是你的身體在顫抖，還是手下的皮肉生起了疙瘩？是身體的隆起，還是沙丘的凹陷？

一隻蟹子，舉著雙螯，神色慌張地竄過，好像幹了什麼勾當，必須趕快離開事發現場。

P是唯一輾轉聽說我在找模特兒，主動與我聯絡的。

我便懷疑他是不是對我有好感，以展露自己，謀取與我性交的機會。

爲了刺激我，有時他會假裝活動筋骨，或向後彎腰，或抱起挺升的大腿，把一切展露無遺，自然是在他的領土上。

他的個子很小，屁股很翹，兩腿粗壯，下體異常巨大。我照實畫他的陽物，他卻要求刪小些，否則看起來很不協調。

我在畫了一個段落之後，便藉口休息，順勢躺下，勾搭他的腰。

僅這麼一個碰觸，兩人便火光石電擁抱起來，然後他粗暴地扯開我的牛仔褲鈕扣，一併褪掉我的內褲，把我的雙腿推高，架到他的肩上。

不一會兒，沒等我表達癖好，他已跑去拿保險套和潤滑劑，一副就要侵犯我的樣子。

他先用紙巾擦拭我的下體，仔細端詳，像在檢驗我是不是健康的，然後才問：「你喜歡什麼方式？」

「我不喜歡被進入，但也不是非進入別人不可。」

可能是因爲看到我的胸上，布滿紅斑，他嚇了一跳，突然要我趕快著裝，不然會趕不上車，把我亢奮地丟在一邊。

他是認爲我有毛病，還是知道這些紅斑是被他的鬍子搓出來的，頓時生起了背著M與我偷情的罪惡感？

他雖繼續稱讚我的優雅，畫畫時自信的姿態，以及細膩的皮膚，但不再勃起，對我陡失興趣。

於是，我很直接地問：「下次我來時，我們做愛好嗎？」幾乎是乞求。

他卻說：「要看狀況，必須身體、心理、感覺都對了，才有可能。」

他和M住在由工廠改建的公寓三樓，每戶的牆壁隔板都很薄，任何小小的敲擊，都會在整棟大樓震動迴響，引來掃把或拳頭憤怒的回應。

若去小丘公園雕刻，不僅揹的東西很重，偶有人圍觀也不太自在，最糟的是——管理員說：若要在那裡工作，必須先向市政府申請、獲得許可。只好作罷。

由於他仍在找尋最適合自己的藝術表達形式，還沒破釜沉舟、決定全心投入雕刻，自然尚未認眞考慮租工作室的事。

沒有恰適的創作場地，不能大力揮舞槌子，使得他有朝一日成爲偉大雕刻家的大業，大大受到阻撓。於是，與其叮叮咚咚雕鑿木頭或石塊，或者用泥巴把客廳弄得髒兮兮，他退而求其次，改以相對柔軟的材料來練習——肥皂。

他買了兩打便宜、沒包裝的肥皂——長方形、臘黃色、手掌大——，平擺以後，構思了一具規矩的人體，僅用了十四塊。後來想想，外加兩塊，可以因應情況調換。

平常用來洗身的東西，現在卻一反常態，在手下細細切磋、磨擦，幾日下來，指紋幾乎都被刮蝕掉了，鼻孔裡則充滿略帶脂臭的芳香。他不禁想到接吻和吮吸，也是摻雜幾種滋味。

枕在囊袋上安睡的小雞，對應的自然是平和的臉容；昂首疾飛的巨鷹，牽引的必是痛快的表情。好像兩頭——龜頭和大頭——之間，有類似wi-fi的無線連結，互相影響、彼此指揮。

正如M自侃：「J'ai une bite à la place du cerveau.」在容納灰白物質的位置，塞了條陰莖，一天到晚「滿腦子性」。

這個說法，並非空穴來風，或原創，歷史早有見證：在拿波里情色博物館珍藏的龐貝古物中，就有陰莖烙在額上的頭像。這已不是修詞學裡的比喻，直接而具象，毫不拐彎抹角。

就像Louise Bourgeois以Femme Maison（家庭主婦）爲主題的畫或雕刻——聳著圓乳的女體上，頂著一棟房子——，精準地表達了女人的頭即房子、女人以家思考的處境。

與肥皂糾纏幾天之後，好不容易把分割的人體完成，他便捧了作品去受洗。

他撫摸皂人的起伏轉折，像救生般輕輕吹入氣息；皂人則順著他的曲線滑溜，撫慰他倦怠的心靈。洗人者被洗，l'arroseur arrosé（澆水者被澆）——幾乎是電影的源頭——，他們進入了物我兩忘的境界。

小雞怕濕，宿命地掙扎拍撲，巨鷹展翅，企圖逃離水患，而扭絞的面目，則在蓮蓬頭落雨似地擊打下，漸漸變得模糊不清。

他沉浸在溫柔鄉，瞇眼點頭，一直到背脊感到寒涼，才猛的回過神來。

他火速把皂人拖出浴缸，但爲時已晚，十六塊裡面有三塊已溶化、流失，連一聲慘叫或嘆息都沒有。其殘餘，一段段地，活像西西里島西南部因時間風化、磨蝕、被棄置於荒煙蔓草間的巨人。

他將皂人的屍身，擱在陽台上曬乾，然後保存在木箱中。他暫時沒那個氣力重構這具軀體，僅任空缺在歲月中盤據。

偶爾他在沖澡時會莫名尋索小雞或巨鷹的去向，感到焦躁萬分。於是，三溫暖的水聲、熱氣、人影就會進入意識，不見的那一根，便成爲他魔咒般的永恆追求。

●

不管你在哪裡，縹緲或迫近，你不斷解析這具身體，感應最明亮與最陰暗的部位，像拍照前的測光。有了這兩個基準，你才能掌握不同層次的灰，以便估量所有的高低起伏。如此一來，你也才能對自己所處的位置，有個概念。

光線隨時在變，但你的總體印象是：身形、輪廓模糊不清。奇怪的是，你又能準確抓出全身的比例，雖然比例有些誇張。

你意識到你是大近視，隱形眼鏡並未完美地把你的問題矯正過來。在你的一隻眼睛前，總是因散光飄著薄霧，另一隻則過於清晰，使得你很難拿捏最完美的距離，甚至覺得影像有些扭曲。

在裸身的雙腿間隙，你發現那最深邃的所在，隱約有一記紅斑，像個開始，又像一切的終結，像是偷情的紅字，又像是病菌、病毒肆虐的痕跡。

影象重重疊疊，不知是眼裡有虹彩，還是物件上烙著乾涸的痂。

這個紅點，逐漸擴大、拉長，不斷腐敗、潰爛，最後變成肉色斑駁的香腸，不但可以嚼咬、吞吃，還帶著微微的酒香。

你不自覺地閉目搓揉，想看個分明，但又倏的停止，因爲你突然意識到，這樣會割傷眼睛。

可是，在你的眼眶四周，卻屯積著分泌物，黏著、乾澀，顯然你早將隱形眼鏡摘除。

●

關係有兩類。

第一類是我個人的，主要從吧裡找，或者曾經與我有過體膚之親的人；另一類則是M的人脈，更精確地說，都是以前與他有過關係的人。

我問一些人，可否當我的裸體模特兒？大部分的人接受，少部分的人拒絕。而更少部分的人，則在接受後拒絕。之所以反悔，理由是：他們比較害臊，但不是不喜歡自己，或對自己的身體沒自信，而是不習慣在朋友或陌生人面前露毛（à poil），因爲裸體與性愛是相關的，亦卽——脫的場合不對。

不可否認的，找人擺姿勢，除了藝術的呈現，在檢視他們的下體之餘，多少也會期待發生一些事。

我也對他們答應爲我擺poses的心態，感到好奇。不需事先認識、建立感情，一下子進入一種實驗的情境，像面對醫生的檢查，而且對醫生可能的碰觸，有著心理準備。

所以，裸體與場合確實有關。

在某種情況下，擺姿勢的場合，與性愛的場合重疊，只是前戲的時間，非常長罷了！

怪的是，沒有人在決定前，要求先看看我的作品，或者與我討論酬勞。好像只要是藝術的嘗試與努力，都

值得鼓勵，都願意犧牲色相、時間與自由，耐心、稱職、忍痛地扮好靜物的角色。

想想，一個偉大的藝術家背後，該有多少無名模特兒的奉獻啊！

●

從開燈的廳室走出，突然被亮晃晃的陽光照得眼花撩亂，他不得不倚牆站定。

這兒，原是露天中庭，後來在上頭罩了一片片透明玻璃，變成了大型戶外石雕的展區，防風避雨，人們可以安心地在裡面遊逛。

沒想到，才適應了光線的落差，眼前的雕像卻令他再度陷入昏眩。

他不禁懷疑，這是不是博物館動線設計者，故意考驗人們定力的邪惡安排？

近約一百二十度張開的雙腿，一隻在石塊上彎折，一隻懶懶下垂，中間則以最大方、最坦誠的下體，迎接在時空中迷失繼而找著的參觀者。

那姿勢、那高度，喚醒了他在同志世界熟悉的一幕，整個人幾乎就要撲跪下去。

那是一具結實、臥坐的青春軀體，頭髮散亂的主人，以弓著的右臂爲枕，左手似架在樹幹上，可能因爲酣醉，臉後仰，嘴微開，正放下一切，專心做夢，對自己的體態絲毫不矯揉造作。

看到羅浮宮裡這具裸身，他會如此震懾，並不意外，因爲只要是有一點點敏感度的人，都不可能對其非比尋常的展露與邀約，無動於衷，更何況還添加了酒、睡夢、偷襲等元素。

沒錯，雕刻家可以藉口說，呈現的又不是人，是satyre（牧神或林神），只要看祂背後伸出的尾巴，以及屁股下壓坐的豹皮就知道了。畢竟，神是不受人類禮俗或藝術成規限制的。

但satyre的衍生意義，是生活放蕩的人、色情狂，或好色之徒，還是與性有關，充滿了暗示。

不論雕刻家承認與否，透過其精湛技藝，人體的呼息與悸動被瞬間注入石刻，千百的同志馬上偵測到裡面蘊藏的情色，紛紛產生了共鳴。難怪牧神沉睡的照片會在網上，雖不到瘋傳，起碼廣傳，成爲男男愛慾的標誌。

當然，這些，他是在自己的身心，經過暗與亮的轉換，並與雕像激烈碰撞之後，才領會到的。

他的結論是：描繪或雕琢男體的藝術家，在作品中自覺或不自覺的呈現，總能勾動觀者的心弦，至於感應的強度，那就要看個人的素質了。

●

你這些天很累，畫裸體，說有進展又沒有。你對自己畫的東西，時而滿意，時而憎惡。沒想到在人像的範疇，都已那麼私密而個人了，卻仍有情緒的區別。

不同的模特兒，不同的光線，不同的構圖，不同的觀看角度，以及顏彩的濃稀，畫筆的粗細軟硬等，都會影響畫出來的效果，尤其是你與被畫者的關係，以及你對他的感覺，更是關鍵。

到底是沒有關係始終畫不好，還是有關係，才畫不好？

究竟在何種心緒下，最能掌握美感？是在自在時，或是在激動不已時？是曾經撫摸過，較有感覺，還是從沒碰觸過，眼睛才更敏銳？

那畢卡索和他的女人們，又是怎樣的互動關係呢？

但你總是覺得侷限。

用筆時，你渴望石頭的體積，用鑿子時，你又感嘆沒有紙張的簡明，而不論畫或雕，你都嫉羨拍照的快捷。

●

S是這些裸男中，我認爲最成功，也是最失敗的。

所謂成功，是指我進入了他；失敗，則是把他畫得一點美感都沒有，既老又醜。

他躺在沙發上，囈語似地敘說自己的過去。

我只偶爾發出：嗯！啊！然後呢？或者提出簡單的問題，讓他繼續講下去。

他已跟M認識十四、五年了，那時M才二十三、四歲。

聽了S的故事，也是M的側寫，我突然覺得與S非常熟悉，加上身體的袒露，變成了雙重的親近，所以對他有了朋友之情，甚至多些，像M與他。

吃畢午餐，他雙臂閒適地交疊在頭後，那腋毛，褐黃帶綠，那氣味，那雙眼之間友善的光芒，那邀請……

當他問：「等一下我們要做什麼？是要繼續，還是可以收工了？」

我這個天才，竟說：「On se fait un câlin !（愛撫！）」

他雖驚訝，但很樂意，馬上說好，我們便到我的小床躺下。

他的乳頭紅、軟，非常敏感。他親我、舔我，我看他不反對，便擁有了他。好像，我有這個必要征服他，唯有經由他，才能進入時間的邃道，參與M的過去。

然後，我們在床上朦朧入睡。我摟著他，在昏濛間凝視彼此，凝視造化。猛醒來，還以爲是在年輕的M懷裡，或者M就是我。

他臨走前，我向他道歉，自承不是好畫家，竟然占模特兒便宜。

●

他經過一家舊書攤，儘管他的法文尚未好到不用查字典，他仍喜歡進去東翻西翻。

自然，他傾向閱讀圖文並茂，或者以相片爲主的書冊。如此書與人的溝通，不再全靠文字導引，而是由影像傳遞，較少用到大腦思考，可以更直接而準確。

他不小心就被一本書吸引。

書的封面是人體，黑白的，分不清是雕像，或是人的照片，有一種蒼涼與粗礪。

奇怪的是，他竟有這本書是故意在這一刻落入他手中之感，像當頭棒喝，像一種啟示——因爲在未閱讀文字以前，他即有個直覺：裡面的身體是男性，而且始終是男男的組合。

打開書頁，他發現，這些身體，不論是石是肉，是胖是瘦，是年輕或蒼老，是光滑或多毛，是平靜或昂揚，都有一種驚人的美，神聖而莊嚴。

不論表達的媒材是石頭、是底片、是畫紙，創作的動機，都是源於對男體、對上帝的謳歌。

這身體，介於剛強與柔軟之間，介於堅毅與浪漫之間，介於眞相與幻想之間；那姿態，介於侵略與包容之間，介於野性與溫情之間，介於短瞬與永恆之間；其構成，則介於實體與虛空之間，介於光與影之間，介於黑與白之間。

所有的人體，都那麼平凡、那麼貼近人生，但同時又那麼藝術、那麼遙遠。

他看都沒看一眼價錢，就把書買下，如獲至寶。

這是一本見證，一把通往神祕世界的鑰匙，也是別人爲他寫好的日誌，他有被瞭解的快慰。

●

你在月牙下的大海漂泊，巨浪翻騰，像在想像與記憶的時空裡。

你旁邊的身體，時而如岩、如島、如魚背，時而如波峰、如旋渦、如白沫。你不斷游泅、航行，不知去向。

你不曉得還要在冰涼的水裡待多久，你在重重黑暗中，朝遠方的微光駛去——那太陽昇起之處，那青春的初始——，卻不覺得冷。

但你似又企盼，天不要亮起來，你願意在慾望與美感中沉浮、在光陰的縫隙中蕩遊。

偶爾你想停靠、上岸，但你又有所抑遏，你怕禁不起誘惑、怕被情色推倒，可是你也不願從此成聖、成賢。

三具身體橫陳，是你或是M夾在中間，是你進入M或進入別人，是你與M融合爲一體，或者M與另一個人才是孿生子？

你攀上懸崖頂端，朝蒼茫的大海，縱身一躍。在腦際，僅那麼一瞬，殘留著M憂惶、失望的臉容。

黑、灰與白，只是陰影的濃度，白、灰與黑，則是光亮的層次，彼此從相反的方向靠近，經過參混，最終又分隔成遙遠的兩極。中間那一段，塵灰滾滾，你這個俗世畫家，只能隨波逐流。

光影曖昧不明，人際關係含混，更糟的是，你偏對自己缺乏道德批判。

是不是只有對別人裸身的觀察與詮註，你才能回溯自己的過往、重現M的青春歲月？

你在一雙手的愛撫中，呻吟、抽搐，從夢中驚醒，也在與某具軀體劇烈的推擺間，疲憊地睡去。

現實是夢境的延續，夢境又顛覆了現實，交融成海綿體的脹縮，以及下意識裡無止境的渴求與壓抑。

●

參加藝術家聯展。

以硬板爲底，將已完成的肖像擱在上頭，罩上自製、具白櫺的深藍色長方形窗面，最上方則以玻璃鎮壓，然後與銀框扣緊。

經過這樣一個裱褙的過程，可能是因爲包裝的慎重、樸素，烘托了畫的價值，當一具具裸身張掛起來時，我還以爲碰到了某位藝術家震撼人心的傑作。

一位藝術愛好者，在展場轉了一圈後，特別過來跟我閒聊。

「畫與框搭配得那麼好，請問是您自己挑選的底色嗎？」

「是，因爲請人安裝太貴了，我就買現成的框、顏色適合且尺寸相同的紙板，再按畫的大小自己切出窗面。由於不太熟悉，所以花了好些時間。」

「其實畫家的工作，不是把畫完成了就結束了，還包括後面的裝框，以及在展場的掛置，這些都不能假他人之手。從您的展覽，就可以看出這一切都是精心規劃的結果。畫廊的人什麼都不懂，如果全權交給他們處理就完蛋了。」

「謝謝！我認爲，如果畫家知道自己要表達什麼、想營造什麼氣氛，就會對作品展出的方式非常挑剔，每一個細節都不能放過。」

「我是peintre de dimanche，我自己也畫人體，透過您的眼睛，我第一次發現：西方男人的身體眞美！可是這個美，以前我卻看不見。我因此質疑，爲什麼白人不是我心目中美的典型？後來低頭看了您的名字，一個亞洲名字，我才恍然大悟。」他雖說peintre de dimanche，直譯爲「星期天畫家」，但並不是說只有在星期天才畫，而是指並非全職，是個「業餘畫家」。

「怎麼說？」我望著這位年紀與我相仿的白人，誠懇地露出願聞其詳的表情。

「噢，不瞞您說，我喜歡亞洲人，所以我找的模特兒、我畫的人體，都是亞洲人。因爲我覺得，亞洲人的輪廓與身體，都比較精緻、無毛（imberbe）、中性，皮膚又細，像青少年，而且後面還有幾千年文化的深度……」

「啊！原來如此。」

「也就是說，美不是絕對的。有的人喜歡與自己相同的人種，像照鏡子，因爲習慣而感到安心；有的人卻被不同的人種吸引，像磁鐵，因爲神祕而感到好奇。畫家的背景、生活的環境、受過的教育與訓練，決定了他審美的標準。總之，對我而言，亞洲人比法國人好看多了，也因爲這樣，我對白人視而不見。而您，卻正好相反。」

「嗯，聽起來似乎有理，我倒不曾這樣想過。按照您的邏輯，亞洲人可以更精準地掌握白人的稜角分明；白人則更能發現亞洲人的平坦柔和。如果把這個邏輯推得更遠些，我們甚至可以說：藝術家對人種的偏好，決定了他專擅描繪的族類？」

情人眼中出西施，畫的主題雖是西施，卻也提供了情人的個性、性別，以及性傾向等資訊。這些，逃不過明眼人隨意的一瞥。

難怪人說：展覽，展示的不僅是作品，也將藝術家赤裸裸地放在聚光燈下，供人檢視。所以，敢展出，就表示有暴露自己的心理準備，這需要勇氣。換言之，畫家比模特兒更赤裸。

這個討論，雖然有趣，也值得思考，但已涉及個人隱私，我們便把話題轉移到繪畫的方式與技巧上。

在皮膚的色層上，黃種人介在白人與黑人之間，若是轉成黑白色系，應該就是中間的灰。業餘畫家以灰爲底，用一點白和黑來勾勒裸身，再以淺灰、深灰交互形塑、刪減，一個令他垂涎的亞洲人便慢慢浮顯。

我則以淺灰爲底，用一點白和深灰定出輪廓，一方面保留亮的部分，一方面以不同層次的深灰切削、磨打，最後以一點黑，釘住想要起身逃離的白人。

至於黑人，是不是要在深灰裡，以黑來捕捉陰影，以白來標示反光，然後用或深或淺的灰耐心鋪排、堆砌，才能將其自睡夢中搖醒？

我們不得不坦承，都還不曾上前詢問黑人當模特兒，只能想像。這又不小心透露了一絲訊息——我們的性對象不是黑人。我們的對話，還是回到了隱私。

●

在海邊，他常走走停停，尋找由大自然創作的雕像——不是石頭，不是貝殼，而是蘆葦根。大自然無目的的創作，靠著人眼，點出了平凡中的神奇。當然，神奇並非憑空而來，多少還是以大自然中已存在的元素爲基礎，並加入了一些個人想像。

蘆葦根的質地恰到好處，既不像草葉蔬果易敗爛，也不像樹木枝桿堅不能摧，所以經過腐朽、蝕刻、磨搓的過程——不算太漫長——，軟的部分除掉了，硬的地方保留了，一個前藝術品便產生了，只等著有心人去發現它的美麗與價值。

巴斯卡（Blaise Pascal）說：人是大自然裡最脆弱的一株蘆葦，但卻是一株會思考的蘆葦（un roseau pensant）。

可能是因爲人在沉思時，傾向低頭，如羅丹的《沉思者（Le Penseur）》，而蘆葦隨風垂彎的模樣，就像在窮究宇宙、人生的大道理。但風一旦轉向，蘆葦思索的主題也不同了。

他猜測，其莖葉之所以能朝各個方向彎曲而不斷折，那是因爲擁有得以應付一切扭力的堅實基礎——穩紮穩打、散布四方的根。

這根，由一圈圈的皮表組成，上面有或長或短的鬚，看起來像粗大的毛毛蟲，還如薑一般分岔側生。

然後，在風水沙鹽熱冷的交相作用下，不同樣貌的獸胎，便在沙土裡耐心地成形。

有一天，在某種機緣下，他在沙土中感測到生命跡象。他停下腳步，充滿好奇地彎身翻看，一頭栩栩如生的獸便攀手而上。

他在家裡建構了一所動物園，裡面的收藏豐富：有定睛遠看的鴕鳥，頸鬣飄揚的馬，雙手捧著果實的小松鼠，胖胖飛不太起來的推特鳥，裝飾權杖的牳羊頭，甚至有在匍匐前進時因突然聽到某個響聲而扭頭回望的麒麟。

他其實沒做什麼，他只是看到、撿拾，然後展示。

就同杜象（Duchamp）將現成的尿池轉個方向、簽個字，卽變成名爲《噴泉（Fontaine）》的藝術品，這就是*ready-made*（成品）。

是不是親手製作不重要，重要的是藝術家挑選的眼光。

●

在玫瑰花瓣鋪灑的床上，好香好香，你感到一股狂烈的熱望，好像好愛好愛身邊這個人、這具軀體，好想大聲宣稱生命的美好，也好希望全世界都知道你的快樂。

你雙眼幻夢、感官迷醉，不顧一切地朝他撲去，然後以嘴巴、以口沫，在他蓄滿鬍鬚的下巴、在他高聳的鼻尖，濕潤地舔吻。

但你不等對方察覺，不待有任何反應，便快速移開嘴唇。

你怕。

可是猛一抹唇，你卻發現自己臉上也有哩啦發響的鬍渣，再往上一點，竟也是一個「吾心嚮往之」的高細鼻子，叫手指慌亂失措。你低頭勘視：啊！遍體毛髮捲曲，黃褐帶綠！

你是怎麼了？你是在狼狗不分的灰霧裡，嗥叫的狼人？還是，你看到的是鏡中的M？你就站在他的後邊？而在他前面，卻另有一具軀體？

你猶豫了會兒，便大方地向前抱去。抱住的，竟是一把鮮紅的玫瑰，枝梗尖刺。

而另一隻空出的手，則往對方的下體撈去，撈過一個，還有一個，每一個都很近似，但又有些不同，濕熱、膨脹，不斷演繹、蘊生，沒個終了。

●

L是個西班牙人。

M在二十年前，曾送他玫瑰，向他示愛，並在他家門口站過幾次崗，算是遙遠的初戀，但他對M似沒這麼強烈的感情。

L來時，一臉嚴肅。他先品嚐我做的菜，然後審視我的素描，要求似乎很高，讓我戰戰兢兢。

後來，可能是覺得我值得投資，也因爲M的慫恿，說畫晚了可以留宿，他才從十點開始擺姿勢。

他對自己的身體很大方，應該也覺得頗滿意，還誇口說，可以遊刃於男女之間，一點問題也沒有。

之前看他滿下巴鬍子，以爲全身是毛，結果衣服脫掉後，才發現什麼也沒有。更妙的是，他的下體完全不像鼻子那麼秀氣，粗大而沉重。

我打完草稿，蹲下來擠顏料時，他跑過來看。他的下體就在我的嘴邊，不到五公分的距離，我差一點就咬了過去，艱難地抗拒某一個久遠的呼喚。

他跟其他模特兒最大的不同是：他一直盯著我瞧，像在研究我，像要看穿我的心思與企圖，並從我站著揮筆的姿態，預測我可能畫出的結果——彷彿全裸的是我，不是他。

這也難怪，因爲這不是他第一次袒露在別人面前。他被畫過、拍過，因爲他有模特兒的俊逸與骨架。他的裸身，其實就是他最自豪的衣裝。

令我疑惑的是，對L姣好的身材，M並沒多看一眼。可能是他對L早無一絲情愫，也對這樣的體態，不再感興趣，畢竟在經歷過一些亞洲人之後，他的口味及偏好全變了，已與年輕時的自己，判若兩人。

時間已近十二點，看我仍沒畫完，M便回臥房就寢，並不擔心我和L會不會情不自禁，迸出慾望的火花。

十二點半，終於結束了。我翻出以往的習作給L看，兩人近近而怯怯地靠在一起。

之後，L打著哈欠，安分地去睡我的小床，那我的餘溫所在。

躺在M身邊，整夜在半夢半醒之間，一直有個衝動奪門而出，去摸摸、看看L，好不輾轉、煎熬。

●

從凹陷到立體，也就是從陰雕到三維的雕刻（ronde-bosse），中間還有完全平面的障眼法（trompe l'oeil）、矮浮雕（bas-relief）和高浮雕（haut-relief）。

陰雕，法文的說法不詳，可能是因爲法文世界少有這種藝術表達形式，所以無這種區分。

有人說是蝕刻（gravure），但那比較像用來塗墨列印的銅板，本身不是終極作品。

讓他印象最深的陰雕，出現在埃及帝王谷那邊的神殿牆上。

鴨子、蜜蜂、蛇、河馬、鱷魚等動物，囚困石中，深達十幾二十公分。

這些形象，隨著晨光夕照的角度、四季日頭的惡毒程度，消瘦、增肥，循環又循環。亦即，這個設計，邀約時間，在牆面上投射出不同面積、品質的陰影，讓陰雕躍升爲四度空間的藝術品。

而且，形象本身，還是文字的一部分呢！也就是說，陰雕除了美觀，還能達意。

障眼法，通常應用在特定的環境，例如在一面單調的牆上，畫家以顏彩、建築結構、光線的投射，開了扇假窗，還在後面安排了具對外探看的人影。嚴格說來，這是壁畫中的一種，除了炫技，主要是爲了欺騙眼睛，讓人有一瞬間誤以爲眞，因而達到趣味的效果。

矮浮雕，有人翻成淺浮雕，但他認爲不妥，因爲淺和深這兩個字，都有水下的味道，感覺像陰雕，即在一個平面以下。

矮浮雕通常以木、石爲承載（support）——就像紙張之於水彩、麻布之於油畫一般——，在打好輪廓後，鑿去外面的空洞，並將凸起的部分磨順。因僅微微浮起，沒什麼濃重的陰影，淡淡的輪廓便像畫裡的線條。

畫也可以逼近浮雕。

去佛羅倫斯玩時，他曾深入分析米開朗基羅的《聖家庭與聖約翰（La sainte famille avec saint Jean-Baptiste enfant）》。

那是一幅亮亮的蛋彩畫，爲大師早期在畫架上完成的作品，已顯出其獨特的風格與傾向——輪廓明晰，色彩強烈，注重構圖的韻律，偏好呈現肌肉與動作，並以光影將人物形塑成浮雕的模樣，彷彿觸手可摸——，像碟嚐味的小菜（avant-goût），預示了將來他在西斯汀小堂那席震撼人心的視覺饗宴。

此畫立體的感覺，還氾濫出去，與圓形畫框上往內探看的五個木雕人頭，相呼應。

怪不得大師曾留下這樣的評語：「繪畫越有浮雕效果越出色，但浮雕若越像繪畫則越糟糕。」

在羅浮宮當守衛時，他好幾次在同個大理石雕刻廳站崗。無聊，便一邊留意自拍的觀光客，一邊走動式研究不同的作品。

在衆多作品中，Pierre Puget的高浮雕《Alexandre和Diogène》，高長深分別是三點三二、二點九六、零點四四米，給了他一些啟示。

這個高浮雕，Pierre Puget雕了十八年，才完成。描述的是Alexandre與哲學家Diogène在Corinthe的相逢，雖然作品中以羅馬商場爲背景。

當時亞歷山大戰勝了希臘，騎著馬，以大帝之尊，拍著胸脯問哲學家：「我可以爲你做什麼？」

覺得被打擾，躺著的哲學家半坐起身，不耐地比了個手勢：「閃開，不要遮到我的太陽！」

這手，手心向上，標準的抱怨姿態，比例誇大地伸出石塊，是整個高浮雕離觀者最近，且最接近立體雕刻的部分。

這高低起伏的作品，其實是一幅以大理石爲承載的畫，已替觀者安排好欣賞的位置與距離，以及可以容忍的斜視角度——太近或太斜，就會扭曲變形——，兩個主角之外，後面的人、動物、建築，隨著某個透視規則及消失點縮小、拉遠，標出景深，並借由光影的投射——而非繪畫的明暗——，強化了立體的感覺。

畫或類似畫的高浮雕，可以把繁多的物件組合在一個景框裡，或者在一個立面上呈現，但若要用雕刻來講述同個故事，且允許觀者親身走動其間，或者如小人國僅以眼光掃掠，那岩石必須有多深、多厚啊！這可能就是雕刻很少表達群像的原因吧！

依據這個作品，他猜Pierre Puget可能是雕刻界的畫家，以雕刻刀畫畫；或畫家中的雕刻家，以畫筆雕刻，這樣的畫作，還有個名稱「grisaille（灰色彩繪法）」，因其不同層次的灰，給人面對大理石矮浮雕的錯覺，若是嵌在某個牆面上，則是另個障眼法。

查了資料，才知道，Pierre Puget其實與米開朗基羅一樣，雖沒後者聞名，既是雕刻家，也是畫家，還是建築師。

畫家企望雙手的撫觸，那種立體的豐實感，雕刻家嚮往眼睛的透視，那種構圖、敘事的樂趣，於是就在作品中越界，加入新的元素，滿足多重形式、身分的渴求。

大概就是精擅多項專業的人，才能超越不同承載的限制，突破藝術類別，找到介於其間的解決方式吧！

● 在網上，偶爾你會點擊偷偷摸摸的影片來看。是有關睡人的甦醒。

對象，或者說受害者，往往是自我醉酒或被灌醉的年輕男子。

你猜，這些男子會與夜襲者在同個屋簷下沉睡，徹底失去神智，應該是後者的兄弟、朋友、室友，或同學吧！

但也可能，偷偷摸摸的情節不是眞實的記錄，而是一種擬眞，亦卽——裡頭的人物不論是主動或被動，都是演出。

至於是哪種狀況，從結尾大致可以判定。

你之所以會點擊這類片子欣賞，實際上是出於偶然。

之前，爲了寫報告，你進入Google搜尋藝術史中以睡人（dormeur）爲主題的作品，以及有關的傳說，或心理學上的分析，結果不小心落入這個網站，從此萬劫不復。

眞是驚心動魄的一幕。

在手機微藍的光線下，夜襲者如魔術師，將沉睡的小獸喚醒，對牠百般呵護，然後看著牠漸漸成長茁壯。而睡人，牠的主子，則遠遠隱退到沒有意識——也沒必要有——的黑暗中。影像外，則是屏息以待的衆人，如你。

畫面裡呈現的色澤與氣氛，你是熟悉的。

排除被發現的緊張與恐懼，最令你訝異的是，儘管前景裡的肉體慢慢甦醒，在溫柔寶貝中脹紅、變硬，乃至在激烈蹂躪後噴洩，背景裡睡人那張臉，卻始終不動聲色，一派安詳，像死人一般。

你以爲，在成形的過程中沒反應，那就罷了，但在快出來以前，總該呼吸急促，或者微微皺眉吧？沒有。

這一切，完全超出你的想像。

好像在這個既能感知又不能感知的時刻，陰莖脫開了腦子、身體，宣布獨立，與它的主人斷絕關係。

你很好奇，睡人在硬得不行時，他的夢境是不是有受到干擾？譬如，從「日有所思，夜有所夢」那種夢，跳回年少時的春夢？最後的射精，則變成夢遺，第二天早上會在床單或內褲上，發現濕黏的痕跡，而喚起模糊的記憶？

在火山爆發的過程中，如果睡人突然醒來，發現自己的下體正在夜襲者的口中英姿勃發，他會如何反應？

一、反正很舒服，就繼續裝睡，讓對方好好把工作完成吧？然後將這個事件，壓在箱底，成爲一個未來或許還會暗暗期待的祕密？

二、把夜襲者推開，奪回昂揚的下體，一邊拉上被單遮羞，一邊大聲咒罵，並決定從此與此人絕交。可是，要是夜襲者不肯物歸原主，還兩手緊握，瘋狂搓動、含弄，那該怎麼辦？

三、睡人不覺得被侵犯，對夜襲者的耐心鋪陳，不但沒有質疑，還欣然接受，之後兩人便以其他姿勢繼續性交下去。在這種情況下，他倆要不是已發生過關係，要不是都知道彼此的性傾向，也不互相討厭，要不然這些都是虛構，僅是娛樂觀眾的情節。

這是一尊可脹大縮小、可垂萎堅挺的神奇雕刻，難怪在各種文明裡，都以直白的方式，表達對陽具的崇拜。

沒有徵詢睡人的意願，偷偷與他發生關係，他雖沒掙扎、抗拒，仍是強暴。睡人似死，褻玩死人的身體，就是不敬，形同屍姦，或有戀屍癖。

埃及神話裡，奧塞里斯（Osiris）被他的弟弟塞特（Seth）構陷致死，被扔入尼羅河中。他的太太伊西斯（Isis）——也是妹妹——在找到屍體後，把自己幻化成似鷹的鳥，與亡夫發生關係，從而懷孕，生下荷魯斯（Horus）。

塞特發現後，就把奧塞里斯的屍體剁成十四塊，往四面八方丟棄。伊西斯到處尋找，重新拼湊縫補，獨差下體，最後只好以某種方式復原。這欠缺的一條，是被鱷魚吃掉了，還是被電影《感官世界（L'empire des sens）》的女主角撿走了？

這個數千年前傳下的故事，多像把精子急凍，儲存下來，死後備用；甚至把人也急凍下來，等候未來科技發達時，得以甦醒、重生——因爲奧塞里斯被稱冥王，主管死後的永生。祂的形象很容易辨識：青灰的臉，身上綁著一圈圈白帶——是第一具木乃伊——，下半身則以直角挺拔伸出陰莖，就連躺著時也是如此。是義肢嗎？

你第一次去埃及時，沒先研讀相關資料，僅以圖案感知敘事，看到這麼多冥王昂揚的展示，總以相同的體態向其致敬。

神話的現代版，在新聞中也曾報導：一個俊男英年早逝，幾個女護士感到非常不捨，便聚在停屍間，圍觀、撩撫他在陽界的殘餘，感覺他只是睡著了。

沒想到，眼睛突然睜開……

眞是嚇死人了！

●

早上M出門後，我很想去偷看L睡覺，不知他是全裸，還是穿著內褲。

但我只待在廚房看書，或擦擦洗洗，沒敢去吵他。

他一直耗到近中午，才起床。我泡咖啡給他喝，他竟與我一直談，用他迷人的口音，談他的工作、生活，談到下午兩點。

他與我的距離好近，好近，近到他的口沫都全被我接收，沒掉一點，近到我都會以爲，他會親我，或者我會忍不住親他。

他走時，扛著腳踏車奔下樓梯，竟傳來雄渾、高亢的歌聲，像刻意唱給我聽的。

不止如此，他出了大樓，我正好也走上了陽台，他似知道我會俯身目送他離去一般，還一邊踩著踏板，一邊回頭與我揮手告別。

我仔細檢查床單，看看是否有掉落的毛髮，然後脫去衣服，縮入小床，拉起棉被，嗅聞L的味道，整個人感到迷迷茫茫的。

我的胃微微絞痛，心則亂了一整天，M工作回來時，發覺我怪怪的，還以爲我生病或著魔了。

●

他神魂不寧，疲倦極已，便排除所有約會，到杜麗社公園透氣，一方面思考這幾天的夢境，一方面衡量是否該繼續人體素描的計劃。

因爲他隱約覺得，這個計劃好像有些危險，總是令他沉淪。

通常，他會在出了地鐵之後，從公園的側門，走往中間的噴水池；在佇足觀看游泅的鴨子、色彩豔麗的小帆船之後，他會向右轉入濃密的槭樹林；在抵達另一個水池前，他會突然一個左拐，穿越地下道，踏上塞納河的堤岸；立在岸邊，他先左轉，然後溯水而上，一直漫步到臨近新橋，才爬上斜坡，回到擾攘的城市。

但這一天，他根本沒注意到水池有沒噴水，小孩是否在一旁尖叫、追逐——他被後面的露天展示所吸引。那是一個石雕展，展品包括神殿的柱石、樑上的裝飾、石棺的邊側，以及墓碑的圖案等。不論是對神的謳歌，或對逝者的緬懷，都在敍述一則則傳奇。

石頭的光澤、顏彩、肌理，完美地搭配著人物的性格與特質。但這並不重要，因爲他似被某種神祕的力量所吸引，逕往展場的盡頭走去。

他越靠近一個模糊的標的，心就跳得越快，而不得不放慢腳步，像近鄉情怯，也像困惑自己已久的懸念，即將揭開謎底。

令他驚訝地，那空氣中微微的汗味與檸檬香，那失速滑動的恐慌，那雙腿間糾結的毛髮——那他偷吻、卡夾的所在——，竟伴隨著那尊不知名的雕像，穿越時空，飛到眼前。

他似乎體悟到什麼，感到喉頭哽咽，全身乏力，儘管扶著圍欄，整個人還是無可救藥地趴倒下去。

原來，這就是他白日無盡描繪、雕琢、捕捉，暗夜反覆窺視、撩撥、占有的軀體。

他的嘴唇、他的手心，刺痛起來。

於是，在帶笑的淚光中，他看到自己跌跌撞撞、迢迢走來的旅程。

這一年，他已接近四十歲。

一個長達十五年的尋索。

# 天使慾望

小姐的風景畫，藝術學院的老師評論說：有粗俗亮麗的色彩，卻沒耐人尋味、得以激發情思的氣氛。

為了學習掌握氣氛——包括感受及表達——，嚴嚴冬日，老師派他到死寂的墓園，「寫生」。多諷刺！

於是，他穿了胖胖的羽毛衣，揹起畫具與折疊椅，到拉雪茲神父墓園報到。踩著青苔與腐葉，他在濕寒中與碑石、雕像為伍，跟老少新舊的魂魄相處。

雖然戴了手套（僅戴一手）、穿了兩雙襪子，往往不到一個小時，他的手腳便凍僵了，只得倒杯熱茶，起身走動。

但他不能喝太多，因為要是想尿尿，那就麻煩了——必須跑出墓園，到旁邊的餐廳，點杯咖啡，借廁所。熱茶的白煙旋轉上揚，和著口中哈出的熱氣，在偌大的墓園瞬間消失，只剩下他這個熱源，繼續為藝術奮戰。

不論是大夥上班的日子，或休憩的週末，他是成千上萬的水平石板中，罕見的垂直肉身，獨自頂著灰色的靜默，幾乎就要被壓扁、淹滅了。

儘管四周的景象淒涼、衰敗，彩筆的搓擦、畫布的顫震，還是給這個沉寂的世界——偶被烏鴉的呱叫驚擾——，帶來了生機與希望。

經過蕭索、淒冷的薰陶，畫的色調，果然漸漸由明轉暗，最後甚至變成黑白，只剩不同層次的光影，卻因此有了深度與內涵。

但與靜物相處久了，他和環境的對話，便慢慢被顫抖的自言自語所取代。

像春天的即將來臨，他的內心生起了一波波騷動，開始渴望活生生、有熱度的人體。

有一天，在墓園找尋繪畫景點時，小姐意外發現：死中有生，生仰仗死，死也可以是情色。

Victor Noir，筆名，是位記者，在一個涉及榮譽的對決（duel）裡，擔任證人，卻於兩造協商的過程中，因一言不和，不幸被射殺，年僅二十一歲（1848-1870）。

兇手是個王子，爲拿破崙三世的堂兄弟，背後有極大勢力的支持，最終以無罪開釋。

Victor Noir出殯那天，十萬多人加入了送葬的行列，表達對皇室壓制人民的不滿與抗議，原本只是私人間的爭執，後來卻演變成一則政治事件。

但Victor Noir之所以名聞遐邇、被導遊併入墓園參觀的行程，並非因爲他的英年早逝，而是由於他那具寫實的青銅臥像。

Victor Noir的眼睛閉著，嘴巴微開，頭髮散亂，領帶鬆斜，戴套的雙手垂於身側，高桶帽則落在著靴的腳邊。

合衣入睡的他，想必在做夢，因爲褲襠左邊有一條飽滿的凸起，清楚地展露了他得以榮耀女人的實力，以及兩天後即將舉行婚禮的幸福。只是這一切，卻因他的中彈身亡，戛然而止。

這個隆起，就是雕刻家對Victor Noir死狀的忠實記錄？還是他從Victor Noir生前的照片，取得了這個資訊？或者他聽聞了Victor Noir的未婚妻，對其體格的眷戀與讚嘆？

英文*Angel lust*（天使慾望，法文是le désir des anges），指的是男人在經歷快速且劇烈的死亡——因頭部中槍、動脈大量失血、上吊、窒息，或中毒等——之後，下體所產生的勃起，又叫「死亡勃起」。

原來，電影《感官世界》末尾，女人掐著男人的脖子，讓他進入缺氧、迷離的狀態，以致陰莖分外堅挺，成爲最終一舉的描述，確實有醫學的根據。

問題是，這個死亡勃起，跟天使有什麼鳥關係啊？有永恆生命的天使，不是中性、非男非女的嗎？既然如此，怎麼會有慾望呢？倒是，當一個人（性交得）欣喜若狂、飄飄欲仙時，便可以叫說：「Je suis aux anges !」，彷彿已升至天堂，與天使同在。

也可能是，面對不太解釋得清楚的事，人們習慣於嫁禍給天使，這樣很方便，而且天使也不會跑出來辯解。

像製酒業的術語la part des anges，就把酒在木桶陳化的過程中，每年逸散、揮發掉的二、三趴，算成被天使拿走的一份。

所以，當哀傷的人們，突然發現死者那裡硬梆梆的，除了忍住差一點迸出的笑，大概也只能表情超然地說：「沒什麼，不過是『天使慾望』！」而且死亡的委婉說法，尤其是講小孩，不就是「去當天使」嗎？

也不知打從何時開始，人們——有男有女，但以女性爲主——專程來到Victor Noir的墓前，憑弔、獻花，還用手搓撫他的下體。長年以往，那裡更顯巨大、隆起，還以亮亮的淺褐，捕捉了不知情旅客的目光，而停下腳步，一探究竟。

仰慕者的鮮花，通常擺在高桶帽裡、胸前、頸上、手中，也有擱在兩胯之間的。但把帶刺的玫瑰，插在睪丸邊，小姐總是感到不安，這太不délicat（細緻、體貼）了吧！這表示放花的人，其實清楚地知道，那具下體是青銅鑄的，不是眞人，威脅並不存在。既不是眞人，卻相信擁有神奇效力，可是態度又不誠敬，獻花的動作完全虛假，充滿矛盾。

那Victor Noir雄壯威武的配件，具有什麼特異功能呢？

據傳男人若撫摸Victor Noir的陰莖，除了能增加virilité（雄渾的男子氣概），下體可以更強壯持久、更具生殖力——小姐對這點有些質疑，這樣的動作豈不像同性戀？——；女人若碰觸巍巍巨物，子宮就會變得豐饒多產，求男得男求女得女。

趁著Victor Noir幻夢的當下，有人還對著那裡湊嘴吐舌，或坐在上面磨擦滑動，幾乎已到下流的地步。

這還不打緊，一位不願具名的導遊甚至透露，曾在墓邊發現使用過的保險套，裡面蓄有新鮮豐沛的精液……

一時，躺著Victor Noir雕塑的石板，變成了呀呀尖叫的臥床，在這個露天舞台上，演出生猛的交媾，旁邊還有一圈圈、一層層的逝者圍觀，驚動了整個墓園。

於是，二十一歲血氣方剛的死，以死亡勃起擊敗了生，獲得了黑色的勝利——正是筆名的意思。也就是說，他人雖死，但沒眞死，那個勃起卽是活生生的證明。而他的活力，則靠著器官的揉蹭，傳給慕名而來的善男信女、孤男寡女。

但小姐仍有些不解，爲什麼性能力與生小孩的事，要求助於一個死人？怎麼死睡的Victor Noir，就扮演了註生娘娘、送子觀音的角色？

是因爲銅像可以摸、睡人可以摸、死人可以摸，不用先經過允許嗎？還是說，到底是不是Victor Noir，並不重要，只要有粗大的陰莖卽可，因爲這個迷信，只是陰莖崇拜——像個性道具的單獨存在——，比較人性、比較完整的變相罷了？而且有死亡當背景，人們會更加珍愛生命吧！

小姐突然想到：啊！會不會冥王奧塞里斯挺拔的下體，暗示的就是死亡勃起？

如果看到天使飛過（un ange passe：閒聊時，過長而尷尬的沉默），耶穌也不遠了。

文藝復興期的藝術家，在處理耶穌被釘死在十字架上，或下架後的主題時，爲了追求人界的眞，也隱晦地給半人半神的他，添加了死亡勃起。

那該安上多粗長的勃起，才能配襯他獨特的身分呢？神、人的兒子，非一介凡人，總該天賦異稟吧！怎樣的呈現才能兼具藝術的美與宗教的莊嚴呢？

藝術家要不在下體位置擱了一隻手，可能是耶穌自己的手、聖母瑪利亞的手，或上帝的手——成人的下體與成人的手擺在一起，就是怪怪的——，遮去異軍突起，要不以纏腰帶或布巾，以多重皺褶在雙腿之間包裹出形似棍棒的東西，但遠不及埃及草紙（papyrus）、壁畫、浮雕上對冥王奧塞里斯陽具的展示，那般直接、挺拔。

但至少確認耶穌有陰莖，也會因處刑方式，產生生理反應，這已大大拉近了神與人的距離，信衆也對耶穌一肩承起人們的罪所遭致的痛苦，感恩且感同身受吧！

想不到，聖經，或者說天主教、基督教，從埃及神話裡移接過來的東西，這麼多。小姐零零總總讀到的研究報告指出，包括創世、造人、聖母抱子、屠龍、雙魚等故事和圖像，甚至耶穌的死亡勃起，都讓人與古遠的尼羅河文明，產生似曾相似的感覺。

去土耳其的Cappadoce，在參觀深鑿岩中的拜占庭教堂時，小姐爲修復後色彩鮮麗的壁畫，感到尷尬。其實牆上描繪的都是聖經裡的故事與人物，還有帶翅的天使，按理他是不該產生這種反應的——不光是精神上的，還包括生理上的。

這讓他想到前一天在附近的「愛情谷」（*Love Valley*），所看到的景象——一根根幾人環抱的高聳柱石，土黃色，末梢都戴了頂灰褐的小帽，圓錐狀，眞像一片陰莖的叢林。

地質在時間中崩塌、風化的遺跡，令他驚豔，充滿了幽默感，或者說根本就在惡作劇，羞紅了遊人的臉。

這就好像參觀味道濃郁的香腸店一樣，滿眼盡是肉色、扭曲、豐飽的條狀物，令人觸目驚心。

但到底是女人，還是男人，對自然的傑作更有感呢？谷地的名字取得眞好，若不是因爲愛，柱石怎麼會這麼驕傲地擎起？給走在其間的人，一種被強烈追求、渴望的感覺。

會不會這個谷地，是巨人向上蒼或上帝屈膝祈求的祕密所在？從陳列的ex-voto（還願物），即可得知，其憂擾必與性愛和子嗣有關。而在巨屌之間留連、漫步的人，誇張一點說，則同於陰毛中鑽爬的蝨子一般渺小。巨屌是大自然無言的見證，渺小的人則見證了歷史。

或許十世紀左右的年輕畫師，因被綁在石洞裡工作，不能跟女朋友敦倫，太無聊了，加上受到「愛情谷」旺盛氣場的啟發，便在形狀、色彩、光影中，似有若無地偷渡色情。

這人好大的膽子，竟然在神的殿堂，描繪這個「邪淫」的器官，等於在公然嘲笑前來祈禱、做禮拜的信徒；還是說，畫師把對上帝的愛，以血肉之軀的昂揚來呈現？

透過小姐如鷹之眼的掃瞄，朝上挺立的陽具就突兀地在一則則故事中蹦現：通常以著袍——肉紅、土褐色——的大腿爲莖幹，屁股或圓肚爲露出的龜頭，一條條的皺褶則爲扯開的包皮及鼓脹的血管，還以明暗襯托出圓柱的體積。

小姐不懂，畫師的意圖實在太明顯了，上千年都過去了，怎麼可能沒人注意到？但指南裡確實支字未提，小姐都懷疑是不是「象」由心生，他看到的其實是他想看的？或者沒人仔細看過這些壁畫？還是說，若是揭露了藝術中的猥褻，將對這個已登記爲世界文化遺產的景點，造成極大的影響？或者，反而更能引人圍觀？

小姐眞怕，經過多年陰莖的追逐，「相」由心生，他的臉，甚至他整個人，已變得像根陽具，成爲不折不扣的獨眼小巨人。這不正是René Magritte 的作品《Le viol（強姦）》的男性版？但該給這幅畫什麼名字呢？總不會是《La sodomie（雞姦）》吧？

拜占庭教堂與「愛情谷」，讓小姐想到Niki de Saint Phalle在Stockholm（斯德哥爾摩）的作品《Hon（她）》。

這是一個裝置藝術，外形是一個平躺、雙腿大開、屈膝的巨大孕婦，裡面設有奶吧（*Milk-Bar*，位置可想而知）、電影院、假畫廊、天文館、溜滑梯及陽台等。

女藝術家說，其構想是建造一個類似大教堂那樣，能夠熱情接待、撫慰人心的所在，邀請人們自門戶洞開的陰道進入，回到母體。

女人也像性交後吃掉男伴的黑寡婦，把參觀的人們化爲養料、打成肉汁，滋育幼兒，至於消化不去的骷髏硬骨，則隨口吐出，在一旁堆積成一壟一壟的墓塚，沒有名姓，沒有碑文，只爲了把基因傳下去。

這是蜘蛛界的死亡勃起，勃起的目的在於生，以自己的死爲贈禮。

公蜘蛛在獲得小死亡（la petite mort，即高潮後短暫的迷茫狀態，而欲仙欲死指的則是性交進行中，不要不要，別停別停的哀叫？）的同時，知道這也將是自己終極的死亡嗎？

死與生這麼緊密相連，積極爭取交配的行動裡，有一絲絲自由意志嗎？如果性交，或說繁衍子孫的代價是死亡，多少「人」願意犧牲自己，勇往直前？

女藝術家承認，她的裝置也可以解讀成：呈現一個世界上最大、最浪蕩的妓女，一個來者不拒、大小通吃的成人娃娃。

據說這個讓人獲得諸多樂趣的作品，對社會還是有貢獻的，因爲展出後一年，當地的生育率增高了不少。

在墓園實習三個月之後，小姐開始在紙板上，以深藍、紅、黑色的壓克力顏料，調混後打底，並找人當模特兒，在公寓客廳或別人家裡，進行一系列的黑白人體素描，彷彿在以modèle vivant（活的模特兒，即人體素描），抗拒nature morte（死寂的自然，即靜物）。

模特兒一定要脫光，卸下一切遮掩，如同展現臉容、手腳般袒露下半身，而且神色從容、姿態自然，像神或英雄，但帶著人界藍色的憂鬱，以及肉體微紅的愉悅。

小姐的畫，有著類似灰色彩繪法的效果，像從墓園的雕塑走出，卻有Lucian Freud的狂烈筆觸——他的祖父佛洛伊德以語言文字解譯人的心理與夢境，他則以厚厚、多層次的顏彩，構建人物裸身，呈現主人翁在某個生命當下的精神樣貌——，靜默中暗藏著生的騷動與熱度。

人體素描一旦完成，其內容連同紙板，一起轉成永恆的靜物。死亡的薄紗，過濾掉膚淺的人性表相，展露出眞誠、良善的一面，儘管生命短暫、卑微，卻散發著尊嚴與高貴，有了藝術性，而變得美。

許是因爲曾經去墓園工作的關係，後來小姐到不同的國家旅遊時，除了一般*Must*的風景名勝以外，清單裡還多規劃了一項——至死者世界參觀。

那是與生人城市的對照，是人生不長久的提醒，也是對名人的拜訪和緬懷，穿越生死、穿越空間、穿越歷史，然後繼續走自己的路。

# 夜的使者

星期六的傍晚，他塗了口紅，趁大門關上以前，嫻熟地閃入拉雪茲神父墓園。

這是巴黎最富盛名的墓園，占地四十多公頃，圈在高牆、鐵網中，像個監獄，扼阻死者逃亡。

鋪石子的林蔭大道，縱橫交錯，每個轉角都有路標，像巴黎下水道裡的負世界。

諸多知名作家、畫家、音樂家、科學家、醫生，甚至通靈術士，都在此安葬，若要一一拜訪，非參考地圖不可，否則容易迷失。

與其說這是個墓園，不如說是個公園，石頭公園。

白天，左右鄰舍、巴黎市民、觀光客，常去散步、拜訪家人，或探望偶像。小孩在那裡追逐嬉戲、放風箏，青年則躲在隱蔽處幽會。

這裡寧靜、乾淨，確實是休閒的好去處，也是人們生活的一部分。

但一旦太陽偏斜，暮色開始降臨，就得《生人迴避（*Zombie*）》，把此處交還給另一個主宰。

高聳的林木，在漸次轉暗的天空中張牙舞爪，冷風過處，枝椏輕輕顫動，像在招手，也像是垂死前最後的掙扎。

西方的殘霞，在教堂頂尖快速隱退，兩架飛機尚未劃過天際，太陽卽已沉淪，月亮也冉冉昇起。

在黑暗的催逼下，圍牆外的街燈登登亮起，裡面的城市，則開始喧嘩，發出靜默的呼喊，像在歡迎他的到來。

他迅捷地走過某位印象派大將的葬身之處，那裡始終非常陰森，不見天日，遍地覆滿毛茸茸的青苔，連祠堂的遮蓋也不例外。

喜歡光影的畫家，面對這種風水，應該是有所怨憾的吧！那是種沍寒，儘管綠意盎然，仍使他感到畏懼，不敢在附近放肆。

許是被皮鞋呱呱磨擦石子的聲音驚擾，在墓穴、碑石與雕像的深影中，一雙雙眼睛，晶亮地撐開黑幕。氣氛雖然恐怖，但同時也指出了生命跡象——那是白日老婦餵食的野貓，忠誠地在暗夜陪伴、守護逝者。腳步聲驚擾了貓兒，卻給同好傳來佳音，打破了無聊、失神、死寂的等待。地面高低起伏，蟄居暗處的同好，眼睛並不太能辨識，但單靠體熱，再遠都能感知。這是一種騷熱，在白晝飽飽蓄滿，只等著在黑夜四處幅射、釋放。

他像雷達一樣，馬上偵測到熱源；他也曉得自己的量能指數，早被對方勘驗、接收。於是，他鎖定目標，繞過圓環，在黑暗中巡航，然後迂迴地朝熱能的發射站踱去。

卽便所有的步驟，都在程序之中，他仍細心體會，耐心地等著可能的意外。

他慣性地鬆開皮帶，任他人或撩撫或叨啃，或清潔或潤滑，或在空中加油，或遠距掃射。在這裡不用打招呼，毋須摸清臉孔，只有存在鼻尖的氣息，握在掌中的體積、長短、軟硬、溫度，再來則是另一側的緊鬆、深淺。

他絕不接吻或吮吸，因爲他精心勾勒的嘴唇，必須保留給他的至愛。

他在一個地方停留一陣子之後，便飛往另個旅棧，要不歇息，要不執行下一個任務——可能截然不同，也可能千篇一律。

他從容不迫，因爲直到天亮，仍有好幾個小時等在前頭。他也盡量放手去做，因爲他仍年輕氣盛，歲月還沒衰減他的性能。

有人跳入傾圮、荒蕪的棺柩，互相挺進，有人在祠堂裡擁抱，有人則在墓塚之間昂然走動。還有些人特別喜歡接近新墳，因爲屍骨正在腐化，蟲蛆在頭骨間爬竄，離人不算太遠，距完全物化、成爲大地的一部分，又還需一段時間，恰巧與潮湧的精子，那人的最初狀態，那生命千萬的可能，呈逆向循環——但對同志一族，卻一樣註定滅絕、一樣不會開花結果。

也有人認爲地靈人傑，特別挑在崇拜、景仰的先人墓前，展露、交歡，像一份貢禮，希望藉此受到啟迪，並讓這些生前精力充沛、性慾極強的名人，檢閱一下晚輩生猛的演出，而不再喟嘆後繼無人。

自然，在哥兒們忙碌不暇、盡情享樂的同時，還有另一種存在，環伺在側。這種存在，除了吐納天地日月的精華，還吸取人氣，那腥腥的味道。儘管肉眼無法洞察，但全身卻像被撫觸，馬上敬畏地生起雞皮疙瘩，感到舒暢無比，彷彿以一塊白布或黑布，通體罩下，既莊嚴又神祕，像一種溝通、交流，達到了宗教的高度。

所以他們的拔刺，對眾靈而言，非但不是褻瀆，還是夜夜盼望、頌讚的饗宴。於是，乾涸的墓地，在豐沛精液的澆灌下，吱吱嘎嘎迸裂、擎起，興奮地往虛無搓插，舞出了夜的旋律。而他與他的同伴，則是連接天地，承續古今的柱石，另一種鋼硬的墓碑、第一個親吻曙光的方碑（obélisque），或者電影《2001太空漫遊（*2001: A space Odyssey*）》裡那面黑碑。

搞累了，他便坐在台階上，燃起一根菸，小心翼翼地吸抽，同時向四周環顧。遠處的磷火，或稱鬼火，在墓碑之間亮滅，像銀河裡滾捲的塵沙、像一縷飄搖的火焰（feu follet），也像一個悸動、一記懷想，以及對人生意義深度的探索（phosphorer）——磷（phosphore）這個元素，後面加了個r，名詞變動詞，實體的物質則轉成了抽象的思考，彷彿靈感是黑暗中閃現的磷光（phosphorescence）——，與附近流螢般的紅點，互相應和，交換傳遞，最後串成一聲幽幽的歎息。而越過這一片濃黑，在更遠處，一串街燈披灑下，汽車的紅、白光交錯，或停滯或奔流，擁擠、吵雜，讓人感到一種似歸屬卻無關，想投入但又亟欲叛離的孤獨。

他不禁自問：還要等多久？還要體會幾個男孩，他才能看清所有的慾求，得到解脫？大地靜悄悄的，沒有回響；或者說，他還聽不懂夜的沉鬱之聲，仍須繼續努力？但他並不氣餒。

他踩熄煙頭，站起身來，準備循例去告解。之於別人，這或許荒謬，但對他來說，卻是一個聖潔的儀式。但他不是去教堂，那兒太遠，也太高貴，他要去拜望他的守護天使，向他傾吐、請益。

一夜風流，他的體力雖已耗盡，仍爬上蜿蜒的坡路，走上一條大道。

在路的盡頭左手邊，有一個天使，面貌酷似亞洲人，像船帆揚起一般展翅，停在半空中。

這翅膀看來龐大，卻似承受不住身體的重量；天使的表情雖沒露出勉強，卻令人覺得飛不起來，或者說飛不遠。

在微張的眼睛底下，掛了兩泡眼袋，形容憔悴，可能是看不見遠景，但又必須宿命地飛翔——像王家衛的無腳鳥——，所以顯得既疲倦又無奈。

其實攔阻他飛去的，不是身體的重量，而是一種輕盈。

由於下體被截斷了，天使變得不完整，也失去了平衡，只能維持尊嚴地抬頭挺胸，默默地揹負著這個恥辱。

這是一種被去勢的輕盈，因爲欠缺，所以感覺更沉重。

一旁的牌子上寫著：「此墓爲歷史紀念碑，請勿毀損。」

顯然有人惡意破壞，沖著天使的主人——王爾德——而來。

彷彿以爲，只要閹割了天使，其他人的性傾向，就不再受到威脅，清純的人們也才不會被蠱惑。

他輕撫著天使，廝磨著墓碑，恭敬地向王爾德訴說一則則夜的故事。

這些豔史，既要生動、精彩，又要發人深省，像電影《破浪而出（*Breaking the Waves*）》的女主角，在與人進行各式各樣的性交之後，回到癱瘓不舉的丈夫床前，細細敘述，讓丈夫在語音中想起，在情節裡遺忘。

他不停地說著，再三修改、演練，一直到故事有了自己的生命，才敢湊近嘴巴，輕輕拓下唇印。

任務終於完成，他疲憊地蜷縮在墓旁，在天使羽翼的保護下，朦朧入睡。

他並不擔心暗夜寒涼，也不急著剪斷鐵絲，冒著刮傷命根子的危險，翻牆而出。

他只安分地待在那裡，等候天明，直到大門開啟，才抖落身上的髒汙，告別夜的懷抱，回到尋常的世界。

他相信，有一天，當他終於把天使吻遍，在紅唇的妝點、簇擁下，天使將重新回到完整，眼袋消失，卸除重擔，輕盈起飛，不再有牽絆、顧忌，永遠年輕。

# 變形記

酷熱。

大概有四十度吧！眞是受不了。

可是也別抱怨了，這不正是你在全年陰鬱的巴黎所期盼、等待的嗎？何況你的醫生也說你缺乏維他命D，要多曬太陽。

沒錯！家裡那盞誇口說看了會比較快樂的燈，效果並不是挺好。能直接用皮膚去感受灼灼的熱度，讓身體出汗、滲油，總是比較健康的。

點了一杯啤酒，黃澄澄的液體，無中生有地冒著泡。文彰輕啜一口，卻有一股餿味。是不新鮮？還是因爲自己火氣大，什麼東西喝起來都不太對勁？

他取出裝了自來水的保特瓶，往嘴裡灌了口，漱了漱，然後吞下。

他再次舉杯品嚐清涼的啤酒，味道是好了些，但咽喉卻隱隱作痛。

啊！有無線網路。

文彰打開電腦，戒愼恐懼地查看自己的信箱。

應該有回音了吧！

負面的消息，通常第二天就收到了。這一次，四、五天都沒動靜，該不會是個好兆頭？可是你從沒收到過正面的回覆，你當然不知道回函的速度有多快、用語爲何？這個遲延，會不會只是因爲他們的信件太多，一時忙不過來？

果然不出所料：「感謝賜稿，但本刊決定割愛此文，萬分抱歉。」

痛，發自左胸，被抽空那種痛。文彰皺著眉，發出濁重而悠長的嘆息。

不管是同或不同一篇文章，各報副刊的用字儘管有別，內容卻始終一致，而且還有一個共通點：都沒針對性，像統一格式，適用所有被退的稿件。
譬如：「感謝賜稿，很抱歉，大作未能留用，祈諒。盼能繼續支持、愛護本刊。耑此敬祝　文安。」
或者：「謝謝您投稿本刊。作品經編輯審閱後，因不甚適合，憾未留用。若有新的文學創作，歡迎再度來稿。祝　愉快。」
要不然就是：「謝謝來稿，但很抱歉，大作未採用。」
若是繼續這樣下去，文彰都快成爲退稿用語的收藏家了。
他雖然並不訝異退稿的事實，但卻很納悶退稿的理由。
他實在搞不懂，明明都已經寫得這麼好了，怎麼還會被退？到底問題出在哪裡？
其實被退無所謂，但是如果有人能告訴他爲什麼，給他一點建議，該多好！這樣他才比較知道該朝哪個方向精進。
他瞭解每個人都有盲點，尤其是對自己的作品，更是充滿感情，他需要一個專業的讀者，幫忙檢視，指出缺失。
退稿只做到前半段，亦即否定了這篇文章在該刊刊登的可能，至於原因是什麼？那就自己推敲吧！
他認爲，不知道問題的癥結，盲目地在那裡摸索、瞎猜，才是書寫最困難的地方，也是喜愛爬格子的人最嚴苛的考驗。
從屢投屢退的事實看來，他大概眞的不能寫！他沒那個天分，沒那個想像力，沒有明顯、可辨的人格特質，沒有獨到的見解，又不懂得觀察、不會鋪陳、不曉得細節的重要……
他滿腔熱血，想與人分享一些感觸，有沒有稿費還在其次，但編輯卻一直認爲未達水平，輕鬆容易地退了。他眞懷疑，是不是還能承受下一個打擊？
其實文彰才剛用法文寫完一本書，一本可能永遠不會付梓的書，現在正等著指導老師閱讀，提出意見。
這本書是爲他掙扎了五、六年的同學，以及其他正在寫或將寫博士論文的學生——特別是外國人——而寫，對象明確。因爲他是過來人，他瞭解論文研究、架構、組織的不易，所以以個人經驗，現身說法，希望學弟、學妹別重蹈覆轍。

寫畢這本實用指南，暫時沒事，工作又找得一籌莫展，文彰便想重拾荒廢多年的文學書寫。

手上的筆記型電腦，就是爲了與文字相濡以沫，所做的投資。因爲，他一天到晚都想往外跑，不能靜靜坐在家裡、盯著桌上的電腦工作，所以很多構想，最後都不疾而終。

自從能揹著輕便的筆電四處遊走，巴黎成爲移動的書房。

他全心全意，集中火力書寫，陸續完成了一些作品。

只是他這樣辛苦地奮鬥了幾個月，給稿費的，投去全被退，沒稿費的也才刊登兩、三篇。而且，文學獎幾乎全軍覆沒，連進決選都沒有，所以也看不到評審意見——也就是缺點太多，多到不值一提，多到不知從何提起。

稿件從海外寄回台灣，就算有一、兩篇寄丟了，也不可能全沒寄達，總有一、兩個主辦單位收到吧！

他不禁搖頭，假若想靠寫作謀生，怎麼活得下去？顯然重搖筆桿的決定，如果不是徹底錯誤，起碼不太明智。

可是他就是不肯認輸，就算搔得滿頭包、扯光頭髮，也照寫不誤。如果不是愛寫、如果不是覺得自己的看法可能有一些價值，受到這麼多挫折，早就放棄了。

會不會已經有人寫了本投稿大全，或者如何從退稿中站起來的文章，可以找來研讀？難道……難道本文該由他來寫，這正是他的使命？

但是能寫退稿心得，並讓別人看見，意味著已經克服困難、獲得突破，被拒的情況已不再是進行式了——也就是已經通過考驗，被編輯接受了——，才有可能成爲別人效法的榜樣。

但他，卻還沒達到這種狀態。

渴。大渴。啤酒灌入口中，還沒流下喉嚨，就已經冒煙、蒸乾了。

白色的鋪地石子，亮晃晃的，幅射著熱波，把視線扭曲了，遠遠的行人像飄在煙霧中，一切彷彿快要焚燒起來。

文彰感到好鬱悶，胸口絞得緊緊的，幾乎不能呼吸，士氣更是跌落谷底，頭也開始痛了起來。

他想，這種不適，唯有吃顆藥才能抒解。

「怎麼這麼恐怖啊！」

眼下是卡夫卡那隻醜鈍、悲哀、失去人格的蟑螂（cafard）？還是一股撲面而來的鄉愁（avoir le cafard）——文學的鄉愁？

幾天前，文彰與M在拜訪過葡萄牙Coimbra那間養有小蝙蝠的大學圖書館後，興起，便繞道西班牙，參觀另一座著名的大學城——Salamanca。

旅途中，文彰如在家一般，繼續書寫、投稿，並沒有因爲身體的遷移，中斷。

某個程度而言，書寫即旅行，他可以一邊觀察自己內在的風景，一邊欣賞外面的山光水色，兩相映照。反過來說，旅遊也像文字的行走，有流暢，有阻塞，有預定的行程，有突然的岔出，還有巧遇。

若是發現有無線網路，他就啟動電腦，上去逛逛。但在鍵入密碼前，他總是既興奮又害怕，還必須自我鼓勵、好好心理建設一番，才敢點開信箱。

投稿毫無進展，他像在原地踏步；無線網路，也讓他誤以爲並未出門，他的旅行，反而像工作時的分心，靈魂出了竅。

某個下午，文彰感到有點中暑，便躲在橋頭的大樹下休息。

可能是在蔭涼中不小心瞇了下眼，M經過時沒看見，結果等他清醒時，時間已晚。他覺得不太對勁，便心不甘情不願地拖著腳，走回長長的羅馬橋，想確定M是眞的離開了，還是因爲有太多的靈感，仍在那裡拍落日

餘暉投射在大教堂上的燦爛光影？

沒發現M的蹤跡，知道眞的被拋棄了，文彰只得獨自摸索，循著不甚清晰的記憶，蹣跚地找尋下榻的旅館。

幸好他的方向感不差，而且一些建築，如大學精雕細鏤的門面，特別是骷髏頭上的小青蛙——據說象徵淫蕩的罪惡——，因爲在攝影時曾仔細觀察，大大幫助了他辨識所在的位置，否則就要折騰很久，才能找到來時路了。

這一切都是因爲涼鞋造成的。

鞋底平平的，根本不適合長途跋涉。幾天下來，小腿痛極了。這不是文彰平日走路的方式，但他因嫌球鞋包著腳出汗，味道臭臭的，加上飛機限重，又不願意多花四十歐掛行李，便沒帶來。

他相信：若繼續這樣走下去，一震一震的，鐵定會把寫東西時卽已很吃力的頭腦顚壞。

當晚文彰便開始有些發燒、喉嚨痛。

他覺得很疲倦，在吃了一顆止痛藥後，就上床睡覺了。結果，第二天狀況並未好轉，他仍感到很不舒服。出門旅行前，M也喉嚨痛，醫生給他開了一星期的藥，他才吃兩天就好了。由於兩人發病的時間隔得這麼近，文彰猜是被他傳染的。他因此有些不好意思，便建議文彰吃他的藥，但強調一天不可以吃超過三顆。

文彰雖頭腦昏昏，仍先看了眼紙盒上的說明。除了經痛與他無關之外，其他諸如頭痛、感冒初期引起的不適、牙痛、四肢痠痛等，都符合他的症狀，他便安心服用。

這天他們搭巴士回到葡萄牙邊境。文彰因爲不適，整個車程都在半睡半醒之間。他們到了終點站以後，便拉著行李通過廢棄不用的海關，來到福爾摩沙城（Vilar Formoso），那不就是台灣的名字嗎！

他們在那裡等了兩個多小時，才搭了火車到Guarda。抵達時，已近傍晚，一個十九歲學畫的小男生，不但幫忙他們找到旅館，還陪他們去逛了下極負盛名的大教堂，甚至跟他們介紹四個不同時期的藝術風格。可惜已經關門，只能拍外景。

小男生的爸媽住在鄰隔的城市，他自己在這邊讀書。M一直懷疑他別有居心，不然怎麼會這麼熱心，帶他們跑來跑去！他長得這麼可愛，會不會也是同志啊？

怎麼可以這樣懷疑他的善意！其實M忘了，之前在走出火車站時，因不知如何到市區，旁邊的文彰又病呆呆的，只得上前向他求助。

當晚找吃飯的地方，走了半天。

風一吹過，可能因爲發燒，文彰感到很冷，身子一陣一陣起著雞皮疙瘩，小腿也痛得不行，可以說舉步維艱。

晚餐索然無味，是白煮豬排，雖然澆了蒜泥，並沒有掩蓋掉可怕的腥味。文彰擔心不新鮮不敢吃，只咬了兩口，就全推給了M。

第二天將行李寄放旅館，去參觀大教堂內部。

在經過一家野外用品店時，禁不起M的慫恿，文彰買了一雙很貴的登山鞋，算算比飛機票還貴，而且穿起來硬梆梆的，不是頂舒服。

老闆說，一開始總要受點苦，才能適應。

買了一公斤無花果，只要一塊半，大概是在內陸的關係，又是產地，所以價錢便宜。但因爲很熟，回旅館廁所清洗時，才發現僅是這樣閒晃，就把大半果子壓扁、壓裂了。

後來文彰隨小妹去領行李，因沒注意到門樑很低，額頭撞個正著，連摸頭髮都會痛，覺得自己又變笨許多。眞是倒楣。

吃過自己準備的三明治，以無花果當點心，沉沉的紫綠，巨大柔軟，像蜜一樣甜。

等車時，天氣太熱，文彰點了杯啤酒。

也就是在這裡，千不該萬不該，他打開了電腦。

喉嚨本就不舒服了，還收到退稿的消息，他的心情跌到谷底，便自暴自棄地就著啤酒吞了顆M的藥。

在車上，文彰以苛刻的眼光重讀了稿子，企圖分析被退的原因，但始終找不到明顯的缺失，或足以說服自己的理由。

可能是吃的藥起了作用，在迷迷糊糊中，他突然看清一切：都怪老爸給我取了這麼一個名字！文章多了三撇，總是被大水沖走，留不下來，或者必須一而再、再而三地刪改、被退，才會進步。

巴士駛進白城（Castelo Branco），他們找到一間家庭經營的旅館。

旅館有一條狗，他們進去時，就躺在門邊，動也不動。在接待的客廳兼餐廳裡，電視叫囂著，老闆身陷沙發，昏沉的意識已不知漂向何方。M把老闆叫醒，拿了好幾把鑰匙去看房間。

文彰在走廊等待時，人有些昏迷。再睜眼，卻發現小狗已神不知鬼不覺地移到他的腳邊，繼續牠的午休。但這狗可一點也不遲鈍或失職。當有人在旅館前隨便停車時，牠馬上一躍而起，衝了出去，狂吠不已，非讓人知難而退不可。

最後M選了間只要三十塊的雙人房。他說房間的擺飾老舊，但保存得很好，像在時間中沉睡了三十年。

梳洗之後，他們到市區閒逛。外面熱得不得了，像在烤爐裡一般。

他們躲入大教堂邊的小博物館納涼，但裡面霉味太重，沒一會兒，文彰就覺得肺部阻塞，幾乎要窒息了。因頭隱隱作痛，後來僅草草繞了一圈大教堂。出來後，他推說不舒服不想動，要M自己去參觀，然後選了正前方廣場上的長椅坐下。

下水道的味道撲鼻，他雖換了幾條椅子，仍逃不開這獨特的氣息。這氣息，雖然不是惡臭，但總叫人覺得不太健康。

他的呼吸就懸在熱氣中，微弱到幾乎不再流動，腦袋則混沌腫脹，一會兒就失神了。每一次因喇叭聲悸顫地醒來，沒多久又重新墜入迷茫。如此反覆翻攪，意識卻總停留在同個憂思裡。

此時很難分清楚，這個憂思是什麼？是病痛，還是退稿？是身體的違和，還是心靈的不適？二者是衝突、對峙的兩件事，還是有前後關係，互為因果？

寫作像做壞事、像沾了某種惡習、像得了令人羞恥的疾病，或者染上了什麼癮，不願讓人知道。偷偷的寫，偷偷的投，偷偷的退，偷偷的參加徵文比賽，偷偷的落榜，像所有的努力都不曾存在，像沒曾呆呆地在那裡爬格子浪費時間，像怕人知道有這個丟臉的嗜好，實在太不自量力了。只等著有一天，終於得獎、被刊登了，可以光明正大地笑，可以給別人一個驚喜。但就連這個等待，也偷偷的。而這個榮幸，則幾乎是不會實現的奢望。最後只好讓投、寫時興起的期望，以及落榜、被退時產生的失望，偷偷地消失。

若被逮到正在寫，或被問急、問僵了，他只好尷尬地說：「只是興趣。」

「那要發表啊！寫就是要給別人看的嘛！不然幹嘛寫？」一針見血，但談何容易！

「噢！還在學。」

「學？向誰學？」

「也沒有啦！」向所有已被刊登的文字，向得獎的作品，向數不盡、讀不完的書，向人生學。老師太多了，又沒有一個；文字太多了，不差你這一篇。

書寫，就像做人處事的道理，講得出來的，都很泛泛，皆是通則，並未personnalisé（因應個人狀況指出錯誤），很難套用，必須自己去嘗試、去犯錯，再視悟性高低，或快或慢地從經驗中學習。

而且身爲同志，有些描寫，不宜在一些園地發表，有些故事，不便以眞名刊登，就算用筆名，也不敢跟別人坦承自己就是作者，否則就出櫃了，還眞麻煩。其實並不麻煩，因爲根本不會被刊登。

……

M一個人勘探回來，說已經規劃好去花園參觀的路線，而且近黃昏的陽光很美，最適合攝影，問文彰想不想一起去走走，伸展筋骨？

這個花園，旅遊指南上刊登的照片和說明，非常吸引人。文彰雖然疲倦，但爲了轉移注意力、破解憂思，還是拖著腳，跟M去了。

偌大的花園，幾乎沒有遊客，可能都到海邊戲水去了。內陸，屬於知性的旅行，可能不適合炎夏吧！花園裡到處是雕像，文彰看了很興奮，暫時忘了疼痛，開始推近、拉遠、平掃、走拍，恣縱地透過景框，攫取各種可能的組合。這些雕像，有天使、有諸聖、有國王、有怪獸，還有終極的死亡。

兩個小時的勞累之後，他汗流浹背、口乾舌燥，幾乎要虛脫了。新鞋果然打腳，令文彰抓狂。他好像在用新的痛，取代舊的痛，不但改換痛的區域、變化痛的形式，還企圖用身體的痛，模糊掉心靈的痛。但都是痛。

晚上洗過澡，步履蹣跚地來到一家中餐館。文彰想喝熱湯，可以讓身體舒服些。推門進去，大廳全暗暗的，已經過了八點，竟然還沒開始營業。

他問：「來早了嗎？」

「沒關係！」趕緊開燈。

女接待擺餐具時，本想說「一個老外、一個老中，很少看到……」，但她心中可能有別的想法，竟說成了「一個老內」。

這自然讓文彰想到「內人」，或「男主外，女主內」的說法。他的臉上雖沒顯出不悅，但已完全沒有在外地與人說說中文的快樂。

兩個男的一起旅行不行嗎？客人有尊卑、等級嗎？同志的錢不乾淨嗎？爲什麼總要想到性，總忍不住要羞辱他？

沒有湯麵，只能點別的東西。不知爲何，所有的菜都太鹹，鹹得無法下嚥。M倒說，是鹹了點，但還可以接受。所以，最後文彰都把菜留給M，自己則喝了很多自來水，還吞了一顆藥。

文彰希望這藥，可以在第二天，還給他清淡、清爽、清明的感覺。

步出餐廳，繞了半圈空無一人的市區，因爲膝蓋酸痛，夜遊變成一種折磨，便回旅館。

刷牙洗臉後，文彰斜靠在床，本想閱讀並修改被退的稿件，但可能是因爲精神不濟，或者內容確實無趣，沒看幾段，眼皮就撐不住了。

因爲頭、因爲喉嚨、因爲腳、因爲心，多處疼痛，睡得非常輾轉。

口渴，半夜又是起來喝自來水，又是尿尿。

夢境都記不得，只知道是類似的情節，像攪拌泥漿的卡車，不停轉動，只有在醒來的片刻，才稍一打斷這個重複又重複、沒完沒了的循環。

早上梳洗時，仍睡意朦朧，文彰看都沒看鏡子一眼。

早餐桌上，M注意到文彰的右側臉上，有一些奇怪的紅斑和刮痕。

M猜可能是因爲床不乾淨，或者被蚊子叮了。可是，文彰並不記得有被蚊蟲螫咬的痛熱或酸癢，也沒聽到什麼惱人的嗡嗡聲。其實，要不是M告訴他，他毫無感覺，頂多顏面有些僵硬或緊繃罷了。

仍然頭痛、喉嚨不舒服，他便就著咖啡吞了M的藥。

文彰戴上隱形眼鏡，好好在鏡中觀察自己。

的確，這些紅斑，有點像是在花園穿梭時，被反彈的小樹枝掃到，或被什麼粗糙的東西劃傷的，可是他一點印象也沒有。

難道是睡覺或洗臉時，不小心被自己的指甲抓到？因爲無拖運行李，不能攜帶指甲剪上機，一個多禮拜下來，他的指甲都長長了，變得又尖又硬，像鷹爪。

著裝時，他才發現哪裡只是臉上，連胸腹之間，也有一些紅斑。而且其中一顆，橢圓形，鼓鼓的，裡面不但有液體，底部還有一個紅點，像昆蟲凸凸的眼瞳。

充血的頭，重沉沉的，文彰變得疑神疑鬼、幻視幻聽。

他發現這賊賊的小眼睛，正盯著他看，像在嘲笑他寫的什麼狗屁東西，難怪被人退了又退。它還殷殷勸說，千萬別再傷身又傷心，有些事是無法勤能補拙的，繼續下去只有浪費時間，不會有結果，要趕快認清自己不是這塊料。

坐車時因爲空氣不流通，非常悶熱，頭昏昏的，有點想吐，文彰只好又再吃一顆藥。

在令人窒息的車廂裡，稿子看不下去，想睡睡不著。

缺氧的腦袋，堆滿文章的屍骸，想從裡面救出幾個片段、梳理某些字句的順序，或者挑揀有趣的部分，拼湊新的篇章。

結果公車一個顛簸，前功盡棄，一切都倒下、散去，又是一片斷垣殘壁。

如此左搖右晃、上下跳動，兩個多小時以後，一本缺頁的字典誕生了。文學的最小單元——字與詞——，紛紛在裡邊按某種順序重組、排列。

選字、用詞、造句，新的書寫，從頭開始。

到Estremoz時，文彰終於投降了。

他從不曾這麼痛苦過，頭都快爆炸了，只好央求M幫他找家藥局或醫院。

他們先去旅館，因雙人房四十塊，在道路那一側，M怕吵，最後終於以一樣的價錢，訂了兩間原要二十五塊的單人房。

行李拉入房間，尚未打開，他們便到旁邊的藥局。

櫃檯後是個女藥劑師，很年輕。

文彰摘下太陽眼鏡，指著臉上的紅斑，並拉起衣擺給她看。

她說是被蚊子叮的。

文彰說應該不是，他沒有被叮的痛癢。前兩天倒是吃了壓爛的無花果，會不會是食物中毒？或者是喝自來水造成的？

她說不太可能。

他說這幾天都吃這個藥，但一點效果都沒有，並把盒子遞過去。

她瞄了眼，然後搖頭。

M突然想到吃這個藥的副作用，便大聲讀說明，沒想到眞的有可能長痘痘。文彰怪罪M黑心，給他吃這個藥，害他白白受這麼多苦。

小姐建議了三種藥。一口服抗過敏，二含錠治喉嚨痛，三軟膏擦痘痘。回到旅館，文彰卽刻吞藥、含錠，並擦了涼涼的軟膏。可能是心理作用，馬上覺得好多了，便出去攝影。

晚餐吃炸魚排和薯條，毫不意外，仍太鹹，文彰又把吃不下的全給了M。

走動、曬太陽半個下午，累壞了，頭劇痛，文彰吃了小姐開的藥，自己再添加一顆止痛藥，便早早睡覺。

夜裡，起來喝了幾次水，有戴耳塞那種與外界隔絕、不太平衡、微微跟蹌的感覺，但心裡卻樂觀地以爲：一切卽將好轉。

轉開水龍頭，大把朝臉潑灑，並無異狀。

擠了洗面乳，先在兩掌攤轉、發沫，然後貼頰搓揉，感覺竟如—此—聳—動—。

十指在一峰又一峰的凸起中顫抖、停留、迷失，像在探索陌生的地形地物，而且每一個稍微粗重的拍撲，都會引起全身的抽搐。

文彰驚惶失措：發生了什麼事？我那平靜、無趣的五官跑到哪裡去了？

他趕忙戴上眼鏡，抬頭望向鏡子。

「怎麼這麼恐怖啊！」

簡直就是一頭怪獸！牠爲什麼在那裡瞪著我，眼中滿是不解與憐憫？

這怪獸是誰？會是我嗎？牠跟我很像，又不像，好可怕啊！

他像仍在一個夢中，恐怖片一樣的夢，沒醒來，醒不來。他看到的，可能只是內心焦慮的幻影，或者是某個奇異思想的化身，並不是眞實的存在。還是說，他不瞭解自己，眼前的怪獸正是自己？

見鬼了！這個惡夢何時才會停止？或許，我已經醒了，只是剛剛醒得太倉促，飄逸的靈魂來不及歸位，只好先胡亂找個妖魔當替身？卻偏偏被我碰上了。

既然靈魂與肉體配錯了，那我到底算醒了沒？假若沒醒，我得趕快拿攝影機把這些影像拍下來，絲毫不漏，或許經由左敞的螢幕仔細觀察，可以留下比較深刻的印象，這樣才好分析夢境的意義。

喔！總算拍完了。噢！眞是慘不忍睹！強迫自己研究惡獸，目不轉睛，這是何等的煎熬啊！好了，好了，別怕，別怕，現在可以醒了。

可是怎麼還沒醒？怪獸幹嘛一直盯著我，甚至還露出驚愕的表情？會不會我永遠醒不來了？或者醒來就是這副德性？

文彰這一嚇，終於清醒了。

眼睛像烘培後深陷麵包底層的兩顆葡萄乾，或半開的尿道口，幾乎消失了。更令他吃驚的是，前一天原本什麼都沒有的背，現在竟像壁紙上的花飾，均匀地散布著紅斑。而胸腹之間，更是滿目瘡痍，不但比前一天密集，許多還起了泡。

M來叫文彰起床時，他眞想躲起來。但醜媳婦總得見公婆，他只好半掩著門，神情嚴肅地告訴M：「待會兒非去看醫生不可，昨天小姐開的藥一點用也沒有。」

M懷疑：「眞有這麼嚴重？」文彰才把M讓進來開開眼界。

「天啊！這很痛吧！」

「痛倒是沒多痛，也不癢，只是視覺上很恐怖罷了。」

其實最糟的是，整個人像被隔絕在金鐘罩裡，脫離了現實，悶悶的，有滿滿的抑鬱無法抒發。

問了旅館可以打電話請醫生來嗎？說這裡沒有到家服務的醫生，而且又是暑假，只能自己去醫院。

那醫院有多遠呢？便在地圖上指給他們看。M點頭說知道在哪裡，很近，就在前一天抵達時的巴士站旁。

文彰拖著虛弱的身子，慢慢邁出腳步。可是一步一顛，步步都是折磨，大大的頭震得好痛。感覺路何其漫長，始終走不到盡頭。

好不容易來到醫院，掛號便花了五十九歐。等了約半個小時，一位高大、年輕的醫生終於喚了文彰的名字。文彰問醫生講英文還是法文？醫生說講英文比較好。

醫生看了看文彰，認爲不是吃東西，或被蟲咬成這樣，也不是出水痘。文彰拿出所有的藥給醫生看——打從喉嚨痛開始吃的止痛藥、M的藥，以及這裡藥房開的藥。

後來醫生把文彰帶到一側，那裡已有四、五個病患，都坐在醫療椅上，有的在打點滴，有的可能是已注完射，正在觀察反應，或者在等藥物產生的暈眩過去。

醫生要護士幫文彰量體溫，因爲他認爲自己有發燒。他想應該是有的，例如晚上一吹到風，就汗毛直豎，全身發抖；就寢時，則又冷又熱，輾轉難眠。但醫生取出溫度計看了看，說他並沒發燒，語音中像在責備他想像力豐富。他辯說現在沒有，不表示深夜躺著時沒有，不然怎麼會睡得這麼痛苦？

他抱怨喉嚨不舒服，可能有發炎。醫生便摸了摸他的下巴，還取了根薄木片壓低他的舌頭，同時要他「啊」的一聲檢查。然後，醫生囑咐他等在那裡。

一段時間之後，一位護士走了過來，要幫文彰打針。兩針，一針屁股，一針前臂。屁股這一針先打，好痛，尤其是看不到施打的動作，他不知如何準備、哪裡該緊繃？

同室病人中，有一個年輕女子，抱著肚子喊痛。她雖強力壓抑，仍忍不住哭了起來，但沒人能幫她分攤痛苦。怕驚擾其他病人，也顧及她的尊嚴，護士在她的身邊拉起了簾子。儘管醫生隨後有過來關心、瞭解狀況，她還是不停地呻吟、啜泣。

一位女士坐在椅子上打呼，其他的人則耐心地打著點滴，眼睛安分地看向自己的內裡，沉默不語。可能是大家都能體會女子的痛，也怕碰到不得不哀哀叫的狀況吧！

之間，大概是救護車的護理人員，把落淚的女子扶上單架推走了。

一個穿藍色工作服的男子，躺在房間外的一張床上，折斷的腿，以兩片木板固定。

打完針，文彰等了半晌，都沒人告訴他下一步要做什麼，他想會不會是之前聽漏了什麼？便跑去找護士，看看是不是可以走了？

護士要他再等一會兒，因爲醫生還沒開藥。

啊！對！還得吃藥呢！

可是醫生一直沒空，因爲病患一個接一個，幾乎沒完沒了。可能是大部分的醫生都渡假去了，只剩幾個值班，所以大排長龍。夏天眞是不該生病的季節！

文彰四處晃蕩，也探頭望向外面大廳，找尋M的影蹤，看看他是不是也等得不耐煩了。

醫生步出診間、準備招呼下一個病人時，恰巧與文彰在走道上撞個正著。

醫生問文彰覺得好多了嗎？他說不知道，也許吧！

剛剛醫生沒跟他解釋打什麼針、用途爲何，所以他不曉得該朝哪個方向去感受，無法比較前後的不同。

他後來想想，應該是舒坦多了，不然怎麼會有精力去偷瞄別人，還重新有了自我意識，深怕被醫生遺忘了。

終於再度被喚入診間，醫生跟他解釋開藥的重點：一方面治喉嚨痛，不再發燒及頭疼；一方面治藥物過敏，讓他的免疫系統，排除疑慮，接受朋友的救援，共同消滅敵人，不再草木皆兵。

他問這會傳染嗎？不會，因爲這是個人體質的問題。

這個敵友不分的說法，挺有趣的，令文彰陷入沉思。

是啊！書寫，特別是文學書寫，對寫的人而言，究竟是好是壞、是敵是友，實在很難講。

書寫，就像一種病毒，感染了就是一輩子的苦難，沒什麼藥可治，更別說免疫了。

不用說，病毒專找敏感、纖弱的人下手，因爲他們的體質，最沒防衛、最容易被攻陷，也對它最死忠。

這病毒，每隔一陣子就會肆虐一次。發作時，全身高燒、熱情滿溢，人開始變得瘋狂，彷彿見到了光，得著了啟示，非把這個可以拯救眾生的福音記錄下來、四處播散不可。於是便如苦行僧般，日以繼夜，閉門工作。

文章牽涉到內容、敍述手法，以及鎖定的讀者。那是一個溝通，觀點必須獨到，議論必須有深度，審視的距離必須恰適，技巧必須高超。被退，表示未達標準。

而且，從文章可以看人品、看修養。編輯之所以不青睞，是不是因爲背後的性格不討好、太平凡，或者太古怪了？

當美麗的志向，遇上了殘酷的現實，多次挫頓之後，士氣便跌入谷底，把自己弄得茶不思、飯不想，感到低迷、無望。

不過，痛苦歸痛苦，有一天忘記了，手又會癢癢的，重新在文字的迷陣中轉繞，等待下一個必然的打擊。

但有另一種書寫，對寫的人卻有正面的作用——寫雜記。

情緒澎湃時，寫雜記是發洩，可以自我疏導；心境平和時，可以以文字思考，彰往察來，正是「文彰」的意涵。

但寫雜記沒有成就感，潦草記下的文字，尚未加工，只能給自己看，既不是創作，也無法幫助別人。

可是，他哪能滿足於獨善其身，他還要兼善天下！——這就是問題的根源，也是他必須承受的宿命。

文彰按醫生指示吃藥，喉嚨痛果然很快就減輕了，過敏的狀況也控制下來，身體不再迸出新的痘痘。

但是已經迸出的，並沒有因此消聲匿跡，不像過去食物或藥物中毒，襲遍全身的細小紅點，在打完針後，不一下子全都不見了。可能是與假想敵修好，不再出兵攻擊，並且妥當善後，將體內的毒素排除，需要時間吧！

有時口令傳錯了，或者辨認出了問題，就會餘威反撲，文彰只好坐下休息，任淹水的腦子胡亂猜臆。但他的思緒不是很暢通，轉一轉就迷失了。

他的身體被禁錮，除了喝水、慢慢地呼吸以外，什麼也不能做。他雖擺出永恆思考的模樣，好像正對這個世界冷眼旁觀，但這只是個表相，並無深刻的內涵。

雖然文彰的皮膚，像死傷慘重、血流殷地的戰場，但是醫生卻忘了把這些可怕的紅斑及水泡當疾病來處理。

譬如，要不要消毒、敷上軟膏？紅斑多久才會消失，以後會不會留下疤痕？有沒有什麼辦法可以避免？水泡要如何處理？要搓破嗎？還是讓它自己乾掉？出門要不要把臉遮起來，曬到太陽會怎樣？會比較快好，還是會拖得更久？飲食上有什麼禁忌？某些行為是否該有所節制？

臉上的紅腫，一開始像青春痘，一天以後，中心轉黑，裡面還有黃色的點，像膿包，又像油脂。面頰由於緊繃，無法有表情。低頭時，還有鼓脹的暈痛，甚至可以聽到自己的心跳，咚咚咚地敲擊著腦殼。

幾天之後，這些殘餘變成黑痣。眉心一顆，額頭頂端正中央一顆，躲在稀疏的頭髮底下，右眉上方兩顆，右耳側邊三顆，形成了北斗七星的負片，彷彿在文彰挫敗、迷失之際，指引著他繼續奮鬥的方向。

這些痣，從姆指大漸漸變小，但消失的速度緩慢。

這不是文彰臉上，第一次出現需要很久才會消失的黑痣。

國中時，名為改運（年紀輕輕，改什麼運？），其實是愛美，跟著大人在臉上點白膏，想除去蒼蠅屎大小的黑點。但他不知藥效強烈，沾了太多，結果深深侵蝕皮層，兩、三天以後，便在臉上出現大大的黑痣，留下了二十年才慢慢填平的凹陷，與——悔恨。多可怕啊！

回到當下，文彰不免對著鏡子問道：你還是我嗎？對方只悲傷地回望他，沒有應聲。

他像戴著一副面具，一副不是自己選擇的面具。他有些擔心，這個覆滿疱疱的面具，將成為他的臉，將成為他的特徵，將成為他未來人格的一部分，與過去永遠告別。以前的臉，將從現實生活中徹底消失，只有在夢裡，才可能再現了。

身體上的風暴，卻是另外一回事。

每一個紅斑或每一個泡泡，都是不易解讀的內心告白。它們一呼百應，群情激憤，企圖向外界披露一些訊息。

這些不規則的突起，像軟軟、有彈性的鍵盤，彷彿只要這裡那裡壓壓按按，就會形成一些字、一些詞，然後轉化成文句、口號。

它們一旦把訴求張貼出來，所有的斑、疱，便從血紅色慢慢轉成暗褐，不再擴散。原來內部有液體的泡泡，不是因爲迸裂排出，而是漸漸乾縮，像被吸回體內，被接納、消敉了。

洗澡時，水避免太熱。文彰閉上眼睛撫摸自己，感覺既新奇又可怕。他像回到冷血動物的時代，身上披著一凸一凸的厚甲，有如一條變色龍，只差腦後沒有長角。這個怪物，竟然是他，眞是不可思議。

這些固執的隆起，好像有個趨勢，隱約顯示某個意涵，但他還參不透。

文彰面無表情，既不笑也不皺眉，若要打哈欠，還得先扶住下顎，避免嘴巴拉太開，吃東西要小口咀嚼，說話只能稍微掀合唇瓣，否則扯到臉頰會痛。

他也把行動放慢，一方面怕衣服磨擦到皮膚，一方面怕天熱出汗，不但揩拭麻煩，要是搓破泡泡，有了傷口，碰到鹽分就會很疼。他還得控制自己的呼吸，不讓胸部大幅起伏，把血流調緩，將脈搏寧靜，彷如休憩。

所以他不只外表像蜥蜴，連舉止也像。

他和外界好像被兩層厚厚的隔音玻璃分開，讓他對一切批評、抨擊與拒絕，一點都不敏感，也漠不關心。別人跑得多快、寫得多好，不干他的事，他得好好保護自己，解決內部衝突，趕緊修整、建設，等吸足了能量，再以閃電的速度，超越別人。

既然後面幾天的旅館，以及回程的機票都訂好了，退不得，文彰和M只能按原訂計劃，一一去實踐。

他們繼續搭車、參觀、攝影、吃住、進出公共場所，拜訪不同的城市：Beja、Albufeira、Setúbal、Lisbonne、Porto。

儘管身體不適、精神受到打擊，只要有空、能坐下來，文彰還是在筆記型電腦上工作。他一方面以挑剔的眼光，檢視被退的文字，看看有什麼改善的可能，一方面繼續書寫進行中的故事。

同時，他也把這些日子以來的心緒，以及身體遭受的磨難，用換行、避標點的方式，快速鍵入電腦，掌握靈思。鍵盤敲打的熟悉聲音，清脆美好，讓他安心。身體受到束縛以後，心靈似乎變得澄明，注意力也比較集中了，反而有了更多的自由。

他發現，倉頡輸入法，眞是一個弔詭的系統。

在打每個字之前，字的形狀必須先進入意識，有了模樣以後，才能迅速拆解成幾個碼，再一一按序鍵入電腦，並以空白鍵確認，然後換下一個字。

書寫變成無盡的分分合合。

於是，十指在鍵盤上跳動、猶豫、修正，偶爾還會碰到較長時的阻窒。

往往，同一串碼，對應好幾個字。這些字在選單上的順序也必須成爲記憶的一部分，才能讓手指自動飛到指定的號碼上。這個順序，不見得以書寫者的慣常用字優先，軟體也不會因爲前面幾個字是什麼而自動揀選最佳的搭配。

常常，因爲規則的例外，或者個人界定的不同，一直找不到正確的倉頡碼。關聯字若沒能提供幫助，嘗試又嘗試之後，只好轉換輸入法。

若是pinyin，因會教中文，研究過彼岸的拼寫規則，但必須根據英文或法文鍵盤，改變一些字母的位置，而且打出來的是簡體字。

注音之所以困難，是因爲文彰對ㄅㄆㄇㄈ的編排方式不熟悉，得先顯示鍵盤，再一邊找尋，一邊單指敲打。

有時字怎麼念又不清楚，或念錯，那就麻煩了，只好先空下來，等有空再在中文字典上翻找，或者上網跳個字查詢——阻窒就產生了。

文彰懷疑，在電腦上打字，寫之前的拆解、重組，會不會打斷思路，造成書寫的障礙？或者能產生書寫的距離，使得寫出來的東西更冷靜、客觀？

以前手寫時直寫，現在打字時橫打，文字會不會少了感性，多了理性？語法，會不會比較接近外文？

在路上，文彰所能做到的禮貌就是戴太陽眼鏡。只有在室內，或陰暗的所在，他才敢卸下對別人的保護。所謂保護，不是怕傳染他們，因爲醫生說這是個人對藥物的反應，與別人無關。文彰想保護的，是他們易感的心靈，像電影分級一樣，但不是因爲色情的理由，而是怕他們被恐怖的影像嚇死；但又是色情的理由，因爲人們會以爲醜陋的斑痕，是由可怕的性病所引發。

在沙灘上，M建議文彰把衣服脫了，說這樣可以把紅斑曬乾，比較容易結痂。文彰可沒聽他的，依舊把自己包得緊緊的，不願把戲水的人驚呆，自然也只能用腳去試水溫了。

奇怪的是，在必須摘下太陽眼鏡的場合，對面的人都心地善良、修養很好，使得文彰幾乎忘了自己與別人的不同。

他們在跟文彰交談時，眼睛定定地望著他，沒有閃躲，沒有不知道該看哪裡、怎樣調整焦距的尷尬，也沒顯現想知道怎麼回事的好奇。就連思想單純、不懂掩飾內心的孩童，也不例外，彷彿他臉上又紅又黑又腫的景況，只是生活中再平常不過的事。

驚恐、同情、竊竊私語，或在背後指指點點的狀況，都沒發生，這讓文彰懷疑，會不會他的臉上、身上根本什麼都沒有，這一切不過是他誇大的想像，自暴自棄的想像，才會認爲一直被排擠、一無是處，連精心寫出的妙文都沒人要。

這現象太反常了，有點無聊，他甚至不能張牙舞爪、嚇嚇小朋友，說魔鬼來了。

倒是在Albufeira時，又被一個中餐館的老闆娘給羞辱，可說毫不留情！

這個城，位在南部海邊，遊客多得已一文不值，每個餐廳都擠滿了人。

葡萄牙小弟禮貌地過來問吃什麼？要不要喝瓶可樂、汽水？M用法文、義大利文混合的破葡萄牙文點了兩個套餐，因嫌飲料太貴，只要了自來水。

結果染了一頭金髮的老闆娘，在收銀台那頭先把小弟臭罵了一頓，然後怒氣衝衝地跑過來。

她不屑跟文彰講中文，逕自以自認極爲流利的英文再問了M一次，要—不—要—喝—飲—料—？M搖頭，她便動作粗暴地把桌上的杯子撤走，連自來水也別想喝了。

離開前，她沒忘記惡狠狠地瞪了文彰一眼，大概是說：你這個丟臉、敗德、活該得了愛滋病的東方人！

回到巴黎以後，文彰的身體仍然虛弱，一直沒食慾，所有的需求都自動降到最低，缺乏生命力，對任何東西都不感興趣，像得了憂鬱症，鬍子則長得亂七八糟，夾雜白色的渣渣，看起來既落魄又骯髒。

怕顛震，不想動，沒有到外面亂跑，文彰像關在潛水鐘裡，乖乖地黏在電腦面前，靠雙手打字，記錄思想、發展故事，捕捉倏忽而過的游魚——靈思。

這使得打字和書寫第一次結合在一起，同步進行。不像以往，先得在紙上鬼畫符，再如打字員一般，天昏地暗地打得雙肘發痠、背脊發疼，費勁地把內容謄到電腦上。

文彰深居簡出，頂多以e-mail與外界溝通——那是透露生命訊息的氣泡——，沒有以照片自曝其短、自揭瘡疤，別人自然無法探知他的近況。他並不覺得孤獨，只希望臉上的黑痣快快消失。

文彰直覺，痘痘與退稿的打擊，似乎有某種關聯。

這讓他想起高中時的一件佚事——「都是作文惹的禍！」

當然這不是國文老師出的題目，是他自己訂的，而且還以小說的形式來寫。

同學都覺得他好勇敢，不只批評老師的題目不好，還怪罪因爲熬夜趕作文，早上起晚了，匆匆騎腳踏車上學時，一個不小心，便出了車禍。

簿子發回時，老師什麼都沒說，只給了他六十分，也沒留下任何評語，好像不曾有過這個叛逆事件。

這個行徑，在三十年後回顧，對於自己的個性，以及老師的處置方式，透露了一些訊息，也預示了他與文字剪不斷理還亂的關係。

左側胳臂的疼痛，開始越演越烈。

這個疼痛，在剛長出痘痘時，文彰就些微察覺到了，但那時他以爲是行李太重的緣故。痛歸痛，但是摸摸頸部與胳肢窩，又沒什麼凸起。

M則擔心會不會先前的藥物過敏，蔓延到心臟，或者產生了什麼併發症？

因仍是假期，診所沒開，M便幫文彰打緊急電話請醫生到家看診（SOS Médecin）。這個服務，通常要等上半個小時，有時甚至超過一個小時，結果破天荒，醫生竟十分鐘就來了。

醫生說看不出手臂疼痛的原由，也不知道疱疱、泡泡的起因，更無法確定二者的關聯。

醫生給文彰開了一些藥，害他吃了便祕好幾天，把痛苦從胳臂轉移到兩胯之間。

他抹了各種想像得到的潤滑油，外加手指的摳挖，費了九牛二虎之力，才把囤積的穢物掏出來。回頭檢視馬桶，才發現卡在肛門裡作怪的東西，不過羊屎大小，但堅硬無比。可能是由於病痛，小腹無力，所以不知試了多少次，就連這麼小的障礙都無法排除。

終於診所開放，渡假的醫生帶著曬黑的皮膚，一波波回來了。

去看皮膚／性病科，醫生要文彰擦去色素的軟膏，很貴，一條要三十歐，而且叮嚀他絕對不可以曬太陽。依醫生推斷，這些疤痕半年到一年都不會褪去。還好文彰當時沒聽M的建議，光著膊子做日光浴，要不然身上的紅斑與痘痘，也會變黑，那就要更久或永遠不會消褪了。

醫生還要他去過敏科那邊，描述事件的經過和詳細的時間順序，一定要找出眞正的原因，否則以後用藥很危險。

過敏科醫生，在耐心聽完文彰的故事後，寫了一封信，要他到醫院做檢查。

擦了去色素的軟膏，文彰出門必須戴寬邊的帽子，遮蔽太陽。M說他像吸血鬼，見光死，認爲走在巴黎的都市叢林，不是去非洲狩獵遠征，不用像可笑的亞洲觀光客，戴這種愚蠢的帽子。

但文彰想，人本來就不怎麼樣了，總不成還自甘墮落？所以爲了提供別人一個美麗的環境，他還是戴上了土土的帽子。看來，有足夠維他命D的快樂，與沒有黑斑的美麗，二者是互相衝突的。

與醫院預約，等了兩個月。

文彰把M那時幫他拍的照片帶去。在重述了發病的種種之後，醫生問他兒時有沒有出過水痘？他說不知道，要問他媽。

醫生翻閱一本厚大的書，可能是藥學用典，上面確實標示：吃了M的藥，若曬太陽、疲累，有可能在身上迸出一些痘痘。這麼說來，出痘痘不止是藥的問題，陽光、旅行也是幫兇。

爲了確定是藥物過敏所致，醫生取了兩種藥錠——M的藥，和具有類似成分的藥——，分別放入藍蓋子的透明小罐（大概就是所謂的*grinder*吧！），然後旋轉、壓磨成粉。接著，醫生在文彰背上滑過詩人常歌頌的乙太，清涼、清明，可以消毒殺菌。再挑兩個脊椎邊的疤痕，把藥粉貼上。

醫生要他在幾天之後拍照回傳，看看那裡有沒有長出新的痘痘。同時，醫生也找了另一位專家，依據照片鑑定是不是水痘。

後來撕去膠布，撥開白色藥粉，疤痕處，依舊平坦密實，並無異軍突起。醫生推論，這些紅斑應該不是藥物過敏造成的，而且根據同事研判，八成是水痘。

於是，醫生透過網路傳來一張單子，要文彰去驗血，看看過去幾個月是不是曾經被水痘病毒感染，並要他問媽媽小時候是不是出過水痘，因爲若出過，就終生免疫。

文彰打電話問媽，媽說是出過疹子，和哥一起出的，可是水痘就不確定了。後來，哥也說沒有出過水痘的印象。

與醫生回信時，文彰有些不好意思，好像自己來自落後國家，個人病歷不全，而且小時候爹娘不疼，連這麼重要的事都沒人留意。

水痘不水痘，國小時，坐在家裡大圓桌寫作文，搜索枯腸，不知寫什麼好的情景，卻回到眼前。

媽在一旁挑四季豆，去頭、去尾、去邊線，偶爾還掉出一兩顆豆豆。

媽看文彰發呆，便說不要怕，這樣寫、那樣寫、怎樣寫都行，重點是別忘了自己眞正想說的是什麼，不要老在那裡咬文嚼字，結果咬一咬就迷路了——這是文彰在做功課碰到困難時，唯一一次有大人在場的記憶，也是書寫至今，僅有的指導。

而第一次的投稿經驗，大概也在那個時期——回應參考書裡的徵文。可惜登了沒有任何人看見，只有自己暗暗歡喜了一、兩天。

驗血結果出來了。說已經出過水痘，但這個水痘在最近暴發的機率很小。文彰問醫生，既不是藥物過敏，又不是水痘，那到底是什麼？醫生斥責，是誰說不是水痘的？他尷尬地回答，是檢驗報告上說的。

「最近」，他以爲是最近幾個月，醫生則說是最近幾天。因爲儘管最近幾天的可能性很小，但水痘也不是幾十年前出的，這說明爲什麼血中還存有微量的抗體。

如果這樣，出水痘一定有原因吧！總不會自己莫名其妙就從身上蹦出來？醫生問文彰那段時間有沒有跟病患接觸？

病患？文彰說沒有啊！他哪有碰到什麼出水痘的人？

可是越想，越覺得腦際裡好像還眞有這麼一個影像，雖然很模糊，卻不像是自己編造、幻想的。

這個帶霧的影像，正是由他在鏡前被自己嚇到時，脫口而出的一句話所牽起。

場景好像是在Salamanca建於十六世紀初的「死者之家」前，門面上有幾個骷髏頭，但上面沒有青蛙。文彰正在拍特寫，這時走來一對夫婦，男的手上拿本指南，女的推娃娃車，裡面坐著一個小女孩，正失神地吸著奶嘴。

她靜靜地沒有哭鬧，偶爾揮動、踢展一下胖胖的手腳，但是臉上一片紫紅，像胎記、像被蚊蟲咬到，或者

像被燙傷。

文彰看了趕緊把眼睛調開，心裡說的不是：「唉！眞可憐！」卻是：「怎麼這麼恐怖啊！」

他暗暗責怪她的爸媽沒有公德心，竟把她帶出來亮相，完全不在乎別人的觀感。

本想趕快閃避，移到別處，沒想到M竟把這對夫婦攔了下來，大概是覺得他們就這樣走過文化珍寶，什麼都沒看見，太可惜了，便用口音很重的法式英語跟他們解說，像個導遊。他們停下腳步，隨著M手指的方向，抬頭觀看這些骷髏頭的裝飾，聽得很入神。

小女孩繼續吸動嘴巴，似乎沒有注意到推車不動了。文彰則有些不耐地等在那裡，希望M快快結束他的介紹。看M一下子停不下來，文彰便走遠拍別的東西去了。

莫非就因爲這個近一公尺的短暫注視，被涼鞋折磨得精疲力竭的他，就被傳染了？果眞如此，眞又要怪M在那裡囉嗦太久，害他吃了這麼多苦頭。

幸好出過水痘的人不會再出，傳染的規模大大降低。不然從西班牙到葡萄牙，又是坐巴士，又是乘火車，又是出入一些場所，最後搭機回巴黎，擦身而過的人無數，病毒便一傳十、十傳百，《全境擴散（*Contagion*）》，這將帶給多少人痛苦啊？

病因找到了，退稿的理由卻依舊神祕。

要是一篇文字，能夠像病毒一般播散，讓健康、深刻、有趣的思想或故事，得以流傳、襲捲，有何不可？文彰也希望文學的努力，亦會傳染。終於有一篇文字上報或得獎了，因爲比較懂得如何掌握要領，漸漸地就會有第二篇、第三篇，然後持續下去。

如果以藍紅表徵及格和不及格，美麗的藍，將怎樣從滿江紅的痘痘中出線，把退稿的詛咒化除，扭轉乾坤？又怎麼能慧眼獨具，堅持從紅透而近乎絕望的紫裡，偵測到一絲藍的因子，看到它的價值？

或許要懂得深入自己的內裡，從負面中窺見正面的曙光，並與病毒爲友，才能在試煉中找到治療的解藥吧！

文彰知道甭想以文章彰顯聲名，但他至少可以用文字傳達自認的眞理，以及對別人可能有益的感想，像嚴冬裡的一股暖流——這或許才是書寫的意義，與終極目標吧！退稿，只是達到目的前的考驗與訓練。這個過程是必要的，因爲那是進入文學殿堂的門檻，是確保品質的關卡。

儘管困難重重，他非提筆不可，因爲痛、因爲急切、因爲想與人分享。也不知是他選擇了文字，還是文字選擇了他，在經歷過繪畫、雕刻、攝影之後，他又回到文字，那同時揉雜理性與感性的表達形式。

有一天，信箱裡突然捎來一封e-mail。

某個文學獎的承辦單位，在文彰忙著撰寫新的體悟時，通知他同時獲得了短篇小說佳作，以及散文優等。雖然文章得獎或被刊登的經驗有限，文彰還是可以歸納出一個通則：越是沒去關心結果、越是沒上網查看，越容易在專心做別的事、陳述不同的感受時，毫無預警地收到令人振奮的消息。

文彰喜出望外，幾乎不敢相信，趕快翻出獲獎的文字閱讀。

感謝時間的距離，以及某種程度的遺忘，他像在聆聽別人的心聲，陌生中有著熟悉，還被自己感動了。本來怕被人懷疑得了愛滋病，搞得謠言滿天飛，文彰不太敢出門。許是因爲心情變好了，他的皮表也慢慢收起一隻隻批判、猜疑的眼瞳。那頭皮膚紅腫潰爛、自怨自艾的怪獸，終於被符咒似的字詞，以及經文般的重複默念，安撫、降服了。

假以時日，文彰便可以揹起筆電，大方地帶著牠，像遛狗一樣，到外面或悠閒散步，或恣意奔馳，不再懷疑，毋須躲藏。

# 長條吊飾

走在那個因發音被M戲稱爲「搔我那裡」（Gratte-moi l'a）的國度，我突然觸景生情，好不容易結痂的傷口，再度撕裂。

我關掉攝影機，把眼睛從銀灰的器具調開，心緊縮，淹沒在創痛的記憶裡。

低著頭，腳步沉重，人都已朝大門拐去、準備離開了，但想到還沒搞清楚背包客指南裡那個形容詞的意義，便轉身回到中央大道。

兩側的灌木，精雕細琢，像往水源地邁進的動物，或像自然科學博物館的標本，在歷史的長河陳列，更像每年這個時節朝聖的隊伍。

遠遠地，便看見這座「mignonne（可愛）」的教堂，門面潔白無瑕，臨腰掛著長條吊飾，像聖母的褶裙，在慶典歡快的氣氛中飄擺，也如綠色飛瀑，傾入寧靜、沉鬱的水潭。

聖誕節剛在煙火迷漫、鞭炮吵噪聲中渡過，四、五天以後就是新年了。

中美洲，天候宜人，中午氣溫最高可達三十五度，讓人以爲漫步在酷暑的巴黎。

年底的這段時間，和M鮮少乖乖蹲踞巴黎，但不完全是因爲濕冷的緣故。

與其被路上俗麗的燈飾和廣告挾持、被電視裡應景的新聞和炒了又炒的議題轟炸，我們寧願到遙遠的地方旅行，看看不同文化的人們怎麼過節。

這裡，位於舊都（Antigua）邊陲，林木蓊郁，一路陰影沁涼，不時還有泉流淙淙。

教堂屬巴洛克風格，造型並不特殊，也沒壓得人喘不過氣的複雜或雄偉。雪白牆面，裝飾著四根線狀方柱，大門上頭有扇八角窗，五座雕像分三層對稱嵌在神龕裡，兩側各一口鐘，環視一切的十字架頂梢，則升了面綠色的旗子，迎風拍撲。

「可愛」是「小巧」的同義詞嗎？意味著「教堂雖然不怎麼樣，假如有時間，不妨繞過去參觀一下」？還是因爲一言難盡、詞窮，或者根本就沒意見，可是又不能空著，否則這樣的介紹太中性、沒特色，只好如此敷衍？

每個人的偏好、審美觀這麼不同，要持平地品評、推薦一座教堂，確實不易。

等距懸掛的長條吊飾，自窗下橫樑射出，看起來似也頗平凡。兩週前在首都，這幾天在市中心的教堂前庭，皆已碰見多次，早不再令人驚豔。

普通歸普通，但改不了觀光客本性，我反射性地再度舉起攝影機，左手一旦打開螢幕、轉好角度，右手食中指設妥距離，大拇指便按下錄影鍵。

幾秒鐘後，正要關機，鏡頭裡閃爍的光影，突然勾起了我的好奇。我在長框內外監視、比對，一直無法確定看到的是什麼。

一、二、三、四、五、六，六彎微笑在風中款款交攀，一條條藤蔓緩緩擺蕩，巨大的蜈蚣千腳亂踹，慢吞吞匍匐的毛毛蟲，篤定地爬向即將到來的春天。

每一條綠絨，粗圓如繩索，想是由人造松針組成，細密、均勻，給人一種貓尾巴的柔軟，鼻腔中彷彿也充斥著眞葉的味道。不！這不是幻覺，這個獨特的芳香，雖然不知來處，確實在空中飄溢。

這幾天逛街時發現，人們在店面及住家地上，灑滿松針，踩過去有些滑溜、帶點彈性，猶如踏入松林小徑，也將松林隨身帶走。兜售紀念品的小姐告訴M，在地面鋪綴松針，不限天主教節慶，在馬亞民俗、祭禮的場合，更是不可或缺。需求量之高，傳統市場裡，一年到頭都有人敞開麻袋叫賣。

但，並不是虛假的松針吸引了我——在長條綠絨底下四、五公分處，懸掛著一些飾品，時靜時動，對我拋著媚眼。

懶惰如我，原以爲只消動一根手指，即可將它們火速招來，一一檢閱。但因站得太遠，鏡頭放大倍數不足，亮晃晃的，始終猜不透物件的身分。爲了解開謎團，我只好拖著腳步，朝教堂走近。

沒想到，越是向前，我越爲整體效果驚嘆；越是凝視、探索，越是佩服作者的巧思；越是摸清飾物與針絨的前世今生，越是熱淚盈眶、感動不已。

通往教堂的這條路，搖身一變，竟成了醒悟的旅程，幾分鐘前的哀傷，也煙消雲散。

這根本就是一件藝術裝置——在露天美術館徜徉，不需門票，沒有語音導覽干預視覺，環境音自然傳來，松針的香味四溢。儘管這兒沉默的住戶萬千，但只有我和M兩個訪客，悠悠與長條吊飾互動、對話。

我掄著攝影機，開始了一系列的操作，企圖保存、還原、再創這個美感經驗。

正面、側面、裡面、逆光、仰視、平視、垂直、傾斜、全景、特寫、實描、影射……，所有的可能都試了，但我老覺得疏漏了什麼，擔心機械器材捕捉不到作品的精髓與神韻。

在反覆拉近、推遠、變換觀點之際，南方十公里外高三千七百六十六公尺的地標——水火山（Volcan Agua），從葉隙鑽出，前景的裝置頓時成了巨人頸上的花圈，或者珠寶項鍊。

火火山（Volcan Fuego），矮了三公尺，位在西南邊更遠處。許是被茂密的樹林遮蔽了，從這個角度看不著。

兄弟倆，一個死氣沉沉，很久以前曾經流淌爛泥，一個活躍暴躁，動不動即噴硝吐煙，兩人個性迥異、水火不容，但都有著錐狀的身形——那屬於一家人的血源標誌。

我嘗試以影像呈現藝術裝置的靈魂，慢慢地跟眼前的一切達到了某種聯結，所有的元素千里相逢，齊聚一堂：地點、太陽、風、作品，以及得天獨厚的——我。

與別處所見不同，這些吊飾並非印著聖誕老人、松樹、果實、卡通人物的硬紙板，也不是圓球，或中空的禮物包裝。

靜時，它們是一朵朵獨一無二的手工花，花瓣形狀尖圓勾翻，極盡想像之能事；動時，它們是一隻隻忙著織網的蜘蛛、舉螯示威的螃蟹、一個個快速旋轉的風扇、用來發電及照亮黑暗的槳葉，或者向親人傳遞愛與祝福的風箏。

在某個角度，手中的視窗被分成三塊。

頂部由教堂白燦燦的正面，以及偌大的藍天主導，那裡住著嚮往的未來——希望、光明、和平、永恆。底部被顫抖、跳躍的影子占據，落在白牆及斑駁的褐色地磚上——或近或遠的過去，時而平和時而激烈，從心靈深處湧現。

奔放絢麗的繁花綠絨，自中央貫穿，如波浪起伏，不時拂拍兩岸，亦如Janus（兩面神）立於新舊交接的現在，一邊回顧、檢討這一年，一邊預劃、展望下一年。

作品的主人，預約十點多尚未變得惡毒的陽光、遣來陣陣微風，以舞動的創意、顏彩，活絡了教堂周邊——偌大的墓園——肅穆的氣氛，成功地搭起了一座橋樑，讓兩個世界得以交流。

長條綠絨牢牢串接，發送朵朵思念、瓣瓣祈禱，於是生人與死者之間，不再有隔閡、分離與遺忘。

長時間專注端詳，神祕的吊飾終於對我開啟心扉，我因此得以一個步序一個步序，回溯其製作過程。

藝術家無中生有，化腐朽爲神奇。

我想像：在歡笑聲中，頂著花貓臉，十幾個小朋友，說不定還是墓園逝者的子孫，在藝術家的指導下，構圖，切割、裁剪保特瓶，燙軟，捏出花瓣盛開的模樣，著色，栓緊鑽了洞、如花萼的瓶蓋，穿過細繩，一頭繫著牙籤，塞上黃色膠土固定，形成蜂蝶造訪的花心，另一頭則綁在長條綠絨上，像罄空酒血的聖杯。

小朋友可能還不懂流體力學，但這個自己動手做的活動卻像風車大賽，大家互相較勁，看誰的設計轉得最快，可以翩然飛舞，誰的顏料塗得最炫，能夠令人眼花撩亂。

可惜，人們對藝術家的獻禮，無動於衷，既沒興趣，也沒什麼反應。他們要不匆匆走過，像急著辦什麼事，要不視若無睹，迷失在自己的愁煩裡，沒有人多看作品一眼，更別說停下來研究藝術家的靈感來源了。

可以說，藝術家把愛的詩篇，熱情地獻給市民，卻沒人展讀、吟唱。

七彩的塑膠花，在藍天白牆間爭奇鬥豔，更凸顯松針的樸實。我越來越相信長條綠絨是由如假包換的松針組成，不止長度參差不齊，而且在風吹日曬下，顏色漸漸轉褐。若真如此，不難想見藝術家當初花費多少時間和精力，耐心地將一組組分叉的松針，沿線沾黏。

沒有標題，沒有藝術家的名字，沒有任何解說，我不禁質疑：這個和諧、詩意、環保、具象徵意義的作品，到底是做給誰看的？生人、死者？當地住民、外國遊客？不論如何，我確已透過作品，讀出作者內心，與他取得共鳴，成爲他的——知音。

長久以來，與M出遊，總會撥冗至墓園閒逛，美其名曰「想瞭解各個國家、民族看待死亡的方式」。沒曾痛徹心肺哭過、失去過，這個古怪的行徑，充其量只是一個浪漫的姿勢。

一個小時前，我不小心闖入教堂邊的停屍間，撞見空寂的擔架，心突然被重重戳了一下——一年前哥罹癌匆匆辭世的景象，一一回到腦際。我這才體悟到，人與死亡的眞正關係，絕不像到石頭公園散步，那般平靜、灑脫、事不關己。

由於對作品的賞析，我的注意力得以轉移，心境因而變得平和、喜樂許多。受到美的薰陶與啟迪，我雖想探詢有關藝術家的資料，當面向他致謝，卻投問無門。

作品因爲藝術家誕生；與作品相遇，給了我撫慰與勇氣；我感激的目光，又回過頭來，肯定藝術家的努力，讓他的付出有了意義——雖然他並不知道。

我認爲：觀衆對藝術家最好的支持，就在他對藝術家創作理念的高度理解；成爲一個稱職、具水準的觀衆，則是他對藝術家最佳的回報。

藝術家提供一個作品，任觀衆自由解讀；觀衆依個人背景與素養，汲取所需，掌握到某些訊息，有時甚至超出藝術家的原意；藝術家本人，則是作品第一個主觀且經驗豐富的觀衆。

好的藝術家，必是好的觀衆；好的觀衆，有一天說不定也能成爲藝術家。

回首墓園的這些感動、思考與發現，有趣的是，竟起源於我對旅遊指南裡某個用詞的挑剔。

除了苦悶時非寫不可的需要，我也喜歡將生活中的感觸和旅行見聞，翻譯成文字，與人分享。

在電腦藍海孤舟漂泊，儘管字斟句酌、絞盡腦汁，甚爲辛苦，但在這個過程中，我常因小小的聯想、偶爾冒出的靈思、對問題癥結的忽然洞悉，得到許多樂趣與助益。如果在這個特權之外，還有人能從我的字裡行間，領會到什麼——好比觀眾在一行行毛茸茸的綠絨間，嗅到春天的信息，然後在他的心田，引爆一片萬紫千紅——，這對我將是莫大的鼓勵。

那麼，除了不斷培養自己優質讀者的敏銳度，我的手指將持續在鍵盤上跳躍，哪怕僅爲了世界彼端一顆徬徨、憂懼的心；就算這顆心碰巧不在場，在倉頡碼的快速拆組間，生命某一刻的情狀，也因此封存、記錄下來。

一個人對藝術與文學的創作及欣賞，應該抱持什麼態度？這個問題困惑我久矣。瓜地馬拉（Guatemala）冷不防抓我一把，不止搔到癢處，還打通了某條阻窒的思路。

放下攝影機，我抬頭再瞄一眼綠絨花飾，笑笑地與可愛的教堂揮手，然後慢慢踱出墓園。

M已在前方等很久了。

## 多重的我

藝術上的感知與共鳴少見，如鳳毛麟角，性慾卻一天到晚發生，讓人搖頭，但又身不由己。

什麼是性慾？爲什麼會有性慾？一旦偵測到性慾的存在，「自我（moi）」該如何處置？怎樣才能讓性慾停止，減低對平靜生活的干擾？

因爲只要有了性慾，就會剛硬、就會軟弱、就會汲汲找尋，唯有解決了，才能無慾則剛。

性慾是源於身，還是起於心？是受到外在的誘惑、內分泌的促發，還是來自大腦莫名其妙、無中生有的騷動？

佛洛伊德的心理分析認爲，性慾（libido）是一種無意識的性衝動（pulsion sexuelle），本質是能量（énergie），起自「本我（ça）」這個多重慾望的蓄水池，有其推力（poussée）、源頭（source）、對象（objet），和目的（but）。

性衝動產生時，身體變得亢奮，眼瞳舒張，心跳加快，手心出汗……

這些都是從相關資料上看來的，但就小姐而言，他只注意得到「身體變得亢奮」這一點。

性衝動不是一個瞬間消失的推力，它主動，持恆，既不暫停，亦不偏離，它是一種內在的興奮，無從逃躲，隨時處在行進、備戰狀態。

它的源頭很多，不論是感官受到刺激、幻想某個情境、回憶某段邂逅，或體內睪固酮升高，都有可能產生性衝動。

對象可以是自己或別人。

若是自己，比較自主、獨立，是自戀與自慰，生、滅都在自己身上。最極端的例子是，自己吭吸自己的屌，完全自給自足，但那必須天賦異稟、身懷絕技——有長長的下體、有特殊的身體比例，或柔軟度。但這並不稀奇，埃及神話就有太陽神Atoumn弓腿自吸、自己受孕，而創造宇宙天地及其他神祇的故事，幾千年前的草紙有圖爲證。

若是別人，則可以是同性、異性，或男女皆宜，於是便有了同性戀、異性戀及雙性戀的區分。

但跟別人不是想就行，不像孤家寡人這麼方便，需要對方的首肯、參與與配合，而且還不能自私地只顧自己的感受。

目的則始終如一——得到滿足。

若沒得到，就會感到沮喪、挫敗，人也變得煩躁易怒，無法專心。

若不知如何調解，「超我（surmoi）」又不夠強勢，在性衝動的趨使下，「自我」被「本我」操控，就可能訴諸暴力，自傷，或霸王硬上弓，傷人，產生犯罪行爲。

但有一種滿足方式，比較高尚，可以攤出來讓人看，並獲大眾的認可——有智慧地疏導這個能量，將其轉化爲藝術創作、文化鑽研、專業精進，以及人道救援等，也就是對社會有助益的事，讓性衝動得到「昇華（sublimation）」。

據說畫家畢卡索（Picasso）和大文豪雨果（Hugo），都是性慾極強且多產的人。他們的jouissance（享受，其動詞jouir，用在As-tu joui?時，意思是：你出來了嗎？你洩了嗎？），既在身體，也在靈魂。

日本片《*Drive my car*（開我的車）》中猝死的太太，她的劇本創作，就是在陰道和陽具反覆的搓扭中，慢慢成形。對她而言，性慾是藝術的催生劑，性交則是創作的方法，唯有進入這種既緊繃又放鬆的狀態，她才能文思泉湧，把前次中斷的虛擬情節，發展下去。

小姐不禁自問：面對性慾，三個我，在什麼比重下，最具靈感與創意、最能理性且持恆地工作、最易得到撫慰與昇華？

譬如，讓身陷狹縫的「自我」，既縱容「本我」，又有「超我」制約；偶爾大膽放手（lâcher prise鬆開手中抓緊的物件），眼看著就要撞著地面了，又及時拉住（garde-fou防瘋子縱身一跳的欄柵）；在浪漫狂野中收斂，在道德紀律裡盡情；讓潛力在胡蘿蔔與棍棒（la carotte ou le bâton，利誘或威脅）之間，得到最大的發揮，讓心靈在聖潔與沉淪中獲取最美妙的平衡。

也就是說，針對某個方向與意圖，在不同的「我」之間，取得最佳化的角色扮演——一個自己跟自己玩的遊戲。

是不是成功的人，就是最懂得玩、玩得最好的人？

或者說在某些方面能一枝獨秀、出類拔萃的人，特別是藝術家、作家，就是「本我」過野，「超我」過嚴，「自我」在掙扎、偏斜、受苦中，仍能憑藉毅力，一步步尋找解脫、實現理想的人？

總歸一句：多重的我，在性慾的騷亂下，面對社會的壓力，仍能健康、快樂、有建設性地存活，既不會完全被牽著鼻子走，也不會被碾壓得喘不過氣來，讓身體、性靈都得到某種程度的滿足，並將這一切衝突，轉換成創作的動能——此即小姐終極的追求。

他想，唯有這樣，性慾才能與藝術接軌，突破迷惑、騷亂、病態，達到眞摯、良善、美好的境界。

理論之外，生活之中，小姐個人的性慾又是什麼樣貌？碰上了，他會如何自處？

# 當慾望纏身

我不該再來這裡的！

可是每次說不來，還不是來了？既然還沒來就已經知道大概的結果，那幹嘛還來？現在來了，人反正已經在這裡了，爲什麼不放開一點？自責，自責有什麼用？自責又不能改變什麼！

那究竟是什麼，把我吸引到這裡？而且一旦有了來此發洩的意念，就完蛋了，再怎麼甩，也甩不掉，非來不可。

付了錢，領了鑰匙，你這樣質問自己。

的確，一旦有了意念，你完全無法思考，你甚至變得樂觀、誇大。

過去的經驗，都被拋諸腦後，某種化學分泌，暫時截斷了記憶的網路，眼睛則塗上一層迷人的色彩，使得一切看起來都美麗無比。

但意念的產生，並不是毫無徵兆，你其實可以明確感知。

一開始你變得焦躁，但不是那種在月圓時動不動就發脾氣、隨時隨地準備與人爭吵的焦躁；那倒是M的焦躁，他大概有狼人的基因，對神祕的月圓特別敏感。

是的，你的焦躁也很具侵略性，但僅止於自己內部的澎湃洶湧，與別人沒太直接的關係。

不過說沒關係，還是有關係的，因爲一切必須從別人開始。

你開始焦躁地在路上、在地鐵，看人。

看的方式，也有固定的SOP。

首先是全面性，再來是局部。

也就是說，先獲得整體感，看看比例是否恰到好處，然後鎖定臉部，一一端詳五官的形狀，最後才瞄準下半身，穿透一層層衣物，幻想。

你常常看人看得忘了身在何方，像在看一尊雕像，專注地研究每一個面是怎麼形成的，凸起與凹陷是透過怎樣的切削程序，執行時哪裡該預留轉環的餘地。

雖然看臉時，偶爾會被發現，但沒關係，因爲你面無表情，眼光有如科學分析，或像失神，思緒在他方。

至於私處的審視，那裡沒有眼睛，沒有被觀看的自覺，只有被褲子包裹的起伏，所以少有人能洞悉你的內心；但有一次，那裡突然有了反應，把你嚇一跳，以爲晃了神——原來時間搭配得正好，此人的獨眼小巨人亦如你的一般，像監視器，正蠢蠢欲動、四面轉繞。

焦躁的心緒，不見得會發展成意念，那要看你當時專注與忙碌的程度爲何。

如果你手上有更有趣的活動，通常與藝術創作有關，你會不自覺地夾緊大腿，感到一波一波逐步昇高的喜悅。

這喜悅最初來自心靈，但在作品進展的過程中，漸漸轉成身體。

當身體的反應凌駕心靈，強到已經影響到工作的進行時，你只好找個隱密的所在，抽動兩下，把過度緊繃的張力放鬆，讓自己從焦躁中解脫出來，這樣才能繼續爲構思的點子催生。

但是當創作碰到瓶頸，或者前個計劃剛完成，下個靈感尚未出現，就很容易感到焦躁。

要是自己不願草草打發，看人看來看去老覺得缺乏捏在手中把玩的眞實感，加上可恨的鼻子又變得異常敏銳——空氣中任何雄性留下的氣味，儘管人早已不知去向，都還能偵辨、解析，彷彿單從這個資訊卽可判定該男的實力——，焦躁便開始往意念趨近。

只要意念成形，別想逃躲。

你像一個失心、失智的人，受著更高或更低存在的操縱。

你嘗試過好幾次，企圖轉移注意力，硬是不去理會，但都沒成功。

你開始在十字路口徘徊，紅燈過了亮綠燈，綠燈熄了黃燈快閃，即刻又轉回紅燈，人卻還呆呆地站在那裡猶豫，不知道該往哪個方向走。

有時你突然變得積極主動，雷達掃來掃去，於鎖定目標後，在街上隔著一小段距離跟蹤，而且還故意讓對方知道。

儘管在家有伴，但在受意念煎熬時，你必須出外狩獵，在蠻荒的叢林奔跑，而不是在自己的農場放牧，否則不能撫平那種野獸的飢渴。

而且，說真的，若是不聽意念的指示，後果不堪設想。

你不是沒看過一些老頭，在地鐵或區間快車裡幹的勾當。

他們有的趁人多擁擠，有意無意地磨蹭別人的褲檔；有的則看人煙稀少，在無辜的獵物——如你——旁邊，掏出來示威，根本不怕被非我族類撞上。

這已不是出糗，這叫心理變態，你可不能像他們一樣。

所以，經過諸多挫敗與驚險的嘗試，你在意念這個暴君面前，再也不敢說不，也不敢敷衍、拖延。

俗話說，早死早超生，順了它的性，遵守、奉行它的律則，就可以擁有充分的自由，直到傳來下一個命令爲止。

既有了意念，就必須執行，但是該去哪兒呢？

根據你的經驗，注重外表、裝模作樣的酒吧就免了。

因爲你要的只是肉體，那些舉杯小啜、眉目傳情、言不及義，不但速度太慢，還不見得押對寶。

何況你又不是去談戀愛，或找終生情人，在這種膚淺、驕傲的地方，你除了感到挫折，難以澆熄灼灼慾火。

那有暗房那種酒吧呢？

第一是太暗，而且味道不好，像動物一樣摸來舔去，濕濕黏黏的，被人寶貝以後，還得踮著腳尖，靠著水槽清洗，非常不便。

第二是，這類場所，與一般酒吧相反，酒像入場費，不爲了與人瞎掰，卻爲了鬆動束縛，否則不容易豁出去。

但這樣來這樣去，像軍事行動，或像偷情，沒能好整以暇地以眼睛觀看，顯得太匆忙。

有一次你和朋友誤闖一家暗房酒吧，在門口即被詢問：主動，還是被動？若是被動，必須在手臂上綁一條藍巾，徹底張揚自己的癖好。

乍看之下，這樣做得克服羞恥，需要很大的勇氣，但是每個人都有每個人的敏感帶，快樂的謀取，重點在達到，而不是如何達到，根本沒必要比照異性戀的模式去區分公母。

不過，關於性，確實好像越羞恥，越快樂。

但，這不是主因。

後來你才搞清楚，那是一個不戴套晚會，嚇死人了！也難怪，如果連疾病或死亡都無所謂了，還管他性交的姿勢是什麼?!

電影在牽涉同志題材時，可能是因爲道德批判與社會示範的必要，怕人看了熱衷此道，總要把色慾的迷宮拍得像地獄，每個人臉上都是痛苦與扭曲的表情。

或許，導演想呈現的就是這種綁藍巾、不在乎明天的自我毀滅吧！不過如果有做好保護措施，這類地點可以是偶爾做做別人，或者說展現眞正自我、排除所有偏見與桎梏的——極樂園。

誰不知道這類表情背後，藏著的其實是難以抗拒的舒爽？

那去色情電影院兼性商品店如何？

與暗房差不多，是用到了眼睛，可是卻必須透過螢幕，而且自己始終是個配角，徒然在放大的歡快外堅挺。

這些歡快的肉體和情節，總是這麼美好，在現實生活中少有，就算偶爾蔓延到螢幕外，有眞人演出，若沒傲人的外表與配備，也輪不到自己。

於是，在這些地方上頭劃叉（faire une croix dessus）以後，爲了滿足意念各方面的要求，你看清了方向：去三—溫—暖—！

三溫暖的規劃，不論燈光、椅座、隔間，以及遊走的動線，都非常重要。

可惜一些三溫暖，新的，沒有選擇細心的同志建築師；舊的，在重新裝璜時，既未徵詢使用者意見，亦沒考量情境設計，結果壞的沒改善，能製造機會的巧合又沒保留，魅力盡失。

譬如，你站在半亮不亮、很有氣氛的狹窄走道入口，一端指向大廳，另一端通往旋轉而上的階梯。

從大廳那頭走過來的人，可以以眼神或微微的肢體碰觸示意，然後悠悠晃到階梯底下陰暗的角落等待。

你若對他也有意思，即若無其事地跟過去，然後在那裡進行深入一點的認識，並探索彼此喜歡的方式。

如果一切都對了，就可以到大廳那側或樓上的房間單獨相處，要不然就就地解決。

這就是所謂「有體貼顧客需要」的布局，不但能與人溝通、表達，若是被拒，又能維持尊嚴，不會太丟臉。

同一家三溫暖的蒸氣室，原本像羅馬競技場，裝有兩層橢圓、一體成形的白色塑料椅座。

坐在雲霧之間，在色色的紅光下，可以觀看中間的人表演、展開攻勢，也可以疼愛上一層的人，或者撫摸眼前站立的軀體，當然也可以躺在朦朧的水氣中，任人撩撥或蹂躪。

但這個吸引人的特色，在整修時竟被整個移除，令你惋惜。

這個城市的三溫暖，大體上有三種價位，當然還得加上與時俱進的一、兩歐：二十歐、十五歐、十歐，分別吸引不同生態的族群。

二十歐的，通常都很大，有好幾層，年輕人比較多，也不知道他們怎麼這麼富有？

問題是都像模特兒一樣，一個個在走伸展台，尤其是下階梯時，簡直是杜象的立體／未來派畫作《Nu descendant un escalier（下樓的裸體）》。

在那裡，大家挑三撿四，一點希望也沒有，搞不清楚他們在找什麼，或者在驕傲什麼？花這麼多錢，連摸或被含都沒有，還被人鄙夷，不如去吃一頓豐盛的大餐。

年輕人像來這裡找羅密歐，還有性愛合一的憧憬，你倒覺得二者若沒分開，就常會有這種失望與沮喪。

十五歐的，有很多健身器材，來客都像公雞一樣，練得處處肌肉蹦現，整個人幾乎就是根硬鼓鼓的陽具，可是卻與感性相衝突。

你不喜歡刻意雕琢、堆砌的美，覺得像以陽剛隱藏女性化的氣質，或者以壯碩的軀殼遮蔽纖細的心靈。

一般來說，他們也看不上你軟趴趴、凸小肚的模樣，既沒力道、分量，又不夠勃起。

但是征服一個健美先生，確實很有成就感，而且他們某些部位的軟弱、熱情，也往往與肌肉的賁張、不能現出溫柔的冷酷，形成強烈對比。這種對比，猛然接觸，令人錯愕，稍稍瞭解之後，則令人莞爾。

另有一家十五歐的，但不是三溫暖，是清眞寺附設的土耳其浴。

那裡同、直混雜，偷偷摸摸，根本說不準對方是不是。

幫人搓背時，手下的身體要是沒有發出比較明確的訊號，你也不敢輕舉妄動、拂掠禁區。

是有人故意袒露、眼睛著火、雙手不規矩地在私密部位遊蕩，工作人員巡視時看到了，就會大聲喝斥。

這種肢體的摩按，諜影幢幢，漫漶著不確定的氣氛，也考驗直男私密的底線——到底是該驚慌失措，覺得被侵犯，馬上拔腿就跑，還是多一絲好奇心，隨遇而安，睜一隻眼閉一隻眼？——，有別於同志的三溫暖，自然有不同的情趣。

十歐的，僅此一家。

價格低廉不見得表示來客的社會地位很低，或者很窮，但有最佳的投資報酬率。和其他三溫暖相比，這兒的空間確實侷促，不過正因爲侷促，人與人的距離縮小，大家自然比較注意局部，外加體味濃重，更容易擦槍走火。

尤其週六、週日是天體日，還附贈一罐飲料或咖啡，你可以連續四、五個小時以目光進行人體素描，養眼不養眼看運氣，但非常划算。

在這兒出入的，大部分是中年人，已有人生的歷練，知道自己的斤兩，也曉得自己要的是什麼，不再抱有太多的綺想，正適合你，也像你。

少數來摸索的年輕人，可以從熟男身上看到自己的未來，並向他們學習面對慾望的方式，也可以找到爸爸。

也有老人光顧，他們仍精力旺盛，而且放得開，沒有不切實際的矯飾。

一旦來到這裡，你便興奮地在不同區段，等著揭開人們的三大祕密，樂趣與快感，就這樣慢慢積累。

第一個祕密是他們穿衣與裸身的差別。

基本上，東方人不著裝好看，西方人則相反，還好這個缺點被其他強項，彌補過來。

你喜歡坐在更衣室，一邊喝自備的熱茶，一邊觀看。

對剛來的，你等待一睹他們脫光之後的體態，那經過多少年的歷練，精心雕塑或無心餵養出的體態；對將離開的，你則想像他們的穿著品味，以及衣冠楚楚的丰采和職業。

在脫與穿之間，無用的身分與氣質，全鎖在置物櫃裡。

你研究他們如何看待自己的身軀，是自在還是尷尬，是有信心還是自卑。

可惜有些人把陰毛剃光了——可能是怕長蝨子——，下體看起來土土稚稚的，一點都不性感，也不引人遐思，像只是一條小便的管子，或懸在一邊的腸子；有些人則遍體毛茸茸的，讓人注意力偏移或失焦，看不出與私處的不同，甚至覺得像在面對別的物種。

除了類比鼻子與陰莖，你發現被鬍子圍成一圈、乃至中分的下巴，真的像極了毛叢中鼓著兩顆睪丸的陰囊。

但你似乎永遠無法從一個人的臉部特徵，預知下體的德行。

還好，若是能，趣味勢必大減。

第二個祕密是他們對什麼樣的人有興趣。

就外型與內在論，他們可接受的範圍大不大？

是與他們相似，還是相反的人？是同種，還是異類？從這裡就可以猜測，他們對別的文化、人種，嚮往與好奇的程度。

爲什麼有這樣的偏好？是不是與他們的過去、生活環境、下體的尺寸，或者屁眼的鬆緊有關？

他們的舉止是優雅還是粗鄙？進攻的技巧好不好？

你也在觀察，自己會被怎樣的人吸引？什麼樣的人會喜歡你？彼此同時看上對方的機率高不高？

第三個祕密則是他們喜好的交媾方式。

是溫柔還是粗暴？是前面還是後面？能不能變通？從小塊毛巾的擰抓，或遮蓋或展露，有時即可看出端倪。

要不要接吻、舔吸、啃捏乳頭、嗅聞腋下與胯下的騷味？

哪個部位的撫觸，最能引起顫慄？

吸不吸興奮劑？要不要道具？玩不玩懲罰的遊戲？

進出時，扯不扯頭髮？拍不拍屁股？是不是還以口出穢言，羞辱、助興？

他們的性器在激昂與平靜時的差異如何？是曲、是直，舉向何方？握起來的質感怎樣？還是拳頭才是陽具？

他們是自私，只求自己的噴洩，還是以服務爲目的，熱愛幫別人打出來，然後再換另一個，像在蒐集高潮的表情？或者爲了得著甘霖的澆灌，一口口吞吃美味的瓊漿玉液？

他們是表裡如一，還是表面正經、私下風騷？或者表面狂野，私下怯懦？

而你碰到這些人，又會怎樣因應？

好在，這些種種，若沒關起門，或在無門的隔間及大通舖進行，皆可瞥見，並不需要事事由本人下海體驗，你也沒立下以自身爲道場、超渡衆生的宏願。

但確定的是，強按人頭示意舔跪那型，總讓你感到憤怒，你會一話不說，掉頭離去。

其實，意念最期待的是：挖掘各色男子在千篇一律中蘊藏的小小不同，一個令人錯愕的細節。

你若能驚呼「啊！竟然這樣！眞是不可思議！」，即已不虛此行。

因爲每一個獨立的個體，在性的領地，都是一則隱晦不明的故事，唯有卸去衣物，在昏暗的燈光下、在蓮蓬頭灑落的水聲裡、在帷幕的輕掩中，才會隨著感官汩汩流洩、緩緩道來。

例如，有個男生長得不錯，胸腹覆著濃黑的細毛，他既不插人，也沒興趣給人插，僅幽幽坐在隔間前的條

椅上，看著人來人往、進進出出。你追逐累了，別無居心地在他旁邊坐下，他竟偏頭對你微笑。你見他如此和善、親切，便像遇上好友，自然地把手臂架在他的肩上，頭靠著頭。不久之後，你的手指開始在他粉紅色的乳頭上輕輕轉繞。沒想到，僅這樣的撫觸，他就亢奮得不行，沒一會兒就洩了。當他吐大氣、倚著你的胸膛休息時，你忍不住又撩撥他神奇的乳頭，他又再度勃起，一樣的強度，毫無衰減的跡象。等他平靜下來再摸，還是這麼敏感，可以說屢試不爽。像這樣的邂逅，怎不值得在人生的經驗中記下一筆？

你相信，每個人身上都有一個特殊的鈕，只要找到了，輕輕按下去，就會芝麻開門，產生強烈的回應——這就是你企望發現，但可遇而不可求的細節。

不過，僅細節的蒐集還不夠。

以觀察者的姿態探尋別人的祕密，儘管驚嘆連連，倘若幾個小時之後，性慾仍未獲得解決，意念就會繼續肆虐，把你折磨得面目枯槁。

爲了避免這樣的狀況發生，你只得把三溫暖一分爲二：地獄與天堂。

地獄在蒸氣室，濕熱，陰黑，由下體主導；天堂在芬蘭浴，熱濕，光亮，受心靈操控。

地獄裡只有器官，沒有面目，只要局部，不要全體。以觸覺爲主，嗅覺爲輔，偶爾加上一點味覺和聽覺。對外，你像瞎子摸象，以游動的手辨識身體部位，勘探皮膚質地：是否粗糙多毛，是肥胖或乾瘦，有沒有肌肉？而別人的重點所在，若穿過雙腿，從後面掂撈、拔拉，在軟硬濕黏毛毛緊夾間，又是怎樣的感覺？對內，你則把注意力集中在空中的某一點——離自己的龜頭和睪丸不遠處——，在他人唇舌熱情的含舔間，細細感知體驗，然後在濃郁的汗臭與粗重的氣息下，快速達到高潮——訊號是：緊抱對方的頭，發出半壓抑、半縱容的呻吟。這呻吟代表感謝。

其實，在地獄的搓摸撫拭背後，你似在捏塑或還原一個身形、一種態度，每每快要抓住、掌握了，卻在抽搐、哀叫的瞬間脫開，就差那麼一點點。

究竟是什麼，感覺這麼近又那麼遠？苦苦追尋的，既然不是愛情，那會是什麼？

或許正是幾乎就要頓悟的樂觀與遺憾，使得你像忠實的顧客，總要再回來這裡繼續鑽探，瞭解別人，認識自己。

一旦精液在地獄像還債似地噴灑、繳清，有如脫了一層皮，你氣喘噓噓地走出濃霧。

在打肥皂、抹洗髮精，徹底淋浴之後，你轉入燈光明亮的天堂。

你一邊汗水淋漓地平躺、閉目，不時謝絕愛慕者的騷擾，一邊梳理、打通紛雜、阻滯的思緒，還將沙漏翻來覆去，一直到種種憂煩在炭火中燒盡、腦際的默數錯亂、心臟再也無法負荷爲止。

再來即大量喝水、冷卻，在心跳慢慢趨緩之後，虛脫的自己終於回到人世，重新活了過來。

於是，在幾個小時之內，你的身心歷經了探索、透支、昇華、新生等階段，得到了全面的鬆弛。

交回鑰匙，走出三溫暖，你覺得身輕如燕，所有的汙濁皆已滌清，擾人的焦躁亦已釋除。

既已閱人無數，在平和的疲倦中，你看向自己靜定的內心，又可以百分之百致力於熱衷的創作。

原來，到這裡是爲了把意念歸零，再出發。

但之於一個異性戀男子，慾望的升起與平息，是不是眞如電影《性愛成癮的男人（*Shame*）》所描述的那樣？

那是一個常態，還是特例？男主角的性愛，眞有英文片名所示，那麼可恥嗎？

其中有一小段，甚至以同志場所做爲慾望打發的所在，並以男性爲宣洩的替代，彷彿是低到不能再低的墮落，只因爲需要、只因爲一直沒有得到滿足。

影片似乎在暗示，唯有觸及觀念的極限，救贖的曙光才可能綻露。

這竟與你到三溫暖的結論不謀而合：在慾海迷失、沉淪，是爲了在踩到底後，全力反彈，重新開始。

可是踩得到底嗎？何時才會到底？還是說永遠不會有底？

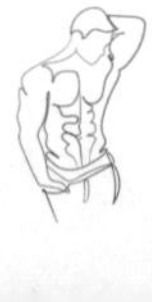

因爲只要你還迷戀男人，就萬劫不復，懲罰就沒完沒了？

如果慾望是年紀的函數——慾望=$f$（年紀）——，而且二者呈反向變化，要到何時，這迷人又擾人的東西，才會降到水波不興的數值？

講白了，個人歷史，或者說人生，就是一抹抹與慾望奮戰、妥協的投影，或濃或淡，帶點神祕、帶點無奈。

倘若過了六十歲，早沒人要，也要不到人了，卻還老不修，慾望勃勃，該怎麼辦？只能以金錢交易嗎？

要是狀況更慘，下體已變得軟弱不堪，卻還想與人雲雨，性交的方式肯定得大幅調整——放下身段，反過來吸人，然後轉身讓人充實？

但願你在年紀更長之後，有一天終於在持續的觀察和反覆的搖擺中，洞悉一些道理，明瞭意念不斷滋生、毀滅的意義。

你承認自己脆弱，難逃意念的魔掌，老是在肉體的漩渦轉繞。眞不知還有什麼方法，可以幫助自己看清一切、跳出輪迴？

你在這個浮世已翻滾多年，早該畢業、免疫了，卻像在從事博士後研究，一延再延，或像有酒癮、煙癮，和毒癮的人，不但戒不掉，還越陷越深，一直逃不出牢籠。

既然一時仍無法自拔，每隔兩到三個禮拜，當慾望纏身，你便停止無謂的抗拒、不再坐立不安，乖乖順應它的要求，花個十歐到三溫暖進行淨心、修身的儀式。

不過這個心態，還是太被動而負面了。

與其將性慾視爲干擾、當成敵人，希望去之而後快，不如把它看作賞賜與助力，是阻滯時的放風、是靈感的蘊生和串聯，也是創作媒材的蒐整。

所以，只要心神不寧、魂不守舍，就表示瓶頸突破的契機再度出現。你將滿懷感激，張大手臂迎接，認眞、積極去騷動、興奮、挫折、性愛，然後寫下瑰異、有趣的篇章。

要是有一天，你發自內心，極度對這樣的舊習與模式感到厭倦，是不是該改變性慾的對象，試試女人？

但問題眞的只出在性器的配對嗎？

# 直異歪同

嘴上無毛，辦事不牢。

如果成人天生體下無毛？那不就是所謂的「青龍」、「白虎」了？好像除了不祥，似乎也不健康。可是明明有長，卻把它除掉，用意何在？倒是值得探討。

陰毛平常看不見，很神祕，像隱私，此即métaphore（比喻）；陰毛僅在發育時才冒出，千絲萬縷，顯示性器的成熟，等於性，此即métonymie（轉喻，或替代）。

陰毛若是刮掉了，下體不再有隱私，無處躲藏，像底下未蓄鬚的鼻子，也變得與性無關，只是條尿管，自然大大減低了小姐對它的好奇。

小姐喜歡觀察下體在毛髮的覆蓋下，微汗，乖靜如沉睡的小鳥，隨著呼吸起伏，看了好想將牠捧在手裡，輕輕撫摸；當牠在做夢，或被喚醒時，懶洋洋地將頭頸從羽翼鑽出，再如貓狗般伸筋展骨，最後反覆拍撲，準備起飛翺翔——古物裡不是有很多長翅膀的陰莖嗎？——，則讓他忍不住湊近臉頰磨擦。

毛若去掉了，下體就像一隻雛鳥，布滿疙瘩，醜巴巴、赤裸裸的，彷彿還沒長成，沒資格參加成棒，小姐對它頓失興趣。

試想，若將彩鳥傲人的羽冠，拔得一根不剩，如何還能引人注目、驚豔四座呢？

儘管小姐對陰毛的存廢，頗有意見——既存又廢，表示不再乳臭未乾，又有適時修整，像理髮一樣——，但他缺乏理論依據，只能說是自己的偏好。

對陰毛，小姐之所以有著特別的執迷，那可能要回溯到很久以前。

在升學壓力極大的國中生活裡，三天兩頭考試、上輔導課，常搞得精疲力盡，夜晚洗澡時，小姐眼鏡一摘，打了肥皂，胡亂搓一搓，潑潑水就結束了，哪有心思細看自己的身體。

有一天尿尿時，小姐突然發現，自己的純潔已被攻陷，有了不可告人的祕密——陰莖上方布滿了細毛。

鬍子生在臉上，與頭髮一般常見，腋毛也不稀奇，大人打赤膊時，只要舉手就可以看到，但他萬萬沒想到：小鳥那裡也會長毛！

畢竟他的目光不曾接觸過成人的生殖器，而那個部位也不是隨隨便便對人公開的——至少有內褲遮著——，所以他對陰毛是何物，毫無所悉。

健康教育不是有教？是沒錯，但老師在講解時，小姐的生理時鐘未到，又無法預判何時會發生，便沒有密切關注自己身體的變化，以及對心理可能產生的衝擊，後來因爲課業繁重，便壓根兒忘了這件事。

大部分的人可能會說：這有什麼好大驚小怪的？天生自然，只要發育了就會長啊！

可是要能習以爲常，總是必須看見、接觸、比照過吧！

完全沒有。

所以小姐才會在親眼目睹自己的陰毛後，惶惑萬分，有被背叛的感覺。他不曉得這些毛有什麼用？代表的意義是什麼？大人是不是一眼就看穿了他已不是小孩？他隱隱約約有一種犯錯、不再淨白、髒汙的感覺——這就是人們所謂的原罪嗎？

他也因爲無法像長牙時張口指給人看一樣，憨憨地把褲子拉下，詢問大人或同學到底怎麼回事，只能把重重疑竇和恐懼往肚子裡吞，覺得很孤獨。

小姐並沒因爲自己長大了而高興，反倒感到失望無比，覺得全世界只要比他大的男人都是騙子，底下藏著一片柔柔的黑，還裝得若無其事，只有他呆呆地被欺瞞了十五年。

更糟的是，他不知不覺已被迫成爲其中的一員，加入了蒙蔽眞相的行列。

從此小姐對人的區分不再是大人／小孩，而是有毛／無毛。

小姐盯著街上泰然自若的男人，儘管鬍子刮得乾淨，肯定下半身長了亂七八糟的恥毛，卻不知羞恥，有的甚至還敢穿白色的長褲，讓裡邊深色的內褲若隱若現。

小姐便主動幫他們在小腹下方，貼上倒三角的黑色鬍子，讓他們原形畢露，然後比對他們無辜的臉容，暗暗偷笑他們愚蠢的模樣。

這是小姐生平第一次，凝視年長於他的男子，並以快速的視線，連結了他們的頭與下體，還在心底說：別假了，我知道你那裡有毛！

從此站立的男人像直列的小說，他自左而右翻頁，上下掃瞄，企圖閱讀他們的故事。

儘管小姐非理性地爲陰毛著迷，但當時他並不知道那是一個指標：他的身體已經準備好了，除了能夠生育以外，還可以品嚐性的歡愉——那小時候不可以自己玩，長大後卻可以脫光了跟別人一起玩的遊戲。

當然他也還不知道，這個遊戲這麼好玩，會讓人上癮、沉淪，而且不能跟同性一起玩。

但在發育前，還沒長毛，小姐確曾玩過自己。那時他已懂得自我探索，尋找獲得快感的方式。這算早熟嗎？

譬如將剛硬、圓滑的物件，擱在雙腿之間，以提肛的方式夾緊再夾緊；雙肘撐著，下半身緊貼床板，以小雞雞爲支點，前後划動磨擦。這些動作，重覆到某個程度，就會達到高潮，噴出黏黏的透明液體，但不是精液。不過那時他的心中、腦際，既沒標的，也沒影像，可以說不知男女，無關男女。

有一部電影，片名是《*Nymphomaniac*（性愛成癮的女人）》，就有描述小女孩如青蛙般張腿磨蹭陰部，在水漬的地面上滑來滑去，好不快樂的景象，讓他眼界大開，找到了知音。

陰毛聚集、匍匐，導向的是下體，特別是陰莖。

陰莖既是條狀物，就有粗細長短硬軟直歪的區別。

直在英文裡是*straight*，指的是異性戀，但同性戀卻不是*straight*的反義字，如彎曲*bent*（但一部1997年的電影，就是以此字爲片名，中文翻成《生命中不能承受之情》，講的正是同性戀被關入集中營的故事），或弧形*curved*，而是*gay*、*queer*，或其他。

三十年前小姐在學到這些字時，懵懵懂懂就接受了，彷彿理由顯而易見、不言自明，根本沒有想到要質疑，或抗議。

那時的重點可能在怎樣叫自己、把自己歸類、找到所屬的團體，而不是爲什麼如此稱呼？這些字是否存有歧視？

他根本沒有意識到，怎麼喚自己的議題，竟拱手任人決定，像早已默認或約定俗成。但這是誰跟誰的約定？

小姐免不了以性器的直與歪，牽強附會，但他知道這絕不是判定異性戀或同性戀的標準。

難道講的是個性的直爽或扭曲？

直爽者長驅直入、直來直往、直截了當；扭曲者拐彎抹角、躲躲藏藏、迂迴陰險？可是，這和性傾向也沒必然的關係啊！

憑什麼是大多數，就是正常、正直、正統，卻也平常；少數就不正常、不尋常、異常或反常，既古怪、變態（pervers），又邪淫（vicieux）？

那爲什麼又用歡快、無憂來描述同性戀呢？如果眞那麼酷——音介在*cool*和*queer*之間——、那麼不在乎，就好了，哪來這麼多心理問題？

這裡的歡快，講的是不是歇斯底里、裝模作樣、標新立異的歡快，既誇大，又膚淺？還是濫交、沒有明天的歡快，那屬於末世的歡快？呈現的是苟且偷安的無憂，那自我放棄的無憂？

試想，如果同性戀是大多數，會採用什麼形容詞來定位自己，以便與異性戀區隔？攬在自己陣營的，肯定是正面的字眼！

這麼說，語言也在爲大多數服務，是對少數不自覺、默許的暴力。

香港人稱*gay man*「基佬」，因爲粵語「基」的發音近似*gay*，同性戀行爲叫「搞基」，多像「搞雞」。

有趣的是，法文童語把陰莖喚作*zizi*，所以*gay*就是玩*zizi*的人，而對諸事不滿的同志，則*zizi*歪歪的，議論一大堆。

直異歪同，大千世界。

但直裡有歪，歪中有直，所以也可以說歪異直同。

同中有異，異裡有同，同不這麼同，異不那麼異，就如性器的形狀、大小，往往獨立於臉容、體格一般，性格與性傾向之間，也無法劃下等號，一切並非如此明白、絕對。

把直男掰歪，引上歧路；將歪基扳直，救回正途。

兩個方向皆有可能，但前者像性幻想，仍非一窩蜂的時尚；後者則為情緒低迷時的期望，尚承受著社會壓力。

異同仍各站一邊，繼續他們不太有交集的直與歪，除非碰到罕見的脆弱，或超人的堅強，二者才會互相流動。

可能是對陰毛的好奇，使得小姐對體毛（pilosité）也異常敏感。

因為除了陰毛以外，所有發育後在身上冒出來的毛（poil）——鬍子、腋毛、有些人從肚臍到小腹之間交織的一條線，以及台灣人罕見的胸毛——，都是成熟、可以繁衍後代、吸引人的表徵，指向性交的快樂，皆能讓他心跳加速、胡思亂想。

但這一切有個前題：體毛必須濃密，且僅覆蓋少部分的皮表，才是私密、性感的裝飾。

若體毛遍布全身，即不光是胸前一片，連肩背臀大腿上都有，而且長短和密度還與陰毛差不多，那就跟貓狗一樣，變成了皮毛，不再是副性徵，也無法誘發他的幻想了——所以，他相信，上帝的體毛絕不是這個模樣，否則就是猴子了。

小姐雖已見識過很多多毛的西方人或阿拉伯人，但仍覺得他們在公務時，或在正式場合，沒打領帶，任一撮撮卷毛自襯衫口溜出來，極為失禮，甚至可以說失態。

彷彿於辦正經事的所在，不恰當地對旁人釋放性的訊息，再加上濃重的體味或香水味，造成空間的混淆，甚至物種的錯亂，惹得人慾望勃勃、心神不寧，不能專心工作。

西方人的胸毛，各式各樣，有勝利的V字型，有長在乳頭周邊，像戴胸罩，有的僅藏在心窩，或者圍繞著肚臍蔓延，小姐還沒歸納出長哪裡的原因。是不是只要常流汗的地方就特別會長？還是說胸毛是一種展示，像孔雀開屏，以不同的圖案吸引異性？

至於哪一種胸毛圖案最性感？這可能還跟其他因素有關，如膚色、毛色、氣味等，必須做科學實驗，記下怦然心動的程度，才能找到規律，一窺個人與群體的喜好。

有一天，小姐在葡萄牙南部靠海的城鎮漫步，迎面走來一個打赤膊的人，胸前紋著粗黑的十字架。你在想，怎麼有人這麼虔誠，把基督牢牢鯨在皮肉上？或者相反，怎麼這麼褻瀆，竟拿宗教符號裝飾體膚？靠近一瞄，啊！不是刺青，是寬約三公分的胸毛，如此濃密、工整，橫向撐托乳頭，縱向串接喉結和肚臍，再下去就不知所終了。不曉得與懷著十字架的人性交，感受如何？會不會有縱慾的罪惡？或有被驅魔的大法師電到的辛辣？

夏天，穿著*T-Shirt*的男生，在火車或飛機上，起身、抬手於行李架上取物時，總會在短短的幾秒鐘，露出一截腰腹，以或密或疏、或面或線的毛髮，裝飾著肚臍周邊。

僅這樣驚鴻一瞥，就令小姐停止呼吸，或偷偷深呼吸，想像被遮住的上、下方會是怎樣的布局？是不是*T-Shirt*的下擺不長——大概只到皮帶的高度——，不太能紮入褲中，就是爲了讓手臂拉伸時，慷慨地向旁邊的人展現體毛的概況，祕密地散發著邀請的訊息？

男人坐著，上身前傾時，展露的則是另一種風光。至於碰巧站在一邊俯瞰的小姐，會不會產生懼高症，會不會在狹縫中卡住，那就要看屁股的翹曲、體毛的濃密，與褲腰敞開的程度了。

由於只看到局部，比打赤膊或全裸更性感，但毛髮的主人似乎對自己正在勾引別人——起碼在勾引小姐——，毫無自覺。是因爲他們都一樣，看多了，也不在乎被人瞄到，所以不知對敏感者會是何等的刺激、養眼，或折磨？因爲慾望若被撩起，卻只能乾欣賞，就會變成一種煎熬。

但偶爾看到這些，就像平白收到贈禮，毫無理由，不用藉口，多少還是給平淡的生活，帶來了些許變化與點綴。

在科西嘉旅遊時，小姐剛好碰到獵人把一隻隻山豬吊掛起來，開膛剖肚。

噗的一聲，當獵人把豬的內臟捧出時，就連站在五、六公尺外攝影的小姐，都能聞到一股腐敗的味道——或者是活著時未排掉的屁味？

其實山豬被獵殺，大概還不到兩個小時，是一些負責分解屍體的細菌已經開始在內部工作，還是被隔膜包裹的內臟，就算活著打開，也是這個味道？不得而知。

但這不是這個經驗裡，令小姐印象最深的地方。

是山豬身上粗粗的毛，黑裡摻著土白，因不像貓狗的那般細密，所以可以看到底下肉白的皮膚。

若是把鏡頭拉近，聚焦在四肢和身體連接的部位，以及乳頭附近，看到的根本就是中年男子軀體的特寫，讓小姐拍得熱血沸騰，好像在近距離審視沉睡或死去的男人，任鼻尖在胳肢窩和乳頭周邊徘徊，彷彿可以嗅到濃濃的體味。

小說《殺夫》的氛圍，突然鑽入意識，讓小姐毛骨悚然，整個人不禁抽抖了下，像小便後的顫慄。

胸毛除了圖案以外，還有旋轉的動線，像髮渦，如男網好手喬柯維奇（Djokovic）在雜誌封面令人銷魂的赤膊照所示。

盯著男人胸上的毛渦瞧，確實會產生迷眩，彷彿被催眠，有了墜入情網的感覺。

網上說，髮渦的旋轉方向，是同性戀傾向可能存在的標誌之一：男同性戀比男異性戀更有可能有一個逆時鐘方向的髮渦。除此之外，姆指指紋的密度、食指與無名指的長短、左右手的靈活度、聲音等，亦是指標，那是遙遠的胚胎期，在母體內受荷爾蒙分泌影響的紀錄。

小姐的聲音就是缺乏男性荷爾蒙的結果？這就是他之所以是同性戀的原因？像是個得以識別未來性傾向的印記（timbre，是音質，也是郵票、戳記）？

據說一個媽媽在連續產下多胎男嬰之後，身體可能是受夠了男、女性荷爾蒙的交相衝擊，傾向減低男性荷爾蒙的分泌，結果在這樣的母體孕生的男孩，通常在家裡排序比較後面，會有更高的機率變成同性戀。

表面上，同性戀注定斷後，但他的基因，還是能迂迴傳承下去。

在他身上屬於母親那側的基因，兄弟姊妹都可以代傳，屬於父親那側的，則只有兄弟可以協助，但不論如何，因爲沒有妻小，他都是有閒幫忙照顧小孩、教他們做功課，有錢協助家計的叔叔或舅舅——自哥辭世以後，對父母、對下一代，小姐在這個家扮演的正是這個角色。

這可能就是同性戀始終存在、沒有被進化淘汰的理由，因爲它的功能不在利己，而是利他（*helping behavior, altruism*），是繁衍策略的一種，以合作的模式完成。

此外，研究顯示：在同性戀的家譜（arbre généalogique）裡，母親那邊的女性，如外婆、阿姨等，都比父親那邊的，更會生育。但這讓女人多產的基因，作用在男人身上時，卻成了不事生殖的同性戀，而且還把他變成勞碌的工蜂或工蟻，只爲了家族的興盛、繁榮奮鬥。

南太平洋的Samoa島上，在男女之外還存有另一種性別——*Fa`afafine*。這個第三性，字的原意是：舉止像女人（*in the manner of a woman*）的男人。*Fa`afafine*做牛做馬，自我奉獻，他在社會的位置，就是「親屬選擇（*kin selection*）」——某些生物行爲，對於生物個體本身有害，但是對於其他有血緣關係的親屬卻有利——的實例。*Fa`afafine*的身分對家庭很實用，也很重要，但由不同的家庭組成的社會，卻不尊重這類人的身體、慾求和性傾向，因爲在那裡，同性性交仍是違法的。

這些科學發現，令小姐悲從中來——不知感恩的人們啊！

同性戀犧牲小我，爲家族盡心盡力，異性戀爲什麼還要對他們如此歧視、霸凌？異性戀既要男子氣概，又

不拒絕同性戀的付出，好處全攬，未免太貪心而不夠厚道吧！

如果專家的觀察、推論屬實，這表示同性戀有其先天的生理條件及目的，剩下就看是不是碰上了能夠發芽滋長的後天環境了。

這樣一個機置擺在那裡，會不會啟動，是不是要看男孩在成長的過程中，有沒有受到什麼刺激或引導，以及他的感受和反應爲何？

一個類似第三性的區分，出現在一部法國片的標題上——《Les garçons et Guillaume, à table !（男孩們和吉約姆，上桌了！）》

吉約姆的媽，這樣呼喚小孩過來吃飯。吉約姆是男孩，可是媽卻把他視爲另類，特別將他從男孩中抽離出來——因爲他不喜歡運動、熱愛藝術，從小就自以爲是女孩，他的親友便認定他是同性戀。

長大後，有時媽在與他通話末了，會不假思索地說：「Je t’embrasse, ma chérie!（親親，我的寶貝！）」男寶貝是mon chéri，女寶貝是ma chérie，顯然在下意識裡，媽已把他當成女孩。

故事就從這兩個句子展開，有時好笑，有時辛酸，包含了很多錯認與誤會。在克服種種逆境、解開諸多困擾之後，吉約姆發現：他不只對男生有感覺，他也喜歡女生，他其實是雙性戀。

如果在至親眼裡，他已非男非女，社會會怎樣看待他？透過別人奇異——關心、同情、嘲諷、鄙夷——的目光，他該怎麼正視自己？最後的產物——怪物——，是天生自然，還是被大眾扭曲的結果？

在YouTube上看到一部短片，叫《*Gaydar*（同志雷達）》，講的是一個同志和他的直女好友，一起爲辦公室一位男同事——一開始只看到下半身，前面和後面，左右搖擺的特寫——傾倒的故事。

這位和善但性傾向不明的男同事，所到之處，都引起了眾人或大或小的騷動。

有一天，同志主人翁不小心發現了一台機器，可以正確判讀眼前的人，甚至動物，是異是同，是直或歪，儼如一面照妖鏡。

於是，他決定先偷偷瞄準同事測試一下，再依結果，看看要不要展開或停止對同事的追求。

假如只消以這台機器掃瞄一下，就能輕鬆準確地判斷一個人的屬性，這反倒令人懷疑，之前要評估的狀況眞有這麼曖昧、複雜？現實世界若是如此簡單，那就好了，也不用在那裡躲藏猜疑，但也失去了極多的趣味與幻夢。

同志雷達的故事雖像異想天開的寓言，但確實激起了如此的討論：是不是能從一個人的樣貌，得知其性傾向與偏好？

姑且不論髮渦、食指與無名指的長短等，是否可以提供可靠的資訊，小姐認爲這裡所謂的樣貌，指的應是外觀、氣質、肢體語言等形成的整體印象，亦卽是否夠男性化（masculinité）、是否具備男子氣概（virilité）？

這個機器，有個如扇的表面，一端是白色的直男，另一端是黑色的酷兒，中間則是不同刻度的灰，等待指針跨越——一個由一到零的搖擺，一個雄性特質遞減的過程，方向正好與男左女右相同。

直男是預設狀態，在左側，指針不用震盪，得來全不費工夫，自然最省力；酷兒最費力，必須像雨刷振奮掃過，直擊到底，雖然徬徨猶豫，最後仍固執地蹲在右側；處在兩極之間的漂泊者，則最具被勾誘的潛力，或者說立場最不堅定，在遇到壓力時，最容易撤退，乖乖回到正軌。

如果一個人的性傾向明顯易判，直接呈現出來，那就不用這台機器了。

有引人猜疑的，如表面陽剛，態度溫和，彬彬有禮的人，說不定是同性戀；有令人錯愕的，如外貌纖弱，個性陰柔，動作高雅或笨拙，容易臉紅的人，卻不是同性戀。

同志雷達偵測、辨識之神準，只是期盼心願能夠達成的突發奇想，但躲在這部機器後面的肉眼與心眼，卻很可議。

是同志，還是非同志的肉眼？打什麼心眼？是爲了獵豔，還是獵巫？前者是爲了追求，後者則爲了追捕。

對同志來說，知道對方是又怎樣？才敢追求嗎？

譬如在同志三溫暖，你知道每個人的性傾向，不然不會在那裡出現，可是如果對方不喜歡你，你還是無法擁有他的下體；就算他肯讓你碰，你也不過是一個暫時的服務者，一旦他有其他選項，就會把你拋棄。

若是因爲追求被拒，而惱羞成怒，把對方的隱私公諸於世，那就太沒修養了。

但如果對方不是，就眞的能死心，不再幻夢、不再投注心力嗎？

機器若落在非同志手上，善良者，對偵測得的同志，或在心底戒備，或敬而遠之；邪惡者，可能當衆揭發、嘲笑、侮辱，最後致人於死地。

所以不論同志雷達後的肉眼與心眼爲何，機器的使用，產生的弊多於利，這便令人質疑發明者的居心。

小姐也對這種猜測別人是不是同志的節目，感到厭惡。拿別人的隱私試驗，一點都不好玩，也不曉得逼出眞相、強迫人出櫃，有什麼樂趣？

而且，誰來承擔受害者自殺，或被家人、好友遺棄的後果？

在新聞裡看到很多青少年、青年被霸凌的事件，小姐在搖頭感嘆之餘，猜想自己之所以能夠逃過一劫，並不是因爲有多機警、多會隱藏、多懂得自衛，或者周遭的人有多善良，而是國中男女分班，高中男女分校，大學清一色男性，完全沒有是否有交女朋友、是否喜歡男生的質疑與壓力，別人的女朋友也不會帶入校園，引發嫉妒或討論，他因此得以安心、放心長大，不會淪爲被攻擊的對象，亦不會受害。

當然被這個環境保護也是有缺點的——他根本就沒機會認識女生，與她們交往，或半推半就發生關係。

也就是說，從國中發育、長毛開始，小姐就躲在男生堅強的羽翼之下，成天嗅聞雄性的芬芳，感到陶醉，之外的半個世界，就同女廁一般，是個禁區，從不曾涉足，也沒好奇心，去瞭解裡頭是否存有美麗的景觀或味道。

小姐痛恨強迫別人出櫃的小動作。

這種事發生過多次。

一開始他因不曾想過，毫無防備，不知如何招架；有了經驗以後，他則順其自然，不願研擬對策，或打好欺騙的稿子，就看到時怎麼回應，好像在堅守不被質問的權利。

還在修藝術碩士時，有一天小姐到一位同學家吃飯，是一對法男台女配，名目是什麼已不記得，受邀的還有一位台灣來的男博士生。

席間可能是談及：有些同胞都已經在國外多年，卻老愛聚在一起，從不曾單獨面對這個環境，還抱怨沒有交到外國朋友。

小姐提到，路上，他若遠遠見到不熟或志趣不相投的同胞，就會繞道或找個方式避開——他討厭禮貌性地敷衍別人，也不喜歡跟人瞎扯淡，他更不懷念講中文時的不用思考，因爲他怕國人剝奪了他獨處的時間，感覺被侵犯、被勉強。

這個博士生竟說：「你這個態度好像同志，我一個朋友就是這個樣子，既驕傲又孤僻。你如果是，講出來沒關係，我很開放。」

這話，讓小姐承認也不是，否認也不是，覺得被設局，感到既不悅又難堪。

這人之後碰到了，還常纏著他，譬如下課了想跟他一起去搭地鐵，可以閒聊，或者探聽他的隱私。

他只能很不客氣地拒絕：「坐地鐵是我看書的時間，我沒興致跟人講話。」

博士生這才摸摸鼻子走開，不解小姐的態度爲什麼這麼惡劣，像有仇似的。

換小姐修博士時，一位韓國女同學問他：「聚會這麼多次了，怎麼從來沒看到你帶女朋友（petite amie）來？」

看他尷尬苦笑，她補上：「還是說……，還是說你有男朋友（petit ami）？別擔心，我們都很開放，不論是女朋友、男朋友，大家都可以接受。」女、男朋友，發音都一樣，只有在所有格的形容詞裡（ta、ton，你的），方能辨識。

對小姐來說這麼嚴肅的事，她非親非故，卻以這麼不經意的方式講出來，好像根本不重要，使得她提供的友誼與支持，也顯得廉價不實。

儘管同學一段時間了，但他們還沒有熟到可以開誠布公、深入談心。這樣一下子拉近彼此的距離，小姐的保護膜忽的被刺穿了，迅速湧入了狀似自由、無害的氣體，卻令他很不自在，反而必須從此與她疏遠。畢竟出櫃的主動權操在當事人手裡，意願、時機、對象、場合也該由他決定，一點點的僭越都不行，不然馬上會得到反效果。

其實，只要不是自發的事，有一些些被勉強的感覺，他都不能忍受，何況是出櫃。

例如，穿某類背心或制服攔在路口，問要不要捐錢，或給免費健康資訊的年輕人，雖然小姐知道背後可能有助人，或普及相關知識的用意，但是碰到了，怕被打擾，他馬上裝是土土的非法外國人，聽不懂法文，繼續低頭前行。

在地鐵車廂，也常常有發表拙劣演說、一一挨近乞討的人。有一次，一個紙杯猛的朝他鼻下兜來，見他搖頭，還具攻擊性：「看你一副知識分子的模樣，我就不相信你身上沒有零錢！」

「你」、「您」不分的不尊重也罷，他火大的是那種「本來就該施捨」的理所當然，語音還帶著輕蔑。於是，他回說：「沒錯，我的口袋裡確實有錢，但我不想給！我有不給的自由！」

對方沒料到他會這樣說，聽得瞠目結舌，可是他的話又不無道理，爲了避免自取其辱，只得噤聲、低頭，訕訕離去。

他雖覺得自己的話語有些殘忍，但他靜靜看書，既沒招誰惹誰，平白被這樣挑釁，讓他對這些人的同情心，盡失。

chou是高麗菜，chou-fleur是花菜，mon chou是甜心，小姐則是博士班指導老師的chouchou（甜心兩次，即最寵愛的門生）。

取得博士學位後，有一次參加指導老師的choucroute（內含酸菜、腌肉、香腸）派對，受邀的一位人類學教授A，與小姐也很熟，對他這麼優秀、個性又那麼隨和，卻沒有女孩倒追，感到納悶，便說：「像你這麼聰明又善良，卻還未婚，也沒有女朋友，你要不是太驕傲，就是有什麼不可告人的vice！那到底是什麼vice呢？」

小姐當然認識vice這個字，即缺陷、惡習、敗德的行爲、墮落的生活等，都是負面的意思，等於給他摑了好幾個耳光，讓他的臉頓時紅了起來。

他正在尷尬，不曉得怎樣回答，剛好指導老師走來，把他介紹給另一位教授，中斷了與A的談話，替他解了圍。

想像這個景象：

小姐受邀參加研討會，因爲來賓都是師長級，所以有稍微注意自己的儀容，以示愼重。

結果到時，才發現大家都穿得很隨便。其中一位老師嫌他太拘束，要他放輕鬆一點，沒經他同意，便伸手過來抽掉他的領帶、扯開他的襯衫口，這才發現——他跟他們不一樣，竟沒一根胸毛，還有細細如女人的皮膚。

此卽身分的逾越與場域的混淆，像個侵犯，讓他一下子措手不及，不知如何應對。

小姐擔心，如果持續不斷被這樣騷擾，有一天碰巧沒睡好、脾氣暴躁，他可能就會大喊：這干你們什麼事！我就不能只呈現你們眼前的自己嗎？你們要這麼多資訊幹嘛？這早超出了學術交流的範疇！

這不是刻意掩蓋，小姐也沒有以假面欺矇師長，他就像月亮一樣，始終眞誠地對地球人展露光明的那一面，只因所在位置，以及天體運行的律則，跳不出這個格局與限制。

必須以外星人的視野與高度，或者一位智者、哲人，才能看透他隱匿在暗處的人生，要不在遭逢隕石毀滅性的撞擊——例如在街上跟男生接吻，被不小心逮到了——之後，方得改變航道，顯現自己的另一面。

小姐眞怕有一天，他會被刺激得忍無可忍，而放聲咆哮，嚇壞了所有人。

只是，吼叫之後，就能從此解脫？

有這麼簡單嗎？

小姐對個人的性傾向，如此守口如瓶、一字不吭，早在更年輕時，卽已表露無遺。

那時，會有這樣的反應，就連他自己都很驚訝。

軍校畢業前，按成績分發，小姐落在第一段的最後幾名，將到一個不穿軍服、不用帶兵的研發單位任職。其實歷年來分配到那裡的員額並沒這麼多，這一年例外，因爲在國防戰略上有新的考量。

他的際遇始終如此，令人妒嫉。

是他厲害，拿捏得好，不用太努力，結果又不會太差？還是，這又應驗了那個魔咒——高等的平庸？

離開學校、到新工作崗位報到前夕，大家爲卽將開展的偉大前程舉杯，喝了許多酒。

某位同學不經心的話，狠狠地傷了他，砸開了向來嚴嚴關實的閘門。

同學到底說了什麼？話語剛落，小姐就已經不記得了，但他永遠無法忘掉那種被刺中要害，卻又莫可奈何的感覺。至於要害在哪裡？他爲何如此脆弱？他自己也說不清楚。

更奇怪的是，他的反應。

他非但沒跟對方大打出手、怒聲駁斥，像一般男孩，他還卽刻繳械，激動地坐在一邊，爲自認無能爲力的宿命，哀哭。

同學是在暗指：小姐狗屎運，不然像他這個娘炮，鶯聲燕語，一點都沒有男人樣，若下部隊，一定會被整慘、整死，或者成爲衆男洩慾的工具？總之，一定是與軍中這類傳聞有關。

小姐突然意識到這種批評與鄙視——偏偏又具眞實性——，將如影隨形跟著他一輩子。

他明白要改變別人的觀感很難，可是他又不曉得有什麼辦法，可以快速、有效地重塑自己的形象，而不會造成人格的扭曲。

年僅二十三，翌日就要步入社會，他已洞悉此生必然的絕望，所以悲從中來，哭個不停。

這是一個痛徹心肺的大哭！水壩一旦決堤，堵也堵不住，只能任其洶湧流洩。這是自己的事，外界的拍哄、勸慰，一點效果也沒有，反而讓他更感到孤獨、無助。

他哭得歇斯底里，時斷時續，連晚點名都無法參加。

之後輔導長來了，詢問他爲何啜泣不已？他沒理會。打門邊經過的某位長官也進來瞭解狀況，還以爲他抽到下下籤，馬上要去金門或馬祖報到，爲未來的不確定性，或確定性，恐慌。他直搖頭。

小姐雖然醉了，人卻很清醒。他唯一能允許自己發抒的，就是眼淚——這一點他控制不住。但他不會讓他的理智，被酒精和情緒左右，而被套出他的祕密，因爲他知道身邊沒有一個人是朋友，無人可信，處處都是潛伏的敵人。

試想，成年初期，儘管意識迷茫，面對狀似關懷的逼供，他還能緊咬牙關，沒有吐出「因爲我是同性戀」這幾個字，往後，有了更多的人生經驗，他怎麼可能在張三李四的催問下，隨隨便便自白、招認、出櫃？

除了《Gaydar》的短片以外，YouTube還推薦了一則採訪：一位雙性戀男子的告白。

男子講到*Sexual fluidity*（性的流動特質），正好落在同志雷達非白卽黑之間的灰色地帶。

在那裡，白中黑，黑中白，兩股暗流朝不同的方向漫溢，於是指針便在錶面上以各種可能的度數，搖擺。性傾向像液體，非一成不變，毋須死心塌地固守於一端，或排斥另一端，可以隨著環境、溫度、對象，滑滾。

這個帥帥的男子，有著細密的心思，坦然回溯自己的過去，講述在與女的相處時想到男的，在跟男的交往時又懷念女的，非常困擾，後來決定試試*polyamory*（多元之愛、多角忠誠、多重伴侶）關係。

男子說這個嘗試，重點不在同時擁有兩性，而是唯有在這樣的環境下，自己才能眞的感到舒服、自在，全然展現自我。

於是，在施與受、男性化與女性化之間，陰陽得以調解，需求獲得滿足，身心無縫接合，達到完整。

這個男子有別於小姐以前瞧不起的騎牆派——對自己不眞誠，雖然自稱雙性戀，其實只是以異掩同。

例如一部智利片《*In the grayscale*（Dans la gamme du gris）》，翻作「灰階」，或「灰度」，比喻雙性戀像不同程度的灰，非白非黑，雖然擁有抉擇的優勢，不像異性戀想都不會想變，或同性戀變也變不了，卻在二者之間猶豫，時而向左時而向右，不肯選邊，因爲不願百分之百承擔責任，總要留點後路。

帥帥的男子能左右開弓、左右逢源，這樣的處境，令人嫉妒，與其說是困擾，不如說是恩賜，而且他最終還是做了抉擇——兩邊都選。於是，世界不再一分爲二，分裂的兩性，也在他的身上得到圓融。

這會是小姐可能的出路嗎？他大概就連一次異性戀的際遇，都別想。

是不是，之於異性戀，同性戀就像榴槤？它的外形奇怪，布滿硬角，氣味也不好，連旅館都禁止攜入。可是如果捐棄前嫌，給這個「水果之王」一個試吃（déguster, dégustation）的機會，看法可能就會完全改觀。

會不會，之於小姐，女人則像乳酪，軟軟的，聞起來如同腳臭，有的看起來還像發霉？但若撇開惡劣的印象，放入口中品嚐一下，說不定就會發現滋味之美好，態度一百八十度大轉彎。

榴槤和乳酪，可能還可以加上臭豆腐，都是嗅覺和味覺必須分家，才能充分品味的好例子。如果沒能超越嗅覺的障礙，就會錯失味覺可以提供的享受。

一個人一旦突破了這個限制，原本排斥的氣味——那個不新鮮、有毒、會吃壞肚子的警訊——，反而變成達到極樂的指標，二者有了聯結，就成了未識箇中滋味者眼中的逐臭之夫。

也就是說，對於不是自然而然的事，或者想都不會想的事，不要在尚未親身體驗以前，就聽信別人的話，斷然拒絕，也不要心靈狹隘，一味堅持自己的主觀意見，連試都沒試，就說沒興趣。

問題就在沒有試的動力或機緣，又有太多的成見，這樣怎麼可能有新的感受，而改變想法呢？的確，舊的概念若沒破除，或者暫時不去介意，新的理解、體悟就不可能產生。

有的知覺得分開，有的器官卻具備多重功能。

但凡擁有兩項或更多用途的器官，都是產生嫌惡或變爲怪癖的源頭，像嘴巴、陰莖和肛門。三者在其專司的領域之外，都可以轉成性愛的工具。

於是呼吸、說話、吃喝，便與接吻、陰莖和屁眼的含舔搞在一塊，外加吞食草莓口味的潤滑劑；口沫、尿尿、流出的黏液，則和洩精混在一起，還包括——耙屎；糞便堆積、排泄，塞劑治病，以涼棒測肛溫，陰莖塡堵、抽出，帶點殘餘……

這些動作，同時有幾項感官投入？再加上懲罰、求饒的遊戲，可以形成多少的變化與組合啊！

這就是性這麼誘人，又叫人唾棄的原因嗎？

直異歪同，五花八門，各有各的陽關道與獨木橋，彼此原則上互不干涉，但偶有交叉。幸好如此，性的世界得以變得更豐富多彩。

## □□之交

《我不再是同性戀》這本書，並沒有像《被抹去的男孩（*Boy Erased*, 2018）》、《地震（Tremblements, 2018）》和《避風港灣（*Fair Haven*, 2016）》等電影對轉換療法（*Conversion therapy*，又叫拗直療法）和修復治療（*Reparative therapy*）的描述，倡議以激烈的手段，如手術、化學閹割，或電擊等方式，矯正同性戀的性傾向。

此書原名是《你不必是同性戀（*You Don't Have To Be Gay*）》，遊走於「我」的告白，和對一位朋友「你」的建議之間，作者Jeff Konrad（筆名）以信件的方式，向「你」解釋同性戀的根源，以及可能獲得改變的竅門，如果「你」眞的有心改變——因爲「我」是過來人，一個活生生的例證。

書中提到，不良的父子關係，是同性戀的共通點。還說，重點不是有怎樣的父親，而是面對責罵和傷害，當時的自己如何解讀？有什麼反應？

可是當時的自己畢竟還小，心智仍不成熟，也沒什麼歷練，怎麼能全怪他的解讀與反應呢？大人不是更該負責嗎？

小姐認爲，重點應是：極盡所能維持良好的父子關係，並從大人開始做起。之後才是：如果關係不好，小孩該怎麼因應？誰來教導他？

所以，不論「不良關係」的說法有沒有根據，爲了避免孩子「變成」（？）同性戀，造成一生的不幸，若有管道，小姐眞要呼籲並懇求天下的父親：好好善待、尊重你們的孩子吧！你們的態度決定了一切。

「父子不和」的陳述，雖令小姐嘆息，但他知道「人過四十，就該爲自己的面相負責」，不要再怪罪爸了，所以他僅承認確有其事，但暫時不想深究；若眞得深究，他相信以後總會有更恰當的時機。

既然在家無法靠父母，出外總可以靠朋友吧？但卻不然。

根據這本書，這就是同性戀的男子氣概，未能有效養成的另一個原因——沒有學習的對象，沒能被一個團體接受、認可，缺乏同儕之間的情感，那種類似camaraderie（同志情誼，但不是「同志」之間的愛情，不然就變成愛人同志了）或fraternité（博愛）的東西。

這些都還好，最糟的是，同性戀把這種對同性情感的需要，錯認爲性的需要，而渴求以情慾的方式，獲得滿足。

於是，造成了男男之間amitié（友誼）與amour（愛情）的混淆。

同性間的amitié，黏稠得有如異性間的amour，雖然明知無法開花結果，仍要faire l'amour（做愛）。因爲同志間的faire l'amitié，除了友情的建立，還包括對肉體的想望，亦即不光是l'amour platonique（柏拉圖式的愛情），還加上性交。

紀德（Gide），1947年諾貝爾文學獎得主，是同性戀，認識王爾德，曾在主持的「法國新雜誌（La Nouvelle Revue française）」，退了普魯斯特的《追憶似水年華》首冊《在斯萬家那邊（Du côté de chez Swann）》，成爲他人生最大的憾恨。

他說：「我過去一直希望有朋友，但我只交到情人（Je voulais des amis, je n'ai eu que des amants.）。」感覺起來，之於他，朋友與情人，二者的層次有別。好像有了性，友情就敗壞、墮落了，而他要的是朋友之間屬於柏拉圖式的純潔愛情？這就是「君子之交淡如水，小人之交甜如蜜」的最佳詮釋？——因爲君子是朋友，小人是情人。

但他也說：「人無法選擇，他只能對最強的誘惑讓步（L'homme est incapable de choix et il agit toujours cédant à la tentation la plus forte.）。」儘管仰慕君子、厭惡小人，仍忍不住擁抱情人、拋棄朋友。

西班牙諺語：「提供想要愛情的人友誼，就是給快渴死的人麵包（Offrir l'amitié à qui veut l'amour, c'est donner du pain à qui meurt de soif.）。」

是不是異性戀間，友誼與愛情是兩回事，就同飢、渴是兩種不同的需要一般，而且彼此不分高下；同性戀間，友誼與愛情則難分難捨，這個需要可以導向那個需要，二者相輔相成？

由於都配槍帶劍，Jeff Konrad認爲：男同性戀就像食人族，總要找尋最壯碩狂野的雄性——那個具備自己欠缺特質的仰慕對象——，把他的陰莖吞掉，下意識地以爲可以吃鞭補鞭，變得與他一樣威猛。這裡所謂的欠缺，並不是有或無，1或0，而是多與寡。

由於同性戀外在的行爲，以及呈現的心態，與異性之間極爲相似，自然就把男人的身分定位給模糊掉了，也無法在社會上扮演慣常的角色。

難怪作者說，男同性戀的困境，不是與女人的關係，而是與男人的關係。

在男同性戀的人生舞台上，清一色、假鳳虛凰的戲演了又演，又臭又長，倘若未能搗入問題核心、徹底解決，哪輪得到眞正的女人翩翩上場！

小姐現在已經五十好幾了，回想自己的人生，對於衆人謳唱的友誼，那作文常出現的題目，他卻鈍鈍的，沒什麼感覺，也從不曾經歷過。

余天那首歌《友情》：「友情／人人都需要友情／不能孤獨走上人生旅程／要珍惜友情可貴／失去的友情難追」，小姐只記得前面這幾句，後來把剩下的歌詞找出來讀了又讀，發現除了重複強調友情的重要以外，始終沒能講清楚友情是什麼？

不像《愛的眞諦》：「愛是恆久忍耐又有恩慈／愛是不嫉妒／愛是不自誇不張狂／不做害羞的事／不求自己的益處／不輕易發怒／不計算人家的惡／不喜歡不義只喜歡眞理／凡事包容凡事相信／凡事盼望／凡事忍耐凡事要忍耐／愛是永不止息」，雖然有很多的「不」與「凡事」，既消去又概括，還是把精神之愛，描述得很具體，尤其是強調了三遍的「忍耐」。

高一的時候，一位同學教了小姐一首歌。十六、七歲的年紀，不知爲何對簡單的歌詞與旋律，產生了宗教般的熱望與共鳴。

放學時同學踩著自行車踏板，小姐坐在後面，雙手緊抓著椅座，兩人在街路蛇行，搖頭晃腦，一遍又一遍地放聲高唱，內心充滿喜悅，覺得世界如此美好，生命多麼神奇，未來無限光明，幾乎已經進入發癲、癡狂的狀態，可以擁抱、親吻每個路人，還自我感動得眼角帶淚。

「當我還是娃娃，我的心裡只有媽媽；當我漸漸長大，我的心裡除了媽媽，還有星星、月亮和花。當我漸漸長大，我的心裡充滿幻想；當我眼光朦朧，我的嘴邊帶著微笑，我的心裡又多個他（她）。」

一個階段一個階段的人生——或者說性心理發展？——，大夥兒雲淡風輕、毫無疑問地走過，小姐卻卡在最後一個步序，被同性情感的追尋綁住了，怎麼也跨不過去。

怪異的是，在唱的當時，雖然已經體驗過男孩，小姐並沒刻意區分心裡想望的對象，到底是「他」，還是「她」？可能都有吧！前者感知自己的與眾不同，後者則期望跟大家一樣。好像模糊了人稱代名詞，便能含混過關，有了一般人不用努力即可擁有的成長歷程。

年輕時天眞的希望，顯然是落空了。那時的恍惚、陶醉，現在看來不過是一種自我欺騙，儘管他唱得如此眞誠，感動也是如此眞實，卻像一個卑微的乞求。

電影《小小的白色謊言（Les petits mouchoirs）》裡表現的那類同性情誼，甚至在婚後的中年都還存在，總讓小姐在觀看時覺得虛假、噁心，而產生排斥，老認爲那不過是爲了討好才拍的片子，而凡俗大眾也只配被餵養這樣的蘿蔔（navet，延伸意義是：大爛片），還可以爲某些情節濕紅了眼睛。

他於是開始質疑，什麼叫 meilleur ami（最好的朋友）？爲什麼這不是他的詞彙？

曾經一位軍校同學，這樣向別人介紹他，把他嚇壞了。他很尷尬，因爲儘管同學沒有欺騙，講的不過是心裡想的，但用詞太過誇大，他並沒有相同的感受。

此外，大家都知道，最好的朋友往往是關鍵時刻的背叛者，譬如背地裡勾引你的女朋友，譬如爲了個人利益或安危，把你出賣了，所以別冀望朋友可以跟你同甘苦、共患難，或爲你赴湯蹈火、兩肋插刀。

有一段時間，可能是怕被對岸的廣播汙染，軍校裡不准使用有收音機功能的隨身聽，但因爲管理上的麻煩，所以不論什麼機型，全部一起禁。

小姐一直就只有一個只能放卡帶的隨身聽，便要求母親在枕頭內開個小袋子，平常可以擺在裡面，不會被發現，晚上睡覺時才取出來聽英文。

系上一位還算熟的同學問他，面對這個禁令如何處理？他毫無戒心，據實以報，後來也沒發生什麼事。要到轉系後某一天，另外一位當幹事的同學才告訴他，此人不可靠，是連上輔導長的線人，不要以爲兩人是至交，他暗藏隨身聽的事，早就被呈報上去，長官也親自到寢室查核過了。

他雖有些訝異，但沒太在意，因爲這位同學並不是他的好朋友。

另一個字potes，夥伴，大概就是指可以一起去搗蛋、去胡鬧的死黨：包括本人，總數一般大於等於三，在國、高中生之間常用。

可能是在這個年紀，必須隸屬於一個團體、被這個團體接受，否則就會像異類，被人看輕、嘲笑、排擠，沒有資格存在。

人數等於二，對小姐來說已經很難了，所以此字在於他，也是陌生用字。

copain，拆成co和pain，就是一同分食麵包的人，即朋友；copains comme cochons，則是要好的朋友，但因爲cochon（豬）這個字，總讓小姐有一同吃喝、幹骯髒事的酒肉朋友之感，所以在介紹一位可以談心的朋友時（但機會很少），他會用ami，比較高尚、親近，而不是用泛泛的copain。

由於無法交心，所以不可能成爲朋友。爲何無法交心？因爲藏有祕密。而且這個祕密，超出一般人理解的範疇，無法輕易對人訴說，也找不到已達這種成熟度、有足夠交情、可以信任的人，娓娓坦露、告白。

況且所謂朋友，總要有個共通的嗜好或想法吧！而朋友的用途，就是幫助。不是他不需要幫助，而是周遭沒有人能幫助他。

既然不像男人，有什麼辦法改進？

爲何懦弱、沒擔當的人，社會要用沒卵葩（manquer de couilles）、沒種（semence種子，亦有精液sperme的意思）來形容？顯然男性性器，就是男子氣概的象徵。可是小姐明明有睪丸啊！卻好像軟趴趴的（avoir des couilles molles，意思就是沒膽子），未能過關，形同虛設。

是不是可以上什麼理論與實作的課，像淑媛練習的男性版——但非紳士入門，小姐要的是男性化，不是風度翩翩的優雅——，經過考試、鑑定，就能獲得認證，掃除別人的疑慮？

何謂男性化？是男子氣概的同義詞嗎？

小姐以爲男性化有兩種：一是外形、舉止上的男性化，爲顯性；一是個性上的男性化，屬隱性。兩種男性化擺在一起，小姐自認比較接近後者，那是一種平常看不出來，只有在罕見的狀況下，才會展現的特質。

怎樣才有男性化的外形與舉止？

就小姐的觀點，男人對外形不可太理會，但對舉止則要懂得察顏觀色，以別人的反應爲鏡子，適度調整。其實男性化與否，評判標準曖昧而主觀。

假若一個男子濃眉多鬚，卻把這些毛，拔剪得平順整齊，有如描妝；戴耳環、綁馬尾、兩鬢溜出幾綹髮絲，在狂野中流露秀氣；喜愛健身，把全身練得鼓鼓脹脹，還以刺青裝飾皮囊，並常對鏡自照……，如此的外形固然好看，人也確實壯碩，但總令小姐不太自在——男人愛漂亮，爲了取悅自己或別人，花了很多心思打扮，不說他女性化，起碼已經遠離了男子氣概。

電影《新郎向後跑（*in & out*）》裡，有一個經典畫面：爲了讓人停止猜臆，男主角——一位高中文學老師——一邊聽帶子一邊做動作，一方面確認一方面修正，試著排除女性化特質，以便更具男人味：站著時不要三七步、一手插腰如茶壺；穿著牛仔裝不要太規矩，要故意讓襯衫下擺露出一截；陰莖的擱置要能顯現實力，偶爾還得粗魯地抓抓褲檔；對於喜歡的歌，若配合節奏搖頭晃腦，勉強還能被接受，但絕對禁止隨著旋律起舞，因爲*Men don't dance*。這些描述，搞笑但又具眞實性，同時幽了歪直兩方一默。

小姐要的就是對這類舉止的洞見與歸納，避開一切有根據或無所本的刻板印象，知道什麼可以，什麼不

行，並時時警覺，只要稍微偏離常軌，就卽刻扼止。這樣做的目的不在掩飾，而是降低辨識度，才不會第一眼就被拒絕，得以與直男坦然無慾交往，然後在他們的薰陶下，潛移默化，慢慢改變根深柢固的嗜好。

小姐想快速掌握男人應有的談吐、姿勢、步態、行爲，但是由自己觀察、比對、分析，太耗時費事、緩不濟急，而且不論異同，他又沒什麼朋友，樣本數不足，他還是傾向從現成的報告獲取知識。

他以*manliness*、*manhood*、masculinité、virilité等關鍵字，在亞馬遜網站搜尋，一無所獲。是因爲男性化的概念，被歸在別的大標題之下，僅是其中的一個小節，無法成爲一本書的主題？還是因爲此事天生自然，大多數男人沒有這個困擾，所以不會特別拿出來研究？

或者說，像退稿心得一樣，這個議題必須由缺乏這種氣概的人來寫，如小姐，從歧異與衝擊中，找出問題的癥結，擬訂解決之道？

倒是參考《我不再是同性戀》末尾的書目，小姐買了《*LEARNING TO BE A MAN -- A man becomes a man when he becomes what God wants him to be*（學習成爲男人——男人成爲男人，當他成爲上帝要他成爲的樣子時）》。

這是一本像習作的書，處理不同的副題，如快樂的男人是什麼樣子？造物和造物者的關係、父子關係、我看起來像什麼？平常我在想什麼？我的感覺如何？我能做什麼？男人與太太的關係、家庭的角色、男人和孩子的關係、男人和男人的關係等。

書中沒有介紹什麼理論，但每個單元開頭有個引子，激發思考，並要求參與者按提示閱讀聖經中對應的章節，回答一些問題，於聚會時發表個人意見。

這個活動，適合由六到十二個男人組團，定期討論、切磋，互相幫助——也就是以聖經裡的男人爲案例，從他們受到考驗時的態度與反應，評量是否符合上帝的旨意，然後將場景移轉到現代，思考大家該怎麼做，才能成爲上帝期許的男人。

點子不錯，不過一旦跨入宗教的維度，小姐的接收、理解力，就大打折扣。此外，這些人物的描寫，似乎還是偏個性、操守與信心，而非外觀與動作。

年過半百，小姐還有可能改變嗎？他受得了像年輕人一樣，聚在一起讀經，或像戒酒無名會的成員，在衆人面前哭訴自己的過去，討論產生同性性癮的原因？

沒錯，這樣可以彼此鼓勵、互相扶持，可是也有自艾自憐、抱團取暖、不求改變的味道。對確定能改的事，小姐原則上會積極、勇敢去改；對確定不能改的事，礙於社會壓力，小姐懷疑他能處之泰然。

而且他不見得有那個高度，精準判斷事情到底是能改還是不能改。畢竟，能改的事這麼難改，像不能改，因見不到光，半途而廢；不能改的事又非改不可，別無選擇，卻白費心機，平添無謂的困擾。

這一切該怎麼釐清？需要何等的智慧？只能祈求上帝的恩賜了！

看到一個節目，採訪一位知名畫家——陳錦芳先生。

他十四歲時看到梵谷的畫，就立志要當畫家。後來到巴黎留學，取得文學博士，第一個將《Le Petit Prince（小王子）》翻譯成中文。他也讀巴黎藝術學院，專攻油畫，舉辦過的畫展無數，通常是一系列的畫作，被譽爲梵谷的傳人。

他認爲年輕人若想當畫家，必須具備三個要素：自信、堅持、信仰。

小姐並不認識陳錦芳，卻曾研究過他的作品。

他的玉山系列，母親在做環保時瞥見了，雖有多處破損，仍挑了幾幅裁剪、裝框，從此掛在客廳，成爲牆壁的一部分。

那是筆法很像莫內（Monet）的印象派畫作，主題——台灣的最高峰——則與塞尚（Cézanne）的Sainte Victoire山相呼應，都是光影與構圖的變奏。

小姐回去探親，偶會久久凝視，竟沒想打聽一下作者的名字，還以爲是已逝的前人。

陳錦芳的故事，像個傳奇，讓小姐有很多的省思與感慨。看看別人、想想自己，小姐不是替自己找藉口，而是突然領悟到他之所以是他，我之所以是我的原因。

早在十四歲——才國一或國二——，陳錦芳就有以後要做什麼的自覺，小姐到現在都還不完全瞭解自己的強項與喜好是什麼？職志又是什麼？這也落後太多了！

小姐認爲，強項必須得心應手，而且能賺錢；喜好是如果沒做就會很不舒服、若有所失；職志則與貢獻社會有關。三者可以是同一件事，也可以互相獨立。

小姐的問題在於：自己可能具備一些能力，但童少時沒有效法的榜樣、沒有對某種工作的憧憬，也不曾受到鼓勵或導引，所以至今還懵懵懂懂。

小姐到巴黎時，已經三十好幾，想申請就讀巴黎藝術學院，不說自己畫得好不好，單單年紀就已不及格。

小姐的法文，比大學的法文系晚修了十二年，大學藝術系從大三讀起（大學只有三年），比其他同學晚了十六年，雖然六年內，急起直追，一路讀完博士，可是畢業時也已四十五歲了——小姐這才發現自己眞適合讀書及做學問。

感覺起來，小姐的學習，從來都遲到；小姐的選擇，始終是被迫、始終慢好幾拍，似乎對改變人生無濟於事；而眞正該下苦功死拼的國三，卻是放棄的開始。

人說「書到今生讀已遲」，何況是還不肯讀。

不說投胎轉世的積累，很多音樂家、神童，不光是自小在音樂中浸染，早在好幾代以前就已經在準備，如此父傳子、子傳孫，成爲名副其實的音樂世家。想想，如果到了成年才學彈鋼琴、拉小提琴，沒半途而廢、能學好就已經不錯了，當然程度肯定是業餘，只能當嗜好。

醫生、作家、演員的代代相傳，亦是如此。小孩在特定的環境中耳濡目染，比別人先起跑，從小就熟悉該職業的狀況、生活樣態與水平，長大後便承繼父業。

但小姐卻只能踽踽獨行，前不見古人，後無來者！就書寫而論，他甚至沒有可以互相砥礪、批評的文友。

而且，一個不知自己性向、沒什麼志向的人，跟他講自信與堅持，根本就是對牛談琴。

小姐雖常翻英文、法文的聖經，但只把它當文學或知識來讀，說不上信仰，無法體會信神——不管什麼神——與理想、夢想得以實現的關聯。

儘管小姐搞不懂自己的性向，他倒對自己的性傾向清楚得很。

那是倫理、醫學、法律（那時候）、信仰都幫不上忙的癌症，時時自我吞噬、消耗，把寶貴的精力，都浪費在看不見硝煙的內戰裡，哪能專心、有效地建設、成長？就算眞有什麼天分，也不易培養、發揮。

小姐與陳錦芳的履歷，有某種程度的相似性，但卻存在很多關鍵性的差異，使得一個讓人採訪，一個卻什麼也不是（*no body*, personne）。

小姐經歷過近似友誼的關係很少。正因爲少，所以始終記得。

都是工作時認識的同事。

去鹽水看蜂炮，與同事黏在一起。

眞的黏在一起，而且是在衆人之間。

同事有著濃濃的兩撇眉毛，戴黑框眼鏡，頭髮微卷，鬍渣黑黑，五官有點像外國人，身材高大，對小姐來說，算是帥了。

向來在辦公室，都是小姐以放肆的言語，強暴同事，吃他的豆腐乾。

譬如：「如果要被凌虐，雖然都跟口徑有關，正與負、液態與固態，我寧願當你的尿池，也不要做你的糞桶。」

這種句子，它的骯髒、腥羶，不在文字，而是內容。看似信手拈來，卻是經過思考，由一個個影像鋪陳。

正是這種充滿色彩的言語，容易勾起想像，同事有時聽了，都會臉紅，特別是這類對話必有其他人在場，也必須有，否則不會發生。

因爲如果沒有，等同示愛，會把同事嚇死。

小姐這樣講，開玩笑之餘，一來在挑戰直男可以容忍的底線——一方面像被侵犯，一方面又像被恭維——，一來則以半眞半假的方式，表達對同事的好感。

之所以能逞口舌之快，卻不越界，不會讓人討厭，那是因爲小姐雖是辦公室裡年紀最小的，卻有令同事欣賞的地方，像數理好、邏輯強，是優秀的工程師，同時又天生敏銳，處處流露藝術才華，而同事卻得非常努力才能稍微具備這個特質，自然就允許小姐這麼囂張了。

像同事知道很多攝影理論，使用黑白底片，在家裝設暗房，自己洗、曬照片，也喜歡跟小姐討論影評對某些片子的分析，卻不如小姐自信，總能提出獨到的見解，讓同事刮目相看。

不可否認的，同事不是隱隱約約，而是眞眞實實知道，自己是小姐性幻想的對象。因始終維持一個距離，僅僅意淫，刺激，但沒危險。於是一個奇異、陌生的世界，突然在同事面前展開，枯燥無聊的辦公室生活，頓時變得有趣多了。

怪的是，鹽水之行，同事自覺對小姐有責任，主動說要保護他。

可能是因爲同事年長、比小姐壯，也可能是同事以前去過，有經驗，曾津津樂道，現在既然把小姐遊說來了，就不能讓他失望、就必須確保他毫髮無傷，完好歸來。

同事除了借他安全帽、號稱火炮不穿的厚大衣，給他一副耳塞，在蜂擁的人潮中怕他走失，無論如何還要夾勾著他的手臂，帶他一路衝鋒陷陣。

一波波的炮火，從四面八方朝他們射來，同事不但以自己的身體當擋箭牌，有時還把他整個罩在懷中，蹲壓地上。

小姐非常配合地以小鳥依人的姿態，緊緊跟著同事，躲在他後面，也大膽地擁著他，在煙硝中感知他急促的心跳。小姐讓同事自覺像個大男人勇於照顧幼小，自己則感受到一種戰火下的同袍情誼。

在掃射暫停時分，小姐仍挽著同事的手臂，不肯放掉，同事似也不介意，並不急著與他脫開、撇淸關係。

有趣的是，同事對同去的女同事，卻不太理睬，要她自求多福，並勸她不要跟入火線，因爲那不是女人該去的地方，只要在外圍感受一下氣氛就好。好像同事男子漢大丈夫的多情形象，只適合向小姐展露。

其實小姐並不怕，也不關心連天烽火，他只是故意留給同事一個可以表現的場域，與同事一塊出生入死。

在槍林彈雨下，突然，一串炮落在小姐的心臟位置。他不願放開緊緊摟著的手，鞭炮便滯留在那裡，抖也抖不掉，結果把大衣炸了一個大洞，還冒煙、起火，發出嗆鼻的味道。

同事趕忙以戴了手套的雙手拍打、按壓，一邊問他有沒有受傷，一邊把他推到人靶的潮流之外。

小姐的胸部被結實地震爆了下，隱隱作痛，所幸並無大礙。

後來回家洗澡時，才發現那裡一團青紫，雖沒留下疤痕做紀念，但留下了一件有著黑洞的大衣，以及一個永恆的記憶。

《愛在戰火蔓延時（*Shining Through*）》的經歷，回去上班以後，兩人從未提起，像不曾發生過。但對小姐而言，這麼親密的接觸，不管同事有沒有意識到，已是同事給他最珍貴的禮物。這樣已經夠了。至於同事眞正的心態是什麼？或許連同事自己也講不淸楚吧！

可以確定的是，那不是友誼。

雖然都還是二十五歲上下的光棍，他們不是朋友，不曾談心，不會互相關心，除了鹽水之外，也沒計劃過週末一起去哪裡玩，或做什麼。

可能在同事的潛意識裡，小姐既不是男生，也不是女生，而是——另類。對待另類，現成的法則，無一適用，只能憑當時的情境與感覺，一邊面對，一邊摸索，一邊創造。

這是一種曖昧的情感，很難釐淸或定義，但小姐認爲同事大概就是那種有潛力、有敏感度去轉變陣營，或至少有個開放的心靈，以及好奇心，肯試著靠近邊界瞭望的異性戀吧！

五年後，在另一個機關，一位已婚有子的同事，對小姐展現了無比的疼愛。

有一天，看同事磨墨，小姐不知天高地厚，自我吹噓小學書法比賽得過第一名，還露一手給同事看。同事點頭說瞭解爲什麼老師給他第一名，因爲大人獎勵的是小朋友書寫時的認眞態度，而不是因爲字寫得漂亮。其他人笑小姐搞不清楚狀況，竟敢班門弄斧，同事的墨跡可不是有錢就能買到的。很多人透過關係跟同事索字，同事都回說：抱歉！很久沒寫了。

既然小姐的字只能看到認眞，那要怎樣才能寫出漂亮呢？

近日，小姐不小心瞥見一部YouTube的短片《爲什麼寫字不好看？……寫字好看的要領》，裡面列出了多項規則，或者說結論——上展下收、點不黏橫、斜鉤拉長、中橫要長、豎比橫低、右小下落、撇不黏捺、橫長撇短、中宮要緊、左小右大、左斜右正、左窄右寬等——，並在一旁糾正、示範，確實讓小姐受益良多。

不過那時，同事僅給他舉了一個簡單的例子，卻令他大開眼界——楷書中「左」與「右」的寫法。同事說，這兩個字的左上方（面對字）都是交叉的一橫一撇，可是在九宮格裡，受到底下元素——工和口——的影響，不論所在位置、長短、傾斜度皆不同，因爲中國字寫了幾千年，早已找到了美感的定律，若不按這個方式書寫，就不好看。

亦卽，如果要把字寫好，除了永字八法各種筆劃的練習之外，還要多臨帖，記住每個字的布局，並仔細觀察、分析書法大家的作品，習慣美，讓美成爲直覺，這樣在面對新字時，才能揣摩出最佳的架構。

此外，一個字的寫法固然重要，但也要注意這個字在一群字中的表現，有點像一個人獨善其身仍不夠，還要懂得怎樣在社會上與人應對進退，才能取得整體的和諧。

感謝這些教導，小姐得以稍稍踏入書法的領域，以新的眼光看待周邊的世界。他在坐車時，還養成了一個習慣：一一欣賞窗外倏忽而過的招牌和看板，默默在心底畫井，牢牢記下每個字最美的構圖。字的意涵，先是隱匿在造型後面，然後才慢慢在抑揚頓挫的筆劃中顯露出來。這個習慣，後來成爲他思念同事的方式。

因爲這樣細心觀察，小姐發現：正如西方的肖像畫，臉孔總要往右轉個四分之一，不然太平板、直白，沒有一點遮掩，也看不到起伏，中國字，尤其是楷書的寫法，亦同。這種右腳（以字爲準，朝向讀者）退一步、左腳進一步的書寫美學，應與大多數的人操右手有關，自然在一筆一劃的鋪排、勾勒中，也蘊含著爲大衆所接受、奉行的行爲法則。

試想，如果倉頡是左撇子，而且非小衆，字的結構就會左右對調，如照鏡子，整個世界待人接物的禮貌與習慣——像著衣的右衽——，應也會有所改變。

小姐的工作量，是辦公室裡最重的，他的官階卻是最低的，但他公文的處理效率高，品質也好。剛到這個單位時，就是由同事教他、帶著他做的，而且僅僅三個月的訓練，他就能獨當一面、正常上下班，還能抽空寫作，並得了一些小獎，讓同事對他另眼相看，也對他腦中塡塞的想法、嘴巴裡可能蹦出的話語，充滿了好奇與縱容。

面對小姐小小的邪惡與大大的單純，同事有時會又好氣又好笑地抹他的臉——由上而下——，重重抹去他小小的狡詐與大大的無辜，既是懲罰也是疼惜，一副拿他沒辦法的樣子。好像在說：眞討厭，怎麼這麼可愛；眞可愛，怎麼這麼討厭。

可惜與同事之間交換的如珠妙語、引發的背景，以及那時進行中的小事件，都已不復記憶，但留下的感覺，那被呵護、寵愛的感覺，二十多年後，仍那麼眞實，像不用懷疑的親情——雖然他不曾從爸或哥那裡得到——，甚至有一點像超越性別的愛情！

同事這麼喜歡他，常令他胡思亂想。不止如此，還有一個讓小姐產生錯覺的要素：同事有擦香水的習慣，應是整棟辦公大樓裡唯一的一個。

在台北新公園——未改名前——酷熱的夜晚，就有不同的香水味流竄，那幾乎已是眼神與姿態之外，另一個表達自己性傾向的語言。

小姐原先猜想，同事會不會有狐臭，才噴香水？但幾次近距離嗅聞同事的腋下，都沒發現異味。的確，假若以香味掩飾一個令人不太舒服的臭味，二者的合成，不免給人不太誠懇的感覺，像在欺瞞，反倒更啟人疑寶，而與其保持距離。

其實，同事只是喜歡延長這種沐浴後的清爽，讓自己芳香四溢，除了類似愛漂亮那種心態以外，也是對周邊的人基本的禮貌。小姐常侵入同事軀體的疆界，讓淡淡、宜人的氣息把他覆蓋，沉醉在體熱微調過的獨特香味中。

至於同事抹的是什麼牌子的香水，小姐從沒過問，僅由鼻子去辨識，就同他對任何身外之物——衣服、傢具、車子的品牌等——，不感興趣一般。

小姐戲稱同事——香哥，而不是香帥。這個叫法，一方面影射楚留香的風流倜儻，一方面又搖醒同事：香是有啦，但要講帥還不夠格，除非當上將軍。

同事則喚小姐「小白哥」，只因爲他白白嫩嫩，看起來少不更事、很單純，還沒被周遭的環境和官僚習氣染黑，像爭逐、吵鬧的灰鴿群中，一抹安靜的白——而不是白目的「職場小白」。

其實小姐應該爲自己鼓掌的，因爲單單「哥」字，就已認可了他的男性身分，雖然帶點被寵壞的味道，而且超越年紀、享有尊榮，兩人彷彿屬於同個等級。

這是個好的開始，表示他離陰柔的自己更遠了，更像一個人人看好的有爲青年。可惜，他那時渾然不覺，沒能抓緊這個翻身的機會，在香哥的協助下，重新做人，成爲眞正的哥兒。

同事歌唱得好，下班後總要帶小姐去KTV，把他介紹給在那兒工作的妹妹們，還到處跟人講他有多優秀、跟他多投緣、視他如親弟弟等。假如碰到有人起哄灌酒，還會保護他，替他擋下，說不要把他帶壞。

幾次中午在西門町附近找地方吃飯，同事還大剌剌勾起小姐的手臂，快樂地拉著他鑽來鑽去，緊緊不放，完全不顧路人異樣的眼光，尤其還是兩個穿淡藍色軍服的校官，多麼引人注目。

男性之間這樣的舉動，小姐先前在埃及見過，讓他羨慕不已，但那是風俗習慣，與性無關，現在同事這樣勾他，也與性無關，他雖沒拒絕，卻很心虛。

同事坦蕩蕩，不怕別人說話，也不疑有他，小姐則怕被人指指點點，感到不是很自在，因爲他確實竊竊喜歡同事，還幻想著與同事接吻、上床，自然擔心自己的內心已被外人看穿，臉不禁紅一陣白一陣。

更甚的是，有一回，因爲小姐不會抽煙，同事爲了跟他解釋把煙吸在口裡與吸入肺裡（或吞入肚裡？）的不同，倏地將抽著的煙，在唇舌的神奇動作下，調轉過來。

同事含著燃燒端，等在那裡，要小姐把嘴湊近，接住煙蒂，然後深深吸氣。

其實小姐不太懂同事的用意，以及這個動作背後的氣流原理——是不是在他猛吸的時候，同事可以用自己的口腔和胸腔控制煙量？——，在其他人面前，他雖然感到尷尬，怕不小心親到同事，也有點希望真能不小心，還是遵命行事。

於是，在幾乎唇碰唇的短短距離，他吸凹雙頰，憋住，從鼻孔出氣，還瞇著眼睛，與同事玩起火來，像兩個互啣的老煙槍——那時他還沒學法文，當然不知道煙斗與口交的關係，但這個景象實在太有性意味了。

小姐還是沒學會抽煙，但他已與同事交換了氣息，被一種氣態的口沫充滿，感到恍恍惚惚。儘管不涉性愛，這大概就是同事對他，最大方、最大膽的愛—的—宣—言—吧！

兩人對彼此的戀慕明顯可見，小姐知道這個平衡極爲脆弱，不易維持，他不能繼續與同事這樣下去，因爲在同事光明正大的關愛下，經過長期壓抑，有一天他一定會失去警戒，或者錯誤解讀，不小心暴露出對同事的渴望，而把同事嚇跑。

由於小姐不是女生，哪怕僅是一點行爲上的偏差，譬如朝同事大張臂膀，或閉目嘟嘴，就足以破壞他們之間的感情，這使得他對同事KTV裡的那些妹妹，充滿嫉妒。

還好，不久之後，小姐被派到別處上班，便漸漸與同事失聯，僅在內心偶爾懷想那段時光。

「小白哥」的暱稱，曾經正向看好，也隨著調職消失。由於喊的時間不夠長，烙印不深，無法把頑固的「小姐」取而代之。而且那時，小姐還沒想要掙脫這身穿戴經年的臭皮囊，煩惱的重點是怎麼找到同性愛情、享受持恆的成人性關係，而不是改變傾向。

對女性的嫉妒，也早不是時事。

從小姐到法國至今，他都只與同志往來，已不再與直男有任何糾葛，自然也不用再與女人競爭。可以說，自三十歲以後，小姐的世界幾乎不再有直男，更沒有女人，只剩小小、大大的同志圈。

小小在居所附近，大大在地球各個角落。

在法國與異性戀男生的接觸很少，而且話不投機半句多，但往往就在這半句裡，對方已能破題，熱切地跟小姐談性，坦述自己的經驗，分享心得，還問他意見。

小姐只能拿保守的文化當擋箭牌，並以聽不太懂這些俗俚語為由，抱歉地笑笑，然後藉口有事，逃之夭夭。

他不懂，異性戀男人都這樣嗎？這麼私密的事，竟能這樣掏出來談，好像他們跟他很熟似的？還是說他們性慾太強，每隔三分鐘就會想到一次，自然就脫口而出了？

小姐不禁想像這樣的打招呼場景，以及習慣用語——

英國人在路上碰到了：「早，天氣眞好！」

台灣人可能問：「早，吃飽了嗎？」

法國人則回答：「早，我剛性交，謝謝！」

修藝術碩士時，一位不認識的同學主動過來與小姐攀談，好像終於找到了傾吐的對象。

他感嘆東方女生有很多顧忌，比較放不開，不容易到手。

然後，眼神突然失焦，他提起年前交往但已分手的那個亞洲女孩，對她似乎充滿懷念——這就是他跑過來跟小姐聊天的原因？

他描述女孩的乳房，像梨，捧在手裡嬌嬌羞羞，惹人愛憐——不像西方女生的，形似蘋果，有的甚至巨大沉重，如葡萄柚，挺嚇人——，而且她的底下之緊，教人銷魂。

只是她很神祕，黑黑的眼珠，看不出心裡在想什麼，是不是不快樂？對性的態度又太嚴肅，好像只要有了關係就得結婚一樣。

不曉得他告訴同是亞洲人的小姐這些，用意何在？小姐該爲亞洲人抗議，罵道：你別一邊糟蹋我們的女人，一邊還拿來說嘴！還是跟他解釋東方人民風純樸，性觀念保守？

小姐甚至不知道，在這個時代，處女與否，對異性戀的亞洲人而言，是不是還很重要？至於人種之間陰道寬窄的問題，這已超出小姐研究的範疇，無法跟他深入討論。

可能是沒能獲得經驗交換，或未被英雄所見略同鼓勵，同學再沒與小姐搭訕，首談卽終談。

上博士班前的暑假，小姐在羅浮宮打工，當了了兩個月的守衛。

有一天，他被分派到雕像區，整整一個早上，與一位正職人員一起踱步、漫談。

這位先生，年紀應該與小姐相當，都是四十出頭，但因爲有些胖、禿頭，可能已婚，所以看來比仍是學生的小姐蒼老些，加上小姐語言表達上的弱勢，兩人的對話，就像大哥哥在教小弟弟怎麼做人一樣。

顯然他上過一些藝術課程，說不定還對某個領域有深入研究，才見面就滔滔不絕地跟小姐闡述這個醜聞般的空缺——雕刻上的女體，都沒性器。

男人的下體，雖然比例上比實際小了些，但包括副性徵，樣樣具全，毫無羞赧地在肌肉糾結的身體上展現。

可是女人，那地方，暫且不說是陰莖的溫柔鄉，起碼是娃娃來到人世的通道，卻光溜平坦，被藝術審查抹除，完全沒有存在的權利。

不過，既然要去性，那爲什麼不徹底一點，把豐腴的雙乳也削掉，回到青春期以前呢？

可能是爲了達到超凡絕俗的效果，男神、英雄和運動員雕像的眼光，必須空茫，專注在凍結的瞬間，或者望向無限的永恆，完全沒有全裸的自覺，或不在意，下體自然得平靜嬌小，否則會轉移觀衆的注意力，引發邪

念——這些種種，成了視覺與心理學上美的律則。理想的人體，於焉誕生。

女人的雕像，其實也可以如同腋下無毛一樣去掉陰毛，讓陰唇的形狀對襯、緊繃，向內收斂，整個縮小，而留下那個所有鮭魚必將回游、憑弔的遺址。

但長久以來的雕刻家們，卻選擇了把男人鄉愁的所在，鑿成了女舞者空無一物的下半身——因爲著了肉色、無厚度的緊身褲——，十足像個石女，讓男人投訴／宿無門。

他們就這樣在一具具男女裸雕間，停留、品評、想像——或變大尺寸，或增添器官及毛髮——，然後慢慢前進。

小姐不免質疑，把一切還原之後的寫實人體，會給觀者帶來怎樣的美感衝擊？將對身體、心靈產生何等效應？藝術史及美學理論，是否將被改寫？

感謝這位同事的導覽，從此小姐得以以不同的眼光，欣賞這些去性的雕像。

博士班指導老師的兒子X，演話劇，小姐曾到舞台幫他攝影了好幾次。他身材高大，人又長得很性格，偶爾也出現在大銀幕，雖然演的還是小角色，但似乎有意進軍影壇。

小姐受邀到老師鄉下別墅渡假時，有時X也在場，兩人便會聊到一些影迷必看的片子。

X見多識廣，飽讀電影理論，不論編導手法、演員技巧、拍攝方式，都能引經據典，侃侃而談，儼然是個電影學院講師。

X唯一的缺點是，不敢表達自己的看法，或者說沒有看法；相反地，勇於提出個人的主觀意見，卻是他爸在學校極力鼓勵學生做的，否則對相近的主題，每篇論文的內容都一樣，只是不同順序的拼貼，一點都沒藝術家個人的特色。

小姐那時有訂閱電影雜誌，每月有幾張免費的票，便常邀X去看首映，或一些導演作品回顧。活動時間，大抵都在晚上七、八點，前後有影片介紹及工作小組——導演、影星——蒞臨答問。

有一回散場出來，已過十點半，X很餓，便邀小姐去附近一家漢堡店用餐。小姐不喜歡浪費，出門前已先吃過飯，因盛情難卻，還是陪他去喝杯飲料，並聊聊觀影有感。

女服務生笑容可掬地領他們到一個位子坐下，問他們想吃什麼、喝什麼？然後自耳上取下鉛筆，在小本子上劃了劃，便離開了。

目送女服務生遠去，X才把著魔的眼睛拉回來，跟小姐說：「Quel beau cul !（多麼漂亮的屁股啊！）我之所以來這裡，就是爲了看她的屁股。只要這樣瞄一眼，就會亢奮不已。」

大概是爲了營造浪漫的氣氛，店裡的燈光調得很暗，一方面喚起了X的慾望，一方面也遮去了小姐的窘迫：我是你爸的學生，可不是你的copain啊！如果我不是小叔叔，起碼是大哥哥，總該按年紀大小，操不同程度的語言吧！X怎麼會忘了呢？是因爲見到性愛對象，不由得拋去戒心、卸下僞裝，眞情流露？

再說cul這個字，講的可不完全是屁股，還影射肛門，即*trou du cul*（屁股洞、屁眼，*ass hole*）；或泛指性關係，如histoire de cul，即性事、性史。究竟是哪個部位，不用說得那麼精確。前者以大示小，深陷谷中；後者旁敲側擊，性器就在附近。因cul是單音節，又比fesses（兩片屁股）、derrière（後面）或croupe（臀部）等字，更粗俗、有力。

這就是X的本性嗎？還是他以爲跟我很親？

小姐沒猶豫太久，便回說：「還眞的呢！你果然有眼光！」但指的是她的臉。

唉！對這種事，X倒挺有主見的，不用躲在一些專家背後。

女服務生送來超大、好幾層的漢堡和兩罐可樂時，小姐才得以盯著她的下半身認眞品評，還與X交換了下心照不宣的邪淫眼神。

於是，小姐也亢奮起來，但腦中播映的是：X如何粗魯地抓著她的「愛的把手」，從後面進入她的影像。

此時cul的意義，就隨X演繹了——小姐以前幫他剪輯過影片，已經欣賞過他的裸身。

如果異性戀男人皆如此，所有的心思都被性占滿，乃至動不動就跟不是很熟的人傾吐，小姐實在找不到什麼理由，學習、模仿這些人的行爲舉止，讓自己像他們，被他們認可和接受。

小姐在取得博士學位後，不再有同學，僅與指導老師還有聯絡，又因沒積極找工作，當然也沒有同事，與人類幾乎沒有互動。

不難想像，小姐的手機裡儲存不到十個號碼，除了偶爾與人通話和收發簡訊以外，就拿來看時間。而且手機一開盒就設定靜音，像天生就是啞巴，不會響過；若響，那是旅遊時充當早起的鬧鐘。

因只繳兩歐月費，且非智慧型，無法上網，所以小姐既沒線上親友，亦無因此衍生的虛擬關係。

倒是他常利用家裡的網路，在YouTube上看一些貓、狗的影片。望著這些可愛的毛球（boules de poils），內心便會升起柔情，感到溫煦美好。怪不得人說，養寵物可以延年益壽。

其實，他跟人無話可說，常對別人可以與不在場的人通話超過一個小時，感到很疑惑，但是細聽，又聽不出有什麼重要、非說不可的內容。

他傾向與人——有時不同時代——間接接觸，看不到臉，聽不見聲音，像閱讀一本書、觀賞一部電影，或評析一幅畫，一切按自己的步調領會、感悟，不用即刻有所反應、露出好惡的表情，可以慢慢咀嚼、消化、思索，若眞有什麼啟發，就記入本子裡，有一天說不定用得到。

這就是他與這個世界罕有的對話。

一個多年不見的越南朋友K，與小他不只十歲的法國人G，在郊區的市政廳結婚，邀小姐和M參加。

小姐還記得，反mariage pour tous（人人可以結婚）的示威群衆，辯說並沒反同志，pacs（pacte civile de solidarité：同居協議）就已經夠了，沒必要爲少數人立法，這樣會影響社會賴以組成的家庭結構、會剝奪小孩的正常發展——失去由一父一母教導的傳統、毀滅有男女角色效法的典型。

小姐那時心想，這些人就是沒有近親或朋友是同志，不曉得性傾向與大部分人不同的困擾，以及可能遭遇的霸凌與虐待，甚至造成自殺，或被家人拋棄，才會在那裡吼吼叫叫。這些群衆如果不是反同志，那是反什麼？憑什麼決定同志不能像普通人一樣生活、結婚？

反同的人一定不願意承認，這些觀念裡敗德、沉淪的同志，這些邪惡的怪胎，都是出自所謂「標準」而「健全」的家庭。正是這樣的家庭，催生、養育了他們，然後名正言順地被所屬的社會，歧視、排擠。難道同志就不是人家的兒女？是石頭生的？

要知道，同志也可以是稱職的父母，非同志的父母，有正常的生、育能力，並非註定絕子絕孫，只是他們的性傾向、性對象與大部分人不同罷了。

法律上若沒有賦予同志相同的權利，他們就永遠是病態、羞恥，始終站在世界的邊緣，合該被詛咒、毆打，他們的愛情也不被祝福。

所以，若是忽略了「平等」，同志的「自由」就不被尊重，更別期待什麼非同志的「博愛」了！那法國各地的學校、機關，門上刻著的國家格言，還有什麼意義？不過是個空洞的口號！

爲了避免繼續受到社會的壓迫與傷害，同志並沒有要求超過一般人的保護或特權，但也絕不能比一般人少，少一點也不行。

法律通過以後，並沒如恐同者害怕的，掀起了同性婚姻的狂潮，K與G算是小姐周遭的第一對，而且還是在合法化好多年之後。

小姐起初猶豫了半天，不太願意去，怕碰到一些妖妖嬈嬈的亞洲人，不但話不投機，還要以關心之名，或者因爲看他不順眼，損他。後來想想，若以男女來說，也是終身大事，哪裡有不去捧場的道理！

幸好，來賓除了兩邊的家人以外，沒有閒雜人等，只有幾個親近的同志朋友——這是K精心篩選的結果。

近十年沒見面了，小姐問K：「你是不是還在學校工作？」

「沒錯。你呢？」

「噢！我自由業，做的是會計。」便敷衍過去。

典禮前，大雨滂沱，打在盛放的春花上。可能是爲了沖淡淋濕的不舒服，馬上有人高興地引用俗諺：「結婚下雨，婚姻美滿（Mariage pluvieux, mariage heureux.）；」大夥紛紛點頭，齊聲附和。

突然，幾陣強風吹起，把花瓣刮落一地。機靈者意識到有些不對勁，即刻噤聲，希望千萬沒人呆呆地搶著說：「結婚多風，婚姻不幸（venteux malheureux.）。」好在沒有，但氣氛確實有點緊張。

衆人會有這樣的反應，一方面是怕不祥，一方面也因爲既是雨又是風，甜苦參半，實在不知該怎麼解讀？

M拍照，小姐攝影。

K穿了件袖口如扇、如蜻蜓薄翼的白色襯衫，外頭則罩了件綠色絨布小外套，像個昔日貴族；G則標準的西裝領帶，有如紳士，風度翩翩。兩人身高差了一個半頭，若想拉近特寫，很難同框，但也好，否則會把K近六十歲的年紀，揭露無遺。

《仲夏夜之夢（*A midsummer night's dream*）》的配樂響著，但小姐並沒特別感動，或眼睛含淚，也沒想改天與M如法泡製，攜手步上紅毯。

立下婚約、愛河永浴、白頭偕老，從不是小姐的夢想。

小姐雖曾與M談過結婚的事，但那是在申請法籍遲遲未果時的一個想法，現在小姐已是法國人了，此舉已屬多餘，也不願再受侮辱。

與M簽pacs時，小姐在法院與駐法辦公室之間，來來回回跑了好幾趟，眞是糗死了。

小姐問駐法辦公室：「以前沒人辦過嗎？」

「有，但不是同性，而且都是女生，她們所在的法院也從沒提出『證明自己頭腦清晰，不用監護人，可以獨力行使權利』的要求。」

既無前例可循，小姐只得自己擬訂一些內容，由駐法辦公室蓋章了事。

小姐無法相信，台灣來法國的人這麼多，自己竟是第一個簽同居協議的男同志！

小姐並不覺得有必要跟M結婚，也不願台灣家人得知他的婚姻狀況有了改變，他相信這些資料會出現在護照等相關文件上。

但小姐贊成同性婚姻法，必須擁有這項權利，或者說不被禁止，至於用不用，那是另外一回事，就如異性戀也可以終生不娶、不嫁，保持單身，等到想成家了，那就閃電結婚，隨心所欲。

在典禮上與D及P重逢，他們分別是K與G的證婚人。

閒聊才知道D與P已於前一年年底結婚了，但很低調，除了兩個證婚人以外，沒有其他人。

D說：「不過就是補辦個手續，兩人畢竟已經一起生活了三十多年，這連在異性戀都屬罕見。」

小姐說：「眞可惜，不然我可以幫你們攝影留念。」

D笑笑：「謝謝！那時沒想到。……對了，你還有畫畫嗎？」

「好久沒畫了，因爲畫畫已不是我藝術表達的形式。我覺得視覺、聽覺的媒介都太直接了，像在強迫觀眾一樣，我還是比較傾向以文字營造一個環境、氣氛，讓讀者從中自由想像。」

「你寫什麼呢？是用法文，還是中文？」又是同樣的問題！

「我的法文還不夠好，目前仍用中文。不過這兩種語言各有特色，有的東西只能用法文寫，中文不會有這樣的聯想，而中文的文句若硬翻成法文，也不明所以，味道盡失。」

「我沒讀過你寫的東西，無法判斷你寫得怎麼樣，但是我滿喜歡你的畫，停掉了有些可惜。」

「也不是再也不畫了，有一天如果心血來潮，還是可以重拾畫筆的。其實不同藝術的感知與理念，除了材質與技巧的差別，很大的程度是相通的。」

「對，沒有什麼是絕對的，要保持開放。」

「我會的。」小姐當然沒說，怕就連書寫也要持續不下去了。

P則問M：「那你呢？近日可好？」

M抱怨：「自從經濟危機以來，公司的狀況就跌入谷底，一直沒有復甦的跡象。」

「那怎麼辦？總得吃吧！你靠什麼過活？」

M轉頭低聲問小姐：「要不要說實話？」

「不要。」小姐始終對這件事很顧忌。

M便回說：「沒有啊！只能且看且走了！反正我們的消費不高，也沒有奢侈的品味，積蓄不會一下子就花光，還能撐下去。」

「用你的身體。」D靜靜地說。

這不是建議語句，如：你可以用你的身體啊！也不是質問語氣，如：你不是用你的身體嗎？而是直述句，指涉的是已知的事實。

M對這句話還來不及反應，便被人招去拍照。是被人救了，還是錯失說明的機會？小姐則不太相信自己的耳朵，不知到底聽懂了沒？也不敢澄清，話題便中斷了。

顯然，D和P也在同個網站徘徊，也看到了M明目張膽刊登的私下交易。或許在他們眼裡，這就是小姐的老公，一個gigolo（通常指年輕的男陪，或舞男，或男妓）。但在小姐和M心裡，這不過是個服務，各取所需、皆大歡喜，無關道德。

這個消息可能早傳遍全世界，小姐也已成爲大家的笑柄，並在亞洲人圈子裡，失去了立錐之地。

其實小姐在意的不是別人的看法，而是靠M下海存活、得過且過的人生，因爲遠在天邊，台灣家人和朋友都看不見，還以爲他工作穩定，日子過得悠哉悠哉。有時父母在鄰人的稱讚下，甚至覺得他小有成就，臉上有光。現實和想像的落差如此巨大，又不知如何解釋才好，只能將錯就錯。小姐怎麼會混得這麼糟呢？根本就是一隻寄生蟲、一條魯蛇，眞可悲！

K另一個朋友，小姐不是很熟，對東方人有興趣，問：「我一直不知道你幹的是哪一行？」

小姐不想欺騙，便說：「這是我的祕密。」

「有這麼神祕嗎？」

「沒錯！」

這個回答，沒有滿足對方的好奇，卻留下很跩、很自以爲是的印象，但小姐不在乎。

兩周之後，小姐和M與K和G在巴黎餐敘，把婚禮的照片和影帶交給他們。

沒想到K把小姐之前的話當眞，還幫他找了個會計的工作，說要給他聯絡電話。小姐才很不好意思地招認：我只是以演算軟體幫M做公司內部的帳目，並沒有會計師證照。

他們發現小姐淺紅色的毛衣背後有個洞，還用手指搓了搓，像怕他沒注意到。小姐當然知道洞的存在，但不曉得怎麼縫，也覺得僅因一個小洞，又不影響禦寒，就要把衣服丟了，實在太浪費了，才大而化之，不去管它。

衣著光鮮的K和G，對這個缺失可是看得清清楚楚，可能是因爲他們的生活、經濟層級不同，所以無法容忍散發著貧窮、邋遢味道的事物吧！

餐後，兩邊又恢復平行時空，各自過各自的日子。

大概是四年後吧！想不到，K這個大菸槍，已因口腔癌或氣管癌離世，獨留G一個人。

俗諺還是說對了：兩人相愛，婚姻美滿；婚姻不幸，爲時太短。

K走的時候，小姐和M正在智利旅行，所以沒能參加葬禮。

就K與G兩人短短的婚齡看來，之前盛大的儀式似乎多此一舉，但起碼他們有過眞正的家庭生活，也給了彼此一個名分、一個得以向人展現戒指的理由。

幸好他們結婚了，也幸好當時小姐和M有去參加婚禮，見證了同志與一般民眾相彷彿的人生大事。

小姐對人臉的記憶超強，過目不忘，不但知道曾經見過，還曉得是在什麼時空背景下見到的。

如果小姐有蒐集影星簽字的癖好，隨身攜帶的小冊子裡，早就塗滿超過百位名人的墨跡了。畢竟曾在銀幕或螢幕注視過一個多小時的臉蛋和身形，怎麼可能會沒印象呢！

M便曾替小姐嗟嘆：「你可能錯過了一個神聖職業——當偵探。」

例如：

《艾蜜莉的異想世界（Le fabuleux destin d'Amélie Poulain）》，可愛多情聰明的女孩，在拉丁區一家咖啡廳，是唯一曾上前要過簽名的。

《第一次接觸（La boum）》，蘇菲瑪索（Sophie Marceau），在塞納河畔大樓邊，唯一叫得出名字的。

《暴雨將至（*Before the rain*）》，年輕和尚，在資訊街。

《新橋戀人（Les amants du Pont-Neuf）》，醜醜怪異的情人，在巴黎第一區小巷裡。

《雨人（*Rain man*）》，自閉症的哥哥，大皇宮的現代藝術展。

《窗外有藍天（*A room with a view*）》，赤裸狂放的男生，在羅浮宮，極平易近人，還與他聊了會兒，讓其他人羨慕死了。

2019年小姐竟在回台灣探親的飛機上，僅從背影和花白的頭髮，便認出了M的離婚律師。

其實小姐與她不曾謀面，只是在政論節目上見過她談pacs及同婚的事。

交談之後，才知道，她到台灣不爲了旅遊，而是受邀去演講，議題自然與她的專業有關——因爲這一年，台灣的男男女女已可攜手步入禮堂。

小姐有些感傷，但不是嫉妒。

在小姐的時代不可能，必須逃離，等到可能了，他也老了，時間已過。既不會爲這個議題盡力，他也不會覬覦夥伴們勇敢奮鬥的果實，坐享其成。

儘管可以《男婚男嫁》（已是二十幾年前出版的書）了，他還是沒打算出櫃，也不會告訴家人、朋友自己是酷兒——不，已是酷兒大叔了！——，更沒想回去生活。

但他爲台灣驕傲，也在心裡祝福這個大家庭裡成千上萬的成員。

R是小姐在法國唯一的台灣朋友，也是博士，因是同路人而認識。

有次小姐邀他去三溫暖，說有多的票可以送他，但他堅稱去這種地方不能請客，是個禁忌，要各付各的——因爲姦淫不是好事，會影響個人修爲，不可以害人。

但是解放後，若想一道去附近的餐廳吃飯，那就可以請了。

不像電影或小說裡的描述，他們兩個從不會以姊妹或姊弟相稱，理由很簡單——首先他們沒有自認是女人，再則他們與此地的亞洲同性戀族群，幾乎沒有接觸，所以也沒染上那種愛比較、誇炫、勾心鬥角的惡習。

小姐和R的偏好不同，沒有交集，所以去暗房酒吧或三溫暖等場所，不會你爭我奪，是不錯的搭檔。

藍巾事件，就是與R一起去德國科隆探險時碰到的。

酒保在門口發藍巾時，R一聽說性交姿勢是passive的要綁，就乖乖接受了。小姐認爲這涉及隱私，便詢問理由？酒保英文程度不佳，掙扎了半天只蹦出了一個字——*bear*。但小姐仍感到茫然，不懂到底熊族晚會，跟在黑暗中做男做女，有何關聯？

倒是，他們在進去之後，發現這個酒吧真摳，不說潤滑劑，就連保險套也沒有。

這個綁藍巾的疑惑，要到第二天在另一個酒吧與一位客人閒談之後，才獲得解答。

其實那個酒保算已經很盡職了，他要說的字是*bareback*，即不戴套晚會，但他只記得*bare*這個部分。而偏偏*bare*的發音，又跟*bear*一樣，誤會便產生了。

這位客人用食指拉拉下眼瞼，露出眼白，表示不相信小姐和R竟不懂綁藍巾的意義，以爲他們在裝單純。

所幸R都有保護自己，不然隨隨便便就給胖熊滑了進去，那還得了。

在這些縱慾的地方，兩人都很有默契。

R不會偷窺小姐跟人幹了什麼，小姐若撞上了R正在讓人插，也會趕快閃開，頂多記下那人的模樣，之後如果遇上了可以敬謝不敏——既然性趣不合，不必白費工夫。

但也有性交方式多樣、喜歡做夾心餅的人，在進入R之後，願意給小姐充填。以電流的串聯來看，小姐等於間接刺穿了R，但R並不曉得，若有產生微微觸電的感覺，也不明所以吧！

其實這種狀況極少發生，因爲R喜歡肌肉結實、愛在健身房做運動的人，小姐則偏好有小肚，長得普通，但有思想的人。

有時小姐獨自前往三溫暖，沒問R要不要一起去；有時問了，但因R慾望的時間與他不同步——不像宿舍的女孩們，有近似的排卵期或經期——，或當日無法抽身，只好自己去。

在那裡，小姐幾乎沒有開口說話，像只爲了思考、出汗、洩精——男人只是達到這個目標的工具，甚至連商品都不是——，如同梵谷去妓院，僅是生理健康的需要。

對了，小姐差一點忘記，還有法國人B，先是情人後轉朋友。這個案例，絕無僅有。

與B認識，早於M，但已漸行漸遠，一年見不到兩次面。

隨著時日的前進，B將變b，成爲過去，一個不可逆反的過程。

竹馬之交、莫逆之交、金石之交、金蘭之交、芝蘭之交、杵臼之交、布衣之交、微時之交、魚水之交、八拜之交，以及古代八大之交：管鮑之交、知音之交、刎頸之交、舍命之交、膠漆之交、雞黍之交、生死之交，忘年之交。

之交這麼多，可是小姐就連略知一二的，也寥寥無幾。在他的生活中，頂多只有一兩個像點頭之交這樣的泛泛之交。那些可歌可泣的□□之交，其產生的情境與世界，如此陌生，小姐嚴重缺乏這類人生、人類經驗。

怎麼會這樣呢？到底哪裡出了問題？是因爲個性，還是性傾向？

# 陰莖之筆

張讓在〈我的沙漠〉中提到：「當人開始在心裡做減法，減到不能再減時便接近了沙漠。」

小姐並沒有在心裡做減法，其生活之所以接近沙漠，是自然而然的結果。

由於個性使然，以及書寫的需要，小姐離群索居，忍受、享受孤獨。

吃力不討好、甘願受苦，就是因爲懷有與人分享經驗、心得的熱望，也以爲這些故事，對正面臨困境的人，多少會有一些幫助。

小姐已累積太多故事了，特別是跟陰莖有關的故事，有自己的、有別人的，必須趕快出清，否則記憶庫若存滿了，就無法裝下新的東西，人就會變得呆蠢。

但出清不易，並不像嘔吐或排泄那麼簡單，只要把兩根手指伸到喉嚨，或將塞劑擠入肛門即可。

出清是篩選、整理、安排、想像，把表面上雜亂、平凡、沒價值的物件，淬煉、組合成閃閃發亮的思想、領悟與趣聞。

出清，是心智的活動，是一種再創造，非全神貫注不可。

出清，總在如冥修般的隔絕中完成，不論舉目無人，或有人，但內裡只有自己和自己的相處。

故事在小姐腦際縈繞，衝撞糾纏，若想讓別人看見、獲得討論，必先轉成文字——或其他共通的語言，如繪畫——，才能在他處生骨長肉，重新擁有生命。

可惜小姐翻譯感覺、詮釋影像、敘說故事的功力仍有不足，遣詞造句又毫無新意，所以出清才會這麼像便祕；就算過程還算順暢，排落的屎條，也頭硬尾軟，無法持久，不能成局。

小姐埋頭向內挖掘，久了以後，外面的世界幾已消失。而沒了陽光，缺乏維他命D，生活也漸漸失去鹽分，一切便停滯不前，毫無進展。

卡爾維諾說：「只有文學賦予自身無限的目標，過分野心的構思在許多領域裡可能遭到反對，但在文學中卻不會，只有我們立下難以估量的目標，遠超過實現的希望，文學才能繼續存活下去。」

向陽則認爲：「文學的迷人在此，但它同時也讓我（以及衆多以文學爲志業的人）因而陷入必須不斷推石上山的困局。與其說這是野心，毋寧說這是必須不斷超越自我的煎熬。」

爲了書寫，小姐的作息比白開水——不！是自來水，在法國不用煮沸，即可飲用——還透明、乏味。

每天早上八點半起床，烤兩片吐司，泡一公升隨便什麼茶，先上網看信箱和文學獎資訊、瀏覽三報副刊，之後才在鍵盤上敲打至下午一點，並將內容列印。

做菜、做蛋糕，上廁所，洗澡，在保溫瓶裡泡好第二公升不同口味的茶，置入背包，空腹出門，在地鐵或公園修改文字，在暗黑的電影院讓聲光充斥兩個小時，再視心情與需要散步、寫雜記或看書。

回家在電腦上對照紙張一頁頁更新、看五點四十五到七點的時事評論，順便練法文，約七點半與M吃晚餐，聽新聞，洗碗，之後依創作靈感、體能狀態、電視節目可看性，以及書的閱讀進度，決定晚上的活動。通常撐到早上兩、三點，才上床睡覺，因爲他只要還清醒，就捨不得躺下。

一整天，除了M，幾乎沒與任何人對話、互動，若有自言自語，說的則可能是法文或中文。

這樣的生命樣態，狀似積極進取，很有方向，但一段時間以後，就會像冰箱裡擱久的鮮奶，慢慢變質。

正同人生很多事，小姐雖能靠著某程度的努力，儕身第一個階層，但都敬陪末座，或者處在臨界位置——說穿了他不過是一個比較高級的泛泛之輩，總是充滿掙扎。

面對閃爍的游標，小姐常原地踏步，待修調、展開的文字，又那麼千頭萬緒，難以集中心思，因此馬上覺得很疲倦，屁股有如著火，越來越坐不住，總想這裡那裡走走動動——譬如去三溫暖放縱一下，或者潛入另一個比較不費力的大銀幕，無日無夜深陷其中，把二十歐的月費，看到飽、看到只剩一雙空洞的眼睛。

小姐也怕記流水帳，講的都是陳腔濫調，或者積極、熱切描述的感觸，別人早已深入剖析、發揮，而醞釀好一陣子的點子，又怕一旦專心投入，就得天昏地暗地綁在那裡好長一段時間，走不出來，因此頗爲躊躇，不敢動手。

小姐不免自問：要寫，動機爲何？眞有什麼想法、軼事，非說不可、不吐不快？是不是該探討與性傾向、性活動相關的主題，當成自己的使命，爲同志發聲？這是不是意味著，必須眞誠書寫，沒有遮掩？

小姐的文學嘗試，就像李渝〈傑作〉中的描述：

「寫完一兩段，自己拿起來讀讀，似乎也還可以，怎麼再寫下去，卻很茫然。看來平淡的避世生活似乎對寫作並沒有什麼好處。不知覺中心情發生了變化，本來是天天恨不得馬上就坐到書桌前的，現在感到了勉強，本是一坐下來就不想起來的，現在是坐一下就耐不住了。

越寫不下去，越不想寫；越不想寫，越寫不下去，不良循環造成，很令人懊惱，想不到一生都在設計的方案，執行起來這樣的問題重重。

……

日夜苦寫，對著稿紙（……）陷入低潮，在一片文字的迷陣間茫然掙扎，心神萎靡手筆遲疑。」

久久踟躕，有一天小姐突然發現，夢想、理想有部分確實實現了，但年紀也不小了，人變得固執、沒有彈性，因此失去了爲人工作、吃薪水的能力與意願，日子從此千篇一律，雖然不再是被迫的流亡，卻變成另一種形式的拘禁。

有時小姐與M起爭執，便會覺得留在國外沒什麼意義，不如歸去，甚至開始質疑二十年前跑來這裡讀書的決定是否錯誤？現在該拿的拿到了，想證明的證明了，適婚、逼婚期也過了，生活突然沒了重心，剩下的只是——騙吃等死嗎？

一位同志出版社的老闆曾經告訴小姐，與同性戀無關的感悟，已有數不盡的作家在那裡舞文弄墨，不差他一個。不如把力量集中，講更切身的東西，專爲自己的族類而寫。總不好讓異性戀撈過界，還變性，以女寫男，招搖撞騙，寫出評審「以爲的」男同志故事吧！

那時小姐還年輕，誤將這個建議，解讀成對他能力的否定，無法與異性戀作家比，晉升主流，只能寫同志題材，給小眾看，所以並未理會。

而且經驗不是憑空想像，他的獨眼小巨人必須花時間親自勘探，融入情境、感受氣氛，才有深刻的體會——也就是第一手的觀察。

獨眼小巨人在承受千奇百怪的刺激之後，眼睛得到潤澤，小小的瞳仁開始如鋼珠滾動，慢慢轉成可以黏稠書寫的「陰莖之筆」，爲另一個脹紅濕潤的旅程鋪墊。

「陰莖之筆」，聽起來聳動，但網上還眞可以買到這種筆呢！有的小巧可愛，有的巨大恐怖，就看購買或使用者的口味了。拄著這種筆，自然不適合拿來家庭書寫，除非是講有關性侵或亂倫的故事。

獨眼小巨人四處遊晃，雖可增廣見聞，但在花花世界浮沉，容易迷失，而且近朱者赤，久了便隨波逐流，不但感覺麻痺了，瞇瞇小眼遲鈍了，濃墨筆頭也乾澀了，更少有精力、定力，靜心端坐書寫。

加上在異國被歧視的狀況不多，性需求的滿足又少有障礙，可以說已是生活、消費的一部分，幾乎沒什麼苦悶與震撼，對衆多行徑也失去新鮮感，自然就不再有非寫不可的驚訝、急切與傷痛。

總之，就是有很多沒寫、不寫的理由！

不像做菜，自構思到驗收、從煮到吃，時間短暫，得到的歡樂固然不大，但因一直有或多或少的變化，沒非如此不可、非那樣不行的限制，並不覺得重複或無聊，甚至對這個類似煉金術士的放肆與探險，感到微微的滿足——在很長一段時間，這就是小姐在平靜的生活中，唯一與創作有關的活動，像曖曖不熄的炭火。

不過，年屆五十五，小姐突然期待比較持久的東西、比較深的感受，以及比較遙遠的目標——可能就是卡爾維諾所說的文學野心吧！

他在挑戰更長時的專注與付出、更高的難度、更繁雜的規劃與串接，並在工作進行的過程中，得到旁人無法體會的樂趣——此即文學讓人又愛又恨的地方。

其實，文學的推石上山，或者長肝（le foie）被啄，並沒向陽說的那麼煎熬，因爲只要有信心（la foi），搔頭、咬筆桿、文意字句上百遍（fois）的錘鍊、修調，雖然辛苦，卻是傳遞火種、火炬的——創作。

而曾經創作的人，都知道那種駕馭文字、操弄人物命運、改變過去、想像未來的全能（*all-powerful*），以及訊息得到傳遞、流通的快樂，更不用說那種省思後的清明了。

創作，讓普通、平淡的生活有了方向與意義。

所以，雖然志不在獲得米其林的星光，小姐希望在未來的某一天，能舉辦一場心靈、感官的盛宴，像個成果展，或像博士論文答辯後的collation（小點心，亦叫pot de thèse），獻上一道道拿手好菜——經過多年的琢磨、調製——，與喜歡嚐鮮的饕客，不論同與異，共享。

年少行動，爲了蒐集、積累；年邁蟄伏，則爲了整理、敍說。小姐知道不可以再拖下去了，否則等到目茫眼花、手搖筆顫、體力銳減，那就爲時太晚了。

既然原生家庭的經文念得如此痛苦——難怪能在自我的刨割中，拿下一兩個獎項——，何不拋開枷鎖，結合旅遊與性的探索，鋪陳一些腥膻的見聞，一方面自娛，一方面鼓勵大家出走，自個兒去觀看、體驗呢？

# 蘆葦沙灘

仰頭，陽光照在你的臉上，一餅藍天圓滿了你的歡樂。
你的腰微微前進後退，沁涼在周邊幅射，略略緩和了你的亢奮。
濤聲一波波襲來，內在的泉流一陣陣湧起。
小心，洞口隨時可能闖入不速之客！
濕熱、警戒、翱翔、逃躲，百味雜陳，令你低迴、流連。
你猶豫到底是要延長這種舒服的感覺，還是乾脆繳械投降？
還在舉棋不定，突然，一個機關被扣啟了，你抱緊底下鹹澀的身軀，半壓抑半放鬆，發出輕輕的呻吟。

▼

落石。
幾乎每天。
落下的石子，非比尋常，上面覆蓋的黃土，尚未在海水千百回的淘洗中滌淨；崢嶸的頭角，若高速擦過身體，必會割得皮綻肉開，若是撞著頭顱，很可能會鑿個大洞。
石頭落下的時間，總約略在傍晚六點半到七點半之間。
此時，太陽已經軟弱無力，沙灘上幾乎不再有戲水的人，襯著黃昏的雲霞，以及海水的反光，無疑是一天裡最浪漫、舒爽的時刻。

▼

M認爲落石是個常態，因爲沙灘指南有提及，要遊人小心；你不苟同，覺得其中必有犀竅。

峭壁，綿延幾公里，土質疏鬆，經常崩陷。

通抵沙灘的小徑，位在一些別墅及高爾夫球場後面，若非熟客，或無人帶領，不易找著。

小徑開始下降時，寬不到一公尺，枕木箍圍的土石經常流失，有的地方甚至只剩下固定的鋼釘。

小徑末段躲在陰濕的凹縫中，那裡打很早以前卽蘆葦叢生，下方的沙灘因此得名。

每逢三到五月，由豪雨形成的瀑布會在此飛濺，連泥帶石衝向大海。

蘆葦沙灘夾在兩側坍疊的巨岩之間。

背海觀之，西邊的懸崖較低矮、平坦，若小心翼翼越過落岩，再走個幾百公尺，卽是一個有救生員看守的大沙灘，長度約爲這裡的七、八倍。

一般人，不論男女老幼，都去那裡，因爲開車可以直達，不用涉水或攀岩。

之後更遠處亦有斷崖，一層層隆起，有幾十層，顏色單調，是不同深淺的灰。

小徑旁剛崩塌不久的紅土，混著碎石，在蘆葦沙灘形成四十五度角的傾斜。

此處的懸崖，中間凸出，顏色橙黃、棕紅。收縮的底部，土黃，向內切蝕的程度，遠比褐綠的頂部還深。

走入懸崖下方，像站在公車亭或巨傘之下，可以遮陽、避雨，卻很沒安全感。

東邊的懸崖，塌陷已久，可以看到一圈圈內凹的弧形岩壁，近乎垂直。

因有經驗，你知道這些岩壁以前皆曾是圓井，有些上頭還留著一截空洞，透著光。

再往東南延伸，是一扇扇鋸齒般的岩壁，狀似勇猛地向海挺進，實則被海逼得節節敗退，美麗、脆弱、危險。

依著懸崖腳繼續往前走，翻過通常都泡在水裡的褐黑落岩，對不太識水性的你而言，已到禁區，只有在潮水退得極低時，才能匍匐爬過一個低矮、狹窄的天然隧道，來到一個小沙灘。

這裡無風、乾淨、沙質細軟，中間還站了幾座岩脈的殘餘，像獨立的石錐或方碑，有如仙境。

但是太陽若未灑下金光，光裸的皮膚可以卽刻偵測到一股寒涼，彷彿身上的溫度都要被吸盡似的。

你記得第一次來這裡時，M去勘探回來，告訴你盡頭彼端的小沙灘很美，要你趁退潮趕快過去瞧瞧。

你一邊踩著濕沙、摸索前進，一邊讚嘆景觀之雄奇，突然被地上的圖案吸引：一個大大的心，裡面嵌著M+W。

這不是男人愛女人，這是M的訊息。

M和W，除了是你們兩個名字的縮寫以外，W是M的倒影，兩者旋轉、重疊、互換，像一對雙子，有愛情的內涵（尤其是M那邊）、友誼的形態（特別是你這邊），彼此熟知對方的需要，在關心、叮嚀之外，少有爭風吃醋的事發生。

你的嘴角不禁微微上揚，眼睛也漾起了淚——這淚，是欣慰、感動，也是慚愧、不解。

▼

海岸的組成，分兩部分。

底部是沉積岩，露出沙地五、六層，或厚或薄，平行的紋路由西向東傾斜約五度，崩掉的石塊平平整整，有些還被拿去小徑鋪設台階。

沉積岩上方，高約四、五十公尺的峭壁，是貝類的墳場。可能是經過長久的高熱和重壓，貝殼早與土石黏合成一體，無法一枚枚抽離。

局部看，每顆突出的貝殼皆是化石，尖銳鋒利；整體看，這一丘貝塚已變成巨岩，但質地並不密實，中間總有或大或小的空隙。

沉積岩和貝殼岩，原本泡在水中，你猜可能是因爲地殼變動、火山爆發，或者隕石撞擊，有一天一併被推出水面；要不相反，海水突然遠遠撤離，傾注他處，孕生了今日的懸崖峭壁，靜默卻鼓噪地與來客述說古早的滄桑。

▼蘆葦沙灘，入口完全沒有標示。

你和M第一次來時，還闖入豪華旅館的後院、打開通往沙灘的鐵門，循著黃泥路往下走，才找著。

小徑陡急，上下要有一點體力和靈活度，峭壁奇險、壯觀，但這些都不是它最吸引人的地方。

這裡最大的特色是：來此曬太陽、戲水的人，可以套上自由的薄紗，全裸。

天體的浴者，有異性戀，有同性戀。

異性戀，通常是已上了某種年紀的男女，都裸，肥胖，兩人黏在一起，孤立於世界之外。

若是攜著稚齡小孩的年輕夫婦，或未婚情侶，大都有穿衣服，女的偶會上空，有時也會帶著狗兒一起來。

落單的年輕女孩，半裸，不知性傾向。

異性戀的年輕男子，膽小，不敢單槍匹馬自己來；如果與男性朋友一起來，也不會全裸。

他們常在沙灘上運動，如踢足球、打空中乒乓球，或擲飛盤。但如果只是這樣，隔壁的大沙灘寬敞開闊，不是更好，何必來這裡？

同性戀，男的可以兩人同行，或獨來獨往，大部分都赤條條的。

他們若是曬懶了，就起身泡個水；退潮時，則往左側小沙灘踱去（因躺著時，一般頭都朝崖壁，雙腳則指向大海，所以東南邊的小沙灘，就在人們的左側），名曰散步，實則遛鳥，或製造機會。

異性戀男士，也會朝那邊走，目的是去尿尿，順便觀賞風景，但不會晃太久，可能是怕伴侶擔心或疑心，也不敢走得更遠，彷彿那兒危機四伏，或者畏懼看到不該看的東西，從而挑戰自己的定力、開啟某個模糊的想望。

女同性戀，往往成雙出現，也只露出乳房。

怪的是，小徑上頭的長條風標，在空中飄動拍打，竟是彩虹的顏色，像巨大旋轉的保險套——一個淫逸但安全的表徵。

來這裡的人，用飛的，還沒見過，但確實有人不是從小徑下來，也不是打右側大沙灘那邊攀岩、涉水而來。

一個男子，操的就是水路。

他可能是某個俱樂部的會員，一週裡的固定一天會划獨木舟過來。

到時他跳下水，把船拖上岸，然後便脫掉緊身裝束，混入橫陳的裸體中，像蜥蜴一樣躺個數小時。

等蓄足熱能，他便重整衣褲，拉船入水，搖槳離去。

期間，沒與任何人交換一個眼神、一句話。

由於裸體的緣故，懸崖邊不時有人停佇、向下探頭探腦，有的還拍照、攝影，甚至有人躲在暗處用望遠鏡觀看——春色。

附近旅館或渡假小屋柵欄外的草叢中，以及停車場邊的小路上，傍晚以後人行稀少、陰暗隱蔽，烘烤了一整天的身體又那麼柔軟飽脹，自然在那裡留下了無數方形的鋁箔包，以及白色紙巾。

▼

在蘆葦沙灘，M打赤腳，一絲不掛。他擦防曬油，用噴那種，不黏膩。他讀左拉（Zola）。像小孩跪在地上築城堡及防波堤。他跑步、游泳，偶爾戴了小帽，套上小口袋手環，裡面塞滿所需，到左側小沙灘蹓躂。晚上回旅館淋浴後，則擦曬後保養油。

你全副武裝，戴圓帽，穿汗衫、短褲、拖鞋，不喜歡擦防曬油。你在沙灘上觀摩別人的作品，在筆電上學習撰寫自己的故事。其他時間，你專心研究貝殼岩、撿化石、散步，儘管機率不大，你也隨時在短褲口袋備妥必要物件。

M去活動，若久久沒回來，你在沙灘上累了，便放下手中的一切，聆聽——浪潮，小石子的刷洗、滾撞，海灘傘在風中的撲顫，遊艇馬達的嘟嘟，聽不懂的談話和嬉鬧，以及海鷗的嘎叫聲。

赤腳踩在沙上的磨擦聲太小，被其他聲音蓋住了，無法知道是否有人靠近或走遠。

你也觀看時時不同、天天不同的海天顏色，然後像標註時日的相片，記下瞬間印象。

譬如，海水在沙灘邊是含著土黃的綠，近處是翡翠綠，再來是深藍，更遠些是灰藍，之間夾雜幾條帶狀的淺藍；天空無雲，淡藍。

黃昏時峭壁的倒影，幾乎把海染成輝煌的金色，映照在人們的胴體上。

於是，你也看人，看年紀，看種族，看人們願意或不願展露的身體，以及漸漸見怪不怪的體態和器官。

許是因爲太熱，偶有蒼蠅成群飛繞，在人臉上的孔洞爬走、搔抓，癢而噁心。

你只好拿手帕對摺成三角形，罩住口鼻，在腦後綁了個結，但頭太大不太綁得牢。

M不喜歡撐飽的感覺，你則爲了減肥，兩人中午在沙灘上只吃水果，包括香瓜、鳳梨、蘋果，還有甜如蜜的無花果。

你們一天要灌好幾瓶礦泉水、紅茶和果汁，但加糖的飲料太甜、太濃稠，不冰之後，就很難喝。

▼

你喜愛考古及挖掘過去，但不曾受過訓練。

你第一次來時，就被這裡的風景、顏色、地質吸引。

根據相關的研究，底部的沉積岩屬一億年前的白堊紀，貝殼岩則按包含的物種由下往上分四層，距今一千七百萬年至一千四百萬年之間。

堆積在蘆葦沙灘兩側巨岩間的小碎石，有的沉重無比，敲起來鏗鏘作響，像金屬，有的很輕，像乾掉的獸骨，可是樣子又像石頭。

如果有耐心，又懂得觀察，可以找到從岩石中脫落的化石。

貝類的殼，和以其爲模包裹出的土石，皆有些殘破。你已尋獲一些近乎完整的，大小不一。大，比手掌大，但極罕見，小，棗子小，形狀像卡理頌杏仁糖（calisson d'Aix），汽油標誌那種，不大不小，有如和麵油炸的餅。

在海水漂洗的滾石中，有時亦能發現寶貝，但不太能分清楚到底是貝殼還是化石。

偶爾也可以拾到一截截條狀的化石，但不曉得是什麼生物。從還嵌在岩石裡的估計，全長應可達三十公分。

陀螺形的，一般只有食指大；半個拳頭大的，是從白堊紀的沉積岩上剝下來的，但若是浸到水，就容易溶成泥粉。

還有海膽的化石，大的有葡萄柚那麼大，小的如橘子一般小，底側也如橘類有微微的凹陷。儘管往往殘缺不全，但因殼面上密布的美麗小圈，以及似五片花瓣的精緻紋路，最後成爲你搜索的重點。

能夠慧眼獨具，在亂石碎片中認出海膽，那是經過學習的過程——之間去了一趟古巴，在海邊撿到一個太陽餅般的海膽殘骸，從此你知道如何從片段延伸、自局部擴展，最後還原整體。

海膽化石的看到、找著，總是突如其來，而且速度驚人，通常都不用兩秒鐘。這個心領神會的過程，那麼奇妙、那麼有把握，像頓悟，彷彿見到光、接到指引，所以每次遇上了，你都會忍不住歡呼：「Merci（謝謝）！Merci！」還打心裡自問：啊！我何德何能，上天竟對我這麼眷顧？

美學理論有這麼一說：藝術家無法憑空揑造，他只能複製、重組大自然中早已存在的元素。因爲美有其原型，它的律則先於想像和創造，就如米開朗基羅將囚禁的大衛自巨石中解放出來一樣。

鯊魚的尖牙，長約四公分，琥珀色，扁扁的，以放大鏡觀看，彎勾內緣有小小的鋸齒，是在坑凹的岩壁上發現的。

另有一個化石，可以說絕無僅有——紅褐色，碰撞時發出磚塊般的空靈響聲，重約十五公斤。你特別花了四十歐，空運回巴黎，還發電郵給自然科學博物館，並附上以滾尺標明長寬高的照片，希望專家幫忙鑑定。

那是某動物的糞便，一大坨，保存得很好，可以看清排泄的始末——落下時撞及地面，微微打扁，然後開始盤桓、積累，最終被乾脆截斷。

圓條直徑有七、八公分，上有平行豎紋，可以想像肛門的大小；從其堅挺旋轉的模樣，亦可猜出其質地，以及大概的攝食傾向。

你有偷聞了下，除了黏土味以外，並不臭。

可惜信傳出後，一直沒有下文，顯然科學家對你的珍寶並不感興趣。

▼

落石從天而降，你和M慌張逃躲，一邊狂奔，一邊極目往懸崖頂梢仰望，企圖找出其origine（根源）和cause（肇因）。

是鳥兒在那裡惡作劇，嘴裡啣著，或腳爪抓著，一旦飛過懸崖邊際便往下拋擲，像在動物紀錄片裡看到的擲骨鷹？

果眞如此，這鳥還必須夠大、夠強壯，否則扣不牢，也承載不起石子的重量。但這樣做，總該有個理由吧！

是強風、是溫度、是震動、是回音、是小動物的掘挖，鬆脫了本就不怎麼密實的岩塊？

還是在崖邊散步、跑步的人，不小心踢落的石子？

或者是小孩在玩？

他們天眞無邪，不知道這樣丟——不像打水瓢，幾個彈跳之後就石沉大海——，有可能會傷了底下日光浴的人。

▼

你和M下榻的旅館，房間位在頂樓，前面有個陽台，上面灑滿了乾掉的白色鳥糞。

打開落地窗，才踏上陽台，就會聽到「啊！啊！啊！」的警告聲，非常刺耳。

原來屋頂上有個巢，由樹枝、草屑築成，一隻白身灰翅的海鷗就棲在那裡，尾巴朝著陽台，可能在孵蛋。

如果不理牠，繼續待在陽台上，儘管像石頭一樣動也不動，海鷗仍覺得受到威脅，便疾疾飛起、繞圈，還從黃色的嘴喙發出尖銳、急迫的叫聲，並朝入侵者俯衝，小小的眼珠裡充滿了恨。

你們理解牠的反應，地上還殘留著灰綠的蛋殼——不確定是海鷗的蛋——，慘劇可能曾經發生。

不想讓牠太激動、心臟病發，你們便把可以觀看城市美景的陽台留給牠，快快躲回房內。

可是海鷗似乎對人的臉孔沒有記憶，要不吃過虧、受過騙，只要你們出到陽台，相同的「啊！啊！啊！」就會再度響起，絕不例外。

拿牠沒辦法，你們只好認輸，再不去打擾牠。

▼

懸崖頂梢有一些矮松、無花果樹、灌木叢，以及硬厚如劍、邊緣有齒的植物。傾斜岩面淺淺的土層上，則攀爬著尖刺狀的雜草。

岩石的尾錐，孤獨地立著海鷗，或猛禽，靜靜地在那裡吹風、曬太陽，一副沉思、觀察的模樣。

離沙灘約十五公尺高的岩石間，有一些小小的坑洞，是陰影的所在，裡頭縮著幾隻鴿子、燕子，底下則囤積了一堆赭紅色的土——你猜那是千萬年前把貝殼聚合在一起的黏漿，大概是保存在巨大的氣泡裡，未曾受壓受熱石化，有些甚至還濕濕的。

貝殼在強風、雨水、鹽分的侵蝕下，慢慢自岩石脫開，紅土則從縫隙灑落，像個沙漏，但不知設定的時間單位爲何。

一半浸在水中的大塊落岩，被海潮、細沙雕鏤得坑坑洞洞，猛一看還以爲是金屬支架，或者旅館裡一格格的鑰匙櫃，上面覆滿了小小似貝殼的生物。

亦有單片的貝類，吸附在貝殼岩上，海水退去時像死了一般，與化石並無二致。這貝上貝有人採集，你問做什麼用？說炒了很好吃，也可以把肉刮下當釣餌。

在岩石下側，不注意看不到，平常都泡在水中，有一些排列如花或像結晶的貝類，土白色，大小及質地均像你早餐泡奶的玉米片，很美。可是由於數量太多，密密麻麻，彷彿螞蟻或蟲蛆群集、攢動，又讓你覺得有些恐怖。

岩石的隙縫擠滿了黑黑的淡菜，小小的，長得更大時可能就得搬遷，到他處著床。

退潮後，岩石面上盛著海水的小洞裡，有一些小螃蟹，一看到人影，就會奔竄躲藏。有一種紫紅色像肉球的生物，大腳趾大，水激盪時就會探出一根根觸鬚，如一朵葵花。

水位下降約一點五公尺後，一整片平坦如地基的岩石，就會浮現，斜斜走入深海。那是更底層的沉積岩，上面有直線縱橫交錯，如豆腐切割，部分罩著綠苔或水草，踩上去有點滑溜。

在這個水位，某些岩石上，還看得到原油外洩的黑黏殘跡。

▼

落石，從不爽約，你和M慢慢便歸納出一些傾向。

都是形狀不規則的貝殼石，大小接近，人手皆可抓起，像挑選的結果。

石子落下時，沒先在斜坡上滾動、彈跳，自然就沒有發出嘩啦嘩啦的警訊。

知道有落石，石頭已落下。那是在聽到咚的一聲之後，才意識到有危險，該迅速起身，拔腿就跑。

這個聲音很特殊，容易辯識，是物體的重力加速度被微濕的細沙承接、吸附的聲音。石頭深深嵌入地裡，沒有躍起，僅激射出些許沙子。

能聽到這個聲音，算是幸運了，表示還有逃的機會，不然應該就是致命的慘叫了。

落石很節制，從第一記悶響開始，頂多也就六、七顆。有時密集於一處，在方圓兩公尺內，有時則沿著沙灘排出行進中的一條線。發射源，前者固定，後者移動。

落石背後，似乎有一個意志。不是自然、鳥獸的意志，而是人的意志。

你和M總一邊衝向大海，一邊抬頭在凹凸不平的稜線上，搜尋是否有擲石者彎腰、低頭的剪影，但都沒看出什麼端倪。

落石的現象一直持續，成爲你們每天傍晚心緒的一部分。

▼

都是M發現落石。

一來因爲他耳尖，二來因爲石頭都落在他附近。所以都是在M喊有落石之後，你才彷彿聽到重沉沉的聲音，兩人便一起逃竄。

M到哪裡，石頭就落到哪裡，好像跟他有仇似的。全沙灘除了他以外，沒有人這麼倒楣。

M和你最大的差別是，M全裸，你不裸；M和其他裸體男子最大的差別是，M在小沙灘上招搖，其他男子則在蘆葦沙灘上死睡一整天。

有一天，M以爲空襲警報已經解除，便跑回陣地拿東西。你盯著懸崖思考，突然瞥見一顆石頭平平飛出，在藍天劃下一條快速下墜的弧線。幾秒不到，就落在M腳邊。

很明顯，這是瞄準目標的投射，而不是不小心的滾落，或滑落。

你大聲朝上喊：「病態！病態！」石頭就奇蹟似地不再落下。

既然落石不是巧合，一定是有人看M不順眼，想要修理他。

▼

每天早上九點出門時，在結實纍纍的無花果樹下，已側躺著一條巨大、雪白的狗，旁邊則擺了一碗水，再遠些的矮籬下，還擱著一個塑膠桶，裡面裝滿了水。

牠的毛髮乾淨發亮，但在身軀上綁了條藍色的護腰，像是爲了固定牠的骨架，或者如此才方便把牠從一處提到另一處。

牠可能是脊椎有問題，不但站不起來，連尾巴都搖不動。是不是牠的腦袋曾被重物砸傷，或被車子撞倒，以致半身不遂？

傍晚七點多回來時，碗空了，桶子的水也剩下不到三分之一，牠仍躺在那裡，幾乎沒有移動。

有一天起風，微涼，天色已經昏暗，遠遠便聽到牠對空嗥叫，聲音空洞、有氣無力。牠鐵定早想回家了，可是始終不見主人蹤影。

你跑過去撫摸牠，同牠說話，然後與牠道別，依依不捨。

隔天經過時，牠任你碰觸額頭、下巴，眼中並沒露出一絲歡喜的表情，彷彿對你毫無印象。

牠眞像一隻漂亮但沒有反應的玩具熊。

▼

一陣驚慌之後，M一一用腳圍著落石在沙上畫圈，研究它們的軌跡，還說要拍照去警察局報案。

M與附近的人談論落石的事，想知道他們是不是也有相同的遭遇。

大家都謝謝他的提醒，說會注意。

M也向一些同志裸男探詢。他們不但表情冷淡，覺得這沒什麼好大驚小怪的，還略帶鄙夷地說：「既然要下來戲水，就要承擔被落石擊中的風險。」

好像這一切，只能忍耐、接受，別無他途。

問有人曾經受傷嗎？全搖頭。

不過，他們都精得很，絕不自找麻煩，時間一到就離開了。

也許他們會被恐嚇，或受到攻擊，只是覺得太不光彩，才不願意抖露眞相吧！

▼

白天人多，你和M幾乎都忘了落石的事。

接近黃昏時，燕子急急飛翔，在岩壁上投下倏忽而過的影子，像水面上滑來滑去、會急轉彎那種水蟲，你們的心也跟著衝撞、惶惑起來。

血色漸漸染遍天空，獨特的響聲隨時會從不遠的某個方向傳來，卻無從預知。

日光浴的人紛紛離去，偌大的沙灘只剩寥寥幾個人，你開始全身緊繃、滿心戒懼，一直往上瞧。

你催促M該走了，但他偏不，說這是曝曬一天之後，最怡人的時刻，要好好享受，幹嘛受到落石影響？

▼

沙灘上一個曬得黑不溜丟的中年男子，穿一條三角、深藍的泳褲，有點壯，頗具魅力。

他向人索菸時，臉上會露出非常誠懇的笑容，讓人不好拒絕。但是，他一旦戴上太陽眼鏡，人就變得瘦而病態。

他專鎖定落單的女子，把毛巾鋪在附近，對著酥胸或私處，大幅打滑，同時抬頭左顧右盼，確保沒有人注意到他的惡行。可是你和M，沒特別花什麼心思，卽已識破他拙劣的技倆。

他可以換好幾個地方，搓一整天。

他的快感，可能源自獵物發現他的動作時震驚、害羞的表情，但卻沒有任何一個女子發出尖叫、斥責，或給他顏色看，好像都視若無睹、不以爲意，像在施捨，或者把他的行徑當成恭維。

這個異性戀槍手，有一個絕配——一個胖子同性戀槍手。

不同的是，胖子槍手全裸，不抽菸，始終愁眉苦臉。

他在穿過左側落岩區時，下體卽已勃起，然後在小沙灘那邊待一個下午，也勃起一個下午。

他能持久不衰，可能是因爲粗短的緣故，用不著太多的血液灌溉，快要洩氣時，只要稍微抽拉兩下，就能恢復堅挺。

你幾次與他狹路相逢，聚焦看，不具威脅；隔一段距離，全身看，又無吸引力，自然沒人理他。

於是，他就漸漸與褐黃色的岩石融爲一體，成爲當代藝術家劉勃麟的隱身畫，被人們徹底遺忘。

▼

在蘆葦沙灘西側離小徑不遠的地方撿化石時，你突然聽到M在另一頭尖叫，便儘速奔上階梯，看看能不能逮到投石者。

你上氣不接下氣地來到懸崖頂端，一臉憤怒地往可能落石的地點衝過去，卻沒看到有人正在擲石或朝下窺探。

一個身穿黃白橫紋襯衫、頭戴安全帽的摩托車騎士，突突駛近，經過時還朝你揮了揮手，並從透明擋風罩後對你咧嘴微笑。

你繼續往前走，望著高低起伏的崖面，不解怎麼連個鬼影子都沒有？

不可能！這個壞蛋絕不可能跑得這麼快！

你倏地止步，回頭望向漸行漸遠的騎士。……該不會是他？

剛剛騎士跟你打招呼，是友善的表示？還是故作鎮靜？

你覺得騎士有點眼熟，會不會也是蘆葦沙灘的常客？

對了，離你和M插海灘傘、擺毛巾的地方不遠處，有一個矮子，歪鼻、斜眼，很醜，好像就是騎士。

走在懸崖邊引領下望，在暈眩的當兒，奇怪地你也生出一股衝動——拾起石頭往下扔。

你可以想像把石頭拋出時，那種邪惡的快感。你會豎耳傾聽，在心底默數要等幾秒才會傳來鈍重的響聲，並想像人們驚慌的表情。你幾乎已經看見他們一邊跳腳，一邊咒罵，任一根、一坨在那裡晃蕩的滑稽模樣。

投石者一定不相信，眞會碰巧砸到人。

這有點像性交時，自私、不做保護措施的人，只顧高潮的噴洩，對是否會中標，心存僥倖，對會不會把疾病傳給別人，毫不在乎。

▼

之後幾天，你不時取出望遠鏡，偷偷觀察騎士的動靜。騎士偶爾也會隔著一些岩石，看向你們。

騎士身高才160多一點，那根卻不小。但可能是因爲害羞或心理情結，只要有人從前面經過，他就馬上遮掩，一直要到人走遠了，才攤開，似乎只有藍天、烈日、風沙有權看到他的隱私。

關鍵是，騎士都在六點離開。

聽了你的猜測，M這才憶起，在左側的岩石堆與小沙灘之間晃盪時，確實有這麼一個喜歡窺看、想但不敢的人，臉上始終混雜著嫉妒、不屑和自卑。

M都光著屁股跑來跑去，若對附近踟躕的男子有興趣，他就繞到岩石後，或鑽入圓井中，看看對方會不會跟來。

如果跟來了，他便稍微搔抓一下自己，等著對方眼中流露慾望、頻頻回首，然後在天人交戰之後，崩潰、癱倒。

這些騎士都看在眼裡。

的確，你也注意到，退潮時只要M往左走，騎士就穿上短褲，漫不經心地跟了過去，像在追隨偶像。

之前幾天，M在與人盡情享受後，獨自躺在小沙灘上休息。突然，一顆拳頭大的石子，在他左側落下，撞上岩石，炸裂開來，碎片掠過他的胸部，劃下一條紅痕，鮮血直流。

他不知是有人蓄意，還是正巧有落石，情急之下，便選擇從海上逃亡，繞了個大圈，游回橫躺著人體的蘆葦沙灘。

除了你責備他這麼不小心以外，無人走近關心。

M不懂，小沙灘釣人的活動，都在隱蔽處進行，不論從懸崖上，或從大海那側，都看不到。這落石，若非意外，必是出自熟悉地形、知曉內情的人之手。

眞是騎士嗎？

你楸M：「騎士在報復，這是愛的表示！」

影像在腦際飛馳，你急忙在鍵盤上捕捉、敲打，微微亢奮。

▼

下午六點不到，除了海灘傘與毛巾以外，你和M早著裝、穿鞋、收拾好一切，一等騎士離開沙灘，便隔著一段距離跟蹤他的動向。

不出所料，騎士在崖邊挑了一些石子，塞入短褲口袋，然後尋索你們躺睡的位置。

他先扔出一塊石頭試探，然後側耳、摀手等著底下傳來大聲的叫罵。

沒反應。

第二塊也一樣，無聲無息。

他正要舉手投下第三塊，你和M已撲過去，把他按壓在地。

你們一人一邊，將他緊緊抓牢，威脅說要把他拖到警察局。他扭打、求饒，斜斜的眼睛幾乎就要淌出淚來。

M掏出他口袋裡的證物，臉上露著淫笑，一手輕輕探觸他的褲檔：「啊！這裡還有一顆。」同時將他的手拉向自己。

不一會兒，騎士僵硬的手甦醒了，耳朵和雙頰發紅，呼吸急促，眼睛也沉醉地闔了起來。

你輕撫他的臉頰，抓捏他歪曲的鼻子，撩撥他的下巴，然後將中指伸入他的口中。在你柔柔的刺激下，他的舌頭先是猶豫試探，然後才急切舔吮，你終於掌握了粗石飛射的祕密。

海濤在腳底下擺盪，涼風吹起，夕陽如一顆熾熱的落石，在懸崖的西側吡吡冒煙，另一顆白澄澄的石子，則自東天飛起。

夜的狂歡，即將上演……

▼

一聲恐怖的慘叫。

M睜開雙眼，扭頭一看，發現你被落石砸中腦袋，滿臉是血。

M還沒從刺目的鮮紅和含鐵的腥味中回過神來，以爲自己不過是在做夢，你竟大幅抽搐了幾下，然後僵在那裡，像是斷了氣。

一切發生得太快，M根本來不及找人求救。

看到你直的來，卻要橫著回去，M不由得跪在那裡哀號，責備都是自己的錯，不肯換位子。

而當他在那裡落淚、懊悔的時候，兇手早已逃之夭夭。四周的人，在烈日下，依舊冷冷冰冰，不聞不問。

M哭天搶地，尖聲吶喊，終於從惡夢中驚醒。

原來，他躺在浴巾上睡著了，全身黏黏的，滿頭是汗，罩在臉上的書都濕透了。

方才的景象如此逼眞，儘管豔陽烤燒，他仍打了個寒顫。

爲了化解不祥的預感，M決定把夢思和盤托出。他一邊擦汗，一邊望著海洋，開始一五一十地跟你描述剛剛令他恐慌的情境。

講完後回頭，接觸到你焦慮的眼神，他自己也怕了。

沒有遲疑，他馬上拔營，如你這幾天苦苦央求的，把浴巾鋪在沙灘西側。那兒人多，也比較開闊，落石應該不敢太放肆。

但你們像強力的磁鐵，落石則像金屬，還是被吸了過去。

▼

假期的後面幾天，小徑兩側，灑滿了約兩公分寬的方形紙屑，紅藍黑白，可能是從漫畫雜誌撕下來的。

你懷疑是異性戀槍手幹的好事，因爲之前看到他坐在懸崖腳下的陰影處閱讀，後來經過那裡就發現類似的紙屑，散落一地。

你無法理解，做這件事的人心裡在想什麼？好像在他的思維裡，既無記憶，也沒憧憬，過去與未來皆不存在，只活在消逝中的現在，像是個一次性、用過即丟的消費，也像「一生只在同一條河流泡一次澡」概念，錯誤的解讀。

紙片太多、太細碎了，無從拾起，除非用免電線的吸塵器或吹葉機，但這裡大概沒專人管理，只能任其自生自滅。這個變態快感的滿足，僅在瞬間，後果卻要由他人承擔，或者由大自然慢慢消化，可能要經過好幾年還清不掉餘毒，而他個人則視而不見，甚至沾沾自喜。

沙灘上，也是這裡那裡塞著千年不壞的保特瓶，還有各類塑膠、玻璃製品、罐頭、鋁箔包等。人們把東西重重揹來，輕輕留下，好像以爲有人會定期過來打掃似的，不但沒關係，還可以創造工作機會。

可是明明是舉手之勞，把垃圾帶走眞的有這麼難嗎？他們在自家院子想必不會這樣隨手亂丟吧！好比塗鴉的人，哪一個會去攻擊他老爸或親友的牆？

你和M在散步時，都會東撿西撿，把不屬於海灘的物件收集在一起，等傍晚再拎著爬上懸崖，投入停車場邊的四輪垃圾箱裡。

做環保是因爲心痛、因爲看不下去，希望別人也能珍惜，但從來不曾有人效仿。

難道不製造汙染、維護整潔，就不夠率性、就很娘娘腔？你們是這裡唯一的清潔工，諷刺的是，也是唯一被落石威脅的人。

另一件令人搖頭的事是，每次你興奮地靠近驚險的崖邊，不管在哪裡，正要好好欣賞底下綿延的美景時，總會在腳邊出現一圈沾惹蒼蠅的糞便，發出醜陋人性的惡臭。

你看了眞是一肚子火，只能蹙眉、屏息，草草按下快門，落荒而逃。

一個人對大地的傑作無感也罷，還要阻止別人擁有這個快樂，實在該遭天譴。

幸好，偶有單純、自然的事物，讓人不再那麼憤憤不平，願意相信人性本善，也對美好的明天仍有期待。

某天傍晚，落石過後，幾個十五、六歲初長成的男孩，乘風而來。

他們爭先恐後脫個淨光，然後聒噪地沿著沙灘來回奔跑，像在進行體能訓練。

他們的裸身，尚未因某個信仰或媒體廣告影響，刻意雕琢，也還沒被無情歲月，堆肥、削瘦，儘管秀色可餐，卻與性無關，既沒羞赧的遮掩，也沒有尷尬的勃起，是最平凡的衣裝，是每個人整體的一部分，是必須被他人認識的一個重要環節。

身體暖熱之後，他們衝入水中嬉鬧，圍成一個圓，在海天之間進行青春的頌讚。

你和M彷彿瞥見天堂一角，那時蘋果仍然青澀，無花果才迸出枝椏，蛇還沒使壞。

年輕時你從未與同學或朋友，坦然裸裎、肝膽相照。未曾無慾地凝視與被凝視，在人格的養成上，是不是有所欠缺？

M說，別以爲他們對夥伴很開放，他們之中，以後可能沒有一個是同性戀。正中要害。

你們往懸崖上攀登時，男孩們仍在底下弄潮，夜色很快籠罩下來。一天以這個方式終了，欣慰中不免帶點感傷。

▼

落石，一連三次。

但被襲擊的，不是M，而是你，讓你對挑三揀四、喜新厭舊、騎驢找馬的態度，感到失望。所謂落石，並非具象的存在，而是抽象的感知，是士氣墜入谷底、心情徹底崩壞的比喻，彷彿被人落井下石。

一切就發生在這個下午。

吃過水果沙拉，準備去左側落岩區看書時，與沙灘上一條暗褐人影，對了下眼，才發現竟是那個混血兒。你第一時間沒認出他來，可能是因爲他的頭變大了，唇上蓄了黑黑的鬚，而且堅實的肌肉上還多添了幾個刺青。

他的個子不大，膚色咖啡，陰莖嬌小，大約三十五歲，像亞洲人；瘦長的臉，粗濃的眉毛，高細的鼻子，剃光的頭，精練的身體，又像西方人——總之，來歷不明。或許就是這種不知歸屬的曖昧，曾吸住攝影師的目光，而特別上前徵詢可否替他拍寫眞，但他沒答應。

本來你對外型討好的人，是沒什麼興趣的，絕不會不自量力、死纏爛打，但這一天，你卻掉入陷阱，令自己難堪。

由於吃過甜頭，你理所當然地以爲他喜歡你，所以在看到他時，你對兩人之間或許會再發生的事，就有了期待與想像。

你脫光了在巨岩的陰影中看書，居高臨下，大約在一刻鐘之後，他果然晃了過來，在底下轉繞，像有意思，又沒，雖有輕微搔撩，但下體平靜。

你躁急地走下斜坡，與他靠近，差不多已跟他擠眉弄眼了，也讓他看看你美好的裸身。不巧此時散步的人多，你在左顧右盼之後，估計一下子無法清空，便爬回原處，耐心等待，他則在臨水的沉積岩平台上坐了下來。

人來人往，不知何時，在他的斜對角，竟坐了一個年輕人，穿短褲，還頻頻朝他張望。你偶爾從書上抬頭，發現年輕人似在褲襠間按捏，他也以細微的動作回應，像無意識的抽拉。年輕人便從褲管掏出粗白的一條，向他展現實力。

應是欣賞風景的人潮退了，混血兒站了起來，下體已水平昂揚，逕往凌亂落岩那側走去。年輕人快速收起陰莖，狀似不好意思地壓著突起，亦步亦趨，渾然不覺已插了你的隊。

他是我的，他怎麼可以這樣?!你責怪的是他，而不是年輕人。

這一幕背叛劇，即席上演，令你措手不及、不敢置信。面對青春貌美，你這個老頭被捨棄了，你雖皺眉，感到不悅，卻是人之常情。一顆石頭滾落斜坡，輾過你的腳趾。

大約五分鐘之後，應已完事，兩人隔著一段距離，反向從下方走過。他雖知你仍在那裡，但面無表情，假裝沒看見。

你太傷心了，便拎起書、褲、毛巾，往落岩那邊踱去，順便檢查地上可疑的濕漬。

盡頭處，一個著短褲的壯漢立在那裡看海，鬍鬚滿面。爲了報復，獲得慰藉，你坐在他的附近，開始自我搓摸，看看他會不會轉頭偷瞄。

他像對你的努力完全無感，明知你在求救，很急切，卻即刻攀上躍下，小心翼翼朝蘆葦沙灘方向離去。你只好滿心挫敗地，慢慢摸回原先看書的所在。

沒想到，竟發現混血兒正坐在先前的位置，還因你從岩上跳下的聲音掉頭回看。他眞體貼，爲你保留快樂，所以剛剛沒洩？還是他其實已經洩了，但覺得之前的行爲對不起你，所以再繞回來？

你好高興，但因沒百分之百的把握，你選擇先坐在他的後方，自我抽撥，等他起身貼過來。可是半晌沒反應，他甚至堅決避開了可以瞄到你的視角。

你終於承認他不要你，他對你根本沒有什麼愧疚感！是你多心了。你走到他的右側，把書和毛巾擱在岩石上，慢慢穿好褲子。猛抬頭，放眼望去，你終於明白一切。另一顆石頭滑落，擦過你的左胸，掉在平台下方不遠處，那兒正坐著先前那位壯漢。啊！兩人已眉來眼去好一陣子了，你卻呆呆地等在後頭。

你情緒低落地走回蘆葦沙灘，因不甘心，仍遠遠盯著亂岩那邊的動向，不曉得後續會怎麼發展——不論狀況多糟，你必須知道結局。

此時，一對同志情侶，可能三十不到，全裸，一推一拉，登上了平台，然後找了個陰影處坐下；幾乎是同步，壯漢亦沿著平台下方，自落岩靠海的外緣繞回隱密的盡頭，只等著混血兒過去會合。

令你驚訝地，混血兒非但沒很有默契地跟過去，還明確無誤地朝那對情侶挪近，坐在一邊似有若無地順順滾起的包皮，狂送秋波，大概想玩三人行吧！但他應該是吃了閉門羹，才會沒醞釀多久，就悻悻然跨下平台。那個對你沒興趣的壯漢，下場跟你一樣，被混血兒捨棄了，可是這對情侶，乳臭未乾，尚無什麼人生歷練，既不成熟，也無魅力，你根本看不上眼，竟將他拒絕了！你該感謝他們，幫你修理了他？

這就是互咬互欠的人環吧！

經過這次教訓，你總算認清自己並非首選。在混血兒心中，你的排名如此後面，甚至遠在你不屑的情侶之後。

原來上回，你不過是他在情急之下，恰巧在場的一張嘴——那時，約在一年前，你正坐在偏僻處鑿挖緊嵌岩中的化石，他卻挨過來，任下體近近地在你的鼻前甩動。

意識到這一點，你突然像被落石砸到腦袋，感到不值而悲哀，真是癩蛤蟆想吃天鵝肉，也不照照鏡子。

儘管如此，起碼心上一塊石落了地，你再也不會覬覦混血兒的身體、爲他癡狂了。

這個被羞辱的三部曲，讓你想到二十年前還很稚嫩、白目的自己。

在初出茅廬的年代，你也這樣，朝三慕四、朝秦慕楚，沒什麼禮貌，也不顧別人的感受，應該也給當時的同伴，留下諸多不良印象吧！

▼

與混血兒的遭遇，讓你這幾天益發思念一個人——動物——，特別是他對你無微不至的服務，而在心底暗暗等著他。

這是M給他取的綽號，說他看起來沒有心靈、思想，像隻野獸。

動物一直到第三天才出現，你正巧自左側的落岩群散步回來，兩人互相對看了下。

他全身光裸，繼續往岩石方向走，你便當機立斷，調頭尾隨。

你們雖然跟來跟去，卻沒卽刻拉近，你都要以爲動物已經把你忘了，或者像混血兒一樣，假裝沒見過你，希望你識相，知難而退。

去年動物領著你爬過一個低矮的孔道，進入直徑約四公尺、透天的圓井。

這井，在巨岩陡然陷落的末端，從懸崖上方無法靠近，據說是千百年的潮水，從孔道灌入、激起，一天天、一年年往上拍打，慢慢鑿擊出來的。

井的底部暗綠，頂部橙黃，你舒服地抬眼，一邊體會陽光灑在臉上的感覺，一邊微微搖擺著腰身，彷彿已與自然合一。

這個情境，是動物留給你的美好回憶，你因此學會如何從今生的弧形峭壁，看透前世的圓井。

那時，一堆人在追逐動物，搶著要摸他或讓他蹂躪，你本以爲他這麼搶手，絕不會把你放在眼裡，沒想到卻完全相反。

這些，動物還記得嗎？

你頻頻望著動物，表示你們之間有過「曾經」，希望他快快憶起這段「昔往」。

看他終於怯怯地躲在落岩後方略有起色，你管不了這麼多了，便直直朝他走去，他的臉上頓時閃現一絲驚喜。

你卽刻握緊他的下體，粗直，末端細小，形似鉛筆，誰說他沒文化！然後你輕觸他的臉、眉，端詳他、嗅聞他；他則透過衣褲抓捏你，撫摸你的胸膛。

接下來的互動，終於與一年前的記憶接軌。

你輕輕拂掠他的頭髮、背、乳頭、臀部，眼睛警覺地觀望四周，以及頂上的青空，看看是不是有人偷窺、會不會扔下石子——好刺激。

你沒多久就出來了，正想著該怎麼平息他的昂揚，他即已起身，拍了下你的肩，朝你眨個眼，毫無眷戀地離去。

你突然有些動情，覺得輕看他、對不起他，想知道他叫什麼名字、聲音如何、個性好不好，而不再僅是洩慾的工具；但同時，你又不想知道太多，這樣就夠了，各取所需。

▼

假期的最後一天，動物又踏上沙灘。

他抽了好幾根菸，去了岩石群兩次，但只要看到其他人跟去，就馬上折回，似乎頗有原則。

你沒有起身追去，不是因爲M在場，而是你有一堆東西和構想要記下來，你也不想再把他當動物對待。

動物趴著，手肘撐起上半身，一邊抽煙，一邊似盯著你瞧。

你埋頭在電腦上書寫，不小心從螢幕脫開思考，恰好與他的目光接觸了下。但你的視力不佳，看不清楚他的表情。而且這裡不是流眉送眼、互訴情衷的地方，你和他的一切，只屬於小沙灘。

他不久就消失了，你甚至沒注意到他是何時不見的，只能在心底呢喃——明年見。

▼

已是六點多，浪潮退得幾乎一去不返，拉遠了潮間帶與懸崖間的距離。

M在水邊散步，步履懶怠，想到第二天就要搭火車離去，不免感到沮喪。

就在仰天嘆息時，由於視角變小了，他突然看到崖邊低處，有兩個人影，停停探探，鬼鬼祟祟地隆起落下，像在辨認海灘傘下躺著的裸體。

他們原本已經把手舉起來了，但可能是因爲發現底下交纏的是一對男女，便及時煞住。

M想：啊！只要有女人在，就不會有落石。這表示他們愛女人？他們是異性戀？

M一手遮在眉上，避開夕陽的光芒，一手指著他們，大聲叫喊。聽到M在嚷嚷，你趕忙抱了筆電跑開。

這兩個人，都穿了白襯衫、深色長褲，許是在附近工作，傍晚下班後就順道過來教訓一下懸崖下的人，端正風氣。

平常是沙灘上的人畏懼落石，此時他們因爲被M發現了，有了臉孔，情勢突然逆轉。他們不高興地將兩手一起自內向外揮，意思是：走開！滾回你的老家！這裡不歡迎你！

M繼續瞪著他們，罵他們孬種。他們受不了M的挑釁，便做出手淫的動作，然後在脖子上橫向一劃。要人死？有這麼嚴重？

他們似乎從輕蔑而誇大的自搓姿勢裡，得到很多快樂，是不是裡面也潛藏著不自知或不願承認的傾向？還是他們以異性戀禮教的捍衛者自居，不時跑過來警告、懲處一下敗德的同志，像在預習相姦男男的lapidation（石刑），所以興奮得不得了？

你不禁打了個寒顫。這讓你想到，與黃色的大衛星一起殞落的——粉紅倒三角。

M才要去拿海灘傘下的手機拍照，兩人已來到上方，開始落石，好有勁。

M頻頻詛咒，兩人則重複著手淫、割脖子、丟石頭的動作，但都沒開口，大概是怕被認出聲音、遭人檢舉吧！這表示，他們其實也知道自己的行爲不對。

停火一段時間之後，M以爲兩人鬧夠了、走開了，便跑去拯救衣物和包包。沒想到才一靠近，兩人馬上又站了起來，狂扔石子。M只好奮力往大海的方向衝，逃出槍林彈雨。

你求一旁高壯、穿短褲、泡水的球員，吼吼崖上的人，並過去幫忙拿東西。但他們看了看懸崖上下的一來一往，想是在玩，便笑笑地走開了。

你要M趕快著裝，或圍條毛巾，起碼目標沒那麼明顯。卻偏不！

M還向海邊散步的人告狀，但講了半天，都沒一個當地人或遊客有正義感，出面制止這兩個人，只在看好戲。

會不會他們對全裸的人也有意見，所以才表現得漠不關心？畢竟M的下體剛好就在小孩眼睛的高度，看起來確實不太對勁。

M和你不是槍手，你們從沒在光天化日之下，當別人的面大剌剌地做出不雅的動作，爲什麼這兩個人對你們有這麼強烈的厭惡和不滿呢？只因爲你們是同志？

可是同志的穿刺與搓動，並不比異性戀齷齪或妨礙風化啊！

你們不是沒見過一些男女在海灘傘下或岩石後幹的事，而且還不怎麼遮掩，有的甚至叫得驚天動地。譬如男的把食指和中指探入女的雙腿之間，在那裡摳揉；男的平躺，女的罩住男的下半身，頭顱微微蠕動；男女並排側躺，男的從女的後面挺進。

這些激情男女非但不會被亂石處死，可能還可以博得浪漫之名呢！

還是說，這是一個土地之爭？

以前你和M去過的地方，異性戀和同性戀的沙灘是分開的。

就如同性戀在人群中是少數一樣，異性戀天體在異性戀中也是少數，所以異性戀的天體沙灘便在世界的邊陲，同性戀的天體沙灘則在邊陲的邊陲，偏遠而不易接近。

上次你們來蘆葦沙灘，在場的都是同性戀，幾乎都是天體。這次來，才一年的差隔，已快被衣服族的異性戀占領，落石的威嚇更使同志望之卻步、敬而遠之。擲石者的企圖，就是把同志趕出蘆葦沙灘？

難道爲了鞏固地盤，同志也該到處落石，向著衣的異性戀宣戰？

你們計劃第二天拉行李去火車站前，先到海警局報案，請警察抽幾個傍晚到懸崖上巡邏，並管管沙灘上那些槍手。

當然，你們不會主動招認自己是同志，以及在小沙灘上幹的勾當，因爲誰曉得受理警察的態度如何？

你們也會建議，在小徑入口立個看板，除了提醒遊人、警告擲石者，還加強「愛護環境大家一起來」的宣導。

不過，只要不是當衆猥褻，沒必要明文禁止各種可能的邂逅。畢竟若沒了自由的追逐、陶醉與宣洩，世外桃源也消逝無蹤。

▼

落石之謎，終於水落石出。

立在水邊朝崖頂遠眺，M不禁搖頭喟嘆：「醜惡爲什麼總要與美麗並陳？」

語音剛落，他隨即超然地說：「就算不幸死在懸崖底下，也不會有太大的遺憾。相較於千萬年的貝殼岩，人的生命與存在，顯得那麼短暫而微不足道。當人們的屍骨皆已化成塵沙，岩石再怎麼被侵蝕與崩塌，還將矗立在這裡久久。」好有哲學家的豁達！

你說：「話是沒錯，但是在這個都已經可以同婚的國家，仍有恐同事件發生，還是小心爲妙。」

苦等二十幾分鐘不再有落石，沙灘上也已人行絕跡。

你們分批快速收拾好一切，並在空曠處穿上鞋子。

往階梯走時，你不免害怕，不知這兩個擲石者是不是還守在上面，準備把你們痛揍一頓？或者捅你們幾刀？

M說，若碰到危急狀況，就用海灘傘自衛，橫掃揮打穿刺，讓宵小無法近身。

你們彼此緊鄰，慢慢拾級而上，隨時提防有人從轉角衝出來偷襲。

心怦怦敲擊著胸骨、氣喘吁吁，白狗的哀嚎和海鷗的尖叫，一直在你的腦際縈繞迴旋。

聲音越來越大，你不得不堵住耳朵、停下腳步。

突然，M在前頭大喊：「幹！你們眞的有病啊！」

# 老鴇

夠了！夠了！我受夠了！不能再這樣下去了！

小姐決定要有所改變。

這不僅是小姐個人的問題，這也是他與M的問題，扯得遠些，這還是他與台灣的家、他與這個社會的問題——不光是因爲錢，還因爲性，二者密不可分。

小姐和M的關係，出現了嚴重危機。

小姐開始思考是不是該把舖蓋捲捲，離開M，但不是投入其他法國人的懷抱，而是回台灣。

若眞要回台灣，最好在回去以前，能把當初離開時的困擾解除。總不好繞了一大圈，在逃避了二十幾年之後，情況依舊？

小姐發現學位一點用也沒有，也不會想過靠這個文憑賺錢——大概也只能當老師，或當研究員吧！——，修博士之前沒有，修完了也沒有，更別說去法國外交部及駐法代表處驗證，只讓它安好地壓在一堆資料之間，慢慢成爲沉積岩裡薄薄的一層，連自己都快遺忘了。

M開的公司，除了他自己以外，底下有三、四個攝影師，專跑政、經領域的新聞。他們參加各類記者會，到處拍照、吃喝，然後將影像傳回資料庫，供紙本或電視媒體下載、刊行。

小姐幫忙做會計，扮演祕書的角色，向不同的雜誌、書報寄帳單，催繳欠款，並於每月月初，論件計酬，開支票給攝影師。

公司運行不錯的時候，M最高每月可賺五、六千歐，小姐則依處理雜事所花的時數，給自己四、五百塊的薪資。

但是好景不常，碰上金融危機，在短短五、六年間，諸多媒體合併、縮編或消失，並與規模較大的影像公

司簽互惠條約，不但使用的相片減量，還壓低價格，品質也不再是首要考量，M的小公司自然就受到排擠，收入也如飛瀑下墜，有時每月甚至連一千塊都賺不到。

這樣又苟延殘喘了一、兩年，M覺得實在撐不住了，才忍痛關門。

M沒了工作，心情不好，脾氣變得很暴躁，動不動就罵人。而被罵的，沒有別人，就是小姐。

小姐雖忍無可忍，想跟M大吵特吵，但因爲情緒激動，要說的字又一下子找不到，還要考慮動詞變化、時態與文句架構等，話便講得吞吐結巴。

偏偏M還火上加油，鄙夷地糾正小姐文法的錯誤，以母語的優勢羞辱他，擺明了：法文沒學好，沒資格開口！

既然他的發言不被尊重，怒氣無法消解，他只能半失控半故意地亂砸東西，表示不滿。

他的個性一向平和（placide），但M就是有那個天分，令他捉狂，把他刺激得非以暴力回應不可。類似的情況早發生多次，可是M既不懂自我控制，也學不會察言觀色，每逢心裡不爽，就沒頭沒腦地斥責他，總要等到地動山搖、鍋碗亂飛，才猛的嚇醒，趕忙閉嘴、閃開。

待冷靜下來，雙方都有些歉疚。

小姐問M：「我又沒有招你惹你，你爲什麼老是找我出氣？你要記得，我不是你的敵人。」

「我又不是針對你。」

「不是針對我？那你幹嘛對我吼吼叫叫？」

「……你就像無事人一樣，還可以在那裡看書、寫東西。先生，醒醒吧！趕快從泡泡裡走出來！每個月有水電、房租、健保費要付，還要買菜，我問你錢哪裡來？」

「不然要像你一樣抱怨、哀嘆、怒罵？一個人不高興還不夠，還得把我拉下水，陪你一起愁眉苦臉？這樣你就高興了？」

「你既然這麼超然，那你賺錢回來養我啊！」

「養你？你這麼『帥』又『聰明』，都找不到工作了，何況是我？你不是常笑我，講得一口小黑人的法語（parler petit nègre，具種族歧視的殖民用語），誰會要我？而且我也不是只有白吃白喝，我有做飯、洗碗、幫你理髮、陪你、照顧你、管好你的股票、安排或長或短的旅行，還讓你洩忿……」小姐差一點加上「洩慾」。

「你不是博士嗎？博士當假的？」

「我只是會讀書而已，un rat de bibliothèque（圖書館的耗子，即書呆子），哪會賺錢！」

「Mon cul!（直譯：我的屁股；意思是：狗屁！）」

「我就是bon à rien（一無是處）的vaurien（無賴），有什麼辦法？而且你不正是因爲我對錢財、利益désintéressé（不感興趣），才喜歡我的嗎？現在卻變成討厭我的理由！」

其實兩人並不是完全沒積蓄，就算三、五年沒工作，也還餓不死，是M焦慮的個性，老愛誇大事情的嚴重性，把一切弄得很糟糕。只要事情進展不順，他就情緒低迷，看什麼都是黑色的（voir tout en noir），倘若心理醫生又恰巧沒看診，那就完蛋了，彷彿世界末日，小姐就會遭殃。

這是錢的部分。

沒揹著沉重的相機上山下海、東奔西跑，M精力過剩，就會一直想做愛，一次不夠，還要，做完了馬上又慾望勃勃，像有癮。

性在艱困的時刻，成爲M的抒壓劑、避風港，或者說窮人的娛樂，但因索求無度，耽溺其中久久，有如工程浩大的創作，小姐哪招架得住，也沒那個「法國」時間。

特別是，小姐又不讓他插，不像他過去的炮友，那麼順從（soumis），讓性交變得複雜，摻了心理因素；小姐也不想幹他，不願看著自己的男人，在那裡扭動，追逐痛點——與不認識的人穿刺無所謂，與有感情的人，小姐就會心疼。

既然在家無法獲得滿足，M只好往外跑。有時他幾乎掉回自怨自艾的惡習，以一個痛苦趕走另一個痛苦，從更大的痛苦尋求解脫，找到存在的意義。但縱慾的結果，反而產生更多的空虛與挫折，使得他對小姐的態度更形惡劣，有時臉臭得根本就像要人死。

有天晚飯時，小姐威脅：「你如果看我這麼不順眼，動不動就兇我，那我就離開！不是出去，而是永遠離開，這樣不管什麼時候，你都可以外宿（*découcher*），或者帶人回來，爲所欲爲，沒人礙著你。我說的不是氣話，我很嚴肅（*sérieux*），你自己想清楚。」

「……我沒要你走，我完全沒有那個意思，你是我的garde du corps（貼身保鑣），唯一能在崖邊拉住我的人。」M將手放在小姐的手上，頭垂得低低的。

某日，M在巴黎晃蕩，於同志相逢網站Grindr，認識了一個亞洲人，跟他的兒子一樣大，叫他「老爸」。

小姐猜Grindr大概源自英文*grinder*，是一種兩片式手旋的小物件，可以用來研磨胡椒子、調味料，或大麻之類的東西，然後在底部漏下粉末。

取這個名字，想必有打掉堅硬外殼、超越種族藩籬、消弭社會層級、排除距離、無間混合、增加情趣等延伸的意義吧！

從後來推出的Blendr——異性戀網站——看來，*blender*爲打果汁機，亦爲小型廚具，前面對Grindr的臆測，應沒太離譜。

Grindr黃底logo上的黑色面具，耐人尋味。

就顏色而言，黃黑的組合，像蜜蜂，有警告的意味，具攻擊性，所以是男性化、彪悍的象徵。

由於有面具保護，非我族類無法看透，匿名；對同道，則是已卸去的假面，全然坦露。而且在黑色的面具底下，藏著的正是黃色的祕密。

M遇到的這個年輕人，有自己的工作，但一有空閒，就與經過或住附近的人線上攀談，讓陰莖粗大的人過來澆灌，將其救出性慾的囚籠，偶爾也當男伴（*escort boy*），或以按摩之名行賣身之實——因爲在西方人的概念中，所有的亞洲人都有一雙神奇的手，當然技藝不見得純熟，但醉翁之意不在酒，只要年輕，一切皆可原諒。

於是經過幾次三人行的觀摩、參與，自己找書研讀、推敲，加上對星座與個性的關係頗有洞見，老老的M竟青出於藍而勝於藍，踏入了這一行，還以天體爲門檻，或說號召，直接過濾、聚焦。

這個在五十出頭，突然岔出的人生途程，一下子解決了錢與性的問題。

不像小姐的人體素描，看得到，偶爾也吃得到，但累得半死畫出的作品，從不賣錢，哪能跟M比！

電影《性福療程（*The sessions*）》，描述了一位小兒痲痺患者與性治療師的故事。

儘管M的顧客都不是處男，當然眞的有已婚、羞澀、剛剛萌生或承認同性情感的異性戀，他扮演的的確是性治療師的角色。

證據是：大部分的客人在按摩的過程中，或者末了，由於身心徹底放鬆，都睡著了——因爲他在與顧客互動時，一方面用手指、用全身按摩，還附帶收尾的贈禮（finition，最後的修飾），當然有人只爲贈禮而來；一方面還以耳朵、以同理心聆聽，所以客人在肢體舒爽之餘，靈魂也得到撫慰，達到心理治療的效果。

M笑稱自己faire boutique mon cul（直譯：以自己的屁股開店，即賣淫），不止透過網路，還加上朋友間的口耳相傳（de bouche à oreille），人人搶著跟他預約，儼然已成巴黎第一名妓。

價位，與心理醫生四十五分鐘的看診費相同，都是七十歐，但時間長達兩倍，有時還奉上咖啡、糕點，實在很划算。

但慾望的生起與滿足，能夠事先規劃嗎？有人雖講好了哪一天要來，卻在前夕取消，這還算是有禮貌的；有的乾脆消聲匿跡，怎麼都聯絡不上，根本不知死活；有人突然性起，像想解便，馬上就要，忍也忍不住，可是這個時段早被別人訂下，來不及挪開，只能錯失一個賺錢的機會。

M說生意如股市，受很多因素——如天氣、月圓、假日等——影響，不易捉摸。爲何起落、漲跌？不得而知，不明所以。

好時，一天可以接五、六個客人，整個人被掏空，睪丸也洩得軟趴趴的，十足的couilles molles，原本傲人的儲値（solde），落到接近赤字；壞時，整個禮拜無人問津，就算大折價（en solde），也沒能刺激消費。會需要M的客人，大致有一些共通點：沒市場、沒時間、沒膽、沒經驗。也就是年紀較長、其貌不揚、性傾向隱諱、寂寞，或想找爸爸的人。

M除了感謝他們給他賺錢的機會，也對他們產生了悲憫之心——同是天涯淪落人——，而在這個不堪的工作中找到了意義。

但在這種行業中打滾久了，M還是碰到了一些怪胎——其實也沒那麼怪啦！

有的人來電，表示有興趣，想知道怎麼進行？有哪些特別服務？實際上關心的是尺寸，還一邊詢問一邊自搓，像性電話；有的人沒有照片，無法以貌取人，電話中的聲調又像小混混，發來的簡訊，還語意不清、錯誤百出，眞不知是何種程度的人？是不是新來乍到的黑人或阿拉伯人？M便不敢接客，怕被設陷、被搶，或被傷害；有的人在享受之後，拍拍屁股就走，竟不肯付錢，還辯說事先沒講；有的進行到一半，突然要求不戴保險套；有的則像變態，以爲出錢就是大哥，強迫M跪下當狗爬……林林總總，什麼人都有。

M當然曉得賺這種錢是有風險的，除了平日注意以外，還定期做檢查，也避免把疾病傳染給小姐。

沒了錢與性的爭吵，小姐並沒因此變得坦然。

與M一起生活，互相付出、扶持，包吃包住，每個月還有一小筆錢進帳，一切好似無憂無慮，但小姐老覺得對不起M，像在強迫M賣淫，是個徹頭徹尾的皮條客（maquereau）。

開店的，其實是小姐，M是唯一的奴工。唉！正如一部電影的片名所示：《M le maudit（被詛咒的M）》。

小姐發自內心佩服M。

M是如此敬業，對衣食父母毫不挑剔，一視同仁，只要付了錢便是嘉賓，M就竭盡所能把他們調理得伏伏貼貼，彷彿他們也是被渴想的。小姐就做不到這一點，觀念仍很閉塞、放不開，對於沒興趣的人，好惡雖然沒有太現於形，但很難勉強自己，或假裝有感。

有了上百人次的經驗之後，M發現「攝影」——眼睛遠距的掃瞄——和「按摩」——雙手直接的捏壓——，是相通的。

不說M有多偉大的「博愛」（fraternité）情操，起碼M具備了「喜歡人」（aimer les gens, philanthrope）的特質，才能不分美醜貴賤，以一樣的熱情，接待客人。

因爲每個客人都是獨一無二的主題（sujet），M不再拍攝一張張肖像，而是專注地感知一幅幅風景。透過身體的碰觸，M在高低起伏、堅硬柔軟、粗糙乾汗、潮濕蓊鬱的地形地貌中遊走，除了紓解客人的壓力、撫平他的痛苦，還掌握了他隱晦的習性與愛好，達到一種盡在不言中的瞭解和親近。所以，不同的客人，就是不同的旅行。M在多變的山光水色中探險，樂此不疲，一點也不會感到厭倦。

只是M吸引人的外型，那讓人幻夢的青春和體能，又能維持多久？這種工作，像運動員一樣，黃金期是很短的。如果已人老色衰、人老珠黃，儘管手藝不錯，會上門的顧客還是有限的。

小姐在哥哥辭世之後，暫時決定不回去，因此必須日日時時關心海那邊的狀況。

儘管他早安排妥父母平常的生活開支、健康醫療等，還透過攝影機監看家裡的動靜，但距離——雖然能確保自己在這兒的生活不被侵擾——仍是憂懼的來源。

能在國外落地生根，每四個月匯點錢回去，讓家人及鄰居有了理所當然的想像——如開創什麼偉大的事業，賺很多錢等。殊不知，小姐在異國根本適應不良，是個徹徹底底的失敗者，全靠M賣身過活。小姐向家人透露的工作狀態，都很簡略模糊，雖沒撒謊，但內情禁不起深挖。

爲了因應與M之間可能的變異，小姐不能坐以待斃、坐吃山空，他必須未雨綢繆。

如果有一天兩人眞的分手了，小姐已沒意願繼續在法國漂泊。但他希望在回去面對舊環境以前，能夠不再爲性傾向所苦，儘可能降低重新融入社會的複雜度。

所以，累積資產、療癒並建設自己，是小姐的當務之急。因爲，他清楚地知道，並不是所有的事，都能船到橋頭自然「直」的。
可是，該怎樣療癒自己呢？

# 採陰補陽

紀德曾說：「現在將充斥各種未來，如果過去未曾於其上投下某個故事（Le présent serait plein de tous les avenirs, si le passé n'y projetait déjà une histoire.）。」

既然每個人的現在都無可避免地背負著過去，當下可以展望的未來，就受到了限制。

小姐正在讀一本Dr Joe Dispenza的書：《Rompre avec soi-même, pour se créer à nouveau（與舊我決裂，創造新我）》。

在「決裂」與「創造」之前，必須有那個非把現況改變不可的迫切——真的已經忍無可忍，再也沒那個意志與體力，繼續按習慣的模式走下去了。

這可能是一個轉捩點，也可能還只是對人生小小的質疑，一旦內心的衝突過去了，想改變的企圖也消失了，那就只能等待下一次重新有這種想洗心革面、一切從零開始的領悟與渴望了。

質疑與衝突，唯有累積到某種程度，才會暴發成真正的行動，下決心來個徹底大改變。也就是在這個時刻，「決裂」與「創造」才可能發生。

「創造」的方法是：努力去想像、習慣期盼的快樂生活，彷彿未來已經發生，已是經驗的一部分，讓新的腦神經開始勾搭、串聯。

小姐天馬行空想了半天，如寫不出作文「我的志願」的小學生，沒有半點影像映入眼簾。

究竟怎樣的身分、職業與幸福，會令小姐憧憬，而希望也能具備、從事、擁有呢？

這樣的心中美景，打從還會做夢的童少，就不曾存在，何況是現在？沒有可供想像的參考或範例，小姐根本不知道怎樣無中生有。

這就像沒見過海膽去掉針的模樣，而想在塌倒、碎裂的岩塊中，找到它的化石一般。不說眼前盡是成千上萬、幾無差別的石頭碎屑，不知從何找起，就連海膽的概念都不會進入腦際。就算海膽的殘殼拿在手上，由於缺乏對其形象的認識，無法喚起記憶，仍與普通石頭無異，頂多覺得上頭不全的花紋有些奇特罷了。

都已經幾歲了，除了書寫這件事比較明確以外，小姐根本不曉得自己要的是什麼？想做什麼？有什麼理想？什麼事非實現不可，否則有虛此行？小姐甚至不懂羨慕，自然就沒有所謂的仿效與追求了。

小姐對存在的目的，提出了一個大哉問：一個人的出生，如果不爲了繁衍子孫，那是爲了什麼？還有其他什麼意義？

性傾向的影響，鋪天蓋地，無所不在，不是只有在性交時才會發生、成爲焦點，其實與平日的生活息息相關。

但小姐急於脫胎換骨，無暇亦沒耐心找出性傾向與人不同的癥結，非趕緊依Dispenza倡議的「創造」方法，努力去嘗試、實踐不可。

爲達目的，不擇手段，便下猛藥——適應並喜愛女人毛髮遮覆的陰部。

小姐還幻想，說不定，他將是第一個以這種方式改變性傾向的人。之後，他將現身說法，著書立論，造福成千上萬如自己一般受苦難折磨的人。

從身邊女性或街妓下手，一方面太眞槍實彈，小姐怕沒搞好，反而造成更多的創傷與困擾，一方面他也像一個沒膽的青少年，如果眞要做，可能必須請個經驗老到的直男穿針引線才行，並在一旁指導。

可是自己根本沒有直男朋友，要找太麻煩，不如先從影像開始。

「孤狗」跳出的一張特寫，把小姐嚇死了，或者說迷死了。網路搜索引擎，馬上蛻變成發出優美樂音、不斷迴盪的「谷歌」。

畫面上乍看是兩個蓄鬍男子在接吻，小姐本以爲軟體提供的影像答非所問，細看才知道其中一張是女人的嘴巴——第二張無齒的嘴巴。

攝影師的安排，使得男人閉目舔啄女人下體的動作，反而像在回味另一個男人——一個有意或無心的偷渡。

小姐端詳久久，驚訝萬分，也爲照片的幻術與魔力大開眼界，不禁濕熱膨脹、氣血衝天。

藝術上的裸女，大都沒有描繪或割裂那個三角地帶，更沒有刻繪陰毛，像尙未破瓜的碧玉，光滑平坦，高尙、純潔、沉默、無感，可以大方袒露，沒有羞恥。

這讓小姐隱隱憶起發育以前在報上看到的一幅畫，以及當時感到的興奮與好奇。但影像已太過模糊，如在霧中，遙遠而不眞實。確定的是，自那以後，他再也沒有對女體產生過這種感覺。

在片名爲《狗（Le chien）》的電影中，就有綽號爲「狗」的小男生瞥見女生下體的一幕。面對毛茸茸的新大陸，他一臉震驚，一直吞口水，尖尖的鼻子還忍不住朝該處嗅聞，眞的像狗一樣。

女人的性器，法語叫chatte（英文*pussy*），即母貓。是因爲：貓咪撒嬌喵喵，女人高嘲啊啊，才有這個暱稱？貓有豎的瞳孔，女人有豎的孔洞？二者皆皮毛柔軟，愛理不理，但若覺得被侵犯或生氣，就會伸出利爪，呲牙咧嘴，或者夾緊雙腿、深鎖蓬門？

掛在奧賽美術館的《世界的源頭（L'origine du monde）》，是個例外。這是畫家Gustave Courbet的作品，豐飽，毛毛微開，懶洋洋的，幾乎把觀衆邀跪床上，頭手舌向前引伸，想往更深處逼探。雖名爲藝術，還是有點讓人感到尷尬，所以少有人站在那裡長考。

杜象的一個裝置《已知（Étant donnés）》，無頭、無毛，外加煤油燈的「希望」，多少是從此畫得來的靈感。

導演Bruno Dumont的電影《人性（L'humanité）》，亦有被姦殺女孩的局部，同時向杜象和Courbet致敬。在放映廳，有黑暗籠罩、保護，有舖絨軟椅扶靠，觀衆沒有臉孔，比較不會感到不自在。

小姐還在報上及看展覽時瞄到兩張照片，與《世界的源頭》一樣的構圖，也是張腿迎接的姿勢，唯一不同的是性別。其中偏垂的，像創世後的休憩；昂揚的，則名之爲《戰爭的源頭》。

休憩與昂揚的下體，沒頭沒手，叫小姐看得心花怒放。這不正是十六塊肥皂中，可以因情境置換的兩塊嗎？

儘管被男性照片稍微轉移了注意力，小姐還是計劃每天花些時間，親近成千上萬的縫隙與草叢，希冀早日成爲夜晚織夢的素材和語彙。但願有一天他能想入非非，不再舞刀比劍、不再吮含且且、不再圖騰崇拜。另一個也叫Gustav的畫家Klimt，對紅髮女人情有獨鍾，像中了巫術，無法抗拒。據說在中世紀，在某些地方，人們視這樣的女人爲邪魔的化身，是會被活活燒死的。

Klimt的這個癖好，小姐要到看了某片的摘要之後，才能體會。是*Ginger*男，他們的毛髮在陽光的照射下灼灼燃燒，彷如熾熱的金絲，下體的顏色、形狀，更令小姐垂涎，眞想找機會品嚐品嚐。

印象中的薑都是土黃皮，皺巴、扭曲，說什麼也與片中的粉紅男扯不上關係。要到去吃日本料理時，他才恍然大悟——是啊！嫩薑不是白透透、紅冬冬的嗎?!正是這種顏色。而且滋味甜辣辣的，多可口啊！

這些火燎的影像，包括對紅鬍子梵谷的猜臆，從此成爲小姐的地獄，三不五時總要上線膜拜、自我安撫一番。

小姐還發現，勞倫斯（Lawrence）在《查泰萊夫人的情人（*Lady Chatterley's lover*）》中，亦曾以女性觀點，凝視、欣賞獵場守衛的裸身，讚嘆他帶紅的體毛，包括頭髮、鬍子、胸毛、陰毛等，隨著所在位置和曝曬度，產生的色澤變化。

有人說這樣的男孩，不止多雀斑，身上還有特殊的味道——令人昏眩的醚味嗎？

小姐開始在街路上，好奇地尋索一頭橙紅，但這樣的人在法國極爲罕見。好不容易發現一個，非得儘速靠近、非常靠近不可，還得如鴨子划水般深呼吸。但可能是靠得不夠近，也不知道該聞哪裡，所以始終沒能定義傳說中*Ginger*男令人銷魂的味道。

通過、飽含的雖然都是條狀物，但似淡菜（moule，法文眞有此一說，而且外形與味道都像）的女陰，若與男人的屁眼（anus，拼寫像anis，即八角或茴香，從嘟嘴的u，到露齒的i，字母雖然換了，發音也略有不同，但樣子卻保持一致，還增添了香味）相比，確實顯得破裂而鬆垮。

而且陽具似有思想、個性，獨立而完整，對於好惡的呈現、性傾向的表彰，直接而具體，可與頭腦同步或唱反調；女人的私處，雖然長得像嘴巴，但要不沒有發言權，要不話語瑣碎，無主觀意識，只是一個附屬器官，像多毛的胳肢窩。

小姐原本要把目光焦點，放在女陰，但在搜索影像的過程中，不可救藥地又被陽具吸引過去。畢竟小姐的陰莖迷戀由來已久，太久了，一下子改不掉，加上對異性心存戒懼，龜頭才伸出來，又縮了回去。

或許，這個癖性永遠改不了，就像長歪的樹導不正一樣。想改，只是不切實際？也可能，並沒眞的想改。哪裡捨得改！

還是說，注意力的所在與採行的方法都錯了，因爲問題不在異性，也不在性器官，而是別的東西？——例如，心理上對同性情感的需要？

小姐是不是該從與異性戀男性建立友誼開始？他不自覺在心裡這樣推敲：

世界上異性戀男人何其多，卻不知怎麼跟他們接觸？怎樣的年紀比較適合？差距總不能太大吧！可是不論輩分，有女朋友、有太太、有小孩的人，爲什麼要跟你交朋友？你又有什麼優點或長處，可以跟他們交換？要透過怎樣的媒介與活動，才能與他們相遇？

試問，誰有時間慢慢認識你、接納你，跟你培養感情——那你童幼時，未曾自爸那獲得的感情？那你年少時，沒能跟同學建立的感情？

最順理成章的是，從同事中找尋。可是，首先必須覓得工作。因爲若沒工作，就沒同事，就沒社交。或者從鄰居中挑選？

但鄰居之間，常因噪音、河馬般頓重的步態、薟味、油煙、從窗口灑下的麵包屑、陽台上掉落的枯葉等，上前拍門抗議。能夠彼此尊重、相安無事，已經很困難了，何況是交朋友？

雖然有熱心者發明鄰居節（la fête des voisins），在這一天辦聯誼活動，但你和M從未參加，也毫無與公寓裡的其他分子混在一起的意願。

而且，他們大概也不會想跟你們這對pédés（男同性戀，爲歧視用語，源自pédéraste雞姦者）有任何牽扯吧！沒把你們踢出公寓已經不錯了。

唉！直男到處都是，小姐卻不認識一個，與他們完全沒有交往的機緣！

# 哥兒們

聽到腳步聲，你微微抬眼，與對方照了個面，然後若無其事地繼續在樹叢中左彎右拐。在重新回到熾熱的沙土以前，你找了個比較蔭涼的所在，倚著橫生的枝桿，摘下罩耳遮頸的小帽，朝臉頰搧了搧。

剛剛在沙丘裡跋涉了半個小時，你的額頭汗水直流，把眼鏡都模糊了，挺著的小腹也濕搭搭的，乳頭上僅有的兩根毛——多貧乏的驕傲——，則在喘息中起起落落。

你一邊抓了披在肩上的毛巾，往臉上、腋下來回擦了擦，一邊低頭檢視附近的棄置物，評估此處人們進出的頻率、從事的活動，同時皺著鼻子警戒地嗅聞了兩下。

你不禁搖頭：到處都一樣！

這就是大多數人的行徑——只要是有些舒適、隱密，可以稍事歇息、坐臥的地方，不說東一個保特瓶，西一個啤酒罐，還這裡那裡披垂著衛生紙、濕巾，以及土黃半透明的套子；空氣中則溢散著尿騷味，有時甚至飄來令人作嘔的糞便惡臭。

其實不遠處就掛著一個空空的黑色垃圾袋，爲什麼這些人這麼自私，既不尊重自己，也不愛護環境，還要阻止別人使用，只爲了體會惡意的快感？好像在他們心裡，只有眼前的享受，完全沒有未來，不光是別人的，還包括他們自己的未來。

十七世紀的法國道德主義者La Bruyère，對incivilité（缺乏公德心，不禮貌、不文明的言行），有個精闢的評論：incivilité並非靈魂的惡習，而是多種惡習的結果，包括虛榮、對個人義務的無知、懶惰、愚昧、心不在焉、鄙視他人，以及嫉妒等。

前人的觀察，三百五十年後，似乎仍可拿來解釋今人的行爲。

你所在的位置，離保護區的入口很近，鐵籬的另一邊是有湖的高爾夫球場，在你背後的密林再過去，則是沙漠之舟的登船港。沒時間又四體不勤的旅客，可以坐在駱駝脊背兩側的籃子裡，隨著一條類商隊，在前後兩位導遊的帶領和壓鎮下，緩緩走出迂迴的谷地。

在這條參觀路線上，偶爾會有肉色的野人穿過，激起了遊人小小的騷動，然後在顛簸一陣子之後，一幅豔陽、青天、碧海、黃沙的遼闊景象，便映入眼簾，引來人們熱烈的擊掌、歡呼。

聽到枝枒折斷聲，你勒住遠飄的思緒，回到當下。

果然如你猜測，剛剛你根本沒來得及看清臉容的人，在若隱若現的樹叢中慢慢前進、停步，還似有若無地自我按捏。

等到終於確定你有勾頭偸瞄之後，他才直直走向你，自信而坦誠地把寶貝掏出來，往你的手心塞。

哇！粗、長、圓、直，不僅形狀美麗，不嚇人、不扭曲翻翹，比例也恰到好處；上頭的毛髮，則裁剪妥貼，既不是不修邊幅的野性，也不是全部刨光的突兀；底下囊套裡的睪丸，不大不小，左右對襯，掂捧起來柔軟但具分量——樣樣都是一流，根本就是尤物。

你該覺得被奉承的，但你在驚豔之餘，除了禮貌性地捉握、度量、微搓，還不能表現得太愛不釋手，卻不知能跟這人做什麼？

你品評他堅實有力的手臂和大小腿，嗅聞他不過分濃郁的體味，輕輕撫觸他布滿毛髮的胸膛，內心卻在找尋逃逸的藉口。

他終於捏了捏你的乳頭，但動作粗魯了些，讓你覺得有點痛；另一手則急躁地壓了壓你的頸項，示意你屈身含吸。

於是，你抓住這個時間點，笑笑地搖頭，拍了下他的腰，起身離去，留下他詫異地立在那裡。

但他拿不準，你是眞的離去，還是想找個更隱密的地方，與他進行更深入的交媾？便猶疑地尾隨你一小段路，最後敗興地目送你走出樹叢，踏上滾燙的沙土。

曾經你這樣傷了，或者說激怒了一個人，迫使他追上來質問，爲什麼這樣捉弄他？好像把他點燃了

（allumé），卻在他興奮得不行時，莫名其妙跑開了，讓他一臉錯愕。

那是在威尼斯附近的三溫暖，一個可能向來無往不利的帥哥，竟被你這個醜醜又賣乖的亞洲人如此踐踏，哪吞得下這口氣！

其實你滿喜歡他的，但沒喜歡到願意破例舔他、被他進入；他知道你喜歡他，因爲從你的撫摸方式即可窺見一斑，可是爲什麼乾材烈火才進行一半，就逃之夭夭了呢？是不是他哪裡有問題，或者做錯了什麼？太多的疑惑，又沒有解釋，眞性情的他，覺得是可忍孰不可忍，便奔出房間，在走道盡頭堵住你，跟你討個說法。

儘管語言不通，講不清楚，你還是聽懂了他的抗議，而感到很對不起。你這才提醒自己，以後喜好的表達要收斂，否則戛然而止，不但吊人胃口，還是對人的不尊重。

要記得陰莖不是一根冷冷的godemichet（假陽具、塑膠陰莖），後面還有一顆心、一個靈魂。

◆

當歐洲的天氣變得陰冷、沮喪，令人無法忍受時，你和M便來這裡渡假，眞正的渡假。

足足兩個禮拜，你們住在有廚房的公寓裡，沒有任何參觀活動，只有海邊與沙丘的步行，即興做筆記，看小說，用皮帶繞著樹幹做拉伸運動，游泳，中午吃早上出門前準備好的三明治，喝很多茶、水，渴求很多很多很多的性。

白天，你和M輪流看守陣營，各自在沙丘叢林探險；夜晚，你嘗試當地的新食材、做飯、洗碗，兩人早早就寢。

這裡是個小島，形狀如加油站的貝殼，爲îles Canaries（加納利群島）的一員，位在摩洛哥左側的北大西洋裡，是西班牙屬地。

島的南端有沙丘橫陳，而且僅這個島，像得天獨厚，也可以說遭到天譴，幾乎是聖經裡位居死海南部，因住民背信、敗德而被毀滅的Sodome與Gomorrhe城。

這些沙丘，一壟一壟，聽說沙質與沙哈拉沙漠的相同，是在多少萬年前，被颶風襲捲而來，囚困於此？或晚至十九世紀，才被海嘯運送到這邊？衆說紛紜。

這島，島名叫Grande Canarie（大加納利島），學過拉丁文的M說，可能源自「犬」，而且還是「大犬」，但並沒見到什麼具特色的狗。

在祕魯就有一種狗，除了頭上有一撮毛以外，皮色灰黑，像人一樣幾乎無毛，乍看還以爲有皮膚病，不然毛怎麼會掉光光？

可是在大加納利島保護區看板下方，確實有條狗的圖案，長得像比特犬（*Pit Bull*），但因遊客中心始終關閉，無法找人詢問。

沙丘在岸邊綿延，僅小幅滑動、遷移，顏色隨著陽光普照或烏雲密布，由金黃轉爲土灰。

在穹蒼之下，這些沙丘彷如因長期跋涉、漂流，以及無望的等待，而疲累、癱倒的巨人。

巨人的軀體隆起、陷落，糾纏、交疊，在汗水流淌、匯集之處，長著或密或疏的毛髮——在那兒有高壯的棕櫚矗立，有矮小的灌木蔓生，有葉子細長如絲的樹木，枝幹因缺水乾裂、發白，似死。這些植物，總是這兒那兒相聚做堆，然後在沙谷形成時寬時窄的綠洲。

巨人小睡或休憩之處，叫Maspalomas，若拆開成mas和palomas兩字，分別有「很多」和「鴿子」的意思，合起來就是「衆多鴿子聚集之地」。

這些鴿兒們，色澤淺紫帶褐，頸部有條黑環，時而群聚時而散飛，偶爾發出咕咕聲，總令你想到如蝨子般，在灌木叢鑽行的——哥兒們。

◆

去沙灘，不論旅館的位置，大約都會經過Tirajana大道。

路的中間，有長條的安全島，島上每隔一段距離種了一種樹。這樹，樹幹灰白，葉子有點像榕樹，但摸起來質地較接近塑膠，整個華蓋，貼著單一的枝幹，被滑稽地理成了骰子形，看起來很人工，但又很可愛，像哥兒們兩側推白、頂頭一撮的髮型。

令你驚訝的是，那M稱KIWI的盆栽，在這裡竟會開花。花小，色紫紅。

每天走在Tirajana大道上，就會看到這植物，總不免感慨：南橘北枳。不懂，M栽了二十幾年的小樹，爲什麼只長小小肥厚的葉子？是氣候、溫度的不同所致？還是因爲陶盆窄小淺薄，根莖受到限制，於是抑制了正常的成長？

這盆栽，在花店看到標示，法文叫arbre de jade（玉樹），多麼美麗的名字，但不知是否與「玉樹臨風」的玉樹，相同？若眞的是此樹，實在看不出風吹過時，會有怎麼瀟灑、秀美的模樣。

據說玉樹在家裡擺放的位置很重要，會影響風水。看M的盆栽發育不良，顯然是哪裡出了問題。是家裡的風水不好，還是盆栽的位置不對？

繼續往下走，大道的盡頭，就是RIU PALACE。

五星級的RIU PALACE，是城市與自然的分野，是衣冠楚楚與一絲不掛的邊界，像隻展翅的白鴿，即將飛向沙丘、飛往海洋。

哥兒們穿過鴿爪間的陰涼廊道，不由自主地打了個哆嗦，然後朝綿延的黃沙走去，走入不同的野地風情。

性急的，甚至才踏上黃沙，便將自己脫得精光，趕緊拋卻桎梏。

黃沙的另一端則是筆直的燈塔，一個矗立青空的指標，土褐色，頂梢較小，像巨人勃起的陰莖。

◆

同樣有水、有熱氣，三溫暖室內的天體，同志們早習以爲常，但四百公頃沙丘的露天天體，則給人回到原始、回到生命最初之感，彷彿重回自然的懷抱——此即這個島最大的賣點。

人們光裸，除了嚮往自由、尋求自在，也爲了展露刺青。有刺青，相反地，卻有了遮蔽與表達，或說訴求，形同著裝。

另一種盛裝的光裸，不是視覺上的，但比國王的新衣多了點氣質——如瑪麗蓮夢露般，披了件香水小夜衣（當然這件小夜衣指的不是保險套）。一旦與披小夜衣的人有了接觸，身上也招惹了這個味道，如果沒跳入海中泡一泡，就會被迫跟那人相處一整天，甩也甩不掉。

或許就因爲人類穿起了蔽體的衣服，性才變得這麼躲躲藏藏，見不得人，對人的身體也才會充滿綺想、畸想，而想偷窺。

面對赤裸，人們要不一拍卽合，當場交媾，要不視若無睹，無動於衷，重現了古早人類的野蠻狀態。

那時性交或許有季節性，那時成熟、排卵、可以受孕的女人，可能散放著發情的味道，男人尾隨化學線索而來，昂揚展示體格，彼此威嚇、互相鬥毆，企圖證明具有最好的基因——一切只是生物本能，唯有戰勝者才有權性交，擁有一堆供自己獨享的後宮佳麗。

是不是自從人類開始有了思想，繁衍子孫便不再是使命，男性也不願再爲爭取交配權而幹架，大自然只好以性愛的歡愉爲誘餌，讓人們因爲渴望再度獲得那種美好，甘心去爲物種的延續奮戰？

但這個歡愉是如此美好，太美好了，以至模糊了傳宗接代的目的，只耽溺於性愛。

自從性愛與生育告別之後，因愛情得之不易，得了又很容易轉成束縛，最後人們便選擇無負擔的性交，於是性、愛也分家了。

天體，揭開遮掩，將性回歸到器官，化約成快感的獲取，徹底拋開禮教、道德的箝制，讓人在光天化日之下，在公眾面前性交。

你始終放不開，雖偶爾天體，但仍有很多的顧忌與成見。

確定的是，與其和直男競爭，不如讓賢，僅跟趣味相投的同性假交配，至於延續生命，那大概只能以抽象的方式完成了。

◆著了亞當裝（être en tenue d'Adam），哥兒們遛的鳥，泰半都拔光了毛，這樣做可能是基於衛生的理由，避免在與人磨蹭時沾染了蝨子。

光溜溜的下體，有如初生嬰兒般純潔，或如尚未發育的小孩般無辜。你懷疑他們把自己以這個方式呈現、猜臆別人也會喜歡這種不成熟的樣貌，或期待人人注重社交禮儀，把雜亂卷曲的毛除掉，在潛意識裡，是不是存有戀童癖的傾向？

還是說喜歡如羽毛未豐的小鳥，重新體驗青春期的騷亂與活力，一旦長長了又去掉，一直青春下去？

很多人的陰莖根部，還如鴿頸一般箍了個屌環（*cock ring*），像戴戒指、追逐流行，或者爲的是充血後的飽脹持久，永不衰竭。

絕大多數的哥兒們，應該不知道陰莖骨的典故，但他們套屌環的策略，卻像極了一般有陰莖骨的哺乳類，可以隨時隨地交配、延長性交時間，甚至擋住他人之屌（*cockblocking*）得逞的企圖，因爲一山不容二虎，一個屁眼不太塞得下兩根陰莖——當然有人還是可以，但那是具大能者，在成人影片中的展示。

哥兒們，大部分是來自北歐的高大白人，在灌木叢中搜索、行動，下體像肥腸，或者說滑溜溜的海蔘，總隨著或急或緩的步履，左右搖擺，上下拍擊，甚至轉圈。

那兒的毛沒了，卻保留了唇邊的鬍子、下巴的濃鬚，像羅浮宮裡戴耳環的古伊朗人。他們要不禿頭，要不兩鬢染霜，就連鬍子、鬚、胸毛、恥毛，也多少已灰白。

他們如果不是大腹便便、肥滾滾，就是乾癟癟、屁股的皮膚皺巴巴，但不論如何，慾望皆未枯竭。

能、會跑到這個島上的人，年紀大概都已超過四十，經歷過人生，不再太在意世俗的眼光，或已拒絕透過別人的眼睛看自己，做想做、愛做的事，無所謂尊嚴，不再虛矯。

他們若不是來渡假，就是已退休。

渡假，不是旅行參觀、增廣見聞，那太操勞了，而是一絲不掛，沒有負擔。退休，可能在此買了房子，或者在此長住半年，天天到海邊戲水、散步，任時間在無壓力下，慢慢流過。

不論渡假或退休，哥兒們都在此過化外、軌外的日子。或者說這裡的一切，被牢牢保護在括號內，與平日的作息無關、與慣常接觸的人無關，是人生途程美麗的島嶼，不是迷失，而是找著。

哥兒們赤條條，若不是在陽光下呼呼大睡、展現寶貝，或在路邊寶貝自己，就是在叢林小徑轉繞、尋覓，賣弄貨色。

經過或擦身而過的人，若是有興趣，可以放慢步伐、回首、眼睛示意，然後開始撫摸、接吻、吭吸，星火燎原，馬上成爲衆人圍觀的中心，彷彿水滴滴下，形成一圈圈向外擴散的漣漪。

也有異性戀遊人，有男有女，好好的路不走，硬要拐入沙丘叢林，經過躺著勃起的哥兒們，或者撞見性交的進行，即*ing*（或*en train de*）的時態。

他們有的臉紅心跳，倉皇逃走，那是誤闖；有的竊笑欣賞，一一觀看，像進入動物園，那是探奇；有的則皺眉、沉臉、吐大氣，那是見證與批判。

無名無姓的哥兒們，既沒理會，也沒遮掩，繼續在屬於自己的領地，做愛做的事。

別人是鴿，頸上圈著黑環，很有分量；你自認只是一隻比麻雀還小的小黃鳥，在枝椏之間跳躍，吟唱自己的歌。

年輕時，曾被喚作「小白哥」，但那是黃中相對的白，就體型而言，與白人的鴿子相比，你確實只能算是隻小黃鳥。

◆

除了哥兒們以外，叢林常見另一種生物——蜥蜴（Gallotia stehlini）。

成蜥的體形——腰圍近二十公分，身長可能達五十公分——，像極了哥兒們的鳥兒，但不是在垂萎的狀態。

尖圓的頭，末端白白的鼻子，下巴後鼓起，帶點粉紅，像龜頭下緣；暗褐渾圓的身軀，布滿筋絡，像勃起的陰莖；求偶或宣示領地時，頭還會上下猛點，顯出昂揚的氣勢。

看到肉褐、條狀的東西進進出出，有時眞的會微微亢奮，而有上前捉牠一把的衝動。你曾目睹一條大狗便便，當粗粗的屎條慢慢吐出時，你竟硬了起來，你雖不曾試過，但這個經驗讓你明瞭人獸交的可能。

蜥蜴的聽覺不好，視覺不佳，但嗅覺卻異常敏銳。

哥兒們若席地吃東西，如水果或三明治，牠們馬上會從四面八方鑽出，毫無顧忌地往氣味、香味的源頭直奔。方向之正確，時間之精準，反應獸性的直覺、生命的直覺，臉上卻沒任何表情，眼睛也看不出慾望之光，像沒什麼頭腦，楞楞的，也一點都不斯文、不含蓄。

要很沒禮貌地驅趕，如發出聲音威嚇、朝牠們扔石頭、用枯枝敲打附近的地面等，還不太有效。有時牠們還以爲是食物從天而降，反而伸出血紅的舌頭，就要啣咬、舔拭。

有的哥兒們亦是如此，對*NO*完全不當回事，儘管你一次、兩次、三次說*NO*，仍以爲你欲擒故縱、欲迎還拒，誤認爲只是勾誘的前戲。

蜥蜴的尾巴一環一環的，不曉得遭遇緊急狀況時，會不會自己咬斷？確實有看到尾巴短圓、少掉一截的個體。

炎炎正午，爲著可能的食物，蜥蜴冒著被沙土燙傷的危險，朝味道的方向衝出。停下時，僅肚腹著地，四腳舉起，像在投降，好可愛。

有隻鑽入袋裡翻東西，被M踩住袋口。可能是走投無路，無法呼吸，身體突然變得僵直，也可能是裝死，但M的腳才一鬆開，即逃遁無蹤。

之後一整天，再沒別的蜥蜴過來打擾。M猜先前那隻，大概到處通風報信，說碰到一個瘋子，很可怕，要大家小心，別去惹毛他。你則說，可能是牠在掙扎時，釋放出一種恐懼、瀕臨死亡的氣味，大家都聞到了。既已接收到這個警訊，誰還敢靠近？

你們吃東西時，也有黑頭、白身、紅眼眶的小鳥，在等食物碎屑，但不敢靠得太近。

◆

「大教堂」是一個由好幾棵樹撐起的空間，上頭枝葉茂密，可以遮蔭，底下盤根錯節，可以倚坐、蹲跪，正適合做禮拜或祈禱。

這是M依據自己的宗教背景，以及哥兒們的行事，給此處取的名字，若喚作「麥加」，也未嘗不可，是信徒千里迢迢趕來朝聖的地方。

「大教堂」是綠洲繁忙交通的樞紐，這裡人來人往，從好幾個方向匯集，也朝好幾個方向散去，但只要有活動，而且常常有，就會大塞車，卻因此更香火鼎盛。

至於會有什麼活動？只要想想地物、姿勢與習性，即可大致猜出。

「大教堂」進出口的枝藤，在人們頻仍的抓握、擦拭下，已變得暗黑油亮。你彎腰在那兒穿梭，不時左顧右盼，因戴小帽、眼鏡，儘管有用手護著，還是常撞到頭，皮膚則被細枝刮傷。

一個矮個子，在磨肩擦踵的人群中看上你，馬上在白色的內褲裡宏偉地勃起，斜斜橫跨骨盆。

他做勢握柄彈弦，好像告訴你，他的下體是把吉他，可以演奏出多麼美妙的音樂，帶給你多大的震撼與共鳴。

◆

散步、探險久了之後，你對周邊的環境瞭如指掌，也對每個角落的生態與特色，有一定程度的認識，可以依心情、想要研究的主題，選擇到哪裡去遊蕩。

概括來說，綠洲分兩大區，一同一異。

同區隱密，鑽來鑽去，容易迷失，「大教堂」是認清方向的指標；異區，開闊如劇場，只要看到有人群集，就知道有齣好戲正在上演。

◆

以「大教堂」爲中心的綠洲外圍，有一座座沙丘。

有丘，通常是因爲有幾棵樹盤據，攔住隨風流動的沙，而根的深處，應該通抵水源。

在丘頂高處，哥兒們也如鳥兒般收集枯枝築巢，橫向編織，高約五十公分，半徑大概一點五公尺。

這些木巢，在裡面站著時，可以充當瞭望台，觀看四周的動態，也可以讓附近找尋的人看到目標；躺著，可以擋風、性交、做愛、截斷人們窺探的視線，也可以隨時間的遷移遮蔭。

所以每個巢是孤島，島與島之間是沙海。巢裡若是一個人，可以接待，若是兩個，可以輪流看守，另一個到他處狩獵，但也可以兩人合擊，引君入甕，或者將巢變成狂歡（partouze）的包廂。

這些樹，高不如喬木，頂多六公尺，轉繞橫生似灌木，卻有粗粗的主幹，葉與柏相近，可是非常稀疏。

看照片比對，好不容易才在網上查到名字，叫紅荊（Tamarix canariensis）。

紅荊的枝幹外表，似乾枯、易斷折，乍看平凡無奇，但要經過多年的觀察、質問，你才突然領悟箇中的玄奧——它的年輪可能不是同心圓。

一開始，圓弧不動的一側，僅寬約五公分，保留光滑、銀白的樣貌，剩餘的四分之三，急速增生、迸裂、開展，形成糾纏如腐麻的灰白外層，洩露紅褐蓬鬆如松皮的內裡，扭曲的主幹直徑可達三十多公分。

猛一看還以爲是新枝被老幹吞併、包含、夾殺，實際上卻是青春永駐的歷史殘餘，而最嫩、最幼齒的部分，竟老態龍鍾。

一個個圓，切著一個點，逐年增大，圓心不斷移位，這樣的生長策略，到底有什麼意義與好處呢？

此樹在春夏之交會開花，展現其詩意、柔和的一面。花小，有白，有粉紅，有淡紫，密密麻麻，成串成條，如隨風搖擺的柳枝，有一種霧霧的清新。

早晨，集結一夜的露水，順著細枝細葉流下，在地上滴出一個個小圈，彷彿剛下過毛毛雨，可以澆灌沙土。這是它在如沙漠又濱海的環境中，發展出的謀生之道。

據說摩西率以色列人出埃及時，在曠野拾撿、果腹的嗎哪（*manna*），那神奇的食物，就是吸取紅荊汁液的蚜蟲（*aphid*）於晨曦排出的蜜露，潔白如霜。

這嗎哪，濃濁滋補，就是哥兒們在荒漠的紅荊樹下，汲汲尋覓的食糧？難怪大家紛紛擠在「大教堂」，隨時準備接受聖血與聖體！

◆

沙丘中有一種奇特的種子，所有的旅客都曾與它交過手。

不！更正確地說，都曾與它交過腳。

查本島植物圖鑑，卻沒提到這個怪異的種子。

種子呈圓形，一面平坦，裡面有個圈，像鈕扣，另一面，外圍一環細針，中間有個五邊形，每個角伸出一根粗針，兩個形狀之間，也布滿了針，微微傾斜交叉。

這樣的設計，很聰明，不但可以隨風滾動，人畜經過時還可以搭便車，達到播散的目的，根本就像魔鬼氈，但手法過於激進、狠毒，給人心機很深的不良印象。

這針，堅硬如玫瑰刺，人在沙土中走過，在陷下與抽離之間，就沾上腳底，如果沒有穿鞋，就會痛得哇哇叫，馬上學乖，再也不敢打赤腳；如果鞋底不是很硬，就會一層層嵌上、增高、變重，成爲名副其實的釘鞋，只是釘子並非向下，而是朝上，彷彿踩到密密麻麻的圖釘。

不難理解，爲何在沙丘邊陲，在踱回城市的水泥或柏油路之前，只要是能坐下的蔭涼所在，都會有一堆堆敲落的鈕扣，以及一樣多的詛咒。

就你的經驗，清除鈕扣的最好方式是：取下鞋子，彼此搓打，以釘勾釘，以針拔針，發出如木屑磨擦的聲音。

這個策略，就像叫唆實力與戰術相當的兄弟敵人（frères ennemies），互相爭鬥，結果自然兩敗俱傷。

聽它們咔咔嚓嚓一齊落地，只消幾秒鐘就可以鏟掉上百個鈕扣，除了可以洩忿，還很有成就感。

但是如果沒有跳腳的刺痛，人們可能就不會注意到這些種子，而像你一般研究其構造與居心了；如果沒有這樣的生存對策，就無法四處蔓生、擴張，或許沙也早就被風吹走了。

這些鈕扣，幾乎無所不在，太具侵略性了，簡直就像病毒，連樣子都像。

不可思議的是，儘管被刺到的機率這麼高，你卻始終不知鈕扣生自何植物。你和M雖來此多次，而且季節不同，仍不曾目睹其生根、長葉、開花、結果，乃至種子落地的過程，眞的好神祕。

不過，並非所有的植物都這麼壞。

例如，在同志穿行的腹地，就有一種葉子翠綠的植物，開黃花，小小成團，雖沒什麼香味，但溫和，不具攻擊性。

◆

這兒，由於島民陳情，認爲露天裸奔、濫交，妨礙風化，曾有警察出面取締。但這個措施，造成來人遽減，引起觀光業者嚴重抗議——因爲遊客，特別是同志，是島民的衣食父母、是一切經濟的來源。

幾經討論、折衝，最後的權宜之計是：管他赤裸、色情，就讓這些荷包滿滿的野人，在某個圈定範圍內，做愛做的事；爲了保護環境，則在哥兒們群聚的綠洲，這裡那裡，在紅荊的細枝上，置掛黑色的垃圾袋，並定期派人過去收拾。

所謂圈定範圍，就是設木樁——卻幾乎不拉繩索——、劃定自然保護區，禁止遊人入內。但哥兒們才不管呢！他們仍在界線上穿進穿出，對告示視若無睹，有如動物之於人類的招牌，因爲若循規蹈矩，只能走往平坦、單調、毫無情趣的海邊。

至於環境保護，撇開道德禮俗的爭議不說，成效並不盡如人意，仍免不了遍地髒亂。對於慕名而來的旅客，政府部門尚未做好宣導、教育的工作。這個課題，還在考驗大家的智慧。

你認爲應該先來個大清掃，徹底除去陳年髒汙，否則垃圾會招引垃圾，就像一個破窗會變成一牆破窗一樣，越來越糟，永遠不得翻身；然後再由熱衷天體狩獵且具環保意識的人，以親身經歷來構思、設計，才能既切合需要，又能維護此地的特殊景觀。

儘管遊人與住民的習慣令人嘆息，來此多次，且久待，你還是瞥見了一絲希望。

那是一位老人勤苦的示範，可謂愚公移山。雖然面對垃圾的日日拋擲、堆累，他的抗拒姿勢有如螳臂當車，但還是叫你感動。

他總是人未到聲先到——是那種金屬的哐當，以及塑膠的碎裂擠壓——，初聽很不舒服，知其所以後，反倒覺得親切。幾天若沒音訊，你就會對他翹首盼望。

他像個怪人，或者有點瘋，在烈日下，頭戴小帽，露著焦黑的屁股，靠著兩根健行杖，在沙丘之間苦行。只要看到一些保特瓶、啤酒罐，即以手杖憤恨穿刺，然後艱辛地提著串燒，逛遍地角天涯。

你碰到他時，都會面帶微笑，與他「Hola」一下。

Hola是你極少數認識的西班牙文單字，意思是「你好」。對你而言，除了是打招呼，也是致敬。

◆

當野人，只能在白天，夜晚就得乖乖回到文明的懷抱。

畢竟，日落之後，在綠洲叢林，還是有寒意的，已不太適合與人肝膽相照、屌兒瑯璫。另外則是基於安全的理由，因爲當夜幕降臨，正是惡獸出沒的時候，若要繼續在沙丘逗留，後果自負。

所謂惡獸，其實是當地的一群青少年——眞正在地的哥兒們（Maspalomasiens）——，血氣方剛，專門選在天色昏暗時，圍攻落單的同志，輕則肢體毆打，重則強暴侮辱，以其人之道還治其身，以他們鄙夷的方式獲得快感。

也不知他們在恨什麼？樂趣在哪？是因爲同志的行爲有損男性形象，而他們是這個形象的維護者、代言人，必須給同志一些教訓？或者他們不願坦承，其實在看到這些濫交時，他們也蠢蠢欲動（是啊！誰有柳下惠的定力，能夠坐懷不亂呢？），但因怕被引誘、被帶壞，所以必須以暴力洩忿與洩慾？還是，那是一種以負面情緒表達的bicuriosité（雙性戀好奇，即表面上是異性戀，但暗地裡對同性情感和性交，有著綺想與好奇）？

不過，確實有人在綠洲的邊陲、離城市不遠的隱密處，搭起簡陋的棚子，長住久居。白天，不見人影，可能是到城市打工或乞討去了，僅留下一些器皿、水桶、老舊的衣物；夜晚，待遊人散盡，才回到荒野。生活動線，恰好與哥兒們相反。

只是，二者皆是邊緣人。城市的邊緣，心靈的邊緣。

◆

鄰居戴著反著藍光的太陽眼鏡，像蒼蠅。

兩人都大鬍子，皆不胖，搭藍色的帳篷，入內前還得用毛刷把腳上的細沙刷掉，猜是德國人，才會這麼龜毛。

他們同你和M一般，也備有折椅，可以坐在上面看書、翻雜誌、滑手機。

有天，來了個年輕男子，二十來歲，高瘦、白晰，與他們用英文交談，但講話聲音之大，讓你一直分心，小說的同一個句子讀了好幾遍，還不知所云。

突然一片靜寂，本以爲饒舌的人終於走開了，卻是被邀入篷中。

因帳篷就在小廣場邊，人來人往，大概怕太顯眼，也怕太熱，僅拉起蚊帳。經過的人，看到裡面忙碌的行動，沒興趣的繼續往前走，有興趣的，就停下觀看，還一邊自搓。

一個自搓的人，長得還不壞，下體又巨大，一下子便被迎入裡面，加入他們的三人行。鄰居還叮嚀他把背包收好，擱在帳篷邊，怕在翻雲覆雨之際被人偷了。

顯然鄰居在叢林裡，有看到張掛的小偷照片，有兩、三個人，應是受害者拍的，底下幾行英文字，提醒並建議哥兒們：將貴重物品置入背包，在鋪毛巾的地方躺下睡覺時，要以背包爲枕，若離開去他處晃盪，則要把背包揹著。

但傍晚的陽光仍太熱，幾個翻覆之後，鄰居只得把蚊帳拉開。然後就看到四個人，你來我往，每個人同時有兩、三個動作，這樣可以有多少不同的排列組合啊！

他們互相交換唾液，搓動，品嚐小鳥的滋味，啃咬乳頭，以舌頭掃蕩屁眼，插入，或者染指，好像儘可能多樣、儘量延長這些美好的感覺。

終於，傳來年輕人的哼哼唧唧，以及最後的哀嚎，聽得眞令人心神不寧、坐立不安。

但，從頭到尾，個子較矮的鄰居，都沒拉下泳褲，高個子的則褪到膝蓋，兩人都沒完全放開。

鄰居平日冷漠、衣冠楚楚，但在性慾對象的面前，完全是另外一回事。他們似失去了嗅覺，對種種體液重疊混合的味道，完全無感；或者有感，但不介意；或者根本就是臭味相投，這些正是他們追求的——你卻看得很恐怖。

本以爲鄰居第二天會因前一天的行徑不好意思，而換地紮營，沒有，他們似完全不在乎，或者假裝沒那麼一回事。

原來帳篷是他們的妓院，是個招待所，由他們免費服務，因爲就算倒貼，能被接受，已是一種尊榮。

此日的戲碼是：高個、矮個相鄰而坐，像兩部停著被加油的車。車不動，有如巴黎東西兩大森林中泊著接客的廂型車。如果運氣好，油管更換頻繁，不好，則可能必須拔營，到更肥沃的土地放牧。

這些景象，看多了，你便見怪不怪了。

◆

你正站在蔭涼處的橫幹上，翹首往叢林深處探看，不知附近是不是有什麼活動正在進行？

突然，背後傳來一個聲音：「對不起！」講的是英文。

竟是一個小男生，二十出頭，長得很可愛，像東西混血兒，頸上刺了個「福」字，而且全身光裸，毛也刮掉了，下體不大不小，恰到好處。

他的膚色暗褐，揹了個黑色背包，腳上套了雙黑球鞋、黑襪子，對自己的裸身，似乎頗坦然，不像第一次。

他靦腆地問：「請問異性戀區在哪裡？怎麼走？我的朋友跟我約好在那邊碰面。」

「是另一個方向，不是這裡。」並伸手比給他看。

「可是前面一個人告訴我是這裡。」

「不是，大概還要走二十分鐘才到。」

「這裡是同性戀區嗎？」

「是。」小子，你以爲你是在跟同性戀，還是跟異性戀講話？

小男生道謝後，便走開了，但卻更往同性戀區鑽。

你追上前去，告訴他：「我們的背後是RIU PALACE，要爬上高一點的沙丘，看準燈塔的位置，再直直朝那個方向走。」

小男生半信半疑地遠去，你才想到自己眞沒急智，呆呆的讓到手的鮮肉溜掉。要是能像搭帳篷的鄰居這麼能言善道，那就好了。

譬如：年輕人，你知道你脖子上那個漢字的意思嗎？同時用手輕摸那裡。

或者：小帥哥，我很喜歡你，你是我的型。只要撥出一點時間，兩分鐘就好，保證給你帶來一個全新的體驗。彎身蹲下。

◆

逆光，兔子的耳朵在夕陽下呈褐紅色，在樹叢的陰影中，一跳一跳地尾隨黑羽黃喙的鳥兒前進。牠們像兩個好朋友互相追逐，一會兒靠近，一會兒轉彎閃避，快樂無比。

前面陽光下裸曬的人們，聽到你靠近、停下的腳步聲，覺得奇怪，撐起身子轉頭回看，以爲你在後方樹叢中，一邊偷窺一邊自慰。見是一個亞洲人呆呆杵在那裡，不知道在看什麼，沒興趣，又懶懶睡去。

◆

晚上，在一個商場的廁所裡，你正在小解，忽然進來一個人，右肩兩指勾了個袋子。

這人，之前你在經過一家速食店時，眼睛如雷達掃來掃去，就注意到了，沒想到竟不約而同趕來這裡。

他把袋子擱在洗手槽上，打開，一邊從裡面取出乾淨的衣物，一邊對著鏡子顧盼自憐。半晌，才把身上的衣服，一件一件褪去——有領運動衫、深藍短褲，以及內——褲——！

他沒急急換上乾淨的衣裳，竟對著鏡子側身，檢查臀部的線條是否完美、腰部有沒有多餘的肥肉、手臂下方是否鬆弛。

你要過去洗手時，從鏡子內外慢慢欣賞他的模樣，暗暗感謝他的大方（généreux）；若是尿尿的直男，爲了避開尷尬，大概會省掉這個步序，卽刻逃出廁所吧！或者因爲擁有一顆玻璃心，感到被侵犯，而放聲怒斥，甚至出手教訓這個敗德的暴露狂？

迎接你熠熠閃耀的目光，他除了搖擺身軀，對你展現沉重飽滿的下體，還掰開屁股縫，讓你讚歎那蓊鬱神祕的所在。

可能是對不同人種的好奇，他以眼睛示意，也要你把褲子拉下，讓他一飽眼福。

你毫不遲疑，遵命行事。

之後他手指畫圈，應是想看你的後面。你轉身前傾，他馬上湊近鼻子，嘖嘖做聲，還猛點頭用英文說不壞不壞。

突然，外面走廊傳來講話聲，你們馬上彈開，各自整肅儀容去了。

幾天後，在沙丘上碰著他。

可惜，見光死。

不論行爲或體態，他頓時變得平凡無比，與其他人無異，情趣盡失。

◆

海邊同性天體區，有賣飲料的方形亭子，擴音器放著流行歌曲，一群哥兒們在吧檯邊或站或坐，喝啤酒、談笑，像在過節，一片喜氣。

幾排海灘傘下，靠內側的出租躺椅上，三個禿頭巨男交疊，胖得完全看不到還有下體，只見垂墜的肥肉，不停震顫、移位，彷彿三個重量級選手在相撲，或者糕餅師傅手下搓揉、流動的麵團。

再往後一點，陡峭的沙丘邊緣，除了有黑色的細沙，還有一灘灘深色的水漬——那是哥兒們在那裡背海解放的殘留。

所以海風徐徐的豔陽下，總可以聞到陣陣尿騷，像葡萄牙南部開藍花的樹散逸的味道。可是不知爲什麼，這股騷味，進入鼻孔，直抵陰莖，令你感到微微興奮。

◆

受苦的人們啊！在熱得連影子都還沒落到地上卽已蒸發的正午，只有赤條條、光溜溜的哥兒們，仍在黃沙灼燙、令人目盲的反射中跋涉、尋覓，卻不爲了解渴。

他們這樣奔走，沒有選擇，無從逃躲，既是自救，也是救人，非把綠洲裡熊熊燃燒的慾火澆熄不可。

可是野火一旦撲滅，第二天又會再起，如同日日推石上山、夜夜滾落，一直循環重覆，沒完沒了——像詛咒，也像宿命。

沒想到慾火與文學，竟有這種共通點。

你在綠洲如此走晃，突然思及：四百公頃的沙丘，是拉雪茲神父墓園的十倍。原本這只是面積的比較，卻讓你在酷熱中，頓時毛骨悚然——因爲你彷彿見到一具具身軀，在烈火煉獄中徘徊，不論怎麼掙扎，都逃不出去。

更糟的是，你也是其中的一員。

墓園的殭屍（*zombies*），衣衫襤褸，關節僵硬，渴求生人的氣血；沙丘的行屍走肉（mort-vivant，活死人，死活人），一絲不掛，蹲跪自如，尋索的則是同伴的體液。

哥兒們的行徑，乍看像在天堂享樂，眞正處境卻與殭屍無異，那不過是無間地獄於現世的幻影，唯有透過第三隻眼，才能看穿。

儘管偶有這個覺悟，面對誘惑，你仍不免沉淪。

◆

看到一個人，在樹蔭下辦展覽。

他的玩意兒，粗得像你的腿脖子，幾乎讓人以爲是可以切成薄片、味道鹹濕的漢姆，眞是奇觀。

此時，他若自詡下體粗長如象鼻，你一點也不覺得誇張。

但他的驕傲，應只是虛有其表，能不能硬起來還是個問題。而且，別人既含不入口中，也進不了別人體內，根本不實用。

但是法文有一種說法：Plus c'est gros, plus ça passe. 直譯是：越是粗大，越容易通過。實際上是在講：謊言越是粗糙、越是破綻百出，人們反而越容易相信，因爲大家都認爲說謊的人不可能那麼笨。

不遠處有另個展示，特色完全不同。

此人的陰囊圓大如哈密瓜，還像果凍一般震顫，並隨呼吸縮放，睪丸形蹤不明，陰莖則退位成豬尾巴。聽M說那是打了針才變這樣的，不曉得他的性交模式爲何？怎樣才能得到快感？是不是喜歡讓人像皮球一樣拍打？變形，是性幻想的具體實踐嗎？

你像闖入Musée de l'horreur（恐怖博物館），被嚇了一跳，因衝擊太大了，只得慌忙逃走，哪裡還想到該對諸事諸物抱持好奇心！

你叮囑自己，下次若再碰到他們，要上前近觀、觸摸、戲弄，並聊聊，像採訪，否則對他們的認知太膚淺，充滿了成見，也沒爲他們對性世界的豐富多元所做的努力，予以適度的肯定。

不過，後者確實讓你想到前一陣子在網上看到的花邊：法國某城市，有一對男子，深夜在仍有乘客上下的纜車站旁，瀟灑地性交。前面那個逆來順受，褲子掉在腳邊，後面那個則脫得精光，正盡情地在那裡捅抽。

有輛車經過，裡面的人一邊用手機攝影，一邊大罵：「你們以爲是在哪裡啊？妓院嗎？」

插的人轉頭回看，不小心掉了出來，又踮起腳尖塞進去，繼續用陰囊狂烈拍擊前面的屁股，還不屑地嗆道：「Je m'en bats les couilles !（你管我，我才不在乎呢！）」

哇！眞是經典！神智混沌的當事人，知道自己在說雙關語嗎？bats是動詞battre「拍打」的第一人稱單數，couilles是「睪丸」複數。亦即，就算拍打蛋蛋會痛都無所謂。可是實際上，除了龜頭的反覆磨擦，就是因爲睪丸這樣有韻律地拍打，興奮的感覺才得以逐步升高。這一切關這些casse-couilles（搗蛋鬼，找麻煩的人）什麼事啊！是嫉妒嗎？幹嘛在那裡砸（casser）人睪丸？砸和拍，還是有輕重之分的。

「Je m'en bats les couilles !」，據說這句俚語的起源是：從前從前，某人因參加會議早到，等待時無聊，便把兩顆睪丸像鐘擺一樣在左右手間把玩，並捲繞屁眼周邊的毛，最後還放了個屁。

此描述與這對男男正在做的事，主要的交集是：睪丸很有節奏地晃動。但前者是一個人在打發時間，後者則是兩個人在尋找高潮，樣子既痛苦又爽快。

難怪，人們也稱睪丸——Les valseuses（亦是一部法國片片名），彷彿一對正在跳華爾滋的舞者，身體隨著音樂擺盪、轉繞。

◆

小男生，喝紅酒，小瓶的，像取自旅館小冰箱。

他這樣啜飲，可能是爲了鬆動自我審查的機制、解除壓抑，壯膽。

幾天在豔陽下暴曬，他的眉毛早已變得淺黃，身體則通紅如蝦。

他三七步，有些無聊地站在路中央自我撩撥、擺拍，像在玩玩具，或轉動筆桿。因與每個人都維持一個距離，又面無表情，可以說意向不明、目標不夠清晰，自然沒有收穫。

坦白說，你覺得他很可愛，但他並沒把你放在眼裡。

◆

你在叢林邊際，被一個蹲著的人吸。

是在他拒絕了好幾個人之後，你才意識到：會不會在等我？

你不抱期望地把下體靠過去，他馬上欣喜若狂、張口含舔，手還興奮地顫抖。

他在停下來喘息時，不忘讚美你的陰莖很美。

其實，之前在很多哥兒們聚集的地方，你就已經注意到他了。

他雖蹲著，但都沒有參與，臉上文風不動，你完全看不懂他的偏好爲何？企望的對象又是什麼類型？

結果，竟然是對你感興趣！

是他不擅表達、害羞，還是你太遲鈍了？

◆

美國人大衛，在日本大學教了一輩子英文。

他說性交是一件重要的事，爲了能亢奮一整天，絕不可輕易洩精，要懂得煞車，及時忍住，這樣才能嚐遍天下男子；你則認爲，如果受到刺激不發洩，就會變成束縛，整天被慾望操縱，什麼也不能做。

就是因爲重要，哥兒們才會在叢林轉繞，川流不息；可是只要不挑三撿四，不貪得無厭，一旦把三緊——緊綳、緊張、緊急——釋放掉了，一切就海闊天空。

說來簡單，你做得到嗎？

◆

在路邊，一個小個子含你，但沒含兩下，都還沒全硬，就躁急地要你插。

鋁鉑包撕了半天撕不開，只好用咬的。好不容易取出後，還得自搓好一會兒，才勉強戴上。

你掰開他尚未被他人潤濕、操練的屁股，卻塞不進去，一緊張便軟掉了。

一個無能，一個缺乏吸引力，兩人只好尷尬地說拜拜。

◆

金髮、藍眼、粉紅皮膚、無體毛、去陰毛的歐蘭朵，在沙地上翻筋斗。

他翻了好幾圈，落地時竟能穩穩站定，還彎膝攤手歪頭致意。

他的出現，有如天使降臨。

看到他這麼年輕、純潔，神魂彷彿就被他牽引、提昇，而不由得產生一種想保護他的溫情，讓他免於被這個世界汙染。

他的左胸，有個鎖孔刺青，細長的鑰匙——那把愛情之鑰——，則藏在右後方肋骨下，彷彿取下了，就可以生出男人，成爲他的伴侶，打開他的心扉。

他剛從米蘭飛來，僅待三天。

人生地不熟，便由M帶他到「大教堂」附近轉繞，認識一下那裡的環境與生態。

不久之後見他回來，你問：「怎麼只你一個？M把你丟下，自己跑去找樂子了嗎？」

「不是，不是，……是我看到一個巨無霸，就蹲下舔他，M就禮貌地迴避了。」

「咦！你的大腿上沾到什麼？還是刺青，銀色的？怎麼一閃一閃的？」像鼻涕蟲（蛞蝓）爬過。

「啊！」他低頭一看，馬上兩手遮嘴，尷尬地笑了：「……是那個人的精液，一大灘，噴得我一身都是。

我以爲都清乾淨了，沒想到這裡還有。」忙用手指摳掉乾涸的痕跡。

原來他剛幫那人的獨眼小巨人擤鼻涕！顯然小巨人得了重感冒，才會弄得到處都是！

的確，在這個充滿誘惑的叢林，就連天使也墮落；而惡魔，則是最美的天使？

是這樣嗎？

◆

傍晚，急，行色匆匆。

仍沒解決，像失了心，或神魂被某種黑暗勢力牽引，你一直繞著「大教堂」轉圈，把回營的時間往後推了又推。

此刻你已不挑剔，只要趕快得到噴洩，什麼人都可以，不然一天好似無法終結，就會覺得極爲挫敗。

可是天色漸黑，哥兒們也開始離去，想要濫竽充數都難。

你不死心，仍來來回回，眼巴巴地左顧右盼，四處找尋。

猛低頭，在夕照下，你赫然發現地上全是自己的鞋印，兩個方向都有，雜遝、焦躁。

眞是可憐蟲！

你突然很想哭，不懂自己怎麼會被慾望操控至此？

於是，你狠心斷念，隨便找個地方自瀆，但偏硬不太起來，洩又洩得很沒勁，內心感到悲哀無比。

◆

有個區域，長條如帶，堅硬、平坦，總這兒那兒現出白漬。

踩在結塊、龜裂的沙地上，每一個腳步都像在征服新大陸。

那踩得粉碎的聲音，是結晶鹽與沙被輾壓的吶喊，像極了踩在爛泥般的雪地上，很有成就感。

而且每個破壞的一步，都能明確地反彈，推向前方。相較於黃沙的步步陷落、原地踏步，拐上這條長帶，等於駛上了「高速公路」。

這條結實的長帶，是被沙土覆蓋、被烈日蒸乾的沼澤或鹹水湖嗎？與幾百公尺遠的海平面，到底誰高誰低？過去，漲潮時，海水是否曾淹到這裡？

◆

選定紮營的地方，並徹頭徹尾清理乾淨之後，每天早上八點剛過，在吃了兩片塗滿人造牛油的土司、喝完一大杯即溶咖啡後，趁日照還算溫和，M便前往綠洲占位子，留下你在公寓，摸東摸西。

此時已是巴黎的九點，你先上網追蹤股市（la Bourse）起落，依開盤走勢，微調當日的買賣設定。

和M兩人的帳戶由你管以後，幾年下來，可用額與投資值合計，已是當初挹注的兩到三倍。儘管股市每天高高低低、賠賠賺賺，平均起來，兩人每月皆有約一千到一千五百歐的收益。

M是說，因爲你有工程師的背景，個性又沉穩，不易隨媒體及人心波動，所以比他適合玩股票。

bourse原是裝零錢的小圓袋，延伸爲獎學金，後面若加s成複數，指的卻是陰囊，彷彿睪丸如金，由兩個小圓袋妥善裝好。

睪丸確實如金，因爲bijoux de famille，家庭的珠寶，或「傳家寶」，指的就是testicules，那virilité（男子生殖力、男子氣概）的象徵，與中文的「命根子」有異曲同工之妙。

M靠按摩賺錢，搖擺撞擊的是他的bourses，收入則納入bourse，或轉入la Bourse——b大寫就變成股市——買股票。在此渡假，有時他還被徵召，一個半小時的服務，已足以支付一晚的旅館費。

處理完俗氣的財務，你便與母親或通話或視訊十幾二十分鐘——每天必有的害怕與折磨，卻不能跳過、逃過。

因天天交談，已沒什麼新的話資，主要就是確定兩老平安健康，不缺錢用，但常常——太常了！——聽到媽說，爸又爲了雞毛蒜皮的小事，與她激烈爭吵，兩人甚至大打出手。

多見笑！都幾歲了，還這麼不知足、惜福？

他們從年輕吵到現在，吵過了一甲子，兒子只剩一個，孫輩都不親，根本沒人願意跟他們住一起，卻還沒覺悟，不肯休兵，好像不這樣互相傷害，太無聊，日子會很難過似的。

一早就被這樣賞了幾個耳光、揍了幾拳，你能毫髮無傷嗎？但媽由於病痛，急著抒發，已失去同理心，不曉得正爲你一天的心情，定調。

所幸，你很早就學會切割，知道怎樣轉換思緒，把不快拋一邊。你想，他們有他們的恩怨，你有你的人生，你要儘量避免受到影響。

但有時狀況嚴重，黑壓壓的雲層，便在你的心頭盤踞，數日不散。在這個當口，淫蕩的書寫，就顯得分外奢侈而珍貴。你不顧自己的出身、不管配不配，硬要像一朵在狹縫、淺土中，奮力綻放的野花，與溫室的玫瑰互別苗頭。感謝擁有文字的這把利器，你苦中作樂，非但沒被愁煩淹滅，還能自救、自慰，找著了平靜與平衡。

掛了電話，你就去上大號——這可是一種享受。

因爲上畢，以衛生紙揩拭後，你就可以將臀部移至bidet（洗屁台）——這個設備，在法國少見。bidet形似馬桶，但沒蓋子，靠牆端有個水龍頭，可以坐在上面，任水手潑撫。

你極喜歡這個裝置，不但不用站在蓮蓬頭下，把全身淋濕，只爲了清潔肛門，而且在水柱的射擊、刺激、逃躲下，還有一種爲別人設想的體貼。

等到你可以出門時，大約十點多些，太陽已變得惡毒，就得先在臉上擦好防曬油，否則僅短短步行半個小時，面頰就會紅痛。

◆

才不到十一點，更精確地說，才十點四十五分，在營地附近，遠遠就看到紅褐色、重疊的人影——兩個人融在一起，前跪後站。

可能是聽到「高速公路」上急促的腳步聲，怕被打擾，或者剛好站著的人解決了，跪者立起，兩人倏的分開。

你不想改變方向、閃避，仍直直朝那兒走去。

見跪者尚未遠離，你便站定，拋下肩上的海灘傘，掏出自己，好整以暇地灑泡尿，並誇張地甩掉殘漬，然後任其擱在手中透氣，不急著收起。

你心想：這就是avoir la bite à l'air，即陰莖暴露在褲子外，被空氣包圍，處在平靜狀態。

等待，儘管機會渺茫。

不久，對方回過頭來，逶迤靠近，還自捏乳頭，上面有*piercing*，身上都是黑毛，鬍鬚粗黑濃密。

他單膝跪下，接過你手中的尿管，開始替你清潔，你很快就有了反應。

此時，你變成avoir la bite en l'air，因爲你的陰莖已經勃起，挺在空中，甚至攪亂了氣流，一副蓄勢待發的樣子。

畢竟，三十歲方開始學法文，沒在這個語言中成長，很多用詞——特別是與性有關的用詞——你都只知道個大概，講得並不精準。前一天M才跟你解釋說，僅僅à與en兩個介系詞的差異，外觀上就會呈現完全不同的風貌。所以你趕快依情境，將所學取出應用，賣弄一下。

如你一樣，男子穿著短短的海灘褲，但沒取出自搓。

他的技術不錯，在不到五分鐘的來回之後，就讓你發出粗重的鼻息。他知道意思，繼續使勁含弄，直到你顫慄尖叫，想拔出，卻被阻止，而不得不崩潰地噴在他口中。

他滿意地看著你被打敗的樣子，將白濁的汁液唾在平坦的沙地上，然後起身，拍拍膝蓋，離去。

你取出紙巾，在尾端沾擦，並包著下體避免殘餘黏液流出，然後從腳踝拉起內褲、短褲，拾起海灘傘，朝M的方向走去。

不到兩分鐘就到了，M剛剛有聽到你的尖叫嗎？

一天以這個方式開始，然後快速結束，是不是可以換來一整天的寧靜，不再毛毛躁躁搜索、奔走，被慾望、被陰莖牽制？

結果，元氣大傷。

疲倦了一整天，書看不了幾頁，就在豔陽下昏昏欲睡。

是不是沙灘上動也不動，如海豹（phoque）一般趴曬的人們，就是因爲前晚濫交狂歡（orgie），精力耗盡，才需要這樣補眠？

何況形容人百分之百、毫無疑問是同性戀，用的不就是être pédé comme un phoque嗎？

◆

第二天，有人在鄰隔的小丘上紮營，戴了太陽眼鏡。

中午你在吃三明治時，老覺得對方在勾頭張望，面色欣喜，像不期然遇見熟識。

M游泳回來，換你出去散步，你便繞道過去一探究竟，才知道原來是前一天吸你那個。

你攀上小丘，他馬上迎上前來，把你舔得好舒服。然後他取出poppers，吸了兩下，再用粗硬的鬍渣刺你的陰囊，還將你的睪丸含得滑溜躲竄。

就在他忘情閉目吸舔時，你想升級，突的轉身，把屁眼對準他的鼻尖。

結果判斷錯誤，被推開了——他並不熱愛此道。

你只好丟臉地把陰莖調回來，深怕他突然敗興不叨了。好在，下體再度安好平順地滑入他溫熱的港灣，直到噴在裡面爲止。

你在抽出後，他仍把嘴湊過來繼續舔，舔得你哇哇叫。你抱著他的頭，身體弓彎、顫抖，快樂與痛苦都集中在這個點、都掌握在他的舌尖，再沒其他感覺與思緒。

你只能俯首稱臣，將生殺大權交給他，不再自我控制、不再掙扎，也不再求饒，全然獻出、全然放棄、全然呈現肉體與精神的懦弱。

怪不得，莒哈絲（Duras）在《廣島之戀（Hiroshima mon amour）》裡，寫出了這樣的句子：「Tu me tues. Tu me fais du bien.（直譯就是：你殺了我，你讓我爽歪歪。）」

這種達臨界點的感受，痛快交織，讓人生來死去、死去活來。人生／性歷練不夠，你想不起來，有什麼感受可以類比？或許與馬殺雞的效應有些相近，但遠遠超過。會不會被人進入，持久地捅抽，就是這種感覺？還是只有被拳交才能比擬？

◆

看到一個高大、鬍鬚整齊、下體正典的男子，在樹叢中穿梭，你突然感到有些心疼。

你在想，長得這麼俊、一表人才，沒什麼身體的缺陷，或被人訕笑的小毛病，爲什麼偏愛男人？

美麗的陽具，不是應該與陰道榫合的嗎？幹嘛走這麼艱辛的路？如一般人理所當然地結婚生子，享有一切社會福利與尊重，不是挺好的？

他成爲同性戀，到底有什麼心理成因或遭遇？但他有選擇權嗎？他能選擇嗎？

後來看他在樹叢邊吸人，自己的粗大，也被人吸，還讓人舔屁眼，好不歡快。

你又懷疑自己多慮了，只要他個人不覺得困擾就好，何必替他婉惜？

◆

M去繞一圈回來，告訴你有個人給他上了一課，讓他大開眼界——屁眼與包皮的分類。

這個人說，屁眼有二：cul nature，天然的，即上過大號，僅以衛生紙擦拭；人造的，則在擦拭過後，還要坐在bidet上，抹肥皂清洗，有潔癖的甚至將水強力注入直腸，把體內的穢物淨光，再灑上香水。

自然，這兩種屁眼，在唇舌的親舔中，滋味各異。之於喜愛此道的老饕，這應該是一個重要的細節。但對一般人而言，舔時，鼻子夾在兩片屁股之間，毛毛搔癢，呼吸困難，除了汗水，其實聞不到什麼味道，頂多微微有皮屑與汙垢的質感吧！

包皮亦分爲二：去包皮的，龜頭始終露出，平淡乏味，早因經年在衣褲的磨擦下，變得遲鈍，可以使勁抽動，不會扯到，也不易洩精；長包皮的，像香腸束縮的結、像去頭的雞脖子殘餘，慢慢展開時，有如玫瑰綻放，逸散濃重的魚腥，不但重搓會痛，只消輕輕吸幾下，就會因太刺激而噴出。愛持久的，挑選前者；口味重的，則尋覓後者。

後者的滋味，有其釀造方式，過程複雜，著實是一門學問——與陰莖在內褲裡的擺放角度，和甩殘尿的勁道、次數、有沒有用衛生紙擦拭等有關，此外還摻合了比例不一的其他體液，以及包藏、發酵的時間，像生抽的製作。

包皮prépuce，即陰莖前端（pré）那圈皮，而puceau童男、pucelle處女，pucelage童貞，dépuceler使失去童貞，這些字的組成都有puce在裡面，讓人猜疑包皮相當於處女膜，一旦開包（不論對象是男是女）、開苞了，就不再純眞。而割包皮，叫circoncire，小圓帽是calotte，褪下後叫décalotté，即露出龜頭，此時擠在龜頭下那環皺褶，稱col roulé，滾領衫，英文叫得更傳神，*turtleneck*，即龜脖子，完美地與龜頭（gland）連在一起。

可想而知，會在舔吸之前提出這些問題的人，一定極爲敏銳——不光對味道敏銳，對自己的癖好也很敏銳，不然不會這麼講究。

舔屁股的人，法文叫lèche-cul，眞的是由「舔」和「屁股」兩個字組成，衍伸的意義就是愛奉承、拍馬屁的人，或者說馬屁精，與中文相通。

不過，你傾向將lèche-cul中的cul，想成是trou du cul，即anus，屁眼，以大喻小；不然是舔哪裡？你也喜歡把lèche-cul的意義，停留在最初的白描狀態，是你情我願，而非別有用心的勉強行爲。

雖然lèche-cul這個詞，在俗語中才出現兩百多年，但絕不是新潮的動作，可能自有人類起即已存在。其實，就你稀罕的經驗，屁眼被舔、舔人屁眼的感覺，是很舒服的。被舔，有如輕風拂過，微微逃躲、開展；舔人，雖然起初有點芥蒂，但心結一旦打開，就如品嚐甘美的膏糖，慢慢潤澤、釋出。

所以，罵人馬屁精，那是因爲不會這樣疼愛人或被人疼愛，是帶點嫉妒的外人觀點。

邏輯上來說，舔屁眼，是爲了enculer對方（從字的組成即可知道意思，en是進入，cul是屁眼，er是動詞）；吸屌，則是爲了被對方進入，成爲enculé。舔和吸，都是換得隨後極樂的付出，當然也是前戲。但是有人僅固著在這個階段，不願前進，因爲習慣、因爲沒膽，始終與口腔和肛門爲伍，不以爲杵。

◆

一個個子不高的男生，沒肌肉，身體微胖，蓄著恐怖分子的大鬍子，藍色的眼睛帶著憂鬱，像迷失在某個思緒裡。

他反戴著小帽，可能在遮禿，或者爲了便利行事？你已多次看到他在人來人往之處，狂暴地插人，但他湛藍的目光，似乎只及兩臂之間前進後退的屁股，再遠就什麼都看不見了。

好幾回這位虯髯客在完事後，仍半勃起，正一甩一甩地離開時，你直直盯著他，他雖有回瞄你，但總露出一種「你來晚了」的表情，然後與你錯身而過。當然這是你的解讀，正確與否不知道，因爲你們從不曾開口交談。

這一天，你在離開M一段距離後，便卸下底褲，在叢林中轉繞。半天毫無斬獲，也因天氣太熱，便在小徑邊找了棵橫生的樹幹，靠著乘涼，同時冷卻、風乾汗濕的下體。

男生可能幹累了，必須補充能源，正一邊嚼三明治，一邊朝你的方向走來。

「Hola！」他跟你點了下頭，像在詢問可否與你共享陰影。

「嗨！」你回他一個微笑，稍稍挪出一個位置。

他站在你的旁邊，一邊吃他的午餐，一邊用英文問：「我是西班牙人，你說西班牙文嗎？」

「不，我只說英文、法文，或中文。」

「你是主動，還是被動？」

好直接！你有些不好意思地說：「……主動。」但你沒補上，被動的主動。

「我也是主動。」

「我知道。」

「眞可惜！」

「但我喜歡你的鬍子。」你撩了撩他的下巴。

他啃完最後一口三明治，不急不徐地揩揩嘴角，並把鬍鬚拍乾淨：「我則喜歡你的小香腸。」

話語剛落，出乎意料，他竟蹲了下來，開始吸你。從三明治到香腸，可以轉接得這麼順暢，你的腦際突然冒出「食色性也」四個字，色是食如此緊密的延續，都寫在人們的本性中。

你略略屈身摸索他微毛的乳頭，準備夾捏，他卻把你的手導引到他雜亂茂密的鬍子上。於是，他以唇舌切削你的煙斗，你則以細長的手指梳理、裁剪他的絡腮鬍，那男性化的象徵。

你這般描述眼下的景況，那是因爲法文裡tailler une pipe「削煙斗」，是tailler une plume「裁剪羽毛」，及

faire une pipe「做煙斗」的合體，皆是「口交」的意思。之於你，這些用語的起源再意象不過了，才會在時間中產生遷移：煙斗是凸出物，像挺起的陰莖，被嘴叨含，菸絲點燃後冒煙，在吸吐的同時，緊張得到舒解，如射精，而上面的毛髮，則同羽毛一般，要不時好好理順、裁剪。

還在想著俗、俚語微妙的形成，他在你的撥抓、自己口部的蠕動，與另一隻手反覆的搓拉下，兩粒藍珠漸漸變得混濁、翻白，看來就要進入癲癇狀態、走向極樂。

沒想到，他卻猛煞車，站了起來，並以手背抹抹嘴巴，然後捧著你的臉，輕啄了下你的唇。還好他沒將舌頭探入你的嘴裡，因爲儘管之前舔的是你的陰莖，你還是不喜歡這種攪和。

他摘下小帽，在空中揮了揮：「Chao！」在套上前，你看見他光禿禿的腦袋。

「Chao！」

你目送他離去，雖然在你的淺笑中，多少帶有一絲疑惑。是不是他也同你一般，並不太在意是否噴洩，重點是——從開始慾求對方，到得手的過程？

據說性行爲可以刺激鬍鬚的生長，有著這麼豐盛的美鬚，是因爲性交頻繁？還是因爲鬍鬚長得太具魅力了，所以左右逢源，人人都想跟他性交？

平凡如你，竟掌握住了他的關鍵字——鬍子。但你沒告白的是，你同時也喜歡個兒矮小、虛胖和禿頭的人。他滿分。

◆

看到一個高個兒，長得很帥，頭髮灰白，很有智慧的樣子，一個包包甩在肩上，步履輕盈，卻穿了條*Jockstrap*，卽下體護身，或護身三角繃帶。

喜歡穿這種露臀內褲的人，究竟偏好怎樣的性交方式，你是有所推測的。雖然表面上，穿這樣的褲子，在從事很狂暴、很男性化的劇烈運動時，有保護下體的功能，實際上是爲了讓屁股形狀豐美如桃，根本就是長在

下半身後側的圓滾乳房，而且可以任人掰開，毫無阻礙地用鼻子刨挖。

果然不出所料，他選了哥兒們進出頻繁的路口，在縱橫的老幹新枝下，鋪了毛巾，取出一罐飲料擺在一邊，然後開腿趴跪，展現屁眼。

他頻頻回首，似有些急切，但你不知他是對你，還是對旁邊的人有興趣。後來一個人上前，儘管此人的龜頭尖有環，他仍一口含了進去，還邊含邊看你，跟你使眼睛。你確定錯不了，才上前，他便吐掉有環那根，換成你的。

剛剛那環，應該就是所謂的Prince Albert環吧！叫法眞高貴！Albert王子是維多利亞女皇的丈夫，據說龜頭上配有這麼一個環（*piercing*或anneau），不知是爲了取悅自己，還是爲了滿足女皇？但這個跟下體有關的皇室機密，又是怎樣傳開來的呢？

在舔你的同時，高個兒翹臀讓那人插，但沒戴套，竟極順暢，一點都不會卡卡的。你見狀即後退一步，抽出陰莖，怕他等會兒也要你裸騎（*bareback*）。而且，在衆所矚目之下，要是你還沒塞進去就洩了，那多丟臉。幸好有個老頭彎身吸你，吸得很舒爽，轉移了你的注意力；高個兒則陸續被四、五個人插，快樂無比。

大家散去之後，不久你再回來，想人少，或許他會願意給你戴套幹，卻聊了起來。

他說他是空服員，全世界飛來飛去。去過台北，那時正值春節，還在屁股上請人用簽字筆寫了「新年快樂」四個字，並把照片從手機上滑出來給你看。

「這樣插我的人，看到了我的祝福，就會幹得更爽、更起勁！」

這與你見過的屁股刺青，左*fuck*右*me*，有相似的效果，但應景，有時限，可洗去，讓人會心一笑，沒「快來幹我」、「我是騷貨」，那麼直接、急切，而且僅是個邀請，並非命令。

你沒被這個anecdote（軼事、趣聞）帶偏，馬上單刀直入：「給人裸插不怕中獎嗎？」

「我有吃prep（*pre-exposure prophylaxis*），而且每三個月檢查一次，不會有問題的。」

「對亞洲人而言，裸插不太乾淨。」意思是可能沾到屎，但你憑什麼就代表亞洲人了？

他聽了不太高興，馬上回嗆：「不會比亞洲人隨地吐痰髒吧！」彷彿他的內裡，是隨人踩踏的土地。讓人用精液澆灌，或被白痰侮辱，二選一，他應該比較傾向前者吧！

「飲料打開還沒喝，就這麼多人上門！」他雖抱怨，但顯然對挑對了地方——最佳的戰略位置——，感到洋洋得意。

你笑了笑，但沒讚美他。

「對不起！我要先解渴，然後休息會兒，等一下還有得忙呢！」竟對你下逐客令！

你便離開了。

◆

都沒見過有靈魂（如果有，大概也不會來這裡了）、對你有意思、不太老，又長得還不壞，下體也不大不小的人，而不僅僅是——渴求無度的野獸。

這樣的要求，太高了嗎？

想天天被人疼愛、洩精，並不容易，但也不該是每日慣性的期待。不過洩了之後，確實一天就平靜多了，不再焦慮、找尋，也不會像著魔一樣，被左右、牽制，只能一圈圈不死心地轉下去。

如果能跳出一段距離來觀察自己，就會發現，只要有了慾望，就逃不開、放不下，無法自拔。

眼下的，不過是一條光裸的可憐蟲（être nu comme un ver），雖已拋開衣物的束縛，卻完全沒有自由，不能做其他更有建設性的事。

而一群悲哀的人聚在一起，儘管互相展示、慰藉，卻沒能培養出同志情誼，只像一條條孤獨的——蛔蟲（ver solitaire），各自扭動身軀。

你意識到，有一天能幻化成彩蝶的願望，那個毛蟲天經地義的願望，似乎已變得遙不可及，像漸漸褪色的夢，感到很悲哀；而不管你以什麼方式搖擺腰枝，朝（vers）哪個方向完美射出，也僅在記憶表層留下微微銀白的痕跡，像蝸牛爬過玻璃（verre），卻無法形成行行詩句（vers）。
其實有這個體悟，已經算不錯了。泰半時間，你深陷色慾的橫流，不得抽身，像一條被牽著鼻子走的臘腸狗，爲空氣中類似發情的味道，躁動、發狂，不能自己。

◆

那個在兩棵樹間綁了張吊床、有大屌的義大利人，瘦，臉色青黑，一副有病，或心理變態的樣子。你遠遠便看到他，在幾番舌頭的舔摳之後，正以如你手臂粗、血管暴跳的godemichet，服務一個年輕人。這個道具是年輕人自己帶來的，忠厚、堅硬、觸感柔軟，顯然他並不滿足於被人眞槍實彈雞姦的快慰，不願僅停留在那個原始階段。

前一天看年輕人在叢林中，玩弄半透明塑膠包著的黃瓜，粗粗長長有點彎，你還疑惑到底要用來做什麼？是清涼的午餐、暗示，還是道具？

義大利人將道具緩慢而愼重地在年輕人後面推進拉出，表情專注、嚴肅，目的在替年輕人暖身，像施洗約翰在爲耶穌基督的來臨鋪路一樣，幫他把身、心準備好，以便以最大的熱情，迎接更刻骨銘心的感受。

等到道具可以暢行無阻，義大利人便戴上手套，順利地將拳頭探入嫣紅溫熱的內部，從裡面深深撩撫對方的腸胃。

被服務者，身材高挑，戴肉色帽子——這是他身上唯一的遮蔽。他的臉上沒有痛苦的表情，喉嚨也沒發出呻吟，只靜靜地跪拜在那裡，像在做例行、不太有創意的事，很淡定；或者說他在靜坐冥思，體會當下每一個動作可能引起的顫慄，然後如人面獅身像，沉默地提問人生的意義；或者他在練習、模擬嬰兒頭顱通過陰戶那種撕裂，像個體內瑜伽，企圖以調節自己的呼吸來控制肛門的縮放，達到自我的超越？

不論哪一種，皆是不小的工程，這還得感謝義大利人伸出援手、助他一臂之力呢！

儘管兩人姿態樣貌神聖，你仍不可避免地想像那隨著手臂的屈伸，而黏附於拳頭上的體液和殘糞，以及因此流洩的氣味和響聲。

好在你們圍觀的一群，被重重樹幹、樹枝隔絕在幾公尺外，阻斷了觸覺、嗅覺、味覺的直接感知，像在看同性的三維成人電影。

是啊！熱愛此道的人，不論是施者或受者，跟你是不可能的。你這麼單純、溫柔，沒有特別的癖好，又放不開，哪是義大利人的菜！

難怪幾天前你與義大利人狹路相逢，他眼中雖對你含笑，也准許你像握手一樣握握他的巨屌，但他馬上拍拍你的臉頰，意思是：你很壞，人小鬼大，但這是限制級，兒童不宜。

其實，你對拳交並非那麼陌生，義大利種馬低估了你的歷練與邪惡。

米開朗基羅，在《最後審判（Le jugement dernier）》的右下方，據說描繪了這種屬於煉獄的酷刑——拳交。

被懲罰者，轉頭回看，面目扭絞，痛苦地咬著左手指頭，幾乎尖叫出聲，右手則企圖擋在屁股後面。

施刑者，是紅皮膚、頭上長角的惡魔，從底側將左手伸入對方的屁眼中。

這畫到底在釋放什麼訊息？

首先可以確定的是，這種性交方式，五百多年前就已存在，但不知米開朗基羅是否試過？是否熱衷此道？是不是生前喜歡肛交的人，死後，其快感之處，將成爲痛苦之源，承受更巨大、更可怕的折磨，彷彿在腸道裡生起了一把火炬？

如此的懲罰，是米開朗基羅這位虔誠的同性戀教徒，內心深處的恐懼嗎？離拳交遠些，那張臭皮囊的自畫像，顯示的不正是靈肉的掙扎與分離？

但這卻是某些人，獲取高潮的手段，借以展現筆墨難以形容的神跡——能夠以思想控制肉身、突破極限。年輕人在吞滅了拳頭的同時，是不是已在劇痛中，見證了上帝的存在？

◆

在沙丘中漫遊時，碰到一個人，眼睛直直地瞅著你，一副爲你癡狂的模樣。

看他追你追了半天，汗水淋漓，你便順了他，讓他把你含入口中。

一開始，感覺還不錯，溫熱滑潤，可是你快出來時猛抽出，卻被他的犬齒刮到了，引起了短暫的刺痛，但還是射了精。

換他自搓，你捏抓、拍擊他的陰囊，替他助興。就在他噴洩前，你發現他紫脹的龜頭上，有一些紅點，紅中帶橙，顏色假假的，像油漆。

你從沒見過陰莖充血至此，彷彿微血管就要暴裂了，或者只要輕輕一擠，就可以擠出血來，感到有些驚訝。

事後，你沾擦自己，發現紙巾上也有些微血絲，彷彿失去童貞。

你想，原來勃起到某個程度，龜頭像熟透的李子，吹彈可破，竟能滲血！

◆

沙谷中有同性戀的哥兒們，沙丘上也有哥兒們，卻是異性戀。

他們的頸上掛著望遠鏡，在廣闊的沙丘及灌木叢中尋找女人的蹤跡。

一旦鎖定位置，就呼朋引伴，一起去參加劈腿的派對。

他們不止共享女人，還間接交換彼此的口沫與體液，只是不曉得他們有沒有意識到這一點？

或許這種交換，可以比擬直男間歃血爲盟的友誼吧！如果抽掉他們之間共用的器皿，他們根本就是與異性戀的哥兒們做愛，雖無同性戀之名，卻有同性戀之實。

◆

散步時，遠遠看到沙丘上一群人或站或跪或側臥，心想到底發生了什麼事，趕快趨近一探究竟。

十數個人圍著兩條浴巾，上頭坐著一個男的，旁邊躺著一個女的，正被一個壯碩雄偉的黑人插入。

兩人性器都無毛，與《世界的源頭》及《戰爭的源頭》，都不一樣。好像有了修飾，不再天生、原始，就少了自然與神聖，源頭便不再是源頭，就不美了。

你第一次見證類似造人的場景，卻沒感動，可能是因爲動作裡沒有愛的柔情，只有性的恣縱吧！

觀眾，以及排隊的人，淸一色是男性，人人皆掐著野鴿的脖子，彷彿那是個暗號，或一張入場劵。

表演的人就在腳邊，你第一次與性交的男女這麼接近，當然也入境隨俗地掏出自慰。

你除了緊盯陰莖在女體內的搓抽，也偷瞄其他男子的反應。男人都眼睛冒火，像著魔一樣，彼此之間可以說完全沒有互動。

女的戴著眼罩，上面綴有花飾，似對性愛仍抱有幻夢，猛一看像在午休，大概是爲了避免不必要的麻煩，眼不見爲淨吧！

她用手、嘴、鼻、耳、乳房、陰道，感應內外的男人世界，沒有面孔，不論美醜，無關種族，只有形體、軟硬、味道，以及技巧的好壞。

男伴的並不大，人胖胖的，大概自知已無法滿足豐腴的女伴，所以由他選賢與能，特別是種馬，並要求他們戴妥保險套，進入她、取悅她，以她的快樂爲終極目標。

可能爲了保留美好的體驗，供假期終了回味，男伴還把這些聲色種種拍錄下來，入鏡的男人似也不介意。

你其實不敢站太近，或站太久，因爲你怕物以稀爲貴——這裡少有亞洲人——，男伴如果想讓女的嚐新、換換口味，而挑上你，那就糟了。

由於她看不見，當男人們輪番拔出之後，她不知道後續是什麼、還有什麼，雙手便笨拙地在空中尋索，看看附近是不是還有陰莖硬著、陰囊垂著，結果撲了個空，感到有些失望。

但她隨卽聳肩吐舌，好像意識到自己做錯了什麼，因爲這個動作洩露了她慾壑難平，尚未滿足，她還想要，根本就是nymphomane（花癡或慕男狂）。

你猜，在異區的演出中，圍著擦槍的男子裡，一定有同志，如你。只是，同志必須自我克制，儘管性慾勃勃，也不可以隨便動旁邊男人的主意，怕摸到很有尊嚴的直男，給他臉色看；就算確認是同志，也最好不要互相服務，怕引起其他直男公憤。

有個年輕人卻還是冒了險，彎腰撫摸、含吸你。是搞不清楚狀況、沒讀懂潛規則，還是怕機會稍縱即逝？幾天後在空地擦身而過，他還特別叫住你，與你聊了下。原來是捷克人，現住英國。

儘管所屬陣營遠在天邊、井水不犯河水，你仍不禁想像，會不會在這樣的氛圍裡，同想異，異思同，難抵身體近在咫尺的誘惑？

是不是只有在這樣無拘無束的環境中，同、異才能共存，沒有恐同的行爲發生？因爲都是哥兒們、都赤條條、都在別人面前挺舉，就算不小心越界了、碰到了，大概也能大方地任人吸含、把弄吧！——除非從後面騷擾，那太挑釁直男的尊嚴與既定概念了。

畢竟在性面前，人人平等，管他什麼色相、傾向、取向，也沒有哪個對象、哪種形象，比較高尚或正常吧！

男人的目光雖然鎖定在眼前的肉體上，但焦點是女人，還是男人的性器？是幻想自己是那個男的，下體被舔吸寶貝呢？還是望著那帶來歡快的嘴、手指、性器，而亢奮不已？

你一直有個疑問：看A片時，若只有兩個女的無盡交歡，直男是不是也像你一樣，感到很無聊？會不會沒有一根棒棒指揮、調度的場面，就是少了些什麼？就不再是性場面？

若是有棒棒和陰道交合的特寫，直男眞的能認同那根雄偉的棒棒，而興奮莫名，以爲是自己在演出嗎？要能認同，必先仰慕、喜愛、欣賞吧！可是若眞的仰慕、喜愛、欣賞別人的棒棒，是不是已經有同性戀的嫌疑？這是在螢幕內。

螢幕外的雜交，會不會在多人的接吻、吮吸中，不小心含到同伴的陽具，或者忍不住在對方的屁眼外叩門？——誰不知道男人的屁股，都很結實翹曲，實在迷人！

◆

遠遠看到有人在沙地上鋪著布巾，上頭有東西整齊排列、閃閃發光。你以爲是一條條顏料，猜想此人在寫生、賣畫，或者賣紀念品。

走近才知道眞的在賣東西，但與風景、特產無關，而是沙丘活動所必須——威而剛。

一包十歐，有三顆吧！

老闆跟你吹噓，他的壯陽藥有多神奇，只要吃一顆，十分鐘就有起色，而且歷久不衰，可以硬梆梆地勃起一整天，讓女人歡喜得不得了，被插的男人也一樣。

難怪經常看到一些人，像持著匕首，傲人地在叢林中披荊斬棘。這樣的實力，可以帶來多少的呻吟與讚歎啊！但一直在空中硬著，是不是很不舒服呢？

老闆還誇口說，他的生意好得很！賺到的錢，不只機票費，就連這裡的一切開銷都足以支付，有時甚至還有剩。

老闆是英國人，每年從秋末到春初都住在這裡，長達半年之久，徹底躲開了英國的寒冷陰霾，如此便可以全年夏季，天天陽光普照，不會有風濕痛。

看他超胖，陷在折椅裡，頭戴草帽，收音機貼耳，旁邊擱著枴杖，行動確實不便。

◆

可能是夫婦，算年輕，男的約四十，乾小，女的可能三十幾，肥大。

男的頭上頂著白色草帽，上面有條黑帶，除了黑色屌環、睪丸環以外，全身光裸，女的則穿著兩截式的黑色泳裝。

是在哥兒們遠眺的沙丘上碰到的。

夫妻倆也在遠眺，可能在尋覓棲身之地，或……一個可以激情演出的舞台？

選定位置後，他們走下沙丘。

你忖思：兩人準備呈獻給大衆的，會是什麼戲碼呢？

你毫不遲疑，便跟了過去。

在寬闊、平坦的異區，男的站立，女的蹲跪、揉吸，享受從四面八方投來的灼灼目光——因爲目光即春藥，在衆人面前幹，像實力展示，要比私底下的例行公事，刺激千百倍。

被雄性圍繞——大約有十個人，數目還在增加——，從不同的角度觀望，對他們來說應是新鮮的體驗，但他們在來此之前，肯定已對哥兒們的縱情縱慾，略有所聞，才會不排斥，甚至有所期待。

有趣的是，圍觀者從不見女人，就連由男伴陪同的女人也沒有，好像女人沒有慾望自主的權利，或者根本就不該有慾望。

男的戴了副細細的黑框眼鏡，像個文人、公務員或公司主管，勃起後紅冬冬的下體，中等偏小，身材保持得不錯，比例勻稱，整體的氣質，搭配得宜。

男的被女的舔跪半天之後，雙雙躺下，女的繼續寶貝男的，愛不釋手，男的則褪掉女的泳裝，吸咬她的乳房，還一邊接吻，一邊將雙指探入陰道摳揉。她的陰部無毛，但有紅色的細斑，正同男人刮過鬍子的下巴。

一個陰莖粗大的黑人，率先噴出，略微尷尬地離去——因太亢奮、憋太久、沒人要，或沉不住氣？看他缺乏公德心，沒有善後，一旁的人略帶譴責地用腳掌邊側，奮力一撥，以沙土將春夢覆蓋。

另一個更粗大的白人，遞補上來，更近距離地鋪妥毛巾，跪下，自搓，隨時準備以更豐沛的泉流澆灌黃沙，對女的行致敬禮。

但白人似有些緊張，僅微勃如軟繩，男的便以右手做勢上下滑動，鼓勵他賣力一點：你可以的！

也有人想上前摸乳，或者希望女的轉個方向，把渴求的部位看個透徹，但男的不肯，搖頭拒絕，也可能不太懂對方的意思。

女的百般舔弄，男的都不是很挺舉，是因爲有同儕壓力，沒能完全投入？

儘管如此，男的還是插入女的，兩手撫摸豪乳，女的則以分開的腳，環箍男的大腿，兩人面對面，深入更深入，震顫又震顫——一隻小白猴萬劫不復地陷入肉色的沙發裡。

不久，男的屁股突然緊縮，下半身向前挺送，肩背後扯，閉目仰頭呼氣。於是，便看到白濁濁的液體，自陰道流出。

男的轉身脫勾，滾落，癱在一旁，面頰紅紅，氣喘噓噓，女的則趕緊併攏雙腿，把濕熱行動的所在，隱藏起來，並偷偷用手抹去殘留的精液——這表示，她知道大家還在看那裡。

男的展開雙手，往上揚揚，笑笑，應是宣布表演結束，感謝大家捧場，臉上還露出兩人竟這等瘋狂，連他們自己都不敢相信的表情。

◆

另有一對，女的金髮，胖得可以，男的紅髮，捲捲，乾瘦，都曬得很黑，有如深褐的糖焦。

他們在所有沙丘的陰涼處性交，沒有戴套，女的大聲尖叫。

都是女的彎腰，抱著前面一個陌生男人的腿，或者含吸對方戴套的陰莖，男的則抓著女的臀，從後面穿刺抽出穿刺抽出。

男的下體巨大、挺直，女的雙乳垂晃，屁股、大腿、腰部的肥肉震顫。

幾個來回之後，女的立起，轉身，像小女孩一樣，歡快地跳躍，摟著男的頭，與男的熱吻，一邊大叫眞爽、眞爽，我好愛你、我好愛你之類的，然後又跳著轉身、彎腰，繼續在男的穿刺抽出的韻律中，含吸前方的男人。

前方的男人每天變換，叫春的地點每天變換，圍觀的男人也每天變換，但性交的模式不變，捅她的陰莖不變。

前方的男人若噴出之後，女的還很有環保觀，會主動以塗了鮮紅蔻丹的手指，取下保險套、打結、置入自己帶來的塑膠袋中。

這就是他們在此渡假期間，每日的活動。

*How exciting！*

◆

在離異性戀天體浴場不遠處，從哥兒們遠眺的沙丘朝海的方向看，美麗的花園就在腳下。

是一拱一拱的植物，及腰高，開著芝麻大的小花，亦吸引了小如芝麻的昆蟲。

花盛放時粉紫，未開前粉紅，凋萎後粉褐。

這粉色柔美的植物，與也是一拱一拱的深綠刺針相鄰，二者個性相反，格格不入。

這刺針即葉，長近一公尺，非扁平，而是如針織的圓桿，亦如圓桿堅硬，尾端如針，非鈍鈍的針，而是刺到會流血的針，三百六十度幅射，很具攻擊性，像噴泉或煙火四散，也像亞洲人堅硬的直髮。

兩種拱圓，被兩人高的紅荊圈起，形成天堂的圍籬，無辜的路人得以免於被火辣的場面嚇呆。

在乾涸的沙丘之間，突然發現這個花園，眞的以爲進入仙境——一個失樂園（*Paradise Lost*）——，使得在那兒穿梭的人們，也沾上了粉紅色的詩意。

除了同志在那裡晃來晃去，還有機會主義者，反正只要有人服務、有孔可入，不管性別。

這些機會主義者，可能是壓抑的人夫、人父，經過花園時就拐進去轉繞。發洩了，留下祕密，然後走出夢境，一切彷彿不曾發生；沒發洩，下次路過時，再來報到，碰碰運氣。

一個男子在經過粉紅花園時，驚見哥兒們正在毛手毛腳。他本已走開了，未盡興，又繞了回來，再觀望一次，然後便在花園與沙丘的邊界佇立。

你對他有興趣，便若卽若離地跟了過去。

結果靠近一看，他既不在等人，也不在尿尿，竟在閉目——自瀆。這不是搓給人看、等人上前那種自瀆，而是受到刺激，非把自己打出不可的自瀆。

從他的下體雜草叢生、完全沒有修飾，卽可推斷他可能不是同志。大概是看到哥兒們相幹，不敢加入，但又慾望勃勃，受不了，便自己解決。

只是他在閉目時，腦中出現的影像是什麼？以後他會不會再過來徘徊？有一天，他會不會口嫌體正直，對哥兒們的誘惑與進逼，投降？

◆

沒有蕾絲邊在此出入。

如果有，怕被輪姦，應也不敢兩人或多人赤裸、當衆性交吧！

畢竟面對強悍、劍拔弩張、蠢蠢欲動的圍觀男子，就算是同性戀，也是危險的——因爲重點不是什麼戀，而是器官的方便，只要能契合、能達到高潮，都可以。

如果闢出一塊蕾絲邊專區，或者由於人多而漸漸形成專區，那該會是怎樣的風貌啊？

應是極爲不同的世界吧！

是不是在那裡，所有的故事都將改寫？還是仍受限於器官，無法變出什麼花樣？

◆

倘若生／身在母權社會——一種以女性爲中心的社會，其領導權由女性，特別是社群中的母親，所掌握——，沙丘裡的性交會怎樣進行？

你試著把異區男女的性別互換——但這個對調，是不是打一開始就錯了？

由女的帶男的到沙丘，男的不能自己去，不然會被去勢或侵犯。

男的躺著，由女的趴跪服侍（這不正是世俗男女的現況？），疼惜憐愛。

衆女皆陰毛剃光，或站或坐或側躺，一圈圍觀，對著男的自摸，彷彿見到鮮美的食物，猛吞口水。

男的戴或不戴眼罩，由女伴選擇其他女性來滿足他。

他的鼻子和陰莖分別被豪乳及豐臀夾擊，手指忙著摳揉旁邊的陰部，並以口舌舔弄能引發快感的部位，同時微微蠕動已然勃起的下體。

女的輪番騎在男的上面馳騁，尋找痛點——男的被貶成高潮的工具，這應是男尊女卑社會，女權最大的伸張吧！電影中，這樣的畫面顯示，在兩人的關係裡，女的凌駕男的，家裡的一切，皆由她主導（elle porte la culotte）——，男的不管有感無感，都必須吱吱叫，假裝舒服難耐。

女的在男的欲仙欲死時停住，任他扭擺腰桿渴求；在洩精之後繼續凌虐，讓他縮著身子討饒。

他趴著，或高舉雙腿躺著，女的戴假陰莖，或柔情或粗暴地進入他，這讓人想到女法老王下巴上套著的假鬍子。

被女人包養的男人，或說應招男，該是什麼模樣呢？

是精悍，是粗壯，是巨大，是嬌小，是渾身刺青，修眉，畫眼，打粉，戴耳環，綁馬尾，擦香水，或體味濃重，邋邋遢遢？臉上應蓄著美鬚，還是將體毛刮得白白淨淨？或是環肥燕瘦，什麼型都有，才能滿足女性多樣而挑剔的口味？

可惜，對女人的不瞭解，大大限制了你的想像，你不知道她們的渴求是什麼？她們的幻想又是什麼？

而且你懷疑，正是男女的身體結構和力氣，決定了性交模式，也促生了父權社會。畢竟女的幹男的，男的被女的強姦（這裡是不是應該將三個男疊起來？），就性器的形狀和體力論，確實不太容易。

男女的性別符號，在圈之外，一個是側邊昂起的箭頭，一個是擺在底下的交叉。何者較具侵略性？當然是箭頭！何者較具致命的吸引力？大概是象徵死亡的十字架吧！因爲婚姻是愛情的墳墓？因爲女人是黑寡婦？或者十是數學裡的加，人類要靠女人懷胎生育？

這兩個符號，分別源自火星（Mars）和金星（Vénus）的天文符號，也用來標示動、植物的性別。Mars是戰神，Vénus是愛神，已婚，二者是情人。怪的是，爲什麼選擇以通姦的男女，表徵性別？只因婚姻約束不住性衝動，而性衝動導向的則是男女性器的結合？

可能是從性別符號得來的靈感，John Gray寫了一本書《Les hommes viennent de Mars, les femmes viennent de Vénus（男人來自火星，女人來自金星）》，闡明男女在個性、思想、行爲、態度上的不同。二者差別之大，簡直就像來自不同的星球。火星男（Martiens）和金星女（Vénusiennes），在彼此的星球造訪或居留時，都能互相尊重、體諒，可是到了地球以後，因受大氣影響，雙雙得了選擇性的失憶——忘了對方的來源（origine）和習性——，因此產生了近乎永恆的紛爭與誤會。唯有認清對方固有的運作模式，適度調整自己的因應之道，才能掃除溝通的障礙，促進兩性和諧。

在這個比喻裡，你比較感興趣的是：火星男、金星女在遷居地球以前，如何繁衍子孫？是複製，還是無性生殖？在各自的星球上，既沒別的選擇，這些男女應該都是同性戀吧！會不會，地球上的異性戀，是從同性戀的本質中演化而來？大部分的人失憶完整，能夠安心做一個沒有掙扎、質疑的異性戀，僅少部分人念念不忘移民前的過往，在午夜夢迴時，不斷想起那些相愛、相親的夥伴。由於異性戀是大宗，這種生活、社交型態，就變成地球人奉行的準則，還挾量以自重，反過來譴責懷舊的同性戀。

假如男女眞是異星人，宇宙中就有男人國和女人國了。女人國若擒獲男人，會怎麼處置他多出來的尾巴呢？會與母權社會一樣嗎？

◆

一位女子，年輕，綁著髮髻，單獨在沙丘與灌木叢中留連，還大膽裸胸，如波晃動，下半身則圍了條黑色布巾。

有人上前搭訕，回答的聲音嬌柔，可能也看上對方，兩人便閃入枝葉茂密處。

你本來走開了，後來想到從沒見過女人形單影隻，步態招搖，或許新的劇目就要上演，便掉頭回去；旁邊遊盪的哥兒們，也從四面八方湧出、靠近。

男的與女子熱情激吻，啃咬耳朵，親脖子，捏捏她的乳房，然後順勢蹲了下來，準備舔弄她深邃的內裡。

她大方地扯掉黑巾，想不到一根粗大的陰莖竟彈了出來，比男的雄偉，狠狠地在他頰上賞了一鞭。

儘管剛剛攀談時，女的應該有給男的暗示，男的也露出理解、不在意的表情，實際上卻會錯了意，才會感到訝異，讓女的尷尬萬分。

啊！原來如此。你之前的納悶——一般來說，女的不是都平躺的嗎？怎麼她卻站著？——，獲得了解釋。

也是這時，你才發現女子身材過於高大，肩膀也寬了些，臀部則稍窄，若細心的話，其實是可以看出端倪的。

或許大家都還不太習慣這種組合，前來圍觀的人，沒有停留，像碰巧經過一般，即刻散去。

也或許，在定位上，與有陰莖的女子性交，仍屬同性戀，而會上前圍觀的人，則泰半是幻想女陰的異性戀？

這天以後，多次看到女子一人在沙丘高處遠眺，胸脯還是露著，但已無追求者靠近，背影好孤單。

同性戀與異性戀不同，女子則下同上異，是不同中的不同，異性中的異性，少數中的極少數。

同性戀都已被認爲心理不正常了，她還身體反常，雙倍的不正常，怎不令人心生恐懼？

但是你想，具備異性戀的豐乳、同性戀的陰莖，介在平常與非比尋常之間，一個騎牆的雙性戀，應該可以一石二鳥，在她身上獲得雙重的滿足吧！

希望她的孤獨只是暫時的，終能找到愛她、百分之百接受她的羅密歐。

◆

拿本書，本想找個有樹影的地方閱讀，但因只要有涼意，就有尿味、就有衛生紙，你覺得很髒，不得不一個沙丘一個沙丘，換來換去。

後來好像聽到女人呻吟，你好奇，便循聲找去。

果然魔音繚繞，附近的水手們，早放下手邊的工作，失魂地聚在美人魚身畔。

在棕梠的寒涼下——眞是寒涼，你一走入陰影便打噴嚏——，一個胖女人，黑布蒙著眼睛，正撩抓著瘦子——卽帶著望遠鏡四處搜尋那個——的下體；一邊有胖先生撫摸她的乳房、她的耳根；兩腿之間卡個老頭，約六十歲，穿襯衫，露著屁股，正塞著鼻子柔情舔弄，好爽好爽，女的只得叫了又叫——此卽聲音的來源，顫抖的來源；四周則站著其他或意淫或手淫的哥兒們。

可能仍有些放不開，或者正在盡情享受老頭的舌上功夫，無暇他顧，她並沒有吸含近在嘴邊的陰莖。

大概是判定已準備好濕潤的女體，老頭起身，胖先生馬上很有默契地遞給他一個鋁鉑包。

老頭用牙齒扯開、取出，竟是藍色的套子。但可能是型號不合，太緊了，久久套不上去；終於套上去了，卻硬不起來了。

瘦子馬上逮住這個機會，趁虛而入：他先在指尖吐些口水，輕撫女子下體，自包包取出自備的、合身的套套，駕輕就熟地滾上，然後自搓了半天，才進入她。儘管不斷進出進出，但看來不太硬，可能他在那裡苦撐太久了，也可能女的並沒太吸引他。

你想入非非，差點也上前，生平第一次，讓女人摸、吹，甚至排隊進入她。

你告訴自己：你得趕緊上陣，趁意志、身體還沒軟弱之前，試試天造地設的性器配對，結束五十年的處男身分。如此一來，或許由身而心，你的人生慢慢會有所改變。

但你老有亞洲人的自卑，一來身上沒毛，不夠男性化，二來下體不大，不具威脅性，怕女子雖然看不到，卻叫胖先生先謝絕了，也怕處男碰到熟女，一下子因爲器官不同、對構造不熟悉，而如股市走勢，瞬間疲軟垂萎，或者一觸卽發，還沒進去就已出來。但不論哪一種，都很丟人。

所以，沒膽、沒種如你，僅任思緒馳騁、自嗨一下，便放棄了。

你也眞善變，不想的時候，怕被選中；想的時候，又怕被拒絕。

沒多久，瘦子不小心滑了出來，女子馬上雙手交叉，擋住篷門，自內朝外分開。同樣的動作做了幾次，意思是：我受不了、不行了，必須拉下鐵門、收攤了。

瘦子仍意猶未盡，甚至願意低頭舔她的陰蒂、陰道，還自己搓弄，但已無起色。

遠看他的頭髮兩側也已微白，長得像阿拉伯人，五官細緻。眞不知他怎麼能滿足於天天取悅或蹂躪一些來此渡假的胖女人，卻一點感情或美感都沒有？好像只要是個女體，有個洞，管她是誰、好不好看！他家沒有女人可以疼愛嗎？天天看他在這裡晃蕩，皮膚曬得那麼黑，完全沒有泳褲遮蔽的白臀，應是長住久居的島民吧！他是做什麼的？他的家人知道他每天跑來沙丘幹的勾當嗎？

一個穿著襯衫的年輕男子，戴著墨鏡，在瘦子進入女子時，有上前讓她握，也趁沒有陰莖充塞的空隙，偷偷揉撫了下女子的私處，但並未見縫插針。

不一會兒，就看到他取了衛生紙自我擦拭，顯然仍很資淺、稚嫩。然後，他拉上褲子，悄悄離去，如同他悄悄地來。但他比你勇敢多了，因爲——他不是同性戀？

◆

最隱密的私處都坦露了，喜愛的模式也給人看透了，此時眞正的隱私，反而是著裝、吃食、與人互動的平凡樣貌。

所以，偶爾在街路上碰到不再赤條條的熟面孔時，你就會很專注地偷窺、研究他們的行爲舉止。至於他們的談吐、思想，以及對一些事的意見，那就得開口聊聊，才能揭密了。

海灘及沙丘上這群人，性的比重已占去生活的全部，幾乎已是唯一的心思，也是快樂的唯一來源。在這裡，所有的專注與執迷，只是爲了器官之間的磨擦與互動。

外表、長相，在同志之中，仍有些分量，是挑人的標準，但還是沒巨大的下體、多毛的身軀，那般驅動獸慾。

男女之間，眞的是只剩性器？試問那些胖極的女人，在文明的場域碰到，眼睛可能馬上閃開，如同不存在一般，哪會渴望、疼惜她們？

可是在沙丘的樹蔭下，肥肥的女人卻成了珍饈美味、豐饒溫柔，男人個個掏出下體、垂涎、膜拜，想一親芳澤，對她獻出寶貴的精液。

這不是有點像《脂肪球（Boule de suif）》的故事？對這位白皙滾圓的妓女，有需要時人們利用她、逼迫她，東西到手後則蔑視她。

你突然憶起，遠古的女人雕像，如Willendorf的Vénus（舊石器時代，距今約29000年），或néolithique的人偶（新石器時代，距今約26000年），都是誇張的小提琴形。是不是在Maspalomas弧線優美的沙丘裡，男人的審美觀突然發生了變化，直接掉回方便生小孩、擁有充沛乳汁的原始狀態，與現今媒體、廣告所推崇的模樣大大有別？

至於怎樣的男人才會雀屏中選，得著女體的犒慰？就你的觀察，女的無權置喙，一切由她身邊的男的決定，但勢必與男人的整體形象和陽具的實力有關。

男的如何挑男人？以他喜歡、仰慕的爲標準？以他討厭、唾棄的爲優先？或以他欠缺、想望的爲依歸？還是說他得進入女人的心思，以她的眼光來評判？若是如此，他的觀察可要夠細膩才行！可是這不也殘忍地顯示了他與她的期盼之間，存有差距，才得向外找尋、幫她物色對象？

◆

老瘦的女人，多年來唯一。

她的胸部乾癟、下垂，臀部無肉，臉窄狹，體型如竹竿，像得了厭食症。

可能因沒雄性對她色瞇瞇、下體翹翹示意，老娘火大了，竟不悅地站出來大聲挑釁四周的男人，要他們過去侵犯她。

好像在罵：沒種！沒卵葩的男人！你們在怕什麼？我又不會把你們吃掉！就算我沒有美色，我起碼有器官！

終於一個壯漢，在她兩根手指的勾喚下，挺身而出，緩緩走向她，拯救了她的尊嚴。但在距她一步之遙，他卻停住了，像突然搞清楚狀況，反悔了。

但壯漢很給面子，沒有卽刻掉頭離去，還做勢立在那裡自搓，但沒別的動作。他大概在猶豫：到底誰該服務誰？她又不是很性感，總不會希望我跪下吧！

女的見狀，瞭解自己幾乎不存在的被追求度，不想浪費時間矜持，便開始*DIY*：食指、無名指撥開陰唇，中指摩按陰蒂，左右快速移動，另一手則從背後塞入屁眼，上下穿刺——好一個滑稽的姿勢，像個雜技演員——，還口出穢言，猜是北歐話，反正聽不懂。

他們互瞪，互相較量，像兩隻鬥雞，看誰先支撐不住，潰敗求饒。

在衆男的圍觀下，她痛苦難耐地加足馬力，像卽將暴發，又還沒，還沒，又快要失速、飄閃。顯然女的在這裡已經烤燒太久了，慾火焚身，卻無人問津，所以企望趕快有個了結，才能死心，停止煎熬。

在重複、無聊、看不到盡頭的操弄下，本以爲她要放棄、作罷了，沒想到說時遲那時快，她忽的像抽筋，全身僵直如棍，並從最底、最深處發出驚天動地的嚎叫，比狼嗥還恐怖，同時在兩腿之間，啪的一聲，一股黃色泉流湧現，洩得一地都是，還像水濂滴滴答答了好一會兒。

事出突然，壯漢來不及彈開，腳掌也被尿液濺濕了，一臉寫著「眞倒楣！」，趕緊撥沙抹去。

你差點笑了出來，但同時又覺得很悲哀，爲她因受性慾折磨大出洋相、爲哥兒們，也爲你自己的人生處境而悲哀。

女性的欲求，如此驚人，她們的高潮這麼狂暴，令人害怕。哥兒們都嚇成了龜孫子，不敢互看，沒有討論，紛紛夾著尾巴，散去。心裡大概在想，怎麼碰到這樣的女人！Quelle poisse！（眞歹運！）

◆

傍晚，風大，長長的海灘已幾無人影。

和M揹著帳篷、折椅，經過土褐色的垃圾箱，發現旁邊地上，一本書正忽忽狂翻，而且均勻攤展，像把扇子，或一朵紙花。

應是渡假的人，懶懶讀畢後，捨不得將書連同塑膠瓶或啤酒罐一道扔了，便擱在那裡，期待它或許可以找到第二春。

你好奇地蹲下，拾起來看了看封面，然後笑笑地把書放回原處。

《*Seasons of Desire*（慾望的季節）》，此書描繪的主題，實在太切合這裡了，想必已陪伴它的主人，渡過諸多美好時光。

你猜主人是女性，才能安分地躺在沙灘想像，以閱讀止渴；若是男性，大多傾向以實際的行動解飢，至綠洲走晃，或到「大教堂」祈禱膜拜。

這兒慾望沒有季節，四季如春，但會不會正因爲跳掉了時序，歡樂過於集中，反而顯得平凡、無趣呢？

愛書如你，對此書不是沒興趣，而是這一年的性愛季節（la saison d'amour，動物的求偶、交配期）已過，隔日你將如候鳥般搭機飛回棲息地，儘管那裡尚未春暖花開。

◆

幾回在此的兩週停留，與很多人親密，沒有名姓，只有概略的臉容、身形。每一個人都如微風吹過的沙丘，有點相似，又有些不同，也像上頭的足跡，雜亂、混淆、覆蓋，都沒深刻、鮮明的記憶。

頻繁射精產生的快感，像暗夜璀璨的煙火，稍縱即逝，是一年中罕見的歡慶活動。

在短暫的時光裡，你與哥兒們在沙丘叢林取暖，獲得精神、生理上的慰藉，但你清楚地知道這不是平日的生活，這也不該是平日的生活。

而且可以確定的是，這些哥兒們不是你建立友誼的對象，你的同性情感始終未獲滿足，你的心靈成長，還停留在青春期，或更早以前。

所以，搭機這天，疲憊的陰莖垂在腿間，塞滿骯髒衣物的行李拉在手上，你毫無不捨地離去。

在如盛夏般吵雜的蟬鳴之後，你將進入長長而寧靜的蟄伏期，細細梳理筆記中密密麻麻的塗鴉，思考諸多卽席印象與感受背後，可能存有的意義與啟示。

因爲，後知後覺如你，總要在歷經某程度的時空轉換之後，才能發現其中藏匿的訊息，或者領悟一些道理。但願在倉頡碼拆組的現在，得以瞭解過去，洞見未來。

之於M，假期終了，就是不斷抱怨與情緒下滑的開始。

告別熾熱的太陽，M將被迫穿上禦寒的冬衣，隱沒於匆忙、愛比較、自私、沒文化的人群中，焦急而無奈地等待下一個出走。

儘管土生土長，M對那片土地，卻比你這個四十來歲才在那裡接枝發葉的外國人，更適應不良。他甚至認眞考慮，在六十五歲、退休後，要在哥兒們裸裎的島上，買棟公寓，從此拋開陰鬱不快的法國。

到時，他的KIWI將茁長開花，括號的兩側將拉得無限遠，軌外的日子將變成生活的常軌。

在那一天到來以前，還有七、八年，你們倆只能咬緊牙關，儘量挺住（tenir bon）。

## 玫瑰傳承

從西班牙回到法國後一個月，有天晚上，小姐因失眠、精力莫名其妙特別旺盛，便小心翼翼地在熟睡的M身邊，自慰。

在沒什麼勁地解決之後，他以紙巾擦拭、包裹龜頭，避免精液流落床單，才稍稍挺起下半身、拉上睡褲，慢慢在疲憊中進入夢鄉。

兩天後，尿尿時，小姐發現下體左側，有些硬硬的。

他戴上眼鏡，扯開包皮翻看，才發現陰莖頸部皺褶處，有約一公分的凸起。

如果用姆指和食指夾壓，凸起會變白，像薄皮底下藏了條短蟲，或者說困在那裡，不能移動，但看不到鑽入的傷口，也不痛不癢。

小姐在洗過澡後，在上面塗了層白白的藥膏。但可能是因為包皮伸縮的關係，幾個小時後，藥就全退到龜頭下，形成一圈帶水的白，反而產生了微微的刺痛。

這藥是小姐在飛往西班牙之前兩、三個月，皮膚／性病科醫生開給他的。

那是在醫生捧起他的腳檢查，確定服藥幾個月，癬菌已全數清除之後，小姐抱怨龜頭的皮膚太敏感，只要有使用，或者略略搓動，就容易火辣、發紅，不知是不是有問題？

醫生戴上手套，要他把下體掏出來，並拉開包皮，然後湊近檢查。

「看起來沒什麼問題，我開個溫和的肥皂和保養的藥膏給您。每天用肥皂洗淨，擦乾，然後薄薄抹上藥膏即可。」

醫生在坐下來開藥時，像想到什麼，忽然補上一句：「您應該只跟固定伴侶發生關係吧？」

把雞雞給人看已經很丟人了，那是好不容易才鼓起的勇氣，小姐哪有料到，還會被探詢自己的性生活、性傾向？

在支支吾吾的尷尬後，他順水推舟地點了個頭，算是附和了醫生的假設。不過他下定決心，下次一定要誠實，因爲：欺騙醫生只有害自己。

但不可否認的，在看診前，邪淫的心靈確實多次幻想過這樣的情景：被醫生抓捏、撩撥陰莖後，兩人情不自禁，瘋狂性交，最後達到高潮，前戲是：饒有興味地翻檢、嗅聞他的腳——一個名副其實的jouer au docteur（扮醫生，這裡那裡摸摸探探）、touche-pipi（碰觸—尿尿，卽抓小鳥），和prendre son pied（直譯：拿他的腳，表示性交得極舒爽）。

發現凸起之後兩個禮拜，小姐自己扮醫生，天天檢查、照顧生病的小弟弟。

見保養藥膏不起作用，他突然有了實驗精神，便試了消毒水、紅藥水、被蚊蟲叮咬後使用的藥膏等，以爲再過幾天狀況就會好轉。

結果，除了殺菌時的瞬間劇痛，還把黏膜搞破、弄脫了，只見潛伏的獸越長越大、越變越長。

不像青春痘成熟了兩指一掐就會暴開，他再怎麼擠壓也沒射出帶血的白膿，凸起依舊硬硬地霸在那裡，毫無消失的跡象。

他眞的很想拿根針把凸起戳穿，但又怕這樣做，會加速異物的分裂增殖，達到反效果。

而且，陰莖是這麼重要的器官，對同性戀尤甚，若是造成了永久性傷害，形同去勢，那就糟了。

他同時也在心裡一遍遍回溯，之前在西班牙到底幹了什麼蠢事？跟誰？他還翻閱筆記，查證有沒有留下什麼可疑的記錄，或比較特殊的描述和評論。

他猜應不是鬍渣粗黑那個，也不是僅摸摸互搓的人，而是曾癡癡望著他、表情有點狂野那個——因爲那次見了血。

經過幾天的折騰，小姐終於承認自己的能力有限，不能再拖了，要趕快面對現實、向醫生求救。

但是預約不易，若要找原醫生，少說要等上三、五個月，緩不濟急，他沒那個耐心，也危險。

若打電話請SOS Médecin到家裡，又顯得太小題大作，不過是一個小小的凸起而已，哪有那麼緊急、嚴重？

最後小姐決定挑個一週內卽可看診的新醫生，當然以男的優先，他可不想被女醫生毛手毛腳翻弄！

而且面對新醫生，一來尙無隱瞞過去的紀錄，不用繼續欺騙，或尷尬地告解，還可以先發制人，直接坦白自己是同性戀——意卽：常與很多陌生人發生關係。

二來，假如判定只是擦破皮、感染，沒有大礙，抹個藥卽可，那以後就不用再見面了。

這些內心的盤算與交戰，小姐都沒告訴M，他想等看過醫生之後再說。

但他確實有跟M提到，大概是吃了太多蝦，長了個疱，不過並沒指明長在哪裡。

而且那時他也懷疑，儘管剝了蝦殼之後有用肥皂洗手，會不會指甲縫仍有細菌殘留，加上手淫時不小心把頸部搓傷了，便感染了；還是擦拭龜頭的紙巾不乾淨？——因爲注重環保、愛樹，他老捨不得把僅用過一次的紙巾丟掉。

基於禮貌，看診前，小姐還是把陰毛修剪了下，不然連同腫脹的下體，看起來既骯髒又不衛生，很噁心。不過這一次，他沒那個興致或體能，像上一回那般想入非非。

由於法文醫學詞彙有限，他一邊查字典，一邊在心裡演練與醫生可能的對話，至於文法、用字對不對無所謂，只要能溝通就好。

在等待約會的日子裡，小姐一天捱過一天，深怕就醫太遲，誤了治療的黃金期。

他感到白蟲的兩端，開始刺刺、癢癢的，甚至覺得病菌已隨著血液或神經網絡，蔓延到胯下、小腹、胸部，只要龜頭那邊一有動靜，其他地方似也跟著抽搐，像被電到。這使得他不時按摸自己的下巴或腋窩，看看是否痠麻或有淋巴腫。沒有。

獨自一個人瑟縮在恐懼之中，他變得極爲膽怯弱小，竟不自覺地向神佛祈禱，乞求庇佑，但他並沒提出康復後用什麼來交換。他沒這個習慣。

小姐想起，在阿根廷和墨西哥的旅途中，曾拜訪一個聖地，和一間鋪著木頭地板的老教堂。

前者整個山丘密密麻麻擱放了房子的模型、塑像，還點著蠟燭，蠟淚成河，可在山丘底下回收；後者則在牆上、櫥窗裡掛滿了圖畫、照片、金屬牌——除了普通的方形，還有身體各個部位的縮影——，甚至擺了幾輛眞實可用的腳踏車。

這些都是ex-voto，是願望兌現的感謝。從許願到還願，履行了個人與神明的約定。每一個物件，後面都藏著一則動人的故事。

ex-voto越多，表示該處供奉的神明越靈驗，也間接顯示了苦難的程度，才會在四方求助不果之後，千里迢迢趕來這裡。

下體的折磨一旦結束，小姐是不是也該獻上什麼？譬如，一塊陰莖模樣的小牌子，或者一根具有吸盤的godemichet？但能擺哪裡？

這樣做會被解讀成褻瀆嗎？他在記憶中搜索，確實沒印象看過私處的ex-voto。

「我的陰莖感染了，上面長了個疱，像有條蟲在裡面。」小姐省去了表達尷尬的客套話——不好意思、很抱歉——，直接進入正題。

「多久了？」

「差不多三個禮拜。」

「怎麼發生的？」

「不知道，有一天手淫，射精之後用紙巾擦拭，結果第二天或第三天就發現怪怪的。」

醫生歪了下嘴巴，似乎不太相信小姐的陳述：「之前有沒有跟人發生未保護的性關係？」

「呃……，在那之前一個月有，那時我在國外，但只是口交。」

「……確定沒有進入？」醫生用的是中性的pénétration（穿刺），而不是sodomie（雞姦），畢竟小姐還沒有機會表達自己的性傾向。加上小姐是男生，想當然爾，用不著刻意區分他是「進入」動作的施者，還是受者？

「沒有，只有被吸。」他還是忍不住強調自己是「口交」動作的受者。

「都是跟同一個人，還是跟好幾個人？」

醫生口中的personne（人），是陰性，人稱代名詞是elle（她），小姐覺得有必要講清楚，不然在半推半就之下，又要變成欺騙：「呃，我是同性戀……」

「什麼？」可能是因爲小姐把homosexuel不出聲的h，如英文般發音，以法文的耳朵聽起來就變成romosexuel，所以醫生一下子沒會意過來？

「我是同性戀。那段時間在西班牙，有跟一些人發生關係。」

醫生的嘴角抿了抿，但臉上並沒露出特別的表情：「好吧！現在把褲子褪下，我們檢查一下。」

醫生拉低配有強光的放大鏡，戴上手套，擠壓了下陰莖上的凸起，然後把手套脫了，拋入垃圾桶。整個過程，不到一分鐘。

「您可以著裝了。」

醫生回到辦公桌坐下，在鍵盤上敲了敲，幾秒鐘後印表機便吐出一張紙。

「您先去驗血，看看有沒有得什麼性病，等結果出來，再回診。」

「要先與您預約嗎？」

「不用，您只要拿到結果，就直接來這裡，我會在兩個病人之間撥出時間給您。」

「那感染的地方要不要擦藥？」

醫生搖頭：「等狀況比較明朗以後再說，不然會誤導診斷。」

熬了約一個星期才看診，繳了六十歐，卻只取得一張驗血單，但不管怎樣，醫療的程序總算開啟了。

至於驗血結果會怎樣，似乎已沒那麼重要，反正就是繼續按醫生指示，一步步把病治好。

既然做錯事了——小姐已隱約有這個自覺——，就要勇於承擔後果，虛心接受處分。

由於次日必須早起，小姐只得跟M據實以報：「上次說長了個bouton（痘痘），眞丟臉，其實是長在下體上，一直沒消失，皮膚／性病科醫生要我去驗血，看看是不是染上了什麼性病。你也該跟你的醫生聯絡，請他開單檢查，說不定我們都碰到同一個帶原者。」

M就笑說：「原來長了個chancre（下疳），你到底跟人幹了什麼cochonnerie（淫穢的事）？眞是cochon（髒鬼、下流坯）！」這裡M將cochon（豬）這個字，與histoire cochonne（黃色故事）聯想在一起，做了一個用法的示範。

第二天一早，小姐去抽血。如常，當日下午五點卽可領到結果。

小姐四點半就去了實驗室，但資料還沒進來。五點十五分再去，櫃台小姐發現仍沒收到結果，覺得奇怪，便打電話給裡邊的主管，詢問怎麼回事。

不久之後，主管本人過來跟小姐解釋狀況。但因旁邊人多，要講的內容又這麼私密，主管左右觀望了會兒，最後決定把小姐帶到後面的辦公室詳談。

果然，小姐中標了。

「是梅毒，六個月前測試還是負的，所以必須再進行下一個分析，以確定是不是最近感染的。裡面的人員正在做，可能還要再等半個小時。您做這個檢查，是因爲身上發現異狀，還是曾經與人發生未保護的性關係？」

「三個禮拜前，我發現陰莖上有個lésion（傷口），後來一直消不掉，我便去看皮膚／性病科醫生。請問梅毒的傳播途徑是什麼？因爲老實說，我只是被人吸了吸而已。單單唾液的接觸，就會感染？」

小姐很驚訝，自己竟用「傷口」這個詞來形容陰莖上的凸起，而不是「痘痘」——那屬於青春期的用語——，這表示潛意識裡，他其實已經知道整件事的來龍去脈，以及該爲自己的行爲負責。

「可能是對方唾液裡的病菌含量高，如果剛好陰莖上有破皮，就算很小，都有可能傳染。但您不用太緊張，梅毒沒什麼，只要打個針或者吃藥，就可以治癒。您算幸運了，因爲您的愛滋病毒檢測（HIV）仍是陰性。若是陽性，治療起來就麻煩多了。」

大約二十分鐘後，主管把小姐喚過去，告訴他：梅毒經過治療後，再驗血，抗體會始終存在，呈現正值，但病原會消失，爲負值。

主管囑咐他，不是好了就免疫，倒楣的話還是會再感染的，千萬別大意。然後愼重地把剛出爐的資料，摺好、放入信封，交給他。

雖僅是兩張紙，拿在手上，他都覺得沉重，臉部也感到燙熱。

這位主管眞好，一般驗血者拿了資料就走，誰理你？主管卻主動跟他解說，還安撫他、解除他的羞恥，完全沒有譴責的意味。

可能是主管的話，減輕了染上梅毒的嚴重性，小姐回家後得以自我調侃地與M宣布這個消息。

「太不公平了！我幾乎什麼都沒做，既不接吻，也不舔人，更少跟人肛交，只這樣被含一下，就得了梅毒，眞是天理何在！」

M回說：「這一切都是運氣，毫無正義可言。而且夜路走多了，難免碰到鬼。像我常常舔陰莖和屁眼，不知幹了多少人，可以說天天暴露在細菌和病毒的威脅之下，早就產生了抵抗力，不像你這麼敏感，防線一下子就被攻破了。這就很像你被蚊子叮一樣，疱大大、紅紅一片，反應超激烈。」

「說的也是，很多去包皮的人可以猛烈抽拉，都沒什麼感覺，我可不行，只要動作粗暴一點就會痛。」

M揶揄：「噢，我長痘痘的可憐親親（Mon pauvre chéri boutonneux）！」

次日早上九點，小姐已坐在皮膚／性病科醫生診間門外。等了約半個小時，醫生才把他叫進去。

小姐一邊把檢查結果遞給醫生，一邊招認：「您說得對，我得了梅毒。」

「我就說嘛！我早猜出您陰莖上的下疳，應該是梅毒造成的。這個病，現在已經很罕見了。我上一次碰到，距今大概也有十年了。」又是chancre這個字。

「僅僅口交而已，就被傳染，梅毒的細菌眞厲害。」小姐仍忍不住強調「口交」，以降低雜交行爲給人帶來的齷齪感。

「性交的時候，不管什麼方式，如果沒有做好保護措施，只要有體液的接觸，加上身上剛好又有傷口，就有感染的風險。」

「這麼說來，對方的口中有梅毒的病菌囉！的確，我記得那時他把我弄得很痛。」

「他用咬的？」醫生警戒起來，好像對方明明知道自己有病，還故意害人似的。而且多巧啊！咬（*bite*）陰莖（bite），英法拼字竟一致！

「也沒有，只是感覺陰莖好像被他的牙齒刮到了。」

「您還有跟這個朋友在一起嗎？別忘了叫他去做檢查。」

「可是，他只是某個人，他不是我的朋友，我不認識他，也不知道他的名字，我甚至不確定是哪一個人把梅毒傳給我，而且這件事又發生在國外……」

某個人，quelqu'un，沒名沒姓的陌生人，這已透露太多他的性史，小姐尷尬地沉默下來。

醫生沒說什麼，只搖了搖頭，彷彿在感嘆：這些墮落的人啊！

醫生開了兩張單子，一張要他找個護士打針，另一張則要他在一個月後再去驗血，依舊是檢測梅毒和愛滋病，因爲誰也說不準。

「傷口不用擦藥嗎？」

「不需要，但是這段時間要休息，不可以跟人發生性關係。」

「好的，我會自我克制。」

但小姐心想，禁慾如果只是指生理的性交，那還容易，但要完全杜絕慾望，可沒那麼簡單。但他會儘量壓抑自己，不要讓下體勃起——睡著了掌握不住，那就算了——，這樣才不會因爲脹大，又把傷口撕裂。

小姐去藥局買盤尼西林前，先打電話請M幫他跟住處附近的護士預約，希望打鐵趁熱，當天就把這件事解決，將病菌趕盡殺絕，不要再拖延下去。

年輕女藥劑師找了半天，還上網搜尋，不知道醫生開的是什麼藥。

小姐只好解釋：「是治梅毒用的藥。」

他並沒有因爲當衆講出syphilis這個字，而臉紅，畢竟治療比面子重要，要是眞的這麼在乎旁人的反應，更早以前就不該隨便跟人濫交。

與護士約在下午五點，小姐早到，發現大門深鎖，透過窗子看進去，裡面黑漆漆的，還以爲搞錯時間或地點。

他有些驚慌，總覺得壞事多磨，幸好五分鐘之後，護士小姐便騎了腳踏車趕來——一個黑人，很溫柔，上次他的流感疫苗就是她打的。

他脫下大衣、挽起衣袖，露出古銅色的手臂，那假期的殘餘。

護士告訴他：「先生，不，要打屁股。」

「眞的？我大概有十年沒打屁股了，還眞該打屁股！」後面這句，護士自然聽不懂。而十年前那次，好像是在葡萄牙的旅途中。

「請問開這張單子的醫生，是您的主治醫生（Médecin traitant）嗎？」

「不是，是我的皮膚／性病科醫生。」讓主治醫生知道，多不好意思啊！

「您知道嗎？其實皮膚／性病科醫生也可以當您的主治醫生。」

「是嗎？……我不懂，都已經有網路了，爲什麼不能用健保卡（carte vitale），把病人的資料蒐集在一起，看病或打針，就不用再問是不是已經指定主治醫生了？」

「其實沒有眞的連線，因爲有個資的問題。」

「……我想請問，思想通常比亞洲人開放的法國人，會不會介意其他醫生知道他們的隱疾與病歷？」

「多少還是會在意的，而且健保之外的保險（Mutuelle），對病人的資料知道得越多，保費就越高。」

「啊！原來如此。」

「好，請您趴在床上，現在要打針了。這是肌內注射，針插得深，而且很痛。」

一開始沒什麼，是藥液在進入身體後，才變得很痛，而且據說中間不能暫停，必須一針打到底，否則怕會凝固，因爲裡面存有某種金屬成分。

這些，小姐只能聽聽，不完全懂。

護士拔出針頭，貼上繃帶，還用手掌下緣繞圈幫小姐壓了壓屁股，說在家可以將酒精加熱敷上去，自己按摩。

護士好奇地問小姐：「請問是怎樣的痛法啊？」

「其實也很難講清楚，只覺得那個痛不是表面的，很深，可能是藥液與肌肉接觸時產生的反應吧！不過痛歸痛，這是之前行爲不檢的代價。只能說活該，誰叫我幹了蠢事？這件事給我上了一課！」

痛，這麼共通的感覺，卻如此不易描述。光有同理心，若沒經驗，還是很難想像的。而且你、我、醫生、大人、小孩、男、女的主觀判斷，皆不同，就算以一到十來標定痛的程度，仍不客觀。

「好啦！希望您早日康復，以後小心！」

「謝謝！」

打完針，本以爲這個苦，已經結束了，沒想到整個晚上小姐發高燒，熱得一身汗，踢開被子因氣溫低，或汗水沒擦乾，又冷得發抖。

同個狀況反反覆覆，儘管把濕掉的毛巾、睡衣換掉了，也吃了止痛藥、喝了很多水，不久之後又像淋了雨，在被子裡抽搐，把M都震醒了，感覺就像一個滾燙的火球，在汗水中滋滋燃燒、叱叱熄滅。

原來被吸的代價不是打針的痛而已，一個艱辛的戰爭就在小姐的體內發生，在藥液的幫助下，正在一一擊敗敵人。

夜好漫長，感覺起來梅毒投降的時刻遙遙無期，天似不會再亮，或者亮了也是陰天，世界末日好像已經到來。

好不容易終於瞇了下眼，第二天早上醒來，身體確實輕盈許多，好像被剝掉了一層皮，人也瘦了一圈。小便時，從下體逸出恐怖的惡臭，大概都是病菌的亡屍吧！

透過鼻子的記憶，這讓小姐飛至智利一家三溫暖，那已是三、四年前的事了。

在一個大門敞開的隔間裡，躺著一個身體堅實的男子，長得也很好看，可是陰莖卻散發著可怕的臭味，正是這個味道，令小姐卻步。好在，他當時沒有飢不擇食、上前撩撥，不然可能自己和他人都已被感染。

既已打了針，推算應已逃過梅毒的浩劫，打這一天起，晚上，小姐在M入睡後，悄悄捻亮桌燈，自不同角度，以手機替陰莖拍照，以影像記下痊癒的過程。

於是下體的照片，日日增加，幾天之後就占據了手機整個版面。一片扭曲長瘤的矮木，聚在一塊，看起來頗恐怖，完全沒有「愛情谷」帶給人的美感與興奮。

這個下疳，似已沒當初那麼硬，但變小的速度不夠快，不免讓小姐擔心盤尼西林的劑量不夠，要不要再補一針？但短期預約困難，他只好耐心等待一個月後的驗血及回診。

出道二十多年，這是小姐首次染上性病。

接觸的人這麼多，僅中這麼一箭，算是幸運了。

只是口交要戴套，要徹底實踐似有困難。

試想，在把下體塞入*glory hole*（尋歡洞、光榮洞）前，有誰會先自搓、勃起、戴套的？而且若是對方對你有意思，冷不防，一口就咬了過來，你哪來得及推拒、抽出？所以，這是小姐以後要思考的問題。

其實唯一的可能就是：不要與性史、病史不詳的人發生關係。但做得到嗎？在性愛場所碰到的哥兒們，都是陌生人，哪知道他們的背景和健康狀況？

除非僅與M發生關係！可是M也是危險群，爲了保險起見，看來只能禁慾，或乾脆去當和尚算了！

這些小姐顯然做不到，那就得學習準確觀察、評量一個人，並對粗魯、到處拈花惹草、吸來摸去的人說不，剩下的就看天命了。

在圖書館工作的F，也染過梅毒，地點好像是在三溫暖，可惜那時小姐以爲此事離自己很遠，沒有進一步去瞭解他得病及治療的始末，未能拿來借鏡。

查資料發現，染上梅毒的名人，可多呢！

畫家裡有梵谷、高更，文學家裡有莫伯桑、福樓拜、波特萊爾、王爾德等，皆是小姐的偶像。

染上了這個花柳病，小姐反倒覺得與這些名人更親近了，好似肉體上有了相同的磨難，藝術文學上也傳承了他們的才華，而更有信心與勇氣，繼續創作下去。

小姐突然想到，王爾德墓上的吻痕，一點一點紅紅一大片，像一朵朵玫瑰簇擁，竟與資料上布滿梅毒硬疳的軀體如此相似。

這些愛慕者在湊上嘴巴、留下烙印時，也對經過的人發出了邀請。

他們的動作，原本爲了表達對王爾德的崇拜與懷念，萬萬沒想到，卻恰巧揭露了他曾經染上的疫病，以及其傳播途徑。

某個角度看來，思想、嗜好的植入人心，也是依循類似的模式，透過文字的媒介，以及口耳相傳，觸動、影響了讀者。

幾年沒到拉雪茲神父墓園，小姐最近一次去探訪王爾德，發現墓石被洗白了，僅留下兩個唇印——是外人，還是至親留下的？——，四周則圍上了透明的玻璃，阻隔了直接的接觸，像戴了保險套。

旁邊貼著一張紙，勸告來客不要再玷汙、損毀雕像，因爲逝者的家人，不時要花一大筆錢來清理、維護。

但是被截斷的下體，並沒補上，是因設計圖已經弄丟了，無法還原，還是找不到恰適的石頭？或者這個殘缺，正像王爾德的性傾向，點出了人生的憾恨與不完美，並呈現某些人對同性戀曾經有、仍然有、一直有的不友善態度？

或許，就同Janus神殿的大門，因爲仍有戰爭、和平尚未到來，無法關上一般，唯有維持陰莖不全的狀態，才能提醒世人，雖然時代進展，但是社會對這個族群的歧視與傷害，始終存在。

## 生命的基調

《與舊我決裂，創造新我》，這本書的另一個要點是「決裂」，跟「創造」等同重要，必須雙管齊下。決裂的祕訣是：回到一切的初始，安撫不散的陰魂，解除過去對現在的騷擾，讓舊的腦神經開始崩潰、重組。

過去雖已過去，那個心理上未曾眞正長大的小孩，卻一直在現在現身。小姐已無法忍受現在，根本不想再多看鏡中的自己一眼，哪怕是短短的一秒也不願意。

但小姐知道，若想揮別過去，必須重溯既往。既要重溯既往，就得回到過去。只是回到過去，可能比勘探未來，更需要勇氣。

「過去」這麼籠統，分秒遞增，究竟哪裡才是最佳的切入點？如果要搭乘時光機器，應該把自己投射到人生的哪個階段？——顯然是個人歷史最關鍵的時刻。

記得，在還有心參加文學獎競賽的年代，小姐常上網關心某些獎項的截稿時間、揭曉日期、得主的學經歷和得獎感言，以及之前的決審記錄。

那是一個文學創作人網站，很多文學愛好者在上面留言，或暢談書寫的熱情，或講述投稿的點滴，或評析某部作品的優缺點。其中，不乏已在諸多競技場嶄露頭角的獲勝者，但也不是佼佼者，因爲佼佼者不用參與這種切磋、鼓勵的活動，他們天生就知道怎麼獲勝。

有個文友問及，在找不到題材書寫時怎麼辦？一位先進建議：何不說說自己的初戀，回憶青春年華第一次的身心悸動？因爲是第一次，勢必烙下了不可磨滅的印象，影響也最深遠。就算已在事發當初，疾疾寫掉，經過時間、人生歷練的距離，再回頭看，一定會有不同的體悟。

由於故事已有所本，在咬筆桿的當兒，不會有面對白紙的恐慌，重點在怎麼陳述、裁剪、增補、找出高度、賦予意義（donner du sens），不但可以磨鍊文筆，在自我解析的過程中，還可以釐清謎團，療治沉痾，甚至可以激發靈感，產生其他創作構想。

其實，就像一種執迷（obsession），藝術家終其一生，都在鑽研同一個主題、寫同一本書、畫同一幅畫。他的處理媒材或許不同，觀點也多有變易，但基調（leitmotiv）始終一致，總是反覆再現，去了回來，回來再去，一直無法改玄更張，另闢蹊徑——除非已窮盡所有可能（faire un tour d'horizon），徹底撫平了那個自覺或不自覺的創痛。

此外，在特定領域鑽研久了，藝術家漸漸樹立了個人風格，找到了屬於自己的表達方式，但同時也變成侷限——從此被貼上標籤、被歸入某個流派或類型之中，因著個人需要和市場需求，重複相同的創作。

就小姐而言，他有兩個永恆不變的主題：家庭和同性戀。家庭若濃縮到底，只剩「錢」的短缺和籌措，同性戀講白了，就是「性」的掙扎與追逐——怎麼跟他與M的問題，這麼相似？

根據很多資料顯示，家庭和同性戀息息相關，後者甚至是前者間接或直接的結果。所以，二者其實是同一個主題，只是有先後順序。悲哀的是，相對於周邊的社會，它們之間有個共通點——都給小姐帶來強烈的自卑感。

家庭對一個人的影響之大，《探索你內心的往日幼童（*Your Inner child of the Past*）》這本書，以Fleming的人生為例，講述了盤尼西林——即治療小姐梅毒的那個藥——如何被發現的故事。

Fleming有一個靜默、孤僻的童年，這個過去，使得他在長大成人之後，很難與人以話語溝通。他雖然早就知道這毛毛似霉的東西，可以殺菌、救人，但他卻無法說服主管，雇些化學專業的人，幫忙從中萃取抗生素，只一個人在接下來的十二年間，繼續埋頭培養青霉菌。

所幸一位生化學家，無意間讀到他的研究報告，還以為作者已逝，找了個化學家，協力在幾個月內解離出盤尼西林，從而拯救無數眾生。

Fleming的這個毛病，還險些讓他錯失了與心儀的女子——跟他一起工作的年輕物理學家——求婚、建立家庭的良機。

可見，Fleming內心那個少言寡語的幼童，確實嚴重限制了他的科學成就，並大大剝奪了他生而為人理應獲得的歡樂。

從這個歷史殷鑑，小姐知道不能任自己的往日幼童撒野、我行我素，不時跑出來胡鬧。

但他不想再怪罪家人，他相信沒有人是故意的，他只能以自己爲父母，給與幼童愛和關懷，彌補過去。之於他，僅家庭面的探討，就已經夠沉重了，要是還加上同志面的負荷，他一定會被壓垮。所以若碰到非說不可的狀況，他選擇分開表述——就像他高尚的論文，容不下卑微的同性戀；他露骨的自我書寫，也沒有家庭與親情插嘴的餘地。

不過，他曉得，二者是一體的兩面，終有一天，他將被迫把它們攤開來一起檢視，再也無法規避、閃躲。既然還沒辦法面面顧到，何不先從兩條線的交叉點，開始說起？

在這個點上，家庭尚未退位，個人也還沒獨立，新的情感——正是文學先進所提的初戀——卻已萌芽。而情感的對象，就是他未來性愛的雛型？那千百個哥兒們中的第一個？

小姐自問：該採用什麼媒介、哪種形式來呈現這個故事呢？

電影《花樣年華（*In the Mood for Love*）》的男主角，詩意地對著深黑的牆洞，絮絮傾吐與鄰居太太那段刻骨銘心的戀情，然後以土塞住，猶如蓋上封印，不再打開，不願想起。

儘管天地有靈，可以替他保存，但別人聽不懂他的心聲，無法分攤、分享。

與M走在吳哥王朝廣闊的廢墟間，石頭的廟宇，灰黑沉重，感覺堅實無比；參天的巨木，根鬚粗大，四處貫穿，竟像達利的時鐘，柔軟、停滯，看似不帶威脅，卻是對建築慢性而必然的破壞。

於是，古蹟的保護面臨兩難。到底是要保留考古學家發現廟址之初的蓁莽狀態，還是鋸除巨木，維護先人遺產？

小姐傾向後者。

與其浪漫地尋找牆洞，埋藏話語，不如伐木製紙，寫下文字。因爲，唯有對過去有了交代，日子才能無牽掛地前行。

那要怎麼述說我的青春年少呢？

首先，要絞盡腦汁，回憶過往，將罕有的斷簡殘篇出土。

小姐彷彿走在偌大的鐘乳石洞穴，拿著手電筒這裡那裡晃晃照照，心裡感到既害怕又期待。

滴水聲清脆，蝙蝠突然拍撲，他踩著自己的足音，以微弱的光束劃破黑暗，小心地摸索前進。

他企圖透過孤立或相鄰的亮點，估出大略的地貌，重繪一條如是行來的路線。

在追溯的過程中，他還依稀記得，那時曾撞到頭、滑倒，甚至跌入凹谷，摔得遍體鱗傷，好不容易才爬了起來。

資料在手，他思考著：以今日的燈管照射，必須經過怎樣的調校，才能排除後見之明？以壯年的角度回顧，該如何避開非當事人的客觀、冷漠，眞實重現當年的風貌？

然後，他像剪接一般，在似夢的黑暗中，將片段的影像、聲音，甚至氣味，在時間的橫軸上鋪排，並按邏輯與想像銜接、補綴。

這個過去，並未遠去，一直主導著他的思想和人生。

現在的他，那時卽已大致定型，雖然歷經諸多質疑、悔悟，卻不曾巨幅改觀，而且隨著歲月的增長，輪廓也越蝕越深，越來越不可能抹平。

舊地重遊、窺探往事，會有危險嗎？

眞的有必要翻弄過去、攪亂看似平靜的現在？究竟想挖出什麼、想證明什麼？

猶豫躊躇，既想知道，又怕知道，雖然他對眞相，多少已經有譜。

這個眞相，一點也不特別，可想而知，卻決定了他一生的走向，從此奉行不渝——只《因爲一個男孩（A cause d'un garçon，一部2002年的法國片）》。

但由於懷著祕密，怕被發現，必須時時遮掩、警戒，自然無法誠實、坦率地生活。

內心的這些憂擾、矛盾，便成爲他不斷感嘆、刻刻想望逃離的——生命基調。

# 記得當時年紀小

小姐早就不是小姐了。

可是小姐老是忘不了自己還是小姐，或在別人眼中還是小姐時的種種。這個稱呼——不知源起，始作俑者亦不詳——，已久未聽聞，但在他的心靈深處，卻像個印記，始終存在，總如蒼蠅一般，不時飛過來沾惹、搔撩他一下，揮之不去。

就同一張唱片，只要機器沒壞，就可以在某個時空或情境下，取出播放。機器一旦通了電，轉瞬，同樣的樂音，就會從過去復活，一遍又一遍，在腦際縈繞。

的確，只要想到這段過去，《黃色的玫瑰》超然但又無奈的旋律，就會在耳邊迴盪。它的歌詞——摘一束黃色的玫瑰花／寄給你表示我想忘了你／雖然一時我還不能忘記／褪色的夢總有天會清醒——，也跟著回來了，然後在心中重複唸唱，直到疲乏、失去意義爲止。

優秀學生名單，千呼萬喚，終於在公布欄張貼出來，引起了小小的騷動。行政大樓甬道擠滿了人，大家或半蹲或踮著腳尖，爭相找尋自己的名字。他們你一言我一語，有的歡呼有的悲嘆，然後慢慢散去。

在這所國中，一個年級有十二個班，每班約五十人。同個年級，不分男女，只要是前四十名，註冊時就可以減免學雜費。所以如果榜上有名，不僅是榮譽，對家境不好的學生，還有實質的幫助。

「哈！你也是優秀學生啊?!看你平常表現得並不怎麼樣。」

小姐轉頭朝聲源望了眼，又回看四周，才確定這個高個兒正在跟他講話。

一下子無法分辨這是幽默還是嘲諷，小姐假裝沒聽見，或沒聽懂，僅微微蹙眉，繼續盯著名單瞧。

看小姐沒反應，許是覺得無趣，高個兒便抿嘴聳肩，靜靜走開了；也可能高個兒根本不在乎自己說了什麼、語句是否傷人，並沒期待小姐回話。

同班年餘，小姐對這個高個兒，只知其名，不識其人。這是高個兒首次朝小姐張口，驚訝中帶著揶揄，感覺起來，如此的開場白，並不友善。

在班上，按高矮順序，他們一個坐第一排，一個坐最後一排，沒有共同的興趣或朋友，缺乏交集，下課了自然不會聚在一起；可是，高個兒顯然又注意過他，才會知道他也榜上有名，但究竟是爲什麼呢？令人費解。

小姐研究了會兒名單，高個兒排前三分之一，他排後三分之一，與上個學期相比，高個兒似乎退了幾名，他則進了幾名。

又不是前三名，幹嘛這麼驕傲？

其實，小姐從來就沒跟人爭排名，能儕身前四十，不用繳這麼多錢，他已經很高興了。

他雖沒刻意去分析高個兒言語背後的心態，但這樣的第一次接觸，確實給他留下了不甚良好的印象。

打從二下開始，奇怪的事情發生了。

小姐雖沒特別用功，名次卻一直往前飆，甚至擠下了一直穩占前三名的女生——貞就是其中之一。

沒有加倍努力，卻能夠名列前茅，在同學的讚嘆下，小姐自己提出了一個解釋：他停止不動，別人卻往後退，所以相較之下，他就進步了。

不過這個說法，正好與「學如逆水行舟，不進則退」相抵觸。

那他到底是進步了，還是退步了？或許，進或退還在其次，重要的是能不能維持吧！

貞是認爲，小姐比同學發育得晚、開竅得遲，但心智一旦獲得啟迪、被點通了，成績就突飛猛進。

她現身說法：因爲大部分的人讀書不是靠理解，而是靠「貝多芬」，但是課程內容越來越深、越來越複雜，如果沒有搞懂，就算記憶再好，也無法招架，最後排名就守不住了。

更令人眼紅的是，上了三年級以後，幾次模擬考，小姐隨隨便便就拿超過六百分，一副很有實力參加北聯的樣子。

有一天早上升旗時，還突然被校長叫上司令台表揚，讓他感到很意外。

可能就是在這個時候，小姐成爲衆所矚目的焦點，被看見了。

首先看見他的是阿培。

阿培也是優秀學生，排名在二、三十之間，與小姐並不是很熟。

阿培熱情地跟小姐提議，兩人放學後一起讀書、互相切磋，輪流在個別的家裡住一個月，直到聯考結束爲止。

對於這個提議，小姐呆呆的，沒什麼意見，也不曉得阿培爲何看上他。讀書不是個人的事嗎？有人陪成績眞的會更好？

阿培的前途，有大人規劃、指導，如上區裡最好的高中、讀國立大學——此時才能交女朋友——，畢業後，就可以找到高薪的工作；小姐完全不知道自己以後要做什麼，家人也從不過問他的學業，甚至不曾誇過他，以他爲榮，他只是乖乖地按學校的安排，上課、考試，既沒效法的榜樣，亦無憧憬的未來，像一根自生自滅的雜草，或一個沒人管束、不被寄予厚望的野孩子。

一起讀書的點子萌生之後，阿培積極推動，很快就說服了自己的爸媽。爲了表示愼重，大人還請班導幫忙，約好在一個週末下午，拜訪小姐的父母，協商此事。

雙方都同意後，先由阿培來家裡住。除了三餐比較寒傖，讓小姐有些不好意思以外，一切還算進展順利。

一個月一轉眼就過去了，輪到小姐去阿培家。臨行前，母親特別叮囑：上廁所時，衛生紙不要像在家裡一樣，一大疊一大疊抽，沒規矩。

想不到，挑燈苦讀的地點變了，平靜的生活也變了——因爲原本單純的環境，突然添加了一個新元素。

這個新元素，對近近的課業、對隨後的職業、對人生的走法，會產生什麼不可逆的效應呢？小姐毫無概念，也不曾想過。

要到書寫、回溯這段歷史，也就是在四十年以後，他才發現影響之深遠，清楚地標示了他人生的轉捩點。這個變化，起因於一位同學的侵入——不用說，就是那個曾在年前譏笑他的高個兒。他的樣子有些油條，綽號叫「蛇龍」。

蛇龍肯定是聽到風聲，知道阿培和小姐住在一起，一塊溫習功課、睡覺，開始在晚飯後，假借請教阿培問題，騎了腳踏車過來串門。

阿培自然很驚訝，這個自國小畢業以後，就不曾再打招呼的人，現在竟一下子熱絡起來，總覺得哪裡怪怪的。

阿培感到害怕，卻又說不上來爲什麼，但他隱隱知道，這一切一定和小姐有關——蛇龍其實是來找小姐的。

果然，阿培不過是蛇龍認識、親近小姐的媒介。因爲，蛇龍也看見了小姐。但蛇龍看見的也是成績嗎？還是別的東西？

隨著蛇龍的造訪逐漸頻繁，阿培的臉色越變越沉，眼神也越來越憂懼。

有著兔寶寶門牙的他，自認比不過蛇龍，不具競爭力，可能也勸不動小姐。可是他究竟在跟蛇龍比什麼、搶什麼呢？

蛇龍身高一八多，戴了眼鏡，有點書卷氣，帽沿卻從中對折，側揹的書包一垂到底，褲子則改窄，襯托出翹翹的屁股、長長的腿，樣子像小混混。由於叛逆、對一些事有意見，常挑戰學校的禁令與要求，看起來很屌，渾身散發著壞男孩的魅力。

蛇龍吹牛或講古時表情豐富，用字精準、風趣，有著濃濃的鄉土味。課後偶會與放牛班的狐群狗黨，聚在一起抽煙、抬槓、打鬧。

自然，循規蹈矩的好學生，如阿培，都跟他保持距離，不敢也不願意與他有所牽扯，所以在升學班，他一個朋友也沒有。

小姐猜想，如此高調、色彩鮮明（haut en couleur）的人，應該很寂寞吧！

蛇龍有厚厚的面頰，只要張開嘴巴，手指往內側一摳，就可以發出「啵」的一聲，很響，小姐卻怎麼也學不會。

蛇龍也喜歡以姆指在唇上緩緩抹一圈，像在暗示什麼，很神祕，甚至可以說——很性感。這個動作，深烙在小姐的記憶裡，一直要到看了高達（Godard）的電影《斷了氣（A bout de souffle）》，他才知道出處。不過，那已是二十五年後的事了，而且意義依舊晦澀難懂。

於是，小姐在拘謹、無趣的阿培之外，發現了一個不被瞭解、與眾不同的蛇龍；蛇龍則爲小姐平淡、窒悶的生活，帶來了新鮮的空氣（apporter une bouffée d'air frais），一方面開展了他的眼界，一方面卻遮蔽了他窮究未來的目光。

那是什麼樣的眼界和目光呢？

就像小姐第一次配眼鏡，他如外星人般，耳上垂掛著沉重的框架，上頭嵌有調校近視及閃光度數的鏡片。他兩手向前攤展，試著在眼鏡行內外行走，又是遠觀，又是近看。

一開始感覺地面高高低低、左右偏斜，有些暈眩，但是很快地他就適應了。

久了，他這隻四眼田雞，便習慣以這種方式看待人生，已回不去裸視的狀態，雖然太陽穴附近常夾得很痛。

這時時存在的痛，常將他搞得心煩意亂。有一天實在受不了了，他在一氣之下，狂暴地把眼鏡摔掉，此時除了聽到耳畔急速的心跳，眼前忽然落下一片濃霧，彷彿又回到必須伸手探觸、緩步前行的起點。

可是他的度數畢竟太深了，若沒眼鏡，他已無法生活。

那就改配隱形眼鏡吧！

但在舒適之外，還是必須承受伴隨而來的不便，如眼睛乾澀、不透氣、容易被指甲刮傷等。

而且在上了年紀之後，狀況更糟，雖然配了雙焦眼鏡，不管是軟是硬，遠近仍同時模糊，靈魂之窗變得異常狹窄，能看到的景觀大大受限。

要不乾脆做雷射手術，如曾經想對他的咽喉動刀一樣？那將是另一種眼界和目光。但小姐暫時不認爲一切已敗壞到那個地步，非改變不可。

「僅在不舒服的時候想想」，這就是他對很多事情的態度。

一個週末的夜晚，蛇龍又跑來阿培家聊天，還提議去找貞玩。

阿培沒興趣，說要溫習功課，小姐卻想放鬆一下，到外面走走、透透氣，這樣書讀起來才更有效率。

不用說，阿培不喜歡蛇龍，不願跟他鬼混、浪費時間；小姐則很好奇，想多認識他，並稍稍脫離阿培的呆板與束縛。

兩人第一次獨處，小姐問蛇龍綽號的來由。他說「蛇」是形容詞，「龍」是名詞，是他的小名，標記了他的出生時間——生肖交替，龍尾蛇頭。

由於貞住得遠，走路要四、五十分鐘，便由蛇龍騎腳踏車載小姐去。

蛇龍帶小姐去拜訪貞的目的是什麼？是因爲她的成績好，想跟她請益？這不正與他到阿培家的目的一樣？或者他們是小學同學，很熟，想把貞介紹給小姐認識？還是他雖然笑謔貞太胖，臉上又長滿紅紅的青春痘，私底下卻覺得她很漂亮，想追她？

眞正的理由，小姐並不清楚，也沒多想，因爲他對周遭情感的暗流，很遲鈍。

不過小姐早就發現，貞有西方人的五官，大概是她久遠的祖先，曾與荷蘭人或西班牙人混過血吧！

國三的她，的確與二十年後來法國看小姐那個瘦削的女人，截然不同。顯然當時在沉重的升學壓力下，由於常熬夜、愛美，又動不動節食，便造成了身體發育的失調。

腳踏車行進，寒風迎面，吹得小姐猛打哆嗦，直在後面喊冷。蛇龍聽了，要小姐把頭塞入他的衛生衣裡，這樣可以取暖。

臉頰緊緊貼著他的背，小姐嗅聞到一股迷人的體香，混著洗衣粉乾淨的氣味。

街燈陰暗，不確定是哪一家。因是臨時起義，沒先記下電話號碼，無法聯絡，蛇龍也不敢在大馬路上大聲嚷嚷，呼叫貞的名字，只好折返。

雖然尋找未果，兩人並沒十分在意，有一點acte manqué（心理學裡的「失誤動作」）的感覺——卽表面上儘管失望，卻是潛意識裡的期望，反而鬆了一口氣。

之於小姐，有沒有達成目標沒關係，最重要的是過程。對找貞，小姐是旁觀者，對夜色、對車燈照耀下腳踏車偏閃的旅遊，他是參與者，所以既遠又近，同時內外穿梭。

回途，不用邀請，小姐已將頭伸入蛇龍的衣服裡面，緊緊圍抱他的腰腹，感到很「幸福」。好奇怪而陌生的用語，卻是小姐眞實的感受。在小姐心裡，這就是所謂的「體膚之親」了。

此時，小姐不用看見外面的夜色、行走的路徑，不用聽清楚蛇龍的喋喋不休或歌唱，更不用敍說什麼理想、抱負、憧憬，像隻三不猴，讓一切跳動、懸浮，也將一切交給蛇龍。

一切，包括近近的未來，那幾分鐘之後就得回阿培家的未來，這一點小姐心裡有數；一切，也包括長遠的未來，會怎樣起伏跌宕，小姐毫無所悉。

但《夜遊》——一本馬森的書，小姐在上軍校時，曾捧讀多遍——裡的諸多組成，除了出國留學以外，已然俱備，旅程卽將開始。

最後一堂課鐘響，一陣收拾書包、推拉桌椅的聲音，夾雜著同學的談笑。

小姐正要起身，突然有人拍他的肩膀，轉頭一看是蛇龍。

「你先別走，我有話要跟你說。」

「可是，我要和阿培一起去坐車。」

「你就跟他說你有事，必須晚一點回去。」

小姐雖覺得不妥，還是找了個藉口，把阿培打發了。畢竟蛇龍這麼性格、特別，小姐不想拒絕他。小姐當然無法預料，因爲這個決定，幾分鐘之後，他的人生將從此改觀。

阿培走時，滿面愁容，還忍不住頻頻回首，以憂傷的眼神哀求小姐改變主意，因爲這是一個半月來，兩人第一次沒同進同出。

我該怎麼跟爸媽解釋呢？阿培這樣問自己。

阿培猜小姐一定是和蛇龍有約，可是蛇龍的名聲這麼不好，實在不懂小姐幹嘛還跟他鬼混？

也不曉得爲什麼，阿培就是有一種一切卽將傾倒、崩壞之感。上次蛇龍來家裡載小姐去找貞時，阿培就有小姐會被奪走的不安。

冬天，不一會兒天色已暗，同學都紛紛走光了。

燈亮著，小姐和蛇龍坐在靠窗那一排最後兩個位子。

小姐轉頭，等著蛇龍告訴他，爲什麼要他留下，兩人卻不明所以地四目相對、含情脈脈，但沒有尷尬。

怕外面的人不小心瞄到了，他們竟不約而同地從椅座滑落，蹲坐地上，好像早已知道接下來會發生什麼事似的。

果然，有如接到命令，遠古的命令，他們默契十足地閉眼、傾斜臉頰、湊近嘴唇、互相環抱。緊接著，蛇龍伸出舌頭，深深攪拌、給予，小姐則怯怯地回應、接受。

這個接吻的動作——小姐後來才知道，就是*French kiss*，此卽他十五年後到法國品味正統的原因？——，不用學、不用人教就會了，還超越語言，像生物本能，儘管性別錯了。

或許，就連性別錯了，也包含在生物的本能裡？還是說兩人相濡以沫，非關性別，重點是感情？

感情？眞的是因爲感情嗎？好像也不是這麼明確，只能說是一種無法解釋的吸引力吧！

而且，不只是唇舌有反應，還有別的東西在他處升起，有些緊張、硬繃，但並不是不舒服，或痛，而是像一種壓力，美好的壓力，不斷積累，等待從某個出口，獲得釋放。

下課、在教室裡發生關係的情節，郭強生的《斷代》已經寫過，但同中有異。

小姐的故事，早了一年，在國三上演，而且蛇龍最後還是回歸了屬於他的族群，不再與蛇類往來。

可能這個翻雲覆雨的經驗，只是一個成年禮、一個變成男人的過程。就像《墨利斯的情人（*Maurice*）》裡，兩個主角不同步的心路轉折。眞是這樣嗎？小姐果眞是蛇龍的唯一？

走廊傳來腳步聲，兩人倏地彈了開來，顯然他們都知道這個行爲不對，擔心被人撞見。

兩人趕忙站了起來，揹起書包，熄燈，走出教室。

匆忙間，蛇龍早忘了之前要跟小姐說什麼。不過這已不重要，因爲要說的，已以濃濃的「不口液」傳達了。

但他們的世界變了，因爲有了祕密，從此表達與通訊必須加密、設定暗語。而有了祕密，也意味著他們長大了，一切該由自己負責了。

「不口液」的叫法，並不高明，講的就是因接吻而交換的口水，即「吻液」。

小姐記得的，還不只這個。

在織夢，在將信紙摺成條狀、打結、壓扁、擲遞的年紀，他們還替彼此取了個瓊瑤式的綽號——不！「綽號」通常有俗氣、貶低、嘲笑的味道，「筆名」可能比較恰當，雖然與文學、書寫並沒太大的關係——：蛇龍是「雲軒」，貞是「雨倩」，小姐則是「青青」。前兩者從「雨」，後兩者共「青」，首尾似無交集，一個高聳、飄飛，一個固著、接地，分屬兩個世界。

然後，蛇龍一邊踩著自行車踏板，一邊哼歌，準備把小姐載回阿培家——一個已經發生過的情節。

一路下坡，在短短不到二十分鐘的路途裡，小姐攬著蛇龍的腰，臉側貼著他的背，聆聽不成語言的轟隆，同時嗅聞熟悉的洗衣粉清香，感到陶醉而恍惚。

特別是，這一次他們並不在找一個不在場的貞，毋須再以她爲藉口獨處，百分之百是兩人的事。

路經蛇龍家，他們先停下來休息。

蛇龍把小姐領上二樓，扔下書包，在喝了杯果汁之後，關上房門，從抽屜裡取出春宮雜誌給小姐看。

裡面的男女，個個姿態不雅，一切濕潤、腫脹，甚至有些骯髒，但重點部位都遮黑了，看不清楚具體的樣貌。

「你知道嗎？上面什麼顏色，下面就什麼顏色，不過底下通常是卷的。」

這眞是一個天大的發現，從此小姐必須比照頭髮及鬍子的顏色，在下體上方抹下相對應的陰影、火花，或者光芒。

這就同小姐在美國西部旅遊時，第一次驚覺山不見得是綠色的三角形，它也可以是光禿禿的褐色、灰色、紅色，有的沙丘還是白色的，有的巨岩形狀甚至誇張得像兩隻矗立的手掌；幾年前去阿根廷北部，才知道那裡的山丘，有的竟可以像一輪輪彩虹，顏色好多層，讓人嘆爲觀止。

的確，沒有看過、比較過，還眞以爲陰毛都是黑色的呢！

啊！原來這些充滿肉色照片的雜誌，就是蛇龍性知識的來源、就是他比自己早熟的原因。

接吻的同一天，一下子收到這麼多有關性的資訊，小姐當然無法想像，在未來的旅程中，將有更多令自己瞠目結舌、目不暇給的生命情狀與場景，等著他去發現、體驗，儘管是單性的。

蛇龍總算把小姐送回阿培家。

看阿培匆忙起身迎接，蛇龍只遠遠地揚頷揮手，一話不說，便離開了。

燈光下，小姐注意到阿培的眼睛紅腫，之前顯然哭過。

聽到聲音，阿培的媽從廚房趕了出來，雙手在圍裙上揩了又揩。在確定小姐平安無事後，才鬆了一口氣。

她沒質問小姐和蛇龍在學校搞什麼鬼，只叮嚀他，既然住在這裡，下課如果不能同阿培一起回家，一定要先打電話報備，不然大人會很擔心的。

「你的爸媽把你交託給我們，我們有責任把你看好。」

小姐低頭認錯：「好，我以後會注意。」

但他仍有些恍惚，思緒還在他方，所以並不能眞的設身處地，體會他們的感受與恐慌。與阿培一起讀書的狀態已經改變，蛇龍給小姐帶來了與友誼性質不同的東西。這個東西，就是人們所謂的「愛」嗎？這就是他的「初戀」嗎？

小姐機械地吃晚餐，臉上雖未露出陶醉的神色，阿培和家人卻明確地感測到某種微妙的不同，但很難講清楚到底是什麼。

他心不在焉地夾菜、扒飯、咀嚼，一個小時前的那一幕，在他的腦際一遍遍重播。儘管他不斷更新版本，轉換觀察角度，甚至從別的感官下手，仍拼不出全貌，找不到究竟是碰觸到什麼機關，引爆了這一切。一次次重新體驗的反芻，令他疲倦，擁有巨大的祕密，無法與人分享、談論，讓他只想快快躲起來，獨處。所以，洗過澡，書沒讀幾頁，他就說很累，要先上床躺下，像病了一般。

短短兩個禮拜的時間，因爲蛇龍的出現，阿培平靜的生活被攪亂了。阿培原先以爲小姐跟自己比較親，現在他發現小姐似已逃出他的掌握，說不定不久以後，就會被小姐遠遠地拋在一邊。

大家都知道蛇龍品行不良，唯獨小姐看不見，是小姐品味有問題，還是被蛇龍的甜言蜜語給蒙騙了？或者在小姐的本質裡，也有邪惡的一面？我該怎麼做，才能讓小姐回心轉意？

大約一個小時之後，阿培來到房間。

他先閉上眼睛，像在祈禱，然後顫抖地在小姐唇上迅速地偸親了下（baiser volé），然後拉起被子，滿意地轉身入睡。

其實小姐淸醒得很，他雖被阿培嚇一跳，但文風不動，不想讓阿培難堪。

想不到，阿培雖然鈍鈍的，還是猜出了他和蛇龍之間正在進行的事，而被迫有所作爲，看看是不是可以把他搶回來。

兩人能夠同住這麼久，除了上課時隔著幾個座位以外，整天都黏在一起，一定有某種程度的感情，但他們再怎麼親近，也不過是朋友。

所以，對阿培的這個動作，小姐雖然感到突然，並沒有被侵犯的不悅，或覺得嫌惡，反而對阿培產生了憐憫與歉意。

但小姐討厭阿培哭哭啼啼的樣子，這給他很大的壓力，而想逃跑，眼不見爲淨。

躺在阿培身邊胡思亂想，小姐並沒有自覺，這將是他的人生中，極爲重要的一天。這個天知道怎麼發生的初吻，不止讓他失去了純眞，還決定了他的性傾向。他像破殼而出的小鴨子，把移動的東西認作媽媽，從此執迷不悟。

第二天要畢旅，蛇龍藉口怕早上睡過頭、耽誤大家時間，徵求到阿培家過夜。

一切行李打點妥當之後，大家一塊就寢。

小姐雖然知道蛇龍想跟他親熱，但有阿培偎在一側，他們什麼也做不得。

半夜蛇龍還窸窣下了床，小姐本以爲他只是去小便，可是半晌不見人回來，便起身查看。

才發現他一個人，呆呆坐在樓梯口，雙手撐頭，像在想什麼。小姐問他怎麼了？他說有阿培在，他睡不著。小姐勸他、輕拍他的肩膀，他依舊不理，最後只好隨他。

又再過了好一會兒，抵擋不住睏倦，蛇龍終於投降了。但他剛鑽回被褥、躺平下來，就鼾聲雷動，反而換小姐失眠了。

這就是蛇龍不肯比別人早進入夢鄉的原因嗎？

在南部某飯店頂樓的遊樂園裡，小姐和蛇龍手握手乘坐飛車，在黑暗的隧道疾馳，有時還被拋出筆直的大樓，以爲就要墜入底下小小的燈火之間。

他們還在風聲鶴唳的鬼屋裡接吻，完全無視四面八方突然衝出的骷髏，覺得一點都不嚇人。機器的滾軋、同學的尖叫，都已退到很遠，全世界只剩他們兩個，以微濕的手心、青春的體熱，溫暖彼此。

回到旅館後，由於每個房間都擠了好幾個同學，盥洗、上廁所都要排隊，獨蛇龍那間沒什麼人——大概是不受歡迎的緣故。

蛇龍見狀，竟天眞地當衆向小姐提議：「你可以過來跟我一起洗啊！都是男生沒關係。我這裡有洗髮精和肥皂，你什麼都不用帶。」

儘管從不曾在別人面前裸裎，就連打赤膊都會感到難爲情，小姐對蛇龍坦率的邀請，其實是有些心動的。

阿培趕忙拉拉小姐的衣擺：「你眞的要跟他一起……脫光？」

大家都朝小姐轉頭，眼神怪異，等他答話。他掙扎了會兒，不得不斷然回絕，而非保留情面的婉拒。

深夜，似夢似醒中，走道傳來一陣陣狂吼，像困獸的咆哮，但小姐聽不出是誰的聲音。

突然，一位同學急急跑過來敲門，把小姐從床上挖起，告訴他蛇龍在哭，一直在喚他的名字。

一旁被吵醒的阿培，在搞清楚狀況之後，馬上又露出了哀戚的表情。

整個房間酒氣醺天，癱在床上的蛇龍，已神智不清。他這樣灌酒，心裡到底有什麼委屈或痛苦？因問不出端倪，也聽不懂他在講什麼，小姐只得離開。

可是回到自己的房門外，小姐發現阿培也在哭，頓時感到很煩，已無心力去安撫、面對，便摸到另一位同學房間躺下，輾轉過了一夜。

有生以來第一次，小姐被迫覺得該對別人的痛苦負責，但他不喜歡這種情感的束縛。

次日早晨，車外起了濃霧。許是怕再被傷害，阿培沒跟小姐坐一起，蛇龍則看起來心情很好，前晚的失態好像已一概不記得了。

蛇龍特別跟人換了位子，坐到小姐旁邊。兩人分離一個晚上，終於再度聚首，忍不住在其他同學的沉睡中親吻。小姐發現，蛇龍的舌尖還帶著濃重的酒味。

畢旅本就是爲了留下升學壓力以外，大家一同出遊的美好記憶，但小姐和蛇龍沒敢公然膩在一塊，阿培也主動閃開，所以在後來編的畢業紀念冊裡，竟找不到一張他們的合影。

沒有照片，沒有情感存在的證據與線索，使得途中發生的事，以及他們之間暗藏的關係，在數十年之後回顧，都只像是小姐個人的想像。

詭異的是，小姐從沒問過蛇龍，在找他一起洗澡時，心裡在想什麼？也不曾探詢，那晚蛇龍之所以買醉、嚎啕大哭的原因？

是遲鈍、不關心，還是沒有好奇心？或者怕問了，會讓蛇龍覺得丟臉？

這麼多年後，把片段的記憶拼貼在一起，小姐的心中仍有很多疑團未解，可是可能已經沒人可以幫忙開釋了。

畢旅後不久，小姐在阿培家已快待上一個月。

深知小孩進入叛逆期很難管教，阿培的爸媽怕小姐會被蛇龍帶壞，對他的父母不好交代，也擔心他的行徑，不論在功課、情緒，甚至品德上，會影響自己的兒子——這才是眞正的原因？——，便沒繼續讓他們一起讀書。

小姐對阿培沒有太多的感情，也不同情，覺得他只是想把自己佔爲己有，容不下蛇龍的介入。容不下蛇龍的人，雖不是敵人，但已不是朋友。所以對於必須離開阿培，小姐並不認爲是件壞事或打擊，反而有解放的感覺。

在把小姐遣回前，雙方家長應該有先通話，但僅禮貌性地打個招呼、道謝，並沒詳述原因或提出警告。這些背後操作，小姐並不知情，也懶得理會，因爲他已墜入情網，無暇他顧。

國中談戀愛本就不被允許，更何況是人們不能接受的畸戀！此時的他，頭腦昏昧，天天想著蛇龍，已失去思考、反省的能力，更別說用心讀書了。

被看中，然後被謝拒，只短短兩個月的時間。

沒人出來開導小姐，分析、解釋給他聽，爲什麼最好不要跟蛇龍在一起；而在那個年紀、在狂亂的心境下，越是被大家排斥、反對的東西，越要緊緊抓牢，苦口婆心的勸說，就算再有理，也聽不進去。

獨自回家住，父母並沒問：不是一邊一個月嗎？怎麼這次阿培沒跟來？

也好，不然還要編故事。不過，沒阿培在一旁礙手礙腳、當電燈泡，小姐確實覺得自在許多，也沒有道義上的負擔。

放學後，上坡，蛇龍一邊講話，一邊牽著腳踏車，陪小姐走回家。到時，兩人還依依不捨，便將腳踏車倚牆靠著，拐入已轉漆黑的國小操場。他們在那裡熱情擁吻，直到被閃過的暗影驚擾，才倏的散開。

第二天，一位同學意有所指地說，在路邊看到蛇龍的腳踏車，覺得奇怪，便到操場找尋。這是碰巧的跟蹤嗎？

某天下午沒課，天氣晴朗，蛇龍和小姐把書包留在教室，踏上學校後面的鐵橋，計劃到小溪對岸的山丘，找個隱蔽處親熱。

沒想到，人同此心，一上橋就撞見一對男女正在接吻、撫摸。是同年級的學生，在放牛班，可能因爲沒什麼考試壓力，可以在這個領域盡情探索吧！

經過時，女孩泰然自若地看了他們一眼，毫不畏縮或躲藏。她其實並沒有挑釁，可能也沒猜出他們來此的目的，但小姐卻心虛地低下頭，一副單純、不諳世事的模樣，像還沒發育的國一生。

踏青歸來，黑板上，有人用粉筆勾繪了兩個男生嘟嘴接吻的畫面。這是對他們的嘲諷與警告嗎？

蛇龍一話不說，便取了板擦，憤憤地在盛灰的底座上敲了敲，然後把拙稚的卡通人物，一一抹除。

以一同溫習功課爲由，蛇龍會到小姐家過夜。

那時因浴廁重建，先在庭前燒水，再倒入擺在一邊的浴缸中。小姐拉上布簾，關燈，兩人一起快速洗澡。

雖然實現了畢旅時蛇龍的願望，但因家人就在客廳看電視，完全不是互相探索、表達恩愛的時刻，所以連彼此長得什麼模樣，都沒看清楚。

在房間裡，他們先乖乖做功課。

蛇龍驚訝地盯著小姐的右手看，問他爲什麼寫字時，除了握筆，還要伸直小指？

小姐從不知道自己的寫字姿勢跟別人不同，但他有他的理由——伸直的小指，可以在橫寫時，撫平因汗濕皺褶、卷翹的紙張。

這會不會是女性化同志，在喝茶或喝咖啡時，拈著杯耳，優雅地舉著小指的樣板動作呢？蛇龍如此猜測。

爲了進一步驗證，蛇龍要他檢查一下指甲，左右手都可以。

他掌心朝自己，然後彎起手指，作勢看了看。蛇龍這才放心地解釋說：如果是女孩子，她們會靠攏並伸直手指，然後把手背轉向自己，放遠欣賞。

但蛇龍並沒注意到他左手的姿勢——拳頭緊握，姆指塞在食中指之間——，卻給很後來很後來的M逮著了，裡面也藏有乾坤。

那要在看了西斯汀小堂頂棚壁畫的解說後，小姐才曉得，這個動作代表了「幹！」、「肏你的！」、「*giving someone the finger*」、「*flipping the bird*」的意思，與其現代版——公然豎直中指、手心朝內（faire un doigt d'honneur）——相比，私密而低調多了。但這個現代版，和lèche-cul一樣，單單想像那個動作，就會讓他微微亢奮。

小姐的這個姿勢，指向的是讀書、考試的苦差，還是周邊喜歡批判、好管閒事的社會？

大約十五年後，共事的香哥，在聚餐時也發現了小姐的一個怪異姿勢——握筷如握筆。

此時小姐已年過三十，要改已經很難了。

香哥不解小姐是怎麼長大的，家人沒教嗎？這麼明顯的錯誤，在讀軍校時，那所有的動作都必須一致的地方，總該被長官看到、糾正過吧！

沒有！小姐完全不知馭筷有術，竟逃過重重關卡，渾然不覺地存活下來。

在法國的中餐館吃飯，裝筷子的長條紙袋上，都有列印正確的拿筷姿勢：姆、食指分開持筷，一靜一動，以形成約十五度角的筷尖夾菜。

法國朋友按說明有板有眼操弄筷子，覺得挺好玩的，小姐則寧願以湯匙舀菜，再用刀叉固定、切割──他可不夠格教人用箸。

這是世上少有，因對小姐有興趣，而發現他、讓他發現自己的三個人。

作業總算寫完了，該複習幾天後的考試了，但小姐和蛇龍哪裡看得下書！

他們倒在床上接吻，彼此輕撫，蛇龍早硬得不行，便大方地褪下褲子，讓下體搖搖擺擺地蹦了出來。

小姐屏息端詳，幾乎斷了氣，手指毫不遲疑地輕輕滑過龜頭下緣，那裡有一粒粒小小的凸起。

小姐提議替它畫像，便窸窸窣窣地在作業本上，以藍色的原子筆勾勒輪廓，然後細密交叉，形成陰影、顯現體積──他的第一張人體素描，局部的。

啊！這大概就是二十年後，他在藝術學院面對勃起的模特兒時，伴著手下的咔嚓聲，腦際突然閃現的影像吧！

畫畢，看蛇龍雄偉得快爆炸了，小姐想成全他，便建議：「我去拿衛生紙，你千萬不可以自己打出來喲！」

「好，我等你。」

小姐回來後，看它平靜守分，問道：「你沒自己打出來吧？！」

「當然沒有！如果打出來了，因為之前充血，一下子消不掉，短時間之內還會有點硬。不信，你看是不是軟軟的？」一邊把玩給小姐看，陰莖才又慢慢挺舉。

還眞的呢！多麼精準的觀察！小姐那時就很驚訝，蛇龍才比自己大六個月而已，對性事竟已這麼有研究。

這一點，近四十年後回想起來，小姐還會搞錯，以爲是：如果打出來了，馬上就會變軟，之後再怎麼狎弄也沒輒了。

小姐凝視、撫摸、親它、含它、寶貝它，也是不用人教就會，還拿它貼著臉頰廝磨。

蛇龍射得滿胸滿腹，小姐只得用他們家灰灰的衛生紙，幫他揩淨。

望著一團團濕黑，小姐窘迫萬分，覺得低人一等，不曉得蛇龍注意到沒？

小姐近日看了韓國片《寄生上流（*Parasite*）》，讓他感觸良多。

住在阿培家時，他就已經注意到兩個家庭的差異：一邊優渥，一邊拮据；一邊關心孩子的成長，一邊完全輕忽；一邊在意他們的課業，一邊不聞不問。奇怪的是，他並不羨慕。他只是默默立下心願，以後不要受到錢的捆綁。

與M的相處，則強化了英文片名「寄生蟲」的意義。

他除了覺得對不起M，並沒趕緊賺錢、改變現況的想法，也對錢的有無、對未來怎麼過活，既不焦慮，也不重視，可以說完全無感。

因爲，他一直有個信念：越是擔心沒錢用，越容易抓襟見肘，越覺得不夠；越是視錢爲身外之物，越不會餓死，積蓄雖然不多，但絕對不虞匱乏。

不像他的爸，都已經八十好幾了，還被錢牢牢牽制，老想著怎麼跟孩子揩油。

本片令他印象最深的是——貧窮的味道。

這味道不僅是物質、可聞、屬於特定環境的味道，也是氣質、可感、屬於成長背景的味道。

年輕時，他討厭但除不去那種積累、浸染在髮梢、顏面、衣服上的貧窮味道；現在，他自認他的人生——這個人生，包括他自己，還有他貧窮或說小康的家人——還算富有、豐足，他已不再在意別人的目光。

灰灰的衛生紙，堆積如山，粗糙劣質，那時恥辱的象徵，曾幾何時，在他心裡已變成環保再生紙，很chic（時髦）。

夜裡睡覺時，小姐寶貝著蛇龍的下體，愛不釋手，深怕清晨醒來，小鳥已經飛去。這一幕，到法國讀書後，在帕索理尼的《一千零一夜》裡，得到了呼應，差別是——怕小黃鶯飛去的，是隻少女的手。

之前，蛇龍說要看小姐的。

幾番推拒之後，小姐滿臉羞紅地把東西掏出來，竟是這麼粗大而歪曲——果然不是直男——，毫不秀氣。

蛇龍驚嘆：「啊！你比我還像男人！」

但蛇龍只是看看，並沒伸手撩撫，或幫小姐搓打，更別說舔吸了。小姐只得趕忙把見不得人的性器，塞藏起來。

蛇龍的反應，其實已經透露了一些訊息，但小姐那時缺乏經驗，還不懂如何解讀。

小姐自然不知道，當時令他覺得丟臉、與尖細的嗓音格格不入的性器，在遠渡重洋的未來，竟救了他。在往後的人生裡，儘管一般來說跟外國人仍不能比，但他從不會因爲尺寸的問題而自卑，也能坦然在別人面前寬衣解帶。

那張藍色的畫，後來不知怎的失蹤了。是被家人發現了，覺得不雅而撕毀、丟棄嗎？家人知道那不是小姐的陰莖吧！他們是不是猜到了小姐和蛇龍的關係？

詭異的是，小姐對蛇龍的陰毛，不論其質地或分布，皆毫無記憶。

它勢必存在，否則小姐一定會注意到，何況這是他首次看到別人的陰毛，總該有些反應吧！但卻一點印象也沒有。

這似乎與他後來養成的習慣——喜歡整體看男人的裸身，然後近觀陰毛、體毛——，有很大的出入。

睡覺時蛇龍的呼聲驚天動地，說是患鼻竇炎所致，也難怪他說話帶著濃重的鼻音，更增加他的魅力。

打從兩人口沫交流以後，小姐有事沒事就像感冒一樣，總有些鼻塞、微微頭疼，醫生診斷得了慢性鼻炎。

小姐愛屋及烏，就連蛇龍的病菌也愛，而且自那時起培育至今，已融爲身體的一部分。這讓小姐從此對愛情，要不瘋狂追求，要不完全免疫。

「小姐，我被拉鍊卡到了啦！你趕快過來幫我一下。」門微開，蛇龍探出頭，確定沒有其他人後，朝廁所外喊著。

「好啦！你在哪一間？」

「你進來就知道了。」

廁所裡，左側是分隔的尿池，右側是一間間蹲式便池。第三間門開著，小姐勾頭一看，蛇龍正三七步站在那裡，雙手分開擱在隔間頂梢，褲子、內褲落在鞋上，下體直指十二點。

小姐還在猶豫，就被蛇龍一把拉了進去。

蛇龍確實上過大號，儘管沖掉了，空氣中仍迷漫著微微的屎味。在那個純眞的年紀，小姐絕對不會知道，這將是十五年後，同志*cruising bar*裡獨特的氛圍——一根根勃起的陰莖，一個個滑溜的屁眼，到處黏黏濕濕，以及那股混雜的味道。

小姐幫蛇龍解決後，兩人開門出來，剛好被一位突然闖入的小個子撞見。從他稚嫩的模樣看來，應是一年級的學生，底下可能都還光禿禿的。他急急選了個尿池站定，身子後弓，掏出，才閉目仰頭，一副終於解脫的表情。

他其實什麼都沒看到，大概也沒多想兩人擠在同一間便池幹嘛，頂多以爲躲在裡頭抽煙吧！

蛇龍卻心虛地靠上前去，一手撐在分隔上，一手拍他的右肩，問他幾年級、上哪一班、什麼名字，把他問得莫名其妙，但又約略知道那是一個威脅，最好閉嘴。

小姐覺得蛇龍這樣做欲蓋彌彰，反而啟人疑竇，便先走回教室。

他們在小姐家後的山丘散步，放眼一片茶園，四下無人。

蛇龍又有了慾望。

不敢明目張膽，兩人先脫下深藍的夾克，鋪在黃土地上，然後在一壟一壟、及膝高的茶樹間躺下。

蛇龍在上面，以全身的重量壓著小姐，還瘋狂地吻他，讓他幾乎無法喘息。

拉鍊、皮帶開解的下半身，則前後搓動、繞圈——那是他們第一次脫鞘比劍，測試彼此的硬度與體溫。

他們這樣磨蹭，一方面專注、忘我，一方面分心、警戒，直到蛇龍抽搐、嚎叫、撲倒爲止。

從此，小姐喜歡像磅秤一樣，度量男人的體重，並在嘴唇的套封、舌頭的攪撥中，憋氣。這種壓迫與窒息的感覺，眞實而全面，像被愛、被需要，成爲他性幻想的一部分，也成爲他性交時期待的一部分，但少有人把全身的重量交給他。

而想的時候，就得解決，不論在哪裡，但因有違禮教、不雅，必須躲躲藏藏、提心吊膽，可是不可否認的，卻越危險、越刺激，無法克制。這正是男男在森林、在海邊、在人們絕不會預期的地方，冒著被撞見的危險，放肆交媾的原因吧！

突如其來，一天早上，放書本文具時，小姐在座位抽屜裡，摸到一朵黃玫瑰。帶刺的莖桿上，綁著一封信。

黃色的玫瑰——不祥的預兆。

小姐雙手顫抖地把信解下，撫平閱讀，不幸證實了這個直覺。

開宗明義，蛇龍道歉說，必須跟小姐分手。因爲他是家裡唯一的男孩，又是老大，與小姐維持這種關係，對不起父母。而且這樣的感情，不被社會接受，只能偷偷摸摸，沒有明天。

這些，看似言之成理，卻不成理由。

何況，兩人從未聊過這個話題，亦不會爲此爭論不休，好端端的，蛇龍幹嘛要同他絕交？到底發生了什麼事？

加上，這封信僅是單向的告知，完全沒有商量的餘地，小姐除了震驚、不解，似乎只能接受。

他因此懷疑，打一開始，兩人之間就沒有愛。

蛇龍挑上他，除了因爲他的成績，大概只是單純的需要與便利吧！他充其量不過是一個女生的替代品。

畢竟蛇龍精力旺盛，想的時候，總要找個人、找個地方發洩，而且跟他在一起，不用承擔開苞的責任，也沒有懷孕的恐懼。

還是因爲蛇龍受不了旁人惡意的訕笑？

嗓音柔細的小姐，被懷疑是同性戀還說得過去，蛇龍這麼男性化、這麼江湖、這麼像屌屌的哥兒，卻有這種癖好，那可不行！以後在死黨面前，該如何自處？

所以，如果蛇龍發現自己接近男色，不是像監獄裡的囚徒，因特殊環境而產生，而是眞的有這個傾向，那就完蛋了！今後要怎麼做人？

課堂上，小姐無聲哭泣。儘管內心澎湃洶湧，他仍強抑著肩膀的抽動。

平常喜歡穿半透明襯衫、乳頭周邊隱約有抹黑影的化學老師，注意到了，一臉驚詫，但因不知如何因應，只好裝作什麼都沒看見，悄悄地把眼光從第一排調開，繼續講課。

可能是因爲小姐藏匿得太好了，旁邊的同學，沒有一個發現異樣，更別說坐最後一排的蛇龍了。

從淚水潰決到乾涸，在這個自我排解的過程中，小姐隱約預見那將縈繞他一生，乃至成爲性格特質的——孤獨。

見不得人的情感，無法向人傾訴，被棄的傷痛，只能自己和淚吞下。貞雖發現小姐一臉憔悴，但問不出所以然來。

小姐在枕下埋著蛇龍的黑白照——應該是在打得火熱時要來的——，睡前親吻，以淚洗面，傷心、失魂了好幾天。

因耍屌、頂嘴，蛇龍被老師處罰，在講台前以籐條抽打，小姐看得心好疼。

下雨，當值日生，蛇龍頸下夾傘，獨自一個捧著鐵筒去倒垃圾。小姐不忍心，趕上前去幫忙撐傘，卻被拒絕。

有一天，一位同學色迷迷、賊淫淫地問：「小姐，你的葡萄呢？」

葡萄？什麼葡萄？小姐露出不解的表情，卻引來後面幾位同學的竊笑。更可惡的是，蛇龍也在其中。是不是蛇龍告訴了他們什麼？

身上與葡萄扯得上關係的，大概就只有乳頭和睪丸吧！是指他怎麼沒有胸部，還是懷疑他的陰囊空空如也，像太監一樣？

如果同學問：你的蘋果呢？他還比較能夠縮小範圍，掌握話中的意義，因爲他的喉結——亞當的蘋果（la pomme d'Adam）——確實不大，才會發出這種「不男不女」的聲音。況且，他和蛇龍偷食的禁果，一般指的就是蘋果，而不是像米開朗基羅天棚畫裡描繪的無花果——那倒是女性性器的象徵。

沒有答案。

由於那時小姐還沒養成寫日記的習慣，失戀的痛苦，找不到一個可以暢所欲言，又不怕被批判的所在，最後只能在週記上哀嘆自憐。

雖然仍少不更事，他知道那是一個羞恥，是個不宜公開的禁忌，所以下筆時儘管真情流露，內容卻始終隱晦不明。

怪的是，班導在閱讀之後，竟勸小姐「無友不如己者」，顯然這個「友」指的是蛇龍。會不會班導在寫評語之前，曾把阿培叫去詢問？

可惜「同性戀」三個字，在最該被提出來討論的時刻，缺席了。既沒約談，也沒家庭訪問。是班導未能洞悉小姐和蛇龍的關係，還是因爲不曾碰過這樣的案例，不曉得該怎麼切入？

最後這個課題——人生的課題，特別是對小姐而言——，就由他們年輕人自己消化、揣摩、演繹、處理了。

後來傳聞蛇龍與一個嗓子粗嘎的女生——也是優秀學生，是個男人婆，多令人費解的選擇啊！——交往，還抱怨她的聲音沒有小姐的好聽。但在那個年代，他們的進展應該還沒到性交的地步吧！

下課後，小姐曾一個人信步來到學校後方，佇足橋上，往底下的小溪凝視。

溪水淺淺，露著爬滿青苔的石子，兩側的蘆葦在微風中搖擺，窸窸窣窣。

接吻的男女，不知去向，只剩他一個人，呆呆地憑弔不太真實的過去，好像剛從一個夢中醒來，心仍緊縮，感覺還在，唇頰間的唾沫未乾，情節卻已模糊。

望著潺潺水流，他突然想測試自由落體碰到溪石所需的時間。

忽地，一隻白鷺從橋下飛過，停在前面的岸邊，然後定在那裡。

牠是在休息，還是正伺機而動？細瘦的鳥，看來孤清，卻有方向，有一種生存的堅韌，導引著牠。

終於小姐狠下心，把蛇龍的照片撕毀，將紙條、信件燒掉，徹底消除他們曾彼此愛戀的證據。

每次只要在腦海中浮現蛇龍誠懇、可愛、性格的表情，小姐就告訴自己：「都是騙人的！都是騙人的！都是騙人的！」

一連講三次，這樣才不會心軟，才能破除魔咒。這是貞教他的，是不是她曾成功地把誰遺忘了？

此外，小姐明白，想要從心裡抹去一個人，就得不斷與個性、長相殊異的人，墜入情網。最便捷的，就從座位附近的同學開始。

這是單方面的模擬、演練，沒有具體、實質的行爲與付出，別人感受到的，僅是突然的熱情和注目，以及旋風過後的空虛。

如此的策略果然奏效，不久之後，不論蛇龍擺出什麼姿態，小姐看到的都是虛假。

有了心理的距離，蛇龍變回一個不太相干的人，小姐甚至不解，當初爲何會爲他瘋狂、哭泣？

有一天，可能是遭遇了挫折，蛇龍後悔之前把小姐拋棄了，想跟他破鏡重圓。

小姐只能搖頭，心裡想著：一切都已太晚。他如此斷然拒絕，不是爲了報復，而是他的心對蛇龍已經沒有太多感覺了。

「既然你對我已不再眞心／還不如早一點分離／過去的無情像狂風暴雨／它來的快又去的急／我不再嘆息／也不再傷情／過去的讓它且過去」劉文正的歌，不是這樣說的嗎？

雖然小姐有個衝動，回送蛇龍一朵黃玫瑰，但他並沒這麼做，因爲變心的是蛇龍，不是他。他已不想再與蛇龍有任何瓜葛，他也討厭藕斷絲連的不乾脆，而且住得這麼鄉下，哪有什麼花店啊！

那時週記裡歇斯底里的表達，要到離初戀的傷痛足足過了十年之後，才轉成日記的省思。

此時小姐正在美國讀碩士，下課時都一個人，書讀累了，就在同事送他的本子上，寫下每日的生活與心境。

書寫成爲得以安心遺忘的方式，偶爾取出翻閱，過去就會在鬼畫符般的筆觸中復活，又能再度身歷其境。

這是一個狂暴而沉默的傾訴，對象是當時以及未來的自己。字不用寫得漂亮，文句毋須考究，重點在抒發、檢討，然後前進。

驚心動魄的吶喊，只有日記本聽到了，還被原封不動地保存下來，耐心地等著某一天被眼睛掃過，重新精確發聲，強度一點都沒有衰減。

隨後，小姐在老師的建議下，放棄報考北聯。

其實他也心裡有數，自己已無選擇的餘地，因爲打從與蛇龍發生關係以來，他就再沒讀書了，也沒心力重新振作。

模擬考的成績持續下降，最終停在五百三十左右。幾個月後，便成爲他眞正的分數。

但在聯考之前，還發生了一個插曲。

就在小姐生日那天，剛好是個假日，他不想待在家裡，便以溫習功課爲由，跑到學校晃盪，竟在籃球場邊與另一個孤獨的靈魂——阿言——，相遇。

天啊！又是一個不曾講過話的同學。

閒聊之後，才知道阿言原本跟阿培走得很近，兩人是好朋友，但後來看阿培和小姐住在一起，他就與阿培漸漸疏遠，最後「退出」。

在整個自我犧牲的過程中，他雖不爭風吃醋，但發現阿培完全沒有察覺他的離去，多少還是有些失望的。不過，他自我安慰：既然阿培有小姐陪伴、照顧，那就夠了，他就可以放心走開，不再掛念，心裡甚至只有祝福。

這是什麼友誼，又是何等高尚的情操啊！小姐絞盡腦汁回想，在與阿培同住之初，阿言的臉，確實曾出現在他們之間，但很快就被蛇龍的影像給掩蓋過去，徹底失去蹤跡。想不到，背後竟藏有這麼一個故事！

在等待放榜期間，小姐和阿言天天膩在一起，幾乎已到形影不離、難分難捨的地步。

有一天，很熱，在阿言房間，兩人並排躺在塌塌米上，小姐的頭枕著阿言的左手臂，天花板上垂下的風扇正虎虎轉動。

打赤膊的阿言，指著桌上擺著的兩隻玻璃金魚說：「眼睛凸凸那隻，是我；嘴巴翹翹那隻，是你。」

語畢，阿言猛地轉頭，凸眼濕亮地望著小姐，手指輕輕滑過他鮮紅的翹唇。

兩人的呼吸突然變得急促，兩張臉越靠越近，直到撞在一起、互相穿透爲止。

這個吻，既粗暴又溫柔。

可惜，僅此一次。

阿言馬上撂下他的名句：「我愛你，因爲你是你；我恨你，因爲你是你。從今以後，我是哥哥，你是弟弟，哥哥弟弟是不接吻的。」

說完，便把兩隻漂亮登對的金魚摜碎。

這一切，太戲劇化了，讓小姐無言。

小姐不懂，愛就愛，既然想，就做，爲什麼有這麼多原則與限制呢？阿言到底在想什麼？這些話語和動作，是百般掙扎、深思熟慮的結果嗎？頂多才十六歲，就已經下了這麼一個結論！都還不曾瘋狂過呢！但阿言很堅定，說話算話，不論小姐怎麼勸說、勾誘，都不曾軟化。阿言好像忘了，人除了有靈魂，還有慾望。唯有身心並重，才能完整。

就這樣，小姐在阿培、蛇龍和阿言之間，繞了一圈，從一個懷抱轉到另一個懷抱。儘管三人性格殊異，彼此互斥，不相往來，小姐卻是他們的聯集，都能包容，而在情感上，則是他們親密的交集。

經歷了這些，小姐覺得，男生都很懦弱，明明有感覺，卻沒膽量，有時就連唯一一次的轟轟烈烈，都不敢。他們的外表雖然比他男性化，個性卻優柔寡斷，拖拖拉拉，擔心這擔心那，像女人一般。

其實一切僅在一念之間，唯有聰明、靈活、思想能夠變通、對自己誠實的人，才有可能嘗試、守護、堅持到底，做自己的主人，不受社會規範的限制，更不理會人們異樣的眼光，雖然日子會過得很辛苦。

這些男生仍這麼年輕，卻已沒甘願爲未來受苦的勇氣與擔當。

誰會甘願、誰有勇氣、誰肯擔當？大概只有他吧！——那個不被家人期待、企盼的小孩。

儘管有這麼多感情上的糾葛，這些優秀學生，都考上了區裡最好的高中——那德智體群美五育並進的學校——，大家仍是同學，但不同班。

學校變遠了，有人通車，有人在學校附近租屋，有人則住校。

他們的目標從高中聯考，變成大學聯考，一樣不可以交女朋友。他們唯一的工作，就是讀書，因爲大人說把書讀好了，就可以進好的大學，將來就可以找到比較好的工作。相同的老調。

有一段時間，小姐和阿言都住校，但不同寢室。

夜晚，阿言總愛坐在升旗台上看星星，不言不語，像在做哲學的探問。小姐一開始還耐心陪他，但久了覺得無聊，便漸漸與他疏遠。

畢竟，青春正盛，小姐有很多新的同學要認識、要探索、要勾引、要被拒、要受傷，沒有多餘的時間跟阿言呆耗。

軍訓課好幾個班一起上，剛好阿培和蛇龍都在裡面。教官故意點小姐回答問題，趁機誇讚他月考數學幾乎滿分，要大家跟他學習。

運動會時，小姐和一位很久沒碰面的國中同學閒聊，竟莫名其妙被蛇龍和他的黨羽兩路包抄，進退不得。蛇龍還抓著小姐質問，是不是跟這位同學「在一起」？讓小姐很錯愕，心想：是又怎樣？干你屁事！

不久之後，有一天輔導中心把小姐召去。是位女士，想跟他談有關蛇龍的事。

蛇龍？

她說蛇龍的心裡有很多困擾，日子過得極不快樂，情緒暴躁時根本無法上課。他很後悔當初跟小姐分手，他雖然多次想跟小姐復合，但不知如何啟齒，也怕被小姐當面拒絕。

她向小姐徵詢：是否願意再給蛇龍一次機會，兩人重新交往、做朋友？

可是小姐對蛇龍已經沒什麼*feeling*了，他只能搖頭，儘管這麼做有些自私與殘忍。唉！時過境遷，那個曾經愛得死去活來的自己，已經無法找回來了。

蛇龍究竟怎麼了？會不顧自尊跑去輔導中心求救，表示狀況相當嚴重，甚至已經失控。但女士沒提供太多的資訊，小姐也不想問個明白，因爲建立在同情基礎上的相處，一定不會長久。

何況，小姐還這麼年少，誰有資格要求他以自己的青春，保住、守衛另一個青春？青春等價，哪有此輕彼重的道理！

可能有被寫入記錄，小姐後來成爲教官監督的對象，還要求同住室友注意他的動向。

他之所以知道，那是因爲面對他的攻勢——或者說追求——，一位室友不堪其擾，才向他揭露。他因此有所收斂，謹記「好兔不吃窩邊草」的道理，改在宿舍以外放牧，這樣教官就管不著了。

在功課上，因爲沒有目標，也不知以後要做什麼，小姐只稍微試探了下自己的能力，估計可以達到什麼程度，就成天鬼混、看小說，再也不努力了。

但不論他怎麼放蕩，雖然有一些要死記的科目不及格，或因不假外出被記過以外，他仍一年升一級，並沒遇到什麼阻礙。

後來，竟聽說蛇龍被當，轉文組，阿言也自願重修一年。

小姐很驚訝，心想課業眞有那麼難嗎？到底發生了什麼事？是對升學制度的不適應與反叛？還是對自己性向及性傾向的摸索？這一切與他有關嗎？

毫不意外，小姐大學聯考考得一塌糊塗。

原本他只是陪一位同學去報考軍校的，沒想到後來竟一起穿上了軍服。他們先到南部受訓三個月，再回北部，從此過起了有紀律的團體生活。

他這麼做，一舉兩得：既不用重考，還獲得經濟上的獨立，不用花家裡的錢。

雖然很多人預測，小姐會因身體不夠強壯，遭到淘汰，或因精神上無法承受約束，而中途輟學，結果證明他們都錯了。

小姐在規範中遊刃有餘，像狂風之下的蘆葦，柔軟、具韌性，連他自己都難以置信。

軍中有句話：不打勤，不打懶，專打不長眼。

小姐向來機警，懂得察言觀色，從來不曾因爲搞不清楚狀況而被懲罰，他甚至可以在諸多的限制中，爲所欲爲，得到充分的自由——因爲他早學會，對很多事不要太在意，就算在意，也要能很快轉念，這樣一切就顯得無足輕重了。

好比，某日集合訓話，長官口沫橫飛，罵著罵著，突然滂沱大雨，底下抑扼不住，怨聲四起，獨他一個在那裡偷笑：眞是太棒了！這麼多人陪我一塊淋雨。

有一天，跟同學打完籃球回來，洗過澡，小姐不鳥規定，在就寢時間以外，大剌剌躺在床上休息，感到渾身舒暢。

這個偷來的享受，讓他頓時體悟到自己多麼幸運。

國三沒有報考北聯是對的，一來沒年紀輕輕就被分等，二來高中三年自信自在沒什麼壓力，還能慷慨浪擲青春，如今雖然淪落到這個「雞不生蛋，鳥不拉屎」的地方，但他知道自己的斤兩。

譬如，現正就讀國立大學的一些同學，當初數學還要請教他呢！既然他們可以，他相信自己也行。

他不自卑，也不覺得矮人一截。開學時自我介紹，就說他來讀軍校是不得已的，因爲他沒考上大學。不像其他北部來的同學，總要強調來讀軍校不是大學沒考上，而是科系不理想。

氣勢立判。

但他還是自卑，而且覺得矮人一截，因爲他的家庭、聲音和性傾向。

小姐軍裝筆挺，在火車站與蛇龍相遇。

他們在軌道兩側對看，但沒打招呼。兩人之間仍有芥蒂、仍有敵意，也就是——仍然有情？

這個尷尬時刻並沒持續太久，因爲北上的列車很快就進站了。

火車起動後，蛇龍、故鄉、國三歲月，就在視線中火速拉遠，再也看不見。

蛇龍再一次進入意識，小姐已在法國放縱了兩年。

貞千里迢迢跑來看他，兩人在十幾個小時的火車上，促膝長談。

塵封的往事，便衝出時光隧道，在倒退的異地景象中，一一冒了出來。

記得當時年紀小……

# 七月一日誕生

00-09

昨晚和貞從馬德里回到巴黎時，已是凌晨。

吃了安眠藥，搖搖晃晃來到d的住處。

睡覺時仍因d的態勢不明，而伸手摸他。摸了半天，正要探入他的內褲，他竟反目成仇，差一點與我扭打起來。

他說：「你老是在破壞我們的關係，不守允諾，每次說是最後一次，都還有下一次。給你方便，讓你在這裡過夜，你卻得寸進尺，總想占我便宜。」

其實我是早有準備的——過了這晚，一切都將結束。

我辯解：「我本來想與你留下美好的回憶，把我從一個攝影師那裡學到的東西，第一次不那麼自我中心地應用在你的身上，想不到卻弄巧成拙。」

「可是我早跟你講過很多遍，兩人已經不可能了，你還這樣！」

「你又不講原因，誰曉得加拿大三個禮拜回來，你會不會已經回心轉意了？而且我們又一直沒時間交談，我怎麼知道你現在到底怎麼想？」

何況之前他又說，過去這個星期，只跟他的男友見一次面，好像對我有些鼓勵。

我告訴他：「你不應該給我希望的，這樣更殘忍，因爲我在受苦。我必須從這種狀況走出來，幾個月不跟你見面，不然我會以爲你還在喜歡我，而一而再、再而三地沉陷其中，不能自拔。」

其實不知自何時起，我便隔著一段心靈距離，用眼睛跟他說話、與他告別，但他聽不懂。

之所以這樣看他，已不是在觀察，而是在說明我心中屬於他的那個部分，已經開始凋萎，我正傷心且無奈地見證著彼此的感情，一點一點死去。

我雖明知兩人的感情已敗壞殆盡，卻還存有一絲希望——希望d會有所改變，體悟到我的美好，或者突然意識到對我的喜愛。

也就是非到眞的自認努力夠了，再也無法挽救了，當他面承認並接受已經結束了，無法結束。

而既已結束，不再有任何幻想，似已沒那個必要與他不再見面。

可是愛情既已不在，又何必維持朋友關係？其實以朋友的方式再碰面，與從此不相往來，並沒有多大的差別。

或許我在乎的，只是曾經在一起渡過的歡樂時光，以及對自己那份無法被接受的感情，產生的不捨吧！

但當我對他說這些時，他卻一如以往，一直想睡，可能也沒眞的聽到我在說什麼，顯然對於我是否將自他的人生隱退，一點也不在意。

於是，我生氣地起來著裝，取出行李，準備離開，在凌晨兩點半，卻不知能去哪裡？

在這樣的心境下，我不想到貞那邊，因爲如果跟她發生什麼關係，理由也不夠單純、明確，反而玷汙了與她的感情。

看我進退兩難，d才坐起身：「不要走，拖這麼多行李，要走去哪裡啊！留下吧！」

經他這麼一說，我拉下自尊，緩緩坐回他的床頭，要他摸摸、抱抱我，才又脫了衣褲，睡在他的身邊。

「我向你保證，一切都已經結束了，不要怕我會有任何企圖，儘管放心吧！」並要他環著我，感覺他有在關心我，而不是隨時提心吊膽，防著我可能的侵犯。

果然在這樣的情況下，似有若無地睡了會，但因仍有慾望，雖然純粹只是生理的，又有過多的體力，便到廁所手淫。

我閉目回想著與d的各種姿勢，但肯定是受到安眠藥的影響，無論我的手怎麼滑動，耗了很久，都只是微硬，而且越是意識到這一點，就越感到焦慮，越是焦慮，就越無法挺舉。尤其是最後一次擁有他——也是唯一一次與他面對面性交——那一幕，更令我悲從中來，徹底打消了要自己擠出的念頭。

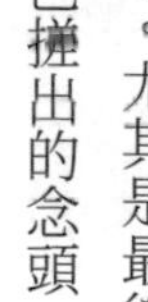

那次，我幾乎是用強迫的——一個我不認識的自己——，雖然得逞了，但在抱著他的大腿猛烈推送時，我忽然意識到以後再也沒機會進入他了，便傷心地哽咽起來。暴力與柔情的組合，太突兀，令人心生恐懼，頓時壞了氣氛，給痛快難耐的他潑了盆冷水，留下了極爲不堪的印象。

怪不得現在他對我這麼警戒，深怕我食言而肥，又侵犯他。唉！眞是對不起！

我鑽回床上，依在他的旁邊，趁著天光，凝視他的腦部和頸背——那未曾仔細端詳的軀體，和難以看穿的心思。

約在六點多，電話響起，答錄機自動開啟。聲音很大，是個講英文的人，好像在說如果他在的話，請拿起話筒，有些怨怒，有些急切。d雖跑了過去，卻沒接，只慌亂地把音量調低。按時間推算，應是從加拿大這類地方打來的，可能是他新近在那裡邂逅的某個人，大概也是一段不太乾淨俐落的感情吧！

在他重新回到床上趴下，電話留言也停止之後，我輕輕撫摸他的頭，什麼也沒說。這些，我都不介意。在他出國期間，住他家，從答錄機裡聽到的一些訊息，即可大略猜出他與他們的認識方式、交往情形，以及他在穩定且待遇不錯的工作之餘，始終找不到人相伴的無聊。更早前去他家，看到光禿禿的床墊，即可想像他方與某位男友，在那裡聲嘶力竭地流汗、翻滾，而弄髒了床單，必須抽換。

這一切，在尚未與他撕裂前，我都可以包容了，何況是現在？

仍睡不著，我便起身到客廳看書。

正巧翻到嚴歌苓的〈失眠人的豔遇〉，看得模模糊糊，但又精神奕奕。我頓時發現，的確，與d睡在一起，我從來就沒睡好過，眞是始終失眠的豔遇啊！

這時，又來了一通電話。或許是同個人撥來的，但離得太遠，什麼也聽不清楚。我想d一定感到很窘，爲什麼那人偏挑在這個時候找他？

八點鬧鐘響時，我隨卽起身，沒有眷戀。

這張床，我從不眷戀——除了與M在一起時例外。在確定分手的這一天，也一樣。

我著好裝，整好行李，便回到床邊，抱d，輕觸他的臉眉。可是他仍沒清醒，像不小心仍會睡著，對於我的卽將離去，似乎沒當一回事。

我拉起他的手，輕輕地吻了下，然後把臉靠上去摩挲。

像在暗示今後不會再自討沒趣打攪他，我說：「週末或假日如果你想做什麼，可以打電話給我，我會很高興的。」

他竟問：「你不是說要好幾個月不見面嗎？」

「已經沒這個必要了，因爲一切都已結束。」

「做些什麼呢？」像在怕又被姦？

「譬如看看你在加拿大拍的幻燈片，或一起去看電影啊！」

我其實還是不捨的。儘管離與貞相約的時間已近，我仍抱著他，甚至想將他的頭，擱在我的大腿上。但我並沒這樣做，那太親暱了。

我要他告訴我，我在什麼地方需要改進，給我一些忠告與建議，譬如性交的方式、自私、不重視他的感受等。

他說沒有。

問他到底爲什麼不再喜歡我？

一開始說以後再說，要他現在說，又說也沒有，只是我喊停，他就停了，然後便把感情一點一點地收了起來，加上又認識了個男孩，與我便再也不可能了。

其實，那是因爲有一回與B在電影院前排隊，瞅見d一個人神情愀然地購票入內，還裝得一副很充實、很有方向的樣子，看了叫人心疼。

於是，一來爲了不讓d繼續痛苦下去，整個禮拜都在期待我，卻只能等我從B那邊抽空出來，方得與他見面；二來我認爲與別人性交無所謂，但不可以在B以外與人滋生感情，那是對B忠貞的方式，所以便決定與d斬絕關係。

在與d宣布彼此中止那晚，他竟在我的懷中哭了起來。他是那麼地絕望、處境是如此悲涼，令我感動萬分，我對他的感情遂逐漸萌芽——多諷刺啊！——，但之於他卻是結束的開始。

偏又由於我的驕傲，我不能忍受也不願意承認他竟眞的不再愛我的事實，便變得強悍無比，非把這份失落的愛奪回來不可。

於是，從這天起，反過來由我猛烈追求他，有了眞正活著的感覺，人生也忽然變得很有意義。

而這種突生的熱情，叫我陷入癡狂，無時無刻不想著d。

儘管我與B已生齟齬多時，仍令我自慚對他的背叛，便與他坦白。我說我的心已被一個工程師占據了，我必須對他誠實，不能再瞞著他。

B雖企圖掩飾驚訝與憤怒，很君子地聆聽，表示能體諒及尊重，但在認清了可能各分東西之後，終於控制不住，大聲咒罵與爭吵。但我的思緒，此時只有d，已無暇他顧。

想到這些紛紛擾擾，在唏噓之餘，我毅然奮起，開始穿鞋，d才走了過來。

我又摟了他，竟用英文說起離別的話，那恰好是與B坦承時講的英文，也是d的朋友不知從何處打來的英文，一方面有分離的生疏，另一方面則是用這種語言或許我們能溝通得好些，再則是，我亦如他諸多萍水相逢的朋友，那麼無足輕重、那麼短暫。

「你其實很帥，也沒有你想像的蒼老，千萬不要以爲自己沒有吸引力、沒人會喜歡你，而感到孤獨。有空可以告訴我你的故事，以及你與朋友相處的種種，這樣我才能對你多瞭解些。」而不是都要等我找話題，嘰嘰喳喳講個不停，填補空白。

跨出大門，我回頭說：「今天是七月一日，是個重要的日子，是我新生的一天。」

「說得好，再見！」還上前親了我一下，一臉爲我能想開而高興的樣子，大概也覺得終於能把我擺脫了吧！

我眞的懷疑，如果我沒再主動找他，他會跟我聯絡嗎？但這已不重要。

是的，交還鑰匙，離開了他的家，他也逃出了我的——魔掌？他應再沒那個意願，也承受不起，我對他狂暴的脅迫吧！

走出大門，走出了自己一手鋪排、誇大的感情，像已無對象地愛了好久，異常疲倦。任性的投注，適時得到完結，連哀傷都顯得多餘，也沒那個氣力。

能夠喘息是好的，對於體能、對於心靈，皆有助益。若再持續下去，不論愛情，或是d這個受體，都會變得虛假。

09-14

到貞的旅館時，已經遲到了二十分鐘。

這間旅館，就是在與d鬧得不甚愉快時，請他幫忙訂的，離他家不遠。

他出國時，還特別交給我一串鑰匙，說如果誤了末班車，回不了郊區，就可以到他的住處過夜——眞是體貼得讓人產生誤會。

所以貞來這段時間，我便住在他的公寓裡，偶爾翻翻他的抽屜、偷窺他的隱私，並與M在那裡偷情。

貞見了我，就知道狀況很糟——精神不好、形容憔悴。

「早知道昨天晚上就睡我這裡，何必去惹這些罪受？安眠藥一顆哪夠啊！還說沒關係、已經死心了，卻還這麼在乎。」一副心疼的樣子。

「d就是這樣，從來都不直截了當，還說在客廳等我等得都快睡著了，我就把它想成是愛的表示，才會抱著希望。不過，還好睡他家，現在一切都講明白了，我就不會再勉強他，也不會再存有幻想了。只是他把我講成貪得無厭的人，的確令我很難過。想不到我在他心目中的印象，竟然這麼差。」

貞收拾好行李、退房之後，我們便搭地鐵轉區間快車前往機場。

十幾天的旅程，說快不快，說慢不慢地過去了。我們的關係，也在這個期間，產生了劇烈的變化。

貞在五月中，來電說想到巴黎看我，同時告訴我她一直存有的希望——以後能當我的鄰居，就近照顧我。

鄰居？哪裡的鄰居？台灣，還是法國？

我鼓起勇氣，孤注一擲：「我可是不能給你什麼愛情的，因爲……，因爲我不喜歡女生。」但是爲什麼不說，因爲我喜歡男生、短髮的男生呢？

「我知道的比你想像的還多，我都可以接受，只要你肯讓我來，對我都不是問題。」

「……既然這樣，那就先來看看。至於未來的事，不急，就等瞭解狀況後再說。」

她便眞的來了，把兩個小孩丟給先生照顧，甚至沒說此行只有她一個人。

到巴黎的頭幾天，她有事沒事就落淚。我著實分不清，她到底是爲了我、爲了她先生，還是爲了她自己而落淚？或許都有吧！

我便嘲笑她，每日三大哭，身體一定很好，就像天天吃蘋果，醫生都被趕跑了。

因爲哭個不停，加上巴黎氣候較台灣乾燥，多次擦擦擤擤之後，她的嘴唇上下便開始脫皮、起疹，甚至像被蜘蛛灑了尿，隆起了泡泡。

此外，又因爲每天帶她走走逛逛五、六個小時，太操勞了，不止她的大腿和屁股交接處磨得很痛，月經剛過幾天，又開始滲血，極不正常。

很巧，那時正在上映一部同志片《Presque Rien（幾乎沒留下什麼）》，講述兩個年輕男孩，在夏日海邊發生的戀情。

電影院外排隊時，淸一色是男生。儘管人很多，就貞一個被鴿屎襲擊，好像她站錯了地方。

雖然法文完全不通，她還是看懂了大概。

男男肉的影像、船過水無痕的愛情，像是一個開場白、一個序，爲我們之間卽將展開的交流鋪路。

在*gay pride*以前，雖已與貞大概介紹了跟B和d的關係，但都不深入，只談到比較高尚的感情。至於其他部分，如慾望的排遣、如除了酒吧之外，還去了哪裡？一概沒提。一切彷彿都屬於光明，沒有令人詬病的濫交，或所謂違反自然的肛交。

看了遊行之後，貞卽向我和B表示：她不喜歡花車上那些肢體的暴露，以及濃妝豔抹的打扮，好像同志就是這副德行，誇炫、矯作，一天到晚只想到性。這些花枝招展的人，不能代表其他低調、平樸的一群。

這也讓我躊躇，該不該告訴她有關性的部分——這或許才是最眞實、有趣、可以發人深省的部分。

一直到搭火車去馬德里時，由於訂不到夜車，有十幾個鐘頭必須閒聊，不然無法把長長的旅途塡滿，話題才慢慢從精神導向肉體，自然p、c、a、M等，也紛紛登場。由於交往複雜，解釋時還得畫個關係圖呢！

估計旁人聽不懂我們在講什麼，所有不宜在公共場所討論的事，一開始雖然遮遮掩掩，怕她不能承受，但在互相透露一些祕密之後，戒備解除，漸漸都能詳盡而赤裸地描述。

例如性交的方式、性器的形狀及尺寸、角色的扮演、發不發出聲音等，鉅細靡遺，讓她聽得眼界大開，在驚愕之餘，也對男男世界的豐富，嫉妒不已。

貞雖強作鎭定，沒什麼表情，但我不淸楚，她會不會有始終是個局外人的痛苦？這些男生，三教九流，我都可以跟他們幾番雲雨，獨她不行，只因爲她是女生？確實不公平。

她只幽幽地感嘆：短短兩年，就累積了這麼多素材，假如認眞一點，可以寫出多少篇章啊！

其實這些故事，我跟B、d及其他男生，都還不曾講得這麼仔細過。可能是因爲彼此之間有感情、有性關係，怕說了產生後遺症，而且絕大部分的內容，他們都已習以爲常，並不覺得稀罕或新奇。

與貞則不同。我不怕她知道，只怕她聽了嚇到。但唯有知道眞相，她才能淸醒些，不再做那些不切實際的夢。

另外則是，既然同意讓她千里迢迢趕來，她有權獲得所有的資訊，以利未來做出正確的決定；而我也有義務，儘管非丟棄形象不可，讓她摸清我的生活樣態，這樣才對得起她的一片癡情，也才不辜負她這麼一位朋友。

其實在說明時，多少有一些隔閡，因爲她所知的男人有限，而且西方人的體型、作風又與東方人不同，必須花一點時間解釋，剩下的只能靠她自己去想像了。

在肉體豐繁的展列之後，她問：「你是什麼時候才確定下來的？」啊！回到初始。

「眞正介入同性戀的圈子，已經三十歲了，首先接觸的還是外國人；但第一次喜歡男生、跟他接吻、舔摸下體，那是在國中的時候。……那個男生，你也認識，就是——蛇龍。」

「蛇龍？……我跟他上過幾次床，可是事後閒聊，他從沒提過你。」

上床？原來，蛇龍和貞的關係，其來有自！可見那晚他提議載我去找貞，動機並沒想像的單純。

而且，貞竟能把跟蛇龍偷情的事，講得這麼稀鬆平常，不足爲奇。

是啊！男女之間，只要兩情相悅，就算是婚外情，有一些道德上的顧忌，也不是什麼羞恥，講起來，自然不像男男之間那麼不易啟齒。

「就同電影《Presque Rien》所說，這件事蛇龍大概已完全忘記了，可能也不願意想起吧！這或許是他一心想洗白的汙點，卻是我存在的理由。」

從那時至今，一直如此；未來，應該也會以相同的模式，持續下去吧！

「這麼說……你從來不曾碰過女生？」

我搖頭：「但是在蛇龍以前，我確實曾模糊地幻想過女生的身體，還自我探索；跟蛇龍的關係破裂以後，我便同時跟三、五個同學糾纏不清，從此執迷不悟，但又還不到執迷不悔。可是這些同學，後來都說這樣不正常，都很害怕，要把自己導回正軌，便一個一個離開了，現在可能也都結婚了。」

「沒關係，下次如果我跟蛇龍開房間，我再幫你……復仇！」貞笑著說。

可是眞的有仇嗎？其實也沒有。

在開往馬德里的火車上，外邊的景物不太有變化地匆匆向後划去，我們則在這個未曾料想過的時間點上，回溯十六歲時的喜樂與痛苦。

對近近的未來，或更遠些的未來，並不那麼重視；對近近的過去，那是我跨出一大步的精華所在，值得細細品味、低迴；對更遠些的過去，那只是個平淡的過程，可以一筆帶過；而對二十年前的過去，那導致我今天走上這條路的過去，卻如斷簡殘篇，只知道很重要，雖然多了她屬於女性的切入角度，讓自己的歷史更具體、明晰，但仍欠缺很多片段，可能要等到有一天，當其他當事人都能坦然暢談時，拼圖才有可能完整。

但知道眞相又能怎樣？

或許眞相很簡單，大家都在青春期，而我又偏偏有尖尖的聲音，既然大家都不能交女朋友，交了也不敢做什麼，我就變成一個過渡——而那位嗓門粗嘎的女生，則是另一個過渡？——，儘管我們之間確實存有某些感情。

我駭然發現，爲什麼現在同時可以與很多人交往，或許也跟那時的狀況有關——因爲在這些同學中，不說我的成績好、多才多藝，最主要的是，我懂得聆聽。相較之下，其他人則顯得平凡，而彼此又互相對立，我便像隻蝴蝶一樣，周旋在他們之間。

畢竟要找和自己近似的人，要求太嚴苛了些，幾乎不可能，所以我便同時喜歡一些人的不同優點，才有完整的感覺。

如果找不到什麼特別的優點，我便開始喜歡他們的家庭背景、喜歡他們的憂愁、喜歡他們的缺乏自信，對各式各樣的人充滿好奇，而很難眞的去愛一個人——因爲要愛一個人，必先仰慕他。

B卽說過，我並不愛他，因爲我從不曾仰慕他。這是事實。

另外則是，因爲與這些同學的經驗，相較於同志，我更感興趣於直男。除了他們對自己的外表，少有自

覺、比較自然以外，我也喜歡探測他們感情的界線，那充滿可能的灰色地帶。

譬如我與前任小房東，就處在那種很難界定的曖昧關係裡：既是手足之情、友情，又摻雜一點愛情。

貞和我談了二十出頭時的往事。

有的她提了我有印象，有的彷彿在聽別人的故事，但那人卻又眞的是我，好像我沒認眞活過似的，或者存心遮掩、急於遺忘這段過往——但這些卻是她一直存有美夢、始終懷著愧疚的原因。

美夢：因爲我們認識至今，儘管時有多年沒碰面或聯絡，感覺始終那麼相知、相惜而愉快，堪稱我的紅粉知己。

愧疚：在大四那年，我受夠了同性戀的痛苦，想找她重新開始，不止是再續兩人的關係，更要緊的是解決性傾向的問題。

但那時她已心有所屬，也就是現在的先生；而我在二十二歲的年紀，在那個環境、在那個時代，雖想請她幫忙，卻無法把內心眞正的意圖講清楚。她多少知道我的過去，也以爲這不過是摸索階段的困擾，低估了事情的嚴重性，並未答應。

這段過往，我泰半已不復記憶，但我相信，當時沒被接受，我一定大大鬆了一口氣。

五年後，看到同學相繼結婚，我又重新有了這個念頭。

碰巧那時交往的女生稍微矜持了下，等她終於對我顯示好感，一切已經太遲，我重又掉回同性的漩渦，而且發誓再也不做這種自我勉強、有違本性的事了。

其實馬德里並不是我們想去的地方。

原要訂前往羅馬的火車票，偏偏撞上了義大利那邊罷工，沒有通車；而柏林，那時因爲與d的關係尚不明朗，想暫時保留給他的畫家朋友p，才退而求其次。

因此馬德里並不是一個不能錯過的城市，參不參觀沒關係，有沒有這麼多東西値得看，也不重要，我們甚至都沒翻開臨行前購買的旅遊指南。兩人僅一逕地談、談、談，談得鄰隔旅客都煩死了，耳朵也震聾了，仍沒停止。

生命中少有張口那麼久的馬拉松，而且還因投機，除了喉嚨啞了些，一點也不累。

到馬德里時，已是晚上十點多。

外頭的天色已黑，人生地不熟，得在短時間內找到旅館，而且是兩張床，便請火車站的旅客服務中心代訂。

貞堅持不可以訂太便宜的，怕便宜歸便宜，卻不乾淨，我則笑她財大氣粗。

到了旅館，小弟領我們去房間，裡面竟只擺了張雙人床。

我堅持先前講好是兩張床，我們是好朋友，不是夫妻，也不是情侶。雖然兩人在火車上，什麼都聊了，但誰曉得睡在同一張床上會發生什麼事？還是小心爲妙。

於是才換另一間，裡面有兩張床，一大一小，一樣的價錢，而且寬敞多了。

我選了靠牆的小床，讓貞睡大的。

然後我們便出去用餐。

我馬上警覺到這個地區的男孩，眼神怪怪的，還會看我。判斷無誤，不久便看到不少彩虹旗。還真會挑，一挑就挑對地方，這樣或許接下來幾天，我的夜晚會比較好打發。

因很疲倦，貞吃了安眠藥便上床睡覺，還要我別理她，到外面探險沒關係。

我去了家酒吧，喝了杯啤酒，撐到十二點半才回去。

第一次同房，我有些警戒，但由於對彼此的瞭解，我仍很放心。睡得還好，沒有太輾轉，一夜相安無事。

第二天，因爲天氣炎熱，溫度要比巴黎高個十度，在逛了幾個地方之後，已近兩點，我們便找了家餐廳吃飯。又因一些景點要休息到四點才開門，兩人的腿也瘦了，便回旅館，洗把臉，小憩一下。

電視開著，我從浴室出來時，只見貞正靠著牆坐在床上打瞌睡，電扇則規律地發出喀答聲，燥熱無比。

於是我也躺了下來，在類似台灣的那種酷暑中，昏昏欲睡。

可是才失去了知覺一會兒，便聽到一陣窸窣聲。我回過頭，僅那麼一眼，便一切了然——貞不小心跌下了床，臉上卻有著下定決心、豁出去的狡黠表情。

果然，下一秒，她已依在我的身邊，頭緊緊地挨著我的胸口。

她故作鎮定：「我又不會把你給吃了，幹嘛心跳得那麼快！……只是好恨啊！天公不作美，讓你逃過一劫！不知道是你狗屎運，還是我……？」她是想說：沒那個命？沒那個福氣？

「沒有啦！只是被嚇一跳。我想說奇怪，你怎麼會好端端地從床上掉下來，還掉得那麼堅決，然後就滾到這邊來了？」

「誰說是掉下來！我是輕盈地跳下來，只是重心有些不穩、姿勢不夠優美罷了。放心吧！我不會強迫你的。只是……錯過了今天，大概再也沒機會了。」

「看你剛剛還在猛點頭，好像已經進入夢鄉，怎麼一下子就變得這麼清醒？」

「我雖然很睏，但我還是隨時保持警覺、伺機而動。假如碰到天時地利人和，還猶豫什麼？要不是那個來了，嘴巴又爛成這樣，我才不會這麼保守呢！只好放你一馬了！」

是的，就差了人和。

然後，兩人便在小小的床上——並不覺得擠——，在這樣的熱浪中，漸漸睡著了，非常平靜，嘴角甚至還微微帶笑。

在寤寐之中，我揣摩著自己的感受。出乎意料，我並沒有被侵擾的不悅，也沒有擔心被姦的恐懼，更沒升起嫌惡的顫慄。

是被熱昏了頭，還是因爲這樣的熱，把冰封的成見與長年的隔阻給融化了？而這樣的平靜，如果再多添一點意志，或突然軟弱一些，會不會被擊潰？還是在劇烈的起伏之後，很快又會達到新的平靜？

我想我已接受了貞，但我不知道是因爲我對她有信心，知道她會適可而止，還是因爲我接受了這份情感？至於情感的來源是男是女，已不重要？

貞在火車上提到的那件事，其實我思考過，只是我對自己會有怎樣的反應，完全沒把握。她說我曾告訴她，這輩子不會結婚，對無法將良好的基因傳下去，感到有些遺憾。爲此，她在第二個小孩出生之後，並未結紮。

她暗暗做好心理準備，說此行願意讓我播種，替我生個小寶寶。我只要知道有這個小孩的存在卽可，不用承擔任何養育的責任。而且在事後，我可以如以往，繼續與男孩交往，自由自在，她絕不會跑出來干預。

我說：「那我把精子存在銀行，如果妳願意，就可以人工受孕。」

她當場反對：「要我承受懷胎十月的痛苦，卻連開頭的這點快樂都不肯給我，我可不幹！」

可喜的是，當她像小鳥、勇敢的小鳥一般，靠在我的身旁時，我並沒有因此過度緊繃、防衛，兩人依舊偎在一起，那麼熱、那麼慵懶，不用急著撇清關係、不用慌忙逃躲，也不用思考以什麼太極的方式，把她推開，又不會傷到她的自尊。

縱使在混沌之中，這種自在的感覺，對我來說，也是新鮮的。

我想到，過去我可以爲新加坡按摩女郎的撩撥，亢奮不已，尤其還是個沒什麼姿色的中年胖女人，那麼對貞，應該就不是問題。

但因貞卽時煞車，並沒繼續堅持或試探下去，我無法預知：面對一個愛我、支持我、體諒我的人，我會不會因爲心理因素而無法勃起？

之後的幾天，我們眞如一對情侶，勾肩搭背地走在馬德里的街上，或像新婚夫婦，正在渡蜜月。

這兒的風景、博物館、公園，都不重要。也不知有這麼多什麼好談的，兩人走走停停，話題在時空中跳躍、牽連。

二十年的相隔，一個嬰兒都可以長大成人了，我們各自在不同的環境中發展，不論是談交集或聯集，或我們之外的人與事，一旦沒了隱私與羞恥，都可以談。

也因爲談了，兩人變得更熟稔，也更能開誠布公，所以就更欲罷不能。

於是，她漸漸沒有動不動就哭了，兩人之間的過去，和可能的未來，彷彿已在異國的現在，找著了開啟的鑰匙，所有的疑問與迷惑，也得到了解答。

她對我在巴黎的生活與性愛，慢慢有了具體的認識；我對她的婚姻、工作，以及偶一出軌的戀情，也有了某種程度的瞭解。

我們都沒有互相批判，因爲這些都是人之常情。而有了毫不保留的剖白，我們變得更有人性，不再只是平面的影子，或僅在眞實人生中戴著虛僞的面具。

每個晚上，她依舊催我去探險。她說她如果累了，只要吃一顆安眠藥就可以搞定。

她曾抱怨，那天她靠在我身邊，我都沒有摸摸她的頭髮，或拍拍她的肩膀，說沒關係，我懂、我懂，或者嘉許她的勇氣。

所以，在馬德里的最後一夜，出門前，我在她的頰上親了下，彷如微風吹過，讓她感到清涼、愜意。

其實，她應該也察覺到，我一天比一天早回去，後來甚至不知道逗留在外面的理由是什麼了？

這晚，我在近十一點就回去了。她自然已死睡如木乃伊，雙手則規矩地交疊在胸口。

我輕手輕腳躺下，心卻不知爲何躁動不已。

我覺得有點可惜，爲什麼這麼不湊巧？這是天意嗎？上帝眞的要我們在不同的時空，好好思考、體認，看看我們之間存在的，究竟是一時的衝動，還是水到渠成？

第一次，在經歷了無數的男孩之後，我的下半身，在馬德里之夜的幻夢中，爲著她陌生的胴體、陌生的味道、陌生的結構、陌生的方式，於黑暗的熱流裡，亢奮、勃起，好像初認識了一個心儀的男孩（？），內心充滿了期待與憧憬。

但這種感覺，又還沒強烈到讓我主動爬上她的床，輕輕撩撫她，當然也因爲我不懂月經、不懂女陰的緣故。我僅被動地等著她醒來、等著她再度躍上我的床、等著她伸手探入我的內褲、等著她搓動我的陰莖，然後我將緊緊擁抱她，一個新的自我，將在沉睡了二十年之後，在她的導引下，自她的體內甦醒。

事情並沒有這樣發展，我雖然有些失望，但我已經很高興了，因爲這已代表了轉變的可能。

同性戀、雙性戀、異性戀的藩籬到底在哪裡？

我之所以是同性戀，只因爲我的第一個性愛對象是男生？於是，我從一而終，一路這樣堅持下來？

如今，我不禁懷疑，性傾向會不會只是機率的偶然、際遇的巧合，並沒有那麼多的心理成因與偏執。

第二天早上，也就是昨天，我們又搭了十幾個小時的火車回巴黎，自然又口若懸河，從未中斷地談到終站。但我並沒告訴她前晚的事，只要她記得提醒我，今天在她登機前，我有一個重要的發現要與她分享。

當火車到達巴黎時，我又近鄉情怯了。

因爲我即將到d家，不知他會不會爲了避開我，而留在男友家沒回去？不知他對我是不是重新有了情感？

就在我向貞要安眠藥時，我才體會到她這幾夜的心情與用意。

我自然希望吃了藥後，便可以即刻陷入昏睡，這樣就不會失眠、就不會渴望d、就不會想碰他、就不會胡思亂想，夜晚就比較容易渡過，痛苦也因神智不清，而變得不那麼強烈了。

但這一切都是枉然。

與貞到達機場時，才約十一點，我便打電話給B，但因電話卡僅剩兩個單元，只能打到他姑姑家，不能撥行動電話。

其實我和貞都沒那個心與B相約或交談，因爲我在巴黎及馬德里的行程中，都在講他的壞話；既然對他的評價不佳，卻還要邀他見面，那不是很假？

而且那天等他一同吃午飯，然後去參加*gay pride*，他又讓我和貞足足等了一個小時，令我顏面盡失。

當天晚上聚餐時，貞便向B表達，臨行前，不用送她去機場。表面上是說，她在這一刻有話要跟我說，必須與我獨處，實際上是擔心B又遲到。我則騙B，貞不喜歡分離的場合，怕這樣一送，大家都哭哭啼啼的，很難看。

在貞進入候機室前，我跟她透露了前晚的感覺。她聽了也很高興，說儘管沒如預期帶了個龍的傳人回去，

此行的效益，起碼是正面的。

我則叮囑她，別忘了與她的先生，平心靜氣地好好談談，把一些問題解決，不要輕言放棄。

我說讓自己快樂，是個義務；我們都沒權利，隨便讓自己受苦。

經過了十幾天的相處，我們都有些收穫，所以離別並沒帶來太大的哀傷，那不過是再碰面的開始——那將會是千禧年之後多久呢？

我們自然地互相擁抱、互相祝福，舊的已去，新的卽將來臨，我們因這二十年後的重逢，滿滿地汲取了繼續奮鬥的養分與勇氣。

14-21

兩點左右，目送貞跨上出境的扶梯，我便回郊區的家。

也非回去不可，因爲背包沉重——早上離開d時，已將所有的衣物、行李，和不甚愉快的記憶，上肩、帶走。

原想緊接著就去火車站劃位，單獨到臨近的國家逛逛。但要去哪裡？完全沒譜。何況又是星期六，若想詢問簽證申請的事，應該也沒人上班。

我也擔心，不論逃到哪裡，思緒都會被d綁得死死的，人雖在他國，卻等於沒離開。

旅途中和貞討論的結果是：除了M以外，其他人都不要主動打電話。我雖明知M在等我，仍決定先回家再說，我怕熱情的束縛。

家，陰冷而淒清，實在不適合剛與d分手的心境。

這些天，不太可能在家炊煮，我便把冰箱裡快到期、已變質的食物，全數扔進垃圾桶。或許我的人生，也該來個大掃除，把一些發臭、腐爛的關係，清理掉。否則硬是進行下去，肯定對身心有害。

不久之後，M率先來電，果然緊迫盯人。

M問我今晚是他到我家，還是我去他家？我選擇後者，因爲他的住處比較乾淨、明亮，而且我也不用眼巴巴地在家等d的電話，雖然我幾乎可以確信，短期之內，甚或永遠，d都不會找我。

其實我眞正怕的是，自己又克制不住，主動與d聯絡，讓d討厭、戒懼，也叫自己鄙視自己。

我想擁有一點自由的空間，便與M約好晚上十點半才去他家。

這一點空間，當然是屬於馬黑區。

後來，B打電話過來，說他覺得我早上的留言，似在刻意規避他，不讓他有機會與貞道再見。鈍鈍的他，倒是感覺到了。

他問：「晚上我是不是可以到你家？下午還可以一起去看場電影。」

「不行，我今晚外宿。」

「你要去工程師家？」

「不是！是攝影師家。」

「攝影師？你什麼時候又交了個攝影師？你愛他嗎？」

「沒有，我也不知道。我大概是對他的問題有興趣吧！」

「問題？什麼問題？」

「也沒有啦！」上次提到鞭打愛奴k的事，就已經把B嚇得目瞪口呆了，我怎麼可能告訴他M的癖性？

「我還在等你和工程師之間徹底結束後，可以重新開始呢！你這樣換來換去，不會精神錯亂？你知道你在做什麼嗎？我眞是不瞭解你。你已經有多久沒待在家裡了？我都沒辦法跟你聯絡，又不曉得你過得好不好？我很擔心，可是你卻只會叫我震驚。」

是的，就是因爲他容易震驚，我才沒告訴他進行中的一些事。而且，他的觀念又那麼死板、沒有彈性，講了，只有大吵特吵，更拉遠我們的距離。

而因爲都與貞談過了，我竟忘了B對這些仍不知情。唉！才多久的時間，我的心思已經有了很大的轉變，他卻還呆呆地守候在月台邊，不曉得我早攀上另一部列車，馳向他方。

B問：「你這樣從這雙胳臂睡到那雙胳臂，到底學到了什麼？只是爲了性嗎？攝影師很棒嗎？」

「還好啦！但我學到了溫柔，這讓我很遺憾，以前沒會這樣愛撫你。或許，這就是人生的際遇吧！可是如果沒有認識他，我也不可能懂這些。」

「你幹嘛告訴我這些？你不明白我聽了會更難過嗎？」

「可是這是事實，我只是想讓你知道我的感謝。你過去對我的好，因爲我不懂，所以才沒相對的回應。而我也要向你表達我的痛苦，因爲錯過了這些，我們已經沒有機會裸裎相見了。」

「你曉得這些日子，我有多痛苦嗎？我雖然想藉認識別人，離開你，可是我辦不到。如果沒有感情，我根本無法勃起。」

「你不要太有原則，也不要用太多的框框限制自己，試著把心胸打開，大方地去瞭解和接受別人，不要一開始就拒絕。」

「可是，我喜歡的是你啊！你卻越走越遠，可能不久以後就會把我忘記。那我這些年來投注的情感，等於白費，什麼也沒留下。」

「不！我們之間確實留下了一些美好的回憶，不然怎麼還會繼續聯絡呢？也才會覺得可惜，而有心痛的感覺。」

後來，我問他想不想跟我碰面？我們可以一起用餐，其他事等見面再聊。他答應了，約的時間是七點到七點半之間，在那家我們常去的餐館。

掛了電話，想到這幾天就要再度出國散心，期望去的地方之一就是柏林，但我已沒跟p去的意願。既然B已主動來電，我也沒必要除了M以外，所有的人都不聯絡吧！便撥了p的手機，想順便告訴他，與d的關係，自今天早上起，已徹底結束。

那時，與p的進展，因d三個禮拜的旅行，懸在那裡，必須視d回來之後的狀況，再做決定。這自然對p

是不公平的，也有點侮辱他，可是誰叫他是d的好朋友呢？p其實也覺得有愧於d，畢竟朋友「妻」不可欺，他卻背著d，跟我翻雲覆雨。

p知道我並不愛他，這很悲哀，但感情的事是不能勉強的，也沒辦法造假，何況在衆人之間，我也很難挑選究竟最喜歡哪一個？如果沒有d，我確定不會認識p，但也正因爲d卡在中間，儘管和p的相處頗有默契，兩人還是不可能的。

p曾向我提議當他的男朋友，一起生活。他提得很熱切，滿腦子計劃，還說要開趴正式把我介紹給他的朋友。但因爲他提得太快，就在第一次性交次日，又讓我覺得太草率，並非深思熟慮的結果。

他給我一種我太好、太搶手的虛榮與錯覺，也暴露了他想找人安定下來的急切，至於跟什麼人、認識多久，好像並沒那麼重要。畢竟他比我大十歲，已沒太多的時間可以挑三揀四了。

雖然我害怕安定，也從不認爲自己可能愛上什麼人，但當有人鄭重向我示愛，我還是有些感動而心動的。

可惜我和p幾次的碰面，甚至在p的床上，d都還跑過來插一腳——我仍不停地談論d，講述和d相處的種種，彷彿p只是個聽衆。當然自私總是有限度的，後來我便沒那麼白目了。

不可否認的，當我第一次傷心地在p懷裡哭泣時，我眞的有點在勾引他，喚起了他沉寂已久的年輕與夢幻，目的只是在利用他抒發對d的感情，並從他那兒打聽有關d的消息，以及和新朋友交往的狀況。

其實p與t——也是亞洲人——並未分手，兩人若即若離，只是分手比持續更不確定，所以縱使p一切都準備好了，若兩人沒什麼紛爭，似也沒有斷然決裂的理由。

沒想到電話接通了半天，p仍叫不出我的名字，還以爲誰打錯了，我便已知道大概。

我告訴他，與d已沒希望了，但還沒談及彼此的交往該如何進行下去，他卽已坦承最近都與t在一起，而且t好似有意跟他建立更進一步的關係。語音中有點歉意，以及怕我笑他將就的尷尬，還用英文說我們始終是朋友。

「這可妙了，全世界分手的語言都是英文。」

我頓時覺得既諷刺又感慨，p先前對我的提議，竟只是說著玩的，一點都經不起考驗。是我給他太飄忽的印象，還是他一高興就信口開河，雖然無意欺騙，但不能太認眞？

同時，我又覺得輕鬆許多，慶幸自己並沒跟他允諾什麼，或者辜負了他的感情。

經我這樣一說，他趕忙補上一句：「我們其實也不用斷絕來往，何必爲此關掉一扇門呢？」

是的，他的講法很實際，像在預留後路，但也顯得太圓滑了，如同社交，尤其是他世故的笑。

這個笑，抹煞了當初的眞誠，我也不用佯裝不捨。我相信從今以後，我們之間不可能再發生肉體的關係，哪怕我是多麼寂寞，哪怕他的話語多麼甜蜜。

但也因爲這個笑，我知道他已檢視了自己——他在自我調侃，帶點無奈。

擱了話筒，我急忙搭了區間快車趕往巴黎，但已遲到了十五分鐘，這在我是少有的。

見B不在，本以爲還好他還沒到，一如慣例，但不久之後，他即出現眼前，說是等煩了，便去附近的酒吧轉一圈，拿了些活動資料。

B看起來不知爲何，比以前更帥了。他穿了件紫紅色的襯衫，眼睛中有著承受折磨的憤怒與哀傷。貞就曾說過，B的眼睛有情，尤其是在看我的時候。我可能是看多了，或者故意不跟他對上眼，所以感受不到。

吃過飯，我請B喝啤酒。

在昏暗的燈光下，我隨著音樂搖頭晃腦，還用眼睛挑逗他，竟忘了與他的關係早已結束。

他說那不是我，別再裝模作樣了，一點都不自然。

我輕撫他的眉毛、臉頰，按轉他的乳頭，他的表情竟與M的有些類似，馬上停止了呼吸，人也微微顫抖起來。

他要我別摸了，因爲他已亢奮起來，頭卻低了下去，用雙手摀著，怕旁人看到。

淚還是流了下來，我才意識到他的痛苦和惋惜。

一時我有個衝動：上前捧住他的臉、親吻他；我還是抑制住了，因爲那將使他更難過。

一個多月過去了，我的情緒與感覺，早因不同的人轉換了好幾次，而B卻仍停在原處，讓我有些驚訝，彼此的步調竟如此不同，也從他對我的譴責背後，看到他的用情——雖然有些自我中心。可是，這一切都已太晚。

我們之間的感情，已苟延殘喘多時。上次再訪交往初期去過的那家咖啡廳，我因觸景生情，當他面放聲痛哭之後，已經徹底死去，再也無法與他做愛，只剩友情。

僅能怨怪彼此在當時沒有努力經營，任這建立了快兩年的關係，持續惡化，等到有所覺悟，已經來不及了。

我雖說他仍是我最好的朋友，但今後我必將常與他人混在一起，與他相處的時間越變越少，他注定要從我的生活中漸漸隱退。想到這就會嘆息，可是，又能怎麼樣呢？

後來，B取出活動單，研究了下，說他的心不平靜，沒辦法一個人待在家裡，既然我晚上要與攝影師在一塊，他也要找個地方排遣悲懷。

於是我送他到Les Halles（阿雷商場），看著他下電梯，他則回過頭來，用含淚的眼睛與我道別。

那一剎那，我真想奔上前去，告訴他讓我們重新開始、讓我們好好善待彼此、讓我們認真建構愛情！但，即刻我又回到現實。

是的，他的經濟問題一天不解決，他的個性一天不改變，如果我又始終這麼挑剔、這麼花心，兩人之間就算有再多的誠意互相忍耐與適應，也是徒然。

我想，仍有心痛的分手，總是比撐到絕情寡義才攤牌，來得好吧！所以，對彼此還有依戀，應是分手的最佳時機。

我會擔心沒他的世界，誰來幫我修正學校的報告？我也操煩在他的生活中，若沒我在一邊嘮叨，他將多麼無助？他能獨自面對這個嚴酷的社會嗎？

但是，這種互相需要，並不是愛，不足以讓兩人堅強地守在一起，不過是一種依存關係罷了！

分手是對的，起碼不會成天悶在愁苦中，一點也不快樂，彷彿生命的目的，只在體會痛苦。彼此在分道揚鑣之後，可以在比較自在的空間、比較自由的空氣中，各自茁長。

或許哪一天，在經歷了一些事、學到一些東西、克服了一些困難之後，我們又可以再度相逢，重新認識彼此。

而爲什麼單單在與B分手後，我仍願意持續這份友誼？

首先，B是我來法國讀書以後的第一個情人，是他將我引入同志圈，自然有其歷史意義；再來，別人都沒他專情，也不那麼需要我，頂多跟我性交幾次，就沒下文，連炮友都算不上。

正因爲與B有這個特殊的鍵連，我需要用一個誇大的激情來砍斷，否則被牢牢囚禁，無法脫離，只有互相怨恨。

這個思緒，讓我突然看透d在我與B的關係中，扮演的角色和功用。

21-23

之後，我便轉頭，往馬黑區走去。

從貞來到現在，已經有整整十天，我沒在這兒出沒了。

像久沒聽新聞或看報紙一般，對這兒的一切感到生疏，不曉得那些偶會在酒吧碰面的朋友，或者尚未有過交談，但使過眼神的陌生人，會不會覺得生命中空缺了什麼？

當然這是我一廂情願的想法，在充滿機會與豔遇的巴黎，少有人會注意到我的消失，更別說爲我的消失感到寂寞了——至少d就不會。

其實我急著想去的地方，並不是open café，而是十步遠的café cox。

第一個原因是，帥帥的c會在那裡出現。

上上回c告訴我，他和男友y相處的狀況並不穩定。這讓我對與c之間可能的發展，抱持幻想，儘管我並不眞的企望與他建立什麼關係。

拉近距離的是三年前的一夜情緣，以及我對他的好奇；拉遠距離的，則是好奇心下挖掘出的習性。譬如他每天至少要性交兩次，慾望太旺盛了些，我怕會吃不消；譬如他愛搞音樂，而我偏偏是個音癡，兩人之間也不曉得能有什麼交集。

除此之外，因曾與他做過le sport en chambre（室內運動，即床上體操），也少了不知他的陰莖是何模樣、他喜歡怎樣性交的神祕感。

另一個想去café cox的原因是，我欠a一個「對不起」，我想看看他過得好不好，久沒見到我，是不是已經氣消了。

諷刺的是，上上回之所以氣走a，就是因爲c不記得曾經和我有過接觸——那時我是觀光客——，在p家吃飯再度認識後，才於café cox主動與我攀談，使得我有點受寵若驚，便跟他提起那遙遠的一夜，也才會忘了介紹a，任a靜靜地從人群中消失。

後來，當我與c道了再見出來，竟又在門口遇到了y。眞可怕！

所以在café cox，不論我想去等誰，兩個人，或更多人，都有可能出現，同時或不同時，亦即始終有風險，誰叫我喜歡這個男人味十足的酒吧呢？

從另一個角度看來，則不會太落空，至於是誰，就由機率來決定，反正我都有心理準備，也並沒優先順序。

不過這還是令我想起了上回那個驚心動魄的場面，還眞叫人手忙腳亂呢！

那時，我與M正好晃到café cox，看到p的男友t，與另一個越南人h，從前面經過。

t見了我，高興地與我打招呼。t並不知道我與p有一腳，但我仍有些良心不安。我問他怎麼沒跟p在一起？他說跟p混膩了，便與好友出來透透氣。

而此時，M則與h閒談，兩人似乎認識。

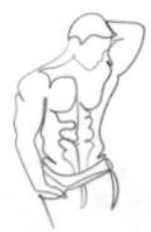

我告訴M，我要進café cox看看，便把他們留在外頭。

進去轉了一圈出來，他們都不見了，卻在路邊撞見a。

a悶悶的，不太理我，還在爲上上回那件事嘔氣。偏就在此時，我遠遠地瞄到c走進吧裡，又惹起我玩火的心。我便告訴a我要進去尿尿，暫時離開了他。

巧的是，竟在門檻邊，碰到p與y。

p說，y已經跟c分手了，這天剛從c家搬出來，是他幫的忙。但願兩人的決裂，跟我那天與c的交談無關。

而y知道p的男友是t，他一定也猜疑我跟p有染，因爲前次p以我們倆的名義，邀他和c吃飯。不曉得他們是不是也看到了t和M？

於是，我藉口說要上廁所，繼續往裡面擠。

c看我朝他走去時，臉上綻出了燦爛的笑容，眞是迷人。但我僅與他匆匆貼頰，並報告y與p的行蹤，便說有事先走了，他的眼睛馬上露出了失望。

一路道再見出來，路邊已無a的人影。

我趕緊離開了café cox，找了附近的電話亭，撥了M的手機號碼。原來他以爲我跟別人跑了，便一個人傷心地到塞納河畔散步去了。

走出電話亭，竟發現a正朝我這個方向注視。我皺皺眉，開始有些恐懼，經歷了先前這些，搞不好去塞納河畔與M會合，B也會在那裡出現。還好沒有。

儘管有這麼多可能叫人逮到的風險，我還是喜歡去café cox，因爲由風險產生的衝突，雖然麻煩，但非常刺激——這就是腎上腺素產生的亢奮感吧！——，好像在跟天意玩遊戲。

對我而言，café cox唯一的缺點是：不適合在那裡看書或記筆記。那實在與光頭、鬍子、肌肉、刺青，非常格格不入。所以通常我會先到open café寫些東西，累了才去café cox。

因已九點，我便直接到café cox點了杯啤酒。眞是小杯，像在台灣傳統餐廳喝汽水的玻璃杯，眞不知爲什麼可以賣這麼貴，還不怕客人不來。

因爲裡面很擠，環眼一看又沒有瞄到c或a，我便出到外頭馬路邊。若站得太出去，還有安全人員維持秩序，要你往裡面靠，讓行人起碼有個空間通過。

很可笑，拿著小杯子，人擠人站在路邊，或發呆，或東張西望，臉上還不能顯得太可憐，像沒人要，正等著別人來攀談、來拯救；或是與三五好友，有的沒的在那邊閒聊，人太多太吵聽不清楚無所謂，因爲溝通本就不是來此的目的。

站了半天，確實有人對我明顯地眨眼睛，或行比較久的注目禮，但這不是我來此的目的，所以我要不把臉轉開，要不微微一笑表示謝意與歉意。畢竟卽將結束，或進行一段時間的事，已經夠多了，我正在一個決定捨棄或持續的關口，不想節外生枝。

遠遠看到e，他是a的室友，我趕忙低下頭，因爲a不在場，打不打招呼都很尷尬。

於是，酒喝畢，我走入吧裡，把杯子擱下，打算離開。沒想到出來時，竟看到a與幾個朋友聚在一塊，就在我方才站的地方後面，可能是因爲隔著好些人，所以沒看到。

自從上回那個驚心動魄的場面，加上我和貞的旅行，我們約有三個禮拜沒碰面了。不論此時他的態度如何，我還是走上前去。

他與我貼了貼臉頰，比上回親熱多了，也把我介紹給在場的人。可能是忘記我的名字，他把我叫成Chen，陳，話語和表情中流露出一絲驕傲，以及一點鄙夷。

驕傲，他似扯到我的身材多好、多有魅力（avoir du chien），在學藝術，沒課就四處遊蕩。

鄙夷，他說我有時很煩、很討厭（chiant），像發情的母狗（chienne en chaleur），心野野的，成天跟人亂搞。

總之，就是一些ch開頭的字，與狗（chien）和便便（chier，動詞）有關，但因講得很快，又吵，我未能全然掌握。

在場的人要不覺得有趣，要不表示不信，我因理虧，並未辯白，只跟他偎在一起，以肢體表達歉意。

他問：「你這陣子都在做什麼？」

「我剛從馬德里回來，跟我的女朋友一起去的。」

「女朋友？你到底是同志？還是雙性戀？」

我神氣地說：「我是同志，但差一點是雙性戀，將是雙性戀。」他覺得非常不可思議。

後來他繼續與他人聊天，我則依著他，時而摸摸他的鬍鬚，時而環著他的腰，同時四處張望，耐心地等他給我機會與他獨處，再看看有無必要解釋那個誤會，並適時告訴他我必須回家，不能去他家過夜。

但我怕他問，爲何一定得回郊區？那就不知道要編什麼藉口了。難道還要說沒帶隱形眼鏡藥水嗎？那太過分了，塑膠袋裡裝的，明明是上次他買給我那瓶。

終於在十點半時，a與所有的朋友道了再見。我雖擔心M等我，但我總得與a告一個段落，並沒有在表達待會兒要回家後，即刻離開。他問我要搭幾點的車，我說約十二點，但必須在十一點十五分去坐地鐵。

於是他牽了我的手，帶我到市政廳邊，坐在花圃的矮牆上，看著我，然後與我親吻。

他時而閉目，時而睜眼。閉目是在享受那種感覺，睜眼則是在提防有沒有恐同的人趁機鬧事。

我也時而閉目，時而睜眼。閉目是在回應他的溫柔，睜眼卻是在四處搜尋，深怕此時B會從旁走過，那就不僅是工程師到攝影師的震撼了，還多出一個算帳的會計師呢！

燈光下，a的瞳仁有些灰白，看不見底，也失去焦距，因此有些恍惚，但又神祕，也有些壞，很像列寧，除了下巴的鬍子沒那麼長以外。

不久之後，旁邊果然聚集了幾個青少年，a便把我拉開，說碰到一些蠢貨，沒什麼好說的，走爲上策，別讓他們找到滋事的藉口。

我便想，若B眞的那麼勇敢地在路上吻我，碰到這些人，他一定會非常不務實地用小小的個子，顫抖的聲音，與人理論，儘管打不過人，仍一副要戰鬥到底的樣子。

但，保守的B，根本不敢在路上親我。

後來，我和a在一家百貨公司後面，靠著一根防止停車的圓柱，相擁久久。人來人往，這樣的相擁，讓我相信a是喜歡我的，也正因爲喜歡，上上回我才眞的傷了他，也才會被他冷冷地掛了兩次電話。

之後我們便往阿雷商場走去。

走著，他問：「你喜歡我嗎？」

「喜歡。」

「但是我認爲，這裡面有語言與行爲上的落差。」

「那你喜歡我嗎？」

「喜歡，但我不認爲我會跟你固定下來，因爲你的行爲，顯露了個性上三心兩意的缺點。我不喜歡這種不乾淨、明確的人格。」

他講得很大聲，之間還加上對我沒聽懂的解釋，走在前面的男孩們聽了都回過頭來。看到是對我說這些話，還說不是這樣！不是這樣！可能是覺得話講得這麼直接、語氣這麼重，而替我抱屈，並爲我打氣吧！

a看我不作聲，態度軟化下來：「不好歸不好，但這需要時間，不是想改就能馬上改的。我以前也是這樣，必須在經歷過一些事後，才會學到珍惜、尊重與割捨。」

我對a其實是很不瞭解的。

之所以喜歡a，一方面是他長得屌兒啷噹，另一方面則是他的眞誠。

第一次我們在三溫暖的房間裡發現性交的方式不合而出來之後，不久，他又過來找我，說他還是喜歡我，問我願否再與他進房間。

我笑笑說，剛剛把我拒絕出來的是你，現在要我再進去的也是你，他便生氣地走開了。

我忙追上他，牽了他的手，把他領入房間，這才開始了我們的故事。

原以爲他僅喜歡東方人，不是，他喜歡的是我的身體。他並不屬於水煮蛋，卽外白內黃的類型，他只忠於自己的直覺。

他對我說話時，始終有那種誇大的愼重，一字一句，甚至有些咬牙切齒。問他平常說話卽如此嗎？不是，因爲他與別人講話時，除了快，還會跳躍，所以特別爲我放慢速度，耐心解釋，直到我完全聽懂爲止。

我們之間，就因爲一次沒講清楚，原以爲他會打電話給我，與我相約去他家的時間，但他都沒打來，我便把他的電話號碼撕了，還刻意避開一些酒吧。

於是，足足有六個月的時間，我們沒有碰面。直到我重新在open café出入，也就是在與B及d鬧得亂七八糟之際，才又在那裡發現了他。

那時他是多麼高興，又是多麼得意地向他的朋友介紹我的啊！

然後，a帶我到藥局，買了瓶隱形眼鏡藥水送我，並領我到他家，讓我看到他生活拮拘的一面。

他暫住e家，e是他先前的男友，兩人仍睡在一張床上，但已僅是朋友。

a告訴我，以他現在的處境，他是不會找人定下來的。旣沒固定的收入，又沒自己的房間，樣樣都不方便。

當時我便有些感慨，像B，經濟狀況這麼糟，又沒有自己的住處，爲什麼沒這種體會？又要陪我看電影，又要陪我去餐廳，又要陪我參觀博物館，一出門，樣樣要花錢，因他付不起，我都得付雙份。

這也罷了，他又常好管閒事，與人一聊天就停不下來，所以時時遲到，講他還用暴躁的脾氣整我。就這點而論，B確實沒有a成熟，但也正因爲他的正義與熱心，使得他非常可愛，當然有時也很可恨。

a與B個兒一般小，年紀比B小，甚至比我小，但卻知道自己的斤兩，不做超出能力的事，也沒有不切實際的幻想，這是我喜歡的性格。

誰曉得偏冒出了個c。

但基本上，我一直都無法對任何人全心全意，所以也無法眞的與人建立什麼關係。

a應是瞭解的，因爲我怕極了他用鬍渣搓吻我的頸脖，留下痕跡，這表示我是另有他人的，怕叫人看到不貞的印記，但他什麼也沒有說。這，加上與c的事，可能就是他所謂需要時間慢慢改變的個性問題吧！

他把我送到阿雷商場地鐵站，但僅跟我握手道別，因爲那裡龍蛇混雜，非常危險，還是小心爲妙。

進入地鐵前，我問他可以打電話給他嗎？他說可以，大概已經原諒了我。

可是儘管他不再計較這些，我也不曉得該如何延續這份情緣。但確定的是，我在他面前，無論如何不能再眼光撲朔迷離、慾望無窮翻飛，而侮辱了他的誠懇。

我這樣自我要求，並不爲了與a共築未來，而是對他的一種感謝與尊重。

23-00

奔到M家時，已比約定時間晚了快一個鐘頭，與B過去對我的作爲，完全一樣。換句話說，這亦如我控訴B的，是不重視對方、沒把對方放在心上的表示。

M來開門時，嘴裡雖沒說什麼，臉上卻流露出「等待是我必須忍受的考驗」，那種無可奈何的哀傷，以及微微的譏諷。

這譏諷似乎在說：「我還以爲你要到凌晨以後才會到呢？還好是在十二點以前，這算不錯了！」當然這是由於我心虛，才會如此解讀。

上回和貞吃飯，因貞不知我與M有約，又無法打電話給他，便讓他在d的家門口等了一個半小時。

M戴著玻璃眼鏡，樣子看起來很好笑，連難過的表情，都帶點小丑的喜感。而平常透過隱形眼鏡，可以感受到的眞摯，都被鏡片的反光給扭曲了，反而有點狡黠。

我開門見山，問他檢查結果出來了沒？還沒。與太太正式離婚了沒？也還沒。跟越南男友f的關係結束了嗎？倒說應該是結束了，他對f已沒什麼感覺，亦無期待，雖然偶爾想起，仍不免心痛。

M的臉，瘦而狹長，兩隻眼睛蹙在一塊，被一脈峻嶺分開，唇瓣薄扁，一副心靈不知承受多少煎熬的模樣，而且悲觀地看來，這些煎熬還會繼續下去。

他記得兒子出生時，就有重又看到自己愁慘童年的恐慌，深怕兒子步上後塵——因爲他在兒子臉上，讀出了一樣的宿命。

不像東方人，如我，如他要分不分的f，都有著平坦、燦爛的月亮臉，好像經由這樣的拉撐，憂鬱也彈落了，看起來比較快樂，也少了些心理問題。

與他在床邊的鏡子裡互看，我都得把臉藏起來一些，否則顯得太放肆。但就算藏了三分之一，還是比他的面龐大一點，搶走了他所有的光采。

他的五官，像被迫擠在一塊小小的土地上，只好隆起，向立體發展，也就不得不有稜角分明的森冷。

而在我寬闊的幅員裡，眼睛可以大方地拉開，嘴巴則非得肥厚地翹起不可，如此方能與鼻子對話，除了性感，也表徵了對口腹之慾的看重——當然這只是相對於M而言，若是跟別人比，我們都是清教徒。

這大概就是我比M開朗，且懂得享受的原因吧！對我來說，食與色相輔相成，合而爲一，對他而言，則互相衝突，必須分開。

可以說，我比較接近飽暖思淫慾的類型，他則只要用過餐，就無法做愛，彷彿體內一旦被食物充填，便無餘裕再塞一根香蕉，也容易造成昏睡。

所以若看到他目光炯炯，精瘦瘋狂，脾氣暴躁，就知道他受慾望折磨，飢渴極已。

縱使我們有諸多外觀上的差異，但在一同凝視鏡子的瞬間、在緊緊相擁的撲撲心跳裡、在嘴與嘴的互相灌注中，兩人已融合在一起，尤其是當我進入他時，我們變成了連體嬰，不分彼此。

但這鏡子位於櫥櫃滑動的推軌門上，兩扇門之間約有兩公分的斷層——即軌道的寬度——，只要視線不是垂直於鏡面，就會出現一把長刀，冷然把我們切開，割裂了我們的媾合，將陰莖、舌頭與手臂產生的鍵結，狠狠斬斷，讓我們重又落回孤獨的塵世——我是我，他是他。

我們都是雙子座，各有各的天使與惡魔，兩人在一塊，就會有天使天使，天使惡魔，惡魔天使，惡魔惡魔的組合。

有時我們像一對兄弟，一同試驗及探索彼此，有著一同成長、學習的樂趣；有時互相傷害，一方壓制另一方，肉體的，心靈的，於是便有了懲罰、犧牲、奉獻，或者一點點正在戀愛的感覺；有時我又不得不承認，我只是在閱讀他，挖掘他與我、與他人的不同，以及形成這種心理、行爲的原因，他則當我是個玩伴，可以陪他打發時間，避免一個人胡搞瞎搞。

是的，在ｄ不在巴黎的這段日子裡，我和Ｍ在ｄ家做愛、睡覺，除了背叛了ｄ，稍微有點罪惡感以外，多少已協助彼此渡過生命的困難時刻。之於我，是與Ｂ及ｄ故事的結束，之於Ｍ，則是與ｆ關係的漸趨終止。

我們可以說在互相利用，也可以說在最適當的時間，進入彼此的生命，有同是天涯淪落人之感，加上交談與性交也頗愉快，便分外相惜。

當時，我們談的都是不在場的另一個人，少有機會涉及彼此。直到貞來了以後，在馬德里之行開始前，才比較嚴肅地論及個別在這個相處裡，扮演的角色。

有一天，我望著Ｍ含情的眼睛，不禁告訴他，儘管我們像兄弟一樣，但我確實發現我滿喜歡他的。我要他照顧好自己，因爲我怕，我怕他不健康、有愛滋病，也怕他傷害自己，他才說他已去做了檢查。

從馬德里回來前，本想撥電話給Ｍ，把Ｍ介紹給貞認識——卻不是ｄ——，彷彿已把Ｍ認定爲爾後將繼續交往的對象。

不用說，當我向貞談到有關Ｍ的種種時，我只提他教會了我愛撫的重要，所以形象還不錯，但實際上我也在質疑能與他建立什麼穩定而長久的關係，便打消這個念頭。

我告訴貞，Ｍ說這些天要爲我守貞，若眞有慾望，就自己解決，像對我存有什麼偉大的愛情似的。

其實，我雖未懷疑他，但我並不認爲有這個必要，畢竟我們之間還沒什麼明確的承諾，當然也就不用有什麼特別的限制了。

可能便是因爲與貞這樣描述他，找到了他更多的優點，我對他竟也有點期待了。我甚至還有那種他爲我守貞，我也應以同樣的節操來回應他的味道。

但這一切卻在雙雙躺平，問他這幾天做了些什麼以後，全盤崩潰。

除了f來找他，與f沒什麼激情地性交之外，他當然也幹了他的炮友j。這些對我而言都沒什麼，我都可以接受，因爲他在認識我之前，已與他們有數年的關係。但我不能忍受的是，他竟邀了h到他家，給h進入不說，還讓h拳交，說是向h挑釁，看h能做到哪一步。

我對h本就印象不好，上次在café cox前碰到時，M把我們互相介紹了下，但h看都沒看我一眼，只賊賊地想釣M。

M讓我進入時，都不是那麼情願了，總有微辭，說要是與j就好了，j可以讓他無窮無盡地穿刺，百分之百被動，有時甚至以爲在穿刺j的媽。

但M卻可以讓h主動，還大方地讓h的拳頭，粗魯地伸進他裡面，讓h擴張他，讓他的內裡流血。眞不知是誰在挑釁誰？

是在挑釁誰，或許並不重要，重要的是M喜歡這樣，而且還可以從裡面得到快樂，理由是——因爲他覺得寂寞，一個人待在家裡很不好受。

結果隔天，大概是意猶未盡，M又到qg——一間*cruising bar*——，懸在吊床上，雙腿大開，在別人的環繞下，含著某人的陰莖，左右手各抓一根，兩隻腳掌搓擦另外兩條，屁眼則塞著一隻手臂，不斷地扭動、呻吟、狂叫，好不痛快。

我聽了不禁流下淚來，有些眞誠，有些虛假。

我問他爲什麼要這樣？讓我有強烈的欲望，把那個被別人占領的屁眼，收復回來。而收復的方式就是：用我的手拳交他，重新宣示主權。

他看我哭了，趕忙說：「屁眼不重要，我根本不在乎誰進入我、誰的手在我裡面，我的心對你一直是忠誠的，甚至連f都比不過，何必把兩者混淆呢？心和性一旦相連，就很複雜。」

我反駁：「心和性一旦分開，才更複雜。我如果不在乎誰的陰莖、誰的手在你裡面，還算對你有情嗎？你若對我有意，卻可以任阿貓阿狗使用你的屁眼，那我在你心目中的地位又是什麼？與別人又有什麼不同？」

這似乎有點自打嘴巴，對B我不就是兩者分開？但我對別人可以這樣，別人可不能這樣對我。

我接著說：「想想看，下次我們如果又遇到h，我眞的會無地自容。我怎麼能容忍你被他歧視？而因爲你，我也會被他看輕。跟你走在路上，我要怎樣解讀別人別有含意的目光？這叫我怎麼抬得起頭來？我如何能以你爲榮？

我雖然惡名昭彰，但別人爭著想跟我在一起；你也惡名昭彰，但別人卻避之唯恐不及。要惡名昭彰，也要惡得有格調，不要讓人瞧不起。像你這個樣子，我要怎麼跟你建立關係？

當初基於好奇，所有新鮮的事，都是有趣的，包括拳交，但一旦有了感情，這些行爲就會變得無法忍受，不但無趣，還顯得病態。

你到底要到什麼時候，才能從這個階段走出來？你如果也討厭別人鄙視你，就不要躊躇不前，始終滯留在那裡。」

他說：「我這樣做是爲了讓人羞辱我，因爲我有被虐待狂。」

「你知道最大的羞辱是什麼？就是別人再也不想碰你一下，而這正是我現在的感覺。」

「求求你，不要這樣對我，好嗎？」

沉默了會兒後，我說：

「我終於瞭解，其實女人、f及我，都只是障眼法。

你雖然每次在被我進入時，都說如果你是個女的，有個洞、有個像陰道這樣的器官，就好了，也不會痛，也不會有心理的困擾；而如果你是跟女人性交，更不用問到底是誰被誰進入，一切天生自然。

但你並不喜歡女人，雖然你結過婚，喜歡的仍是男人，而且你喜歡被進入，只是你不願意承認這一點，所以企圖用雙性戀來掩飾同性戀。

這一點對我倒是個借鏡，我該好好思索一下跟我女朋友的關係。能做和愛做，畢竟是兩回事。

而f和我，跟你比起來，我們都屬於比較光明的天地，既老實又平凡，你雖然口口聲聲說喜歡跟我們在一起，但你更愛的是，當我們不在身邊的時候，你可以有一個無法忍受孤獨的藉口，到qg這類地方或森林，去讓陌生人，不管乾不乾淨、有病沒病、溫和或粗暴，進入你，或用手蹂躪你。

表面上，你也不喜歡這樣，是被寂寞逼急了，才出此下策，用來懲罰自己。但這不是懲罰，是你喜歡、追求的，只是以痛苦的形式來呈現，像自暴自棄，但這些全在你的預料之中。

你其實也不喜歡f和我，只是我們的存在，一方面可以讓你與光明靠近些，一方面又可以合理化你被拳交的渴望。

我們兩個都是黑白同時存在的個體，這可能是爲什麼今天我們會在一起的原因。只是我是白中有黑，黑畢竟是小部分；而你是黑中有白，白則僅是斑點。

我的白與黑，受你的黑與白吸引。我驚訝於你的白，更迷眩於你的黑。

你的白，譬如僅被輕輕愛撫，即可全身顫慄，達到高潮般的快感，若無純淨的心靈，身體無法有這麼強烈的反應。唯一不好的是，你可以日以繼夜，耽溺在這種狀態之中，不願跨入下一個階段，讓精液噴流、讓慾望歇止。

你的黑，如喜歡被凌辱、喜歡拳交，那是一個黑暗的所在，濃黑不見天日，而且躲躲藏藏。是什麼叫你追逐這種黑暗？這已不是我這種成天換伙伴、偷情的黑暗了，而是喜歡受苦的黑暗，還冠以能服務別人、自覺有用的美名。

你在這種黑暗裡迷失，或者故意在那邊徘徊，以充滿罪過與困惑的樣貌，遮掩快慰，不願走出，不願棄絕。

而我，一旦淺嚐黑暗的滋味，我就不願意繼續停駐，必須前進，可是你卻仍在原地踱步。當我不再覺得這個人有趣、值得探索時，就是我離開的時候了。

我不知道我有多少的耐心，或可以履行多久的道義責任，但我知道，當我踏上下一個旅程時，你將再找一個同f、同我一般的人，暢談你的過去，吸引人、嚇唬人，然後不斷以不能忍受孤獨爲由，讓自己去拳交、去享受，讓痛苦重複、循環，樂此不疲。這就是你。」

好個長篇大論！都已經接近凌晨了，法語還沒打結，眞不可思議。

M靜靜聽完我的分析，然後誇張而緩慢地鼓掌，一方面表示贊同我的說法，一方面則顯現具有接受批評的雅量。

「我們才認識三個多禮拜，你已經像X光一樣，把我看入骨裡，讓我無所遁形，甚至感到羞恥。但問題是，我爲什麼老是喜歡這樣呢？你能幫助我解開這個謎團嗎？」

我要他試著把所有劃過腦際的想法，以及干擾他的影像，記下來，就當是在向我傾訴。或許當過去變成了白紙黑字，問題便有了承載的媒介，他就可以安心放下，不再受到控制，心靈也獲得了撫慰。

但是，爲了他這幾天的劣行——沒乖乖守貞、任人踐踏——，我非處分他不可，把他拳交得暈過去，然後像每月一丟的隱形眼鏡，將他拋棄。

於是，他既惶恐又興奮地清理肛門、準備手套去了。他當然不知道，一旦收回失土，我就會拍拍屁股，一走了之。

但眞能這麼乾脆嗎？

遲到了一整天，二十四小時儘管漫長，七月一日仍已接近尾聲。

不管多少事情在這一天發生與結束，我知道，在宣洩與蓄養之後，我將重新誕生。

說不定，也是一個新關係的誕生？誰知道呢？

# 活化石

修完博士、獲得法籍以後，小姐幾乎每隔一、兩年，就會返台一趟。

回到故鄉，與過去這麼近，總讓他想起蛇龍。

四十年都已逝去，小姐仍忘不了他。

但忘不了的眞是他這個人、他的長相，還是兩人相處的過去，那個自己的人生所賴以建立的過去？

與其說忘不了，不如說尚未看透，所以才無法釋懷、才不願將歷史翻頁（tourner la page）。

因爲，儘管是這麼重要的人生片段，小姐仍覺得有些模糊，或者說疑點重重，像未曾眞正掌握。

當然，小姐具體掌握過別的東西，可是事情的來龍去脈，卻朦朦朧朧的，像罩了一層霧——不是以四十年後的眼光看才如此，當時卽已這樣，只是那時還太年輕，生命的重點不在釐淸眞相，而是熾烈燃燒、不顧一切地前進。

所以，小姐想與蛇龍重逢，因爲他或許持有一把解開謎團的鑰匙。

還是正如歐蘭朶——那個在沙地上翻跟斗的男孩——身上的刺青所示，繫鈴人、解鈴人，皆是自己？

會想回頭，這表示自己已經老了嗎？或者是在遭遇一些挫折之後的反應？

有必要知道眞相嗎？眞相如果和認知或想像的不同，小姐能夠承受嗎？

但小姐還是很想跟蛇龍相遇，狀似漫不經心地與他聊聊，或者激烈一點，parole contre parole（話語對話語），直接和他對質。

小姐很好奇，蛇龍在回憶過往時，會怎麼稱呼他？仍是「小姐」嗎？如今，蛇龍大概也只能喚他「老小姐」（vieille fille，卽未婚、孤僻、行爲怪異的老處女）了？

國中畢業這麼多年，其他的同學皆已淡去，唯有蛇龍還在小姐心裡騰飛。

小姐知道，只要疑問沒有解開，蛇龍就不會消失，就會是一個不時咬他一口的懸念。尤其是他若回國探親，就會因爲地緣的關係，蠢蠢欲動，一直想去找蛇龍。

可是，蛇龍會願意跟他碰面、把酒話當年嗎？兩人之間的種種，對蛇龍會不會是一個汙點、一個丟人的過去、一個年少輕狂幹出的蠢事，或者一個不可告人的傷痛，因此希望他行行好，有點默契，把一切忘懷，就當什麼也沒發生過？

「自古蛇鑽窟洞蛇知道，各人幹的事兒，各人心裡明。」想必蛇龍也不例外吧！但眞能把蛇的屬性，強加在龍身上嗎？

「我很對不起！我沒有忘記。」這是小姐對曾經傷害過的同伴，所抱持的態度。

至於在這些同伴之中，有沒有誰，因爲他的侵襲與勾誘，而走上不歸路？他一無所知。

他眞怕，蛇龍把他教壞，他也教壞別人，一如被凌虐的小孩，長大後也凌虐下一代一樣，陷入一個跳不出的循環。

但願事情並沒這樣發展。

或許可以說，蛇龍把小姐固置成蛇，小姐則替一些人保存了過渡爲龍前的狀態。這個狀態，之於龍可能虛渺不實，有如前世，卻是每個個體成長、發展所必經。

也或許蛇與龍雖然共有某些特質，如猴子與人、如未分化前的胚胎，卻根本不是同類？

不可否認的，小姐想與蛇龍重提過往，多少帶有一點究責的味道：都是你害的！如果不是被你拐騙，我今天也不會這樣！

但絕不是想與蛇龍重溫舊夢。

好啦！還是有一點。小姐的心裡仍不免有些好奇，想看看兩人是不是還有感覺、是不是還會互相吸引？

小姐好想聽聽蛇龍描述當時的自己，跟那個與自己的版本有別的小姐認識，像在聆聽別人的故事。

那個別人眼中的自己，不同於純白、熱情、無知的自己，漸漸由外而內塑造了、修改了、開啟了，也限——制——了——往後的自己，成為被眾人討厭、訕笑、輕貶的族類。

一直要到某個人生階段，突然受夠了、看透了，小姐才痛下決心，與部分不喜歡的自己，告別。

但也只能部分告別，因為他做不到，也不願全然抹煞這個幾已無從分割的自己。

蛇龍的存在，讓這個普通、沒有特色的城鎮有了臉孔。

小姐在接近蛇龍家時，總忍不住隔著一條街，朝那個方向探頭探腦，期望看到有人——蛇龍、他太太、小孩，或他媽——在貨品間走動。通常蛇龍都不在，小姐便輕輕嘆息，但也沒太在意。

有時，小姐靠得近些，從馬路中央居高臨下，企圖透過客運髒髒的玻璃窗，以比車行更快的速度和內鍵的防震功能，鎖住蛇龍高挑的身影。

至於蛇龍家的騎樓，小姐可不敢涉足，怕要是眞撞上了，不知所措，那就窘了。

都已過了多少個寒暑，小姐仍沒準備好，還需要一個緩衝。事實上，小姐也不曉得有沒有這個必要，便一次又一次地窺看、嘗試，然後錯過。每次錯過，又要再等個一、兩年。一、兩年之後，又再度錯過。

但小姐也不是眞的已有四十年沒見到蛇龍。

其實，大約在五、六年前，就已見過一次。

那時小姐正與母親談著什麼，在高低不平的走廊上上下下，不小心便來到蛇龍家門口。

突然，有人走了出來，把紙箱扔入垃圾桶。

兩人同時轉頭，面面相覷。

像老鼠碰到蛇，小姐一下子愣住了。

小姐的心蹦蹦狂跳，但表面上卻像遇上了不是很熟的人，僅禮貌性地點個頭，然後若無其事地走——了——過——去——。

讓小姐驚訝的是，母親並沒問：「那不是你的同學嗎？這麼久沒見面了，怎麼都沒停下來聊一聊？」

母親是已不記得蛇龍，還是知道他們倆的事？

如果母親不在場，小姐說不定會停下來，與蛇龍敘敘；正因爲跟母親在一起，小姐才會忘了禁忌，經過蛇龍家。

與蛇龍錯身而過之後，母親雖繼續說著話，小姐的心思卻已跳出軀殼，從上而下嚴厲地檢視自己：臉胖，鬍渣滿布，扁鼻上架著一副老土的眼鏡，頭髮花白、脫落，腰如水壺，短褲及膝，腳下套著一雙涼鞋——眞是一副不修邊幅、落魄潦倒的模樣。

可能是因爲有太太叮嚀、照顧，平常有保養、會注意自己的儀容，蛇龍像拍立得，是個常數；小姐的攝影機卻兀自運轉，記錄了時日的痕跡。

所以，相較之下，小姐的變化比蛇龍大，當初玉樹臨風、文質彬彬的小子，早不知去向，歲月確實已殘忍地在他的身上過境。

小姐懷疑，眼光交會的剎那，蛇龍有認出他來嗎？蛇龍是否不解，當初怎麼會挑上他？或者只覺得眼熟，僅把他當成曾經有過交易的顧客？

坦白說，小姐對蛇龍的面容與身形，並不那麼陌生。

在不小心與蛇龍撞上以前，小姐早已跟蛇龍照面多次——遠隔重洋，在電腦螢幕上。

自從有了與蛇龍相遇的念頭，無聊或心血來潮時，小姐便會上網「偷窺」。

知己知彼，百戰百勝。既然暫時還無法與蛇龍交談，那就先熟悉他的近況，再決定是否與他聯絡吧！

也不是基於競爭心理，暗地評斷彼此的成就高低——自己鐵定比人差——，小姐只是想從殘留的印象，往右推出蛇龍現今的發展——就像依據舊照，模擬失蹤小孩（假若還活著的話）成年之後的模樣——，並檢視自己當初是否卽已注意到這些特質？

小姐不是在Facebook，或其他社交平臺遊蕩，因爲他不再年輕，既沒朋友，也沒想與人炫耀、分享的瑣事，更沒表白的衝動——這畢竟不是他，或五年級這一代的溝通方式。而且他非常珍視個人隱私，非小心翼翼守住自己的祕密（garder jalousement son secret）不可，小心翼翼地近乎嫉妒（jalousie），絕不隨便在網上留痕。

小姐在孤狗上鍵入蛇龍的眞實名姓，跳過web裡的一筆筆資料，直接以images放大查詢。等找到面容接近的人時，才點開聯結，確認是否無誤，並研究是在何種情況、場合下，拍了這張照片。

蛇龍果然存在。

這證明小姐記憶中的標的確有其人，並非捏造，雖然可能有些美化或醜化；這也證明，蛇龍有較寬廣的社交圈，常參與各類活動，不像他只會宅在家裡。

蛇龍依舊高瘦，但昔往的屌而啷噹，似已轉成對所從事工作的熱愛——起碼表面上看來如此——，不再急躁，有一種成熟的丰采。

這就是他的初戀，這就是那個自己曾經爲之落淚的男孩。不！是男孩的未來。但他不敢保證，如果是在此時，在一些淫慾場所與蛇龍初遇，他會不會上前追求？蛇龍會不會是具具裸體中，唯一有臉蛋的？

夜晚，在遠遠的他國，在電腦螢幕上，小姐凝視著自己的過去，單方面把蛇龍邀入他的廳室、邀入他的生活、邀入他的思緒，也邀入他長期空洞的心扉。

考慮正面對決太直接、太戲劇化了，彼此都無法承受，小姐便在網上搜尋，看看能不能找到蛇龍的e-mail，可以先寫封信，探探風向。

沒有找著。

幸好沒找著，不然小姐肯定會幹出讓自己後悔的事。

嚴格說，蛇龍這個綽號，並未能精準描述他的生命情狀。

對大多數人而言，蛇發育成龍，天經地義，就像游水的蝌蚪，去掉了尾巴，長出了四隻腳，變成跳躍的青蛙。

他們蹦出青春痘、變聲、長毛，過程快速，幾乎沒注意到一個天崩地裂的造山運動，已在身上完成，忽然有了龍的軀殼，卻不見得換掉蛇的心靈。

蛇龍明明是一條龍，只嚮往龍鳳配，一生很可能僅此一次以蛇的姿態出現。因爲他在蛇、龍轉換的階段，恰巧碰到了小姐，對自己的進程略有推遲，但很快地就趕上別人，脫胎換骨，變成眞正的龍。

可是他卻對小姐施了催眠術，用力過猛，又忘了給暗示，小姐從此醒不來、不願醒來，在時間中停格，不再演化，忠誠地維持了蛇的心境與形貌——起碼在喉結上。

或者說，受到蛇龍的誘惑，小姐原地踱步，抑止了方才啟動的轉骨機制，自認已達人生的頂峰，可以死而無憾。小姐甚至自我解嘲：蛇起碼是條小龍，不是四不像。

龍，有角、有鬚、有爪，在天空馳騁；蛇，有滑溜的身體、有濃烈的慾望，只能在地上匍匐，看似柔弱、低下，卻頑固無比。

蛇一次次的脫皮，並不在改頭換面，或蛻變昇華，只是把一件件衣裳——邂逅的標記——，在心痛的所在，晾掛。

蛇龍是小姐的第一次脫皮，最痛，自然也最難忘。

蛇龍在這個關鍵時刻，扮演了一個啟蒙的角色，把小姐帶向小衆的那一邊，也就是同志雷達的右側。蛇龍那時仍漂泊不定，還在同志雷達的兩極之間擺盪。

不知蛇龍在與小姐分手後，是否曾再與其他男人發生關係？或許曾，但少於可諒解的七次，所以還不算同志？或許不曾，指針僅在性探索初期微微顫動，隨卽回歸左側，從此沒再偏離。亦卽，蛇與龍並未同時存在，屬性毫不曖昧。

但「蛇化爲龍，不變其文」，無論形式怎麼變，實質還是一樣的。

莫非蛇龍暗地裡還是條蛇，但爲了被龍族接受、讚許，只得戴著龍族兇悍的面具？

儘管蛇是敗德的象徵，是被上帝詛咒的——因爲牠慫恿夏娃，說服亞當偷食禁果——，小姐從不期望如龍騰飛，甘願爲蛇，在地上扭行。

不過，蛇龍也高尚不到哪裡去。

據傳，具有蛇頭、長頸、蝙蝠翅、猛禽爪的蛇龍，被稱作災厄的先兆，因爲牠並不狩獵，而是如禿鷹、鬣狗等食腐肉動物，等吃剩下的，坐享其成，所以只要看到牠在某處盤旋，就知道附近有惡獸正在屠殺弱小。但這個資訊，小姐知道得太遲，或不願正視，早爲蛇龍的魅力所迷惑，沒能及時迴避，災厄便在他的身上降臨。

發生在他們之間的事，對蛇龍而言，不過是一個魂魄逸出的夢，一個成長的夢，一個濕夢（*wet dream*，pollution nocturne，夜間的汙染，法文的說法似有些負面）；對小姐而言，卻是個嚴苛的現實，從此必須以同樣的方式過活，做著千篇一律的白日夢，聊以自慰。

蛇龍是否曾回到夢鄉，尋索小姐的影蹤？醒來時，是否曾留下一絲莫名的感傷？嘴邊，是否仍溢散著乾掉的唾液所獨有的微臭？

在深厚的歲月流沙中，小姐不難想像，那段連自己都已經有些錯亂、混淆的恣肆青春，可能早在蛇龍的記憶中埋葬、壓扁了，從不曾回到意識，甚至完全蒸發了，連丁點物質眞確存在過的痕跡也沒留下。問題是小姐卻像個活化石，沒有演變，忠實地從過去走來，一直想去敲敲蛇龍家的門，但不是如惡鬼，爲了喊冤報仇，而是如一個尋找斷折羽翼的天使，期盼拾回墮落前的純眞。

小姐食古不化，有如一頭史前怪獸，眞的與這個世界格格不入。既不能繁衍子孫，又不太可能留名青史，他注定要走上滅絕之路，除非可以成爲讓人收集的精美化石——一個此生曾經璀璨活過的證據。

文字既已保存過去，雖是單向的版本，經過反覆思辯，小姐終於承認：與蛇龍重逢與否，並沒那麼重要，畢竟兩人的戀情已如此久遠，與其沉陷過去、怨天尤人，不如坦然接受這個事件所衍生的一切壞與好，將注意力導向他方——從今而後，積極打造想望的未來！

這樣每隔一段時日，回過頭來檢討時，才不會因爲未曾盡力，而感到悔恨。

小姐相信，當未來漸漸趨近想望，固著的思想與習性，就會開始鬆動，慢慢自歷史的巨岩剝落、跌滾，然後像一餅略有殘缺、烙有五瓣細紋的海膽，只等著天地四方的有緣人，瞬間看到、找著，收爲珍藏。

化石的發現、撿拾，狀態清楚明確、毫無疑問，像一見鍾情（coup de foudre，被閃電擊中），亦如畢卡索所言：「我不尋覓，我就是找著（Je ne cherche pas, je trouve.）。」

大師說得容易，語氣甚至有些傲慢，卻是經過一生的努力。

# 卒年2021

重新誕生以後，時驅日，日逐月，猛醒來，彼時襁褓中的娃娃，都可以在襁褓中抱著娃娃了。

小姐的枕邊人依舊是M，兩人彼此包容、收容，在不同的語言、文化、個性下磨合，雖然沒有婚約，已成家人，一起老去。

小姐那令人尷尬，或者說叫人皺眉的嗓音，也在晴雨流年、塵屑風寒中，變啞、轉鈍，如注水七分的玻璃杯，在竹筷的輕敲下，發出含混的響聲。

貞沒再聯絡，應早停經，孕育蛇子的希望，徹底破滅。

梅毒仍在小姐體內流竄，腰下的獨眼小巨人，雖不時昂揚頂撞，不易按捺，但他必須潔身自愛，不然害人害己。

於此同時，瘟疫蔓延，一波接一波，在死亡的悲劇與感染的恐懼之下，行動受到捆綁，既不能探親，也無法旅遊。

小姐只好一邊回味，一邊想像，一邊思考，一邊探問，一如臥病在床的普魯斯特，迂迴曲折，靜靜尋覓逝去的時光（à la recherche du temps perdu）。

小姐也企圖以過去的稜鏡，檢驗、解讀困擾的現在，並在調整、校正後，朝渴盼的未來投射。

與其任思緒飄飛，無處著根，小姐翻出塵封多年的「陰莖之筆」，泡軟、洗淨、擦乾，然後旋開四處採集、濃郁精煉的墨汁，輕輕沾潤，於白紙上塗抹、揮灑，留下細細小小的文字，彷如被黏膠獵捕的隻隻蒼蠅（pattes de mouche，蒼蠅腳，即不易閱讀的蠅頭小字）。

夏日炎炎，魂不守舍的他，在打了兩劑Pfizer之後，趁疫情比較舒緩，揹了筆電到巴黎東郊的天體森林，朝聖——因爲他知道，唯有脫得精光，與人肝膽相照，不時看人與被看，騷亂的心才能安定下來，繼續無日無夜的挖礦工作。其實，他也在營造*in situ*的狀況，讓描述的內容，恰與肉色的景觀，裡應外合，從而回到激烈澎湃的情境之中。

劈哩啪啦，手指跳躍，字句、標點，或急或徐蹦現，筆記本一一翻頁、劃叉。想著別人正在頹廢墮落，自己卻不斷精進超越，就有一種無法言喻的滿足。

這段時間，M繼續以神奇的手指，慰撫客人長期桎梏的心，並視要求出賣肉身。

感慨世風日下，一代不如一代，M變得越來越憤世嫉俗，只與四十歲以上的人接觸——不是因爲不見容於世，而是再也容不下周邊的世界。

他的兒子便笑他老頑固，*vieillir mal*（老得不好：沒有好好地老、長智慧），整天牢騷滿腹，動不動就生氣，對沒教養的蠢蛋充滿仇恨。

小姐與M的生活，便在高低起伏、爭吵諒解中，緩慢而快速地前進。

隨著段落、章節的增刪，紙張的列印、修改，一本書漸漸有了雛形。在這個過程中，小姐不免焦慮、惶惑，但也有即將完成某事的喜悅，像個高齡的準媽媽。

孩子若能順利產下，就算有自閉症也無妨，畢竟這是自己十數個月，乃至幾十年（這不就是「老子」了？），心血的結晶。

推石上山，逼良爲娼，文學的代價，可謂不菲。但正因爲如此，綻放的花朵，更顯豔麗，結出的果實，益發甜美。

小姐打算將這奇花異果，獻給生命中曾經遠觀或近玩的哥兒們，不論直異歪同、直同歪異，或者介在之間。

文字既已彰往察來，小姐終於可以跟國中以降的歲月說*bye-bye*，含笑死去，了無遺憾。

白晝，陰雨——一個恰適的氣氛。

萬聖節（La Toussaint）次日，亡靈節（le jour des morts）這天。

戴口罩，鏡片不時模糊，哈氣時，也老聞到自己的味道，那不熟悉的——生之味。

文彰在地鐵二號線拉雪茲神父站下車，準備去掃墓。

鋪石步道蜿蜒，黃橙褐色落葉遍地，兩旁的巨樹，枝椏近禿。

一盆盆、一束束菊花擁簇，熱鬧非凡。

天使、守護神、先人，四處矗立、躺臥。

墓碑上的照片，多已褪色、洗白；《道林格雷的畫像（*The Picture of Dorian Gray*）》，卻始終青春俊美——儘管它的作者早化爲枯骨。

文彰過去從未注意到：*Dorian*竟是「灰」先生！如此一個黑白混合的姓，是作者刻意的安排嗎？

摘下遮蔽，唇瓣淨素，面對碑石，文彰開始屈膝叨絮。

歷經了萬水千山、峰迴路轉，以及多次的迷失歧走，旅途總算挨到盡頭，故事也將完結。

fin（即*The end*）。

是小f，不是大F——永恆的劇終。

沉默了會兒，文彰依依不捨地朝指尖嘟了下嘴，然後將手輕輕貼上玻璃，一方面與王爾德告別，一方面放手讓小姐離去，沒在碑石上留下什麼照片或畫像，也沒必要。

蹲跪久了，猛然站起，天昏地暗，地轉天旋。

文彰不急著跨步，他扶著玻璃，閉目定在那裡，讓強光在某處急急狂閃、讓心跳在腦際轟隆震顫，也讓自己細細品味這種土地自腳下抽離、不小心就會失足的感覺。

等到暈眩過去，文彰深呼吸，自我宣示：接受，但開放。

經過多年無益的掙扎，他已沒必要爲了順應、討好這個社會，強迫自己改變性傾向。但，他不排除黑白漂移、滾行的可能。

至於爾後的道路該如何走下去？那就看人生會爲他備置怎樣的驚奇了。

倘若未能遇上可以扭轉一切的機緣，雖然無奈，但也只能從一而終，處男到底了！

## 希望

儘管機會不大、希望渺茫，未來還是值得努力與期待的——因爲心之所向，身之所往。你相信，關注、集氣到某個程度，量子就會開始碰撞、沸騰，一旦萬事俱備，思之念之的人生體驗，就會以料想不到的形式，呈現眼前。

◇

間隔一、三、三、六個月，你驗血、看皮膚／性病科醫生，也讓他掐擰你的龜頭頸，保證已不再帶原、不具傳染性，終於可以跟梅毒揮手道別了。

Covid-19唯一的好處就是，在與梅毒斡旋的這段時間裡，因爲必須戴口罩，你的皮膚／性病科醫生，從沒見過你古錐的模樣，你在掏出陰莖給他看時，才沒覺得太丟臉。

經過年餘的蟄伏，你搔癢難耐，開始紅賁賁、興沖沖，好想去放縱一下。當然，你知道要更小心、謹慎。恰巧西班牙開放了，只要打過兩劑疫苗超過兩周，入境時無須禁閉十四天，也不用提供七十二小時內的PCR陰性證明。

雖然PCR測試不算什麼，但你只要想到鼻腔被異物入侵、蠻橫搓弄，就覺得恐怖，擔心會引發劇烈反應，無法控制——例如你若被人強強按頭吮吸，就會作嘔，你還會誇張地咬過牙醫的手指，因爲你懷疑他忘了換手套。

而且，行前做PCR測試，有很多的不確定性，這樣的措施太anxiogène（容易讓人產生焦慮）。試問，有什麼便宜、舒適的旅行是在三天內訂妥的？先期作業少說也要幾個禮拜。一旦交通、住宿都安排好了，就是焦慮的開始，像下了一個賭注。

儘管平日小心注意，勤洗手、戴口罩、避免與人接觸，誰能保證PCR的測試結果一定陰性？倘若倒楣測出陽性，那就得取消行程及入住旅館。能取消，還算好的，怕的是已過取消期，不但假期泡湯，錢也要不回來，那就冤枉了。

這就是你和M排除所有必須做PCR測試的國家、決定重遊Grande Canarie（大加納利島）的原因，否則整天關著，困在是陰或陽的猜測中，準會把人搞瘋。

再者，你們持有兩筆Avoir——疫情初期，班機兩次被取消，航空公司的政策是：不退費，把錢留在顧客帳號裡，待日後訂票時可以抵用——，擺著已近一年半，趁開放趕快用掉（貼點錢，要來回飛三趟才用得完），不然如果航空公司倒閉，那就什麼也討不回來了。

◇

再次來到Maspalomas。

日光依舊熾烈，但人事已非。

其實景物並沒有太多的不同，與疫情的衝擊也沒關係，主要是因爲生態保護區的規定變了，未經許可擅自闖入，抓到了會被處分；或者規定沒變，只是負責的部門下決心嚴格執行，不再姑息罷了！

該不是市長換人了？

「新的」禁令——不明確，也沒看見文字敍述，是M的朋友及客人傳簡訊告訴他的——，讓沙丘的迷人之處，盡失。

昔日的榮景，已成過眼雲煙，只能隔著木樁遠遠憑弔，幽幽懷想哥兒們的行徑與風騷，發出輕輕的嘆息。

◇

從RIU PALACE後的平台放眼望去，左側的沙丘綿延，像沙漠的幻象或縮影，新來乍到的觀光客，會攀上一條條稜線（可以嗎？），或拍照，或看海，或喝啤酒，或玩滑滾的遊戲，然後狀似無辜地留下垃圾（絕對不可以，但照做不誤！）；右側則是下坡，一根根直徑約十五公分、底部灌了方形水泥的木樁，種在沙土裡，破壞了視覺和諧，劃出了三條徒步路線——左環、右繞、中間切過——，自然已小心避開了綠洲和植物。

木樁隔出的步道，寬約二到五公尺。在行進的方向，每根木樁的末端雖然都有鑽孔，但之間並沒繩索貫穿，好像在邀人隨意進出，卻是假象。

據說，若是偏離正途太遠，會被吹哨子或被開罰單：初犯三百歐，再犯六百。有沒有搞錯？這比疫情期間，在巴黎地鐵未戴口罩，可能被科處的罰鍰——一百三十五歐——，貴多了。

你和M當然怕被逮著，尤其是還沒弄清楚狀況，只好乖乖挑「左環」路線，前往海灘。

不過，剛到的第二天一早，你們因有特殊任務，「中間切過」路線走到一半，不得不違規跑出步道。

你們不時左顧右盼，好不緊張，深怕沙丘後面有人埋伏，若被抓到，那就麻煩了。

上次離開前，原計劃幾個月後再來，便把簇新的折椅埋在偏僻的沙丘底下，幾把海灘傘則藏在附近茂密的紅荊叢中，當然皆先以黑色垃圾袋包裹——因爲租的公寓都不肯代爲保管，如果不給別人，就只能丟棄——，沒想到碰到疫情暴發，機票、公寓退了又退，一年半就過去了。

因已來這兒多次，像走自家廚房太放鬆了，除了入境時曾爲西班牙版的疫苗施打證感到憂心以外，壓根兒沒爲此行做準備，也以爲記憶猶新，而且東西又不會自己長腳跑掉，絕對可以找到。

記憶可能沒出問題，但是風吹、沙走、樹長，一年半後環境已經有了某種程度的變化。是這裡，還是那裡？高一些，低一些？偏左一點，靠右一點？是有用手扒挖，或伸頭、蹲下翻找，都沒結果，但害怕被抓，只得匆匆回歸正軌。

當初埋時M雖有拍照存證，但誰能料到這之間手機換新，資料已不知擺哪裡，無法取出比對。

不死心，M當晚便去超市買了把鏟子，決定隔天一早自己去試運氣。至於海灘傘，若要找回，必須劈荊斬棘、刮得全身是傷，想想沒值幾個錢，就算了。

次日，M先鎖定一個範圍，然後踩著鏟子看看有沒有碰到硬物或阻礙。沒有。之後，他憑印象調整掘挖的位置，重新開始。沒有。工作二十幾分鐘以後，他汗流浹背，幾乎就要放棄了。

突然，鏟子發出鈍重的響聲。

眞是皇天不負苦心人！雙臂如此鏟下撥開、鏟下撥開，幾個來回之後，M欣喜若狂地把垃圾袋出土、打開，發現金屬支架仍完好如初，僅塑膠椅墊長了一些菌絲。椅子拎在手上，不知爲什麼，這個考古的過程，竟讓他想到過世的爸爸。

M來到沙灘，跟你講述這件事。你雖安慰他，並不覺得訝異，因爲每次來此，儘管有很多性的撫慰，你都不免傷逝。

第二次來時，你從電子信箱接獲哥哥往生的消息，只得截短行程，匆匆飛回巴黎，再飛台灣；M的爸才下葬不久，他仍如預期到此渡假，那大概是你們第四次造訪。

性與死總是相連。

死可以是精蟲射在沙上的死、性高潮後的小死亡，也可以是親人意外、病老的死；性是抗拒死的自然模式，在性的歡愉中須臾忘卻死，以性的勃發展現生、看見希望，而戴套進行不但可以避免染病致死，還可以減少不必要的恐懼——心存僥倖，但又怕倒楣中標。

立足現在，除了因過去傷逝，你還對未來充滿憂懼。

類似許願與還願的想法，不過並未遵循祈求、應驗、回饋的順序，也曾進入你的思維——主動禁慾，拒絕誘惑，不與人性交，看看能否保佑家人，讓他們健康平安、長命百歲。

但個人單方面的犧牲，並不像某些促銷活動所累積的點數，可以轉讓給親人，你看不見因果關係，更感受不到迴向的效力，在強忍一段時間之後，便放棄了。

◇

這次的傷逝，還多了一樁——以前在此放縱的時光。

這個人間天堂，明明還在眼前，卻消失了。一道無形的圍欄，將你們隔開，處處是入口，卻沒有一個能進去。

綠洲朝你們呼喚，根根木樁將你們阻絕，過去無節制地採食甜美多汁的蘋果和無花果，上癮了，突然被驅逐出境，很不習慣，但卻沒做錯事的悔悟。

桃花源曾經有過的繁華盛景，除了日漸模糊的印象，以及少數異性戀自拍的A片（但不太可能對陌生人播放），幸好還有你爲哥兒們留下的文字見證。這段過往，雖然有些虛幻，超出了人們平日生活的想像，確實存在。

既然立入禁止，你們便乖乖往海邊走，不論酷熱、天冷，或刮大風，都只認命地待在沙灘上，與其他難兄難弟擠在一起。

唯一還能穿越的是花園，因爲從高爾夫球場那側走來，要到海邊，必須經過那裡，但不能停留，或鋪毛巾納涼。

怪不得，幾處落漆的看板上，憤怒的人們用黑色的簽字筆寫下：*give the dunes back to the people*（「把沙丘還給人們」或「還我沙丘」）！應是食髓知味的外國人，發出的抗議吧！

你相信，如果再繼續這樣下去，慢慢地觀光客就不來了，包括你們。

◇

出乎意料，在各種搜尋必看的維基百科（Wikipédia）裡，那你早瀏覽多遍，以爲已經找不到任何礦藏的地方，竟跳出了有關狗的資訊。

可能是因爲編輯把「自然象徵物（Symboles naturels）」，納在「文化（Culture）」的章節底下，而你尋索的是地理與生態，一看到這個條目就跳過去了，才會沒注意到。

這狗叫le Dogue des Canaries，照片裡的模樣兇惡，中文翻成「加納利獒犬」——加納利是形容詞，描述出處，以與其他地方的獒犬區別。

過去，人們豢養、訓練加納利獒犬，看家、趕牛、狩獵的用途在其次，主要是爲了參加競賽、互相廝咬。在頒布鬥狗禁令（1946）以後，少了這項可以大聲叫喊、下注的娛樂，獒犬的數量驟減。

在孤狗查了le Dogue des Canaries，雖然證實了M的說法，但卻讓你更覺得迷惑。

據說在古早以前，探險者在小島靠岸時，發現島上有很多野狗，便稱這島「狗島（canariae insulae）」。十五世紀之後，來這裡的西班牙殖民者，沿用此名，但做了微小的調整（canarias）。

你不解的是：原本地因狗得名，怎麼後來反而變成狗以地指稱？——狗島的狗。

更令人驚訝的是，島上常見的金絲雀，因到處都是，慢慢地，竟以棲地命名，canario。

有了這些轉折，若沒詳細記載，以訛傳訛久了，就沒有人知道究竟加納利島島名，源自哪一種動物？是狗，還是金絲雀？

名字的由來，如此互植，令人錯亂。

◇

有一天你在木椿規範的步道上，看到兩位保護區管理員，身著紫紅色制服——正是你在花園閒逛時，必須即刻閃避的人。

由於長時在網路搜尋未果，你趕忙彎身撿了枚刺人的種子，主動上前請教。

男的告訴你，植物的名稱是Neurada procumbens。你指指不遠處的紅荊，是那種樹嗎？不，女的手掌下壓兩次，意思是該植物矮矮小小，傍地而生，並用指尖點了點手機，秀張照片給你看。

回公寓後，你上網轉逛了半天，找到的資料有限。

沙哈拉圖誌（Atlas Sahara）用了vulnérante這個字，來描述種子上的刺針。

你很疑惑，因爲你認識的一個字vulnérable，與該字長得很像，意思是「易受傷的」，可是怎麼會拿如此形似的字來形容刺針呢？

查了字典才知道，意思恰恰相反，是「易使人受傷的」。

感覺起來，傷害的施與受，似有相同的字源、字根，像二者共享了某些特質，如被虐待狂同時是虐待狂，可憐之人必有可恨之處，令人玩味。

值得注意的是，在沙哈拉圖誌介紹這個植物，雖不能證明種子隨沙從沙哈拉沙漠吹來，起碼表示相同的植物亦在這個島南部類似的環境中茁長，儘管與沙哈拉不見得有淵源，但確實有關聯。

另一說則是，很早以前，自沙哈拉引進駱駝時，嵌在動物腳底硬繭上的種子，也一道漂洋過海，來到小島，從而在沙丘四方布散，人們便稱這植物patacamello（駱駝腳，法文le pied de chameau）。

這個叫法，眞是神來之筆，雖完全與腳的形狀無關，卻標示了傳播途徑，像個歷史記錄，而且當時的受害者，竟諷刺地成爲日後讓他人受害的源頭，與家暴、酗酒、近親亂倫等一代接一代的惡性循環，多相似啊！

更令人驚訝的是，若把此字拆成pata camello，即英文的*camel toe*，竟與性扯上了關係！

有一種女人穿的內褲或緊身褲，就是這個名字，可以讓陰部位置兩邊鼓鼓中間凹陷，如駱駝分叉的腳趾，直接而赤裸，目的是爲了還原未發育前處子的模樣，故意引人遐思？

女人若穿了這樣的褲子在街上招搖，形同邀請，肯定會把性衝動者刺激得不行，若倒楣碰上了——或有幸？——，還眞是個嚴酷的考驗呢！

怪不得異性戀哥兒們，翻山越嶺，四處找尋駱駝的足跡，希望能快快回到溫柔的港灣，讓勞頓的身心，得到安歇。

◇

因是一年生植物，可惜你們來此的季節都不對，儘管在沙丘處處碰到邪惡的種子，仍始終不識廬山眞面目。

要不是被趕出伊甸園，成天像海蜥蜴一般在沙灘上閱讀、書寫、曬太陽，你可能就不會有去Maspalomas東側海岸探看的念頭。

西側你去過，是熱鬧的觀光區，燈塔在那裡矗立，緊鄰海邊擠滿了餐廳、旅館、商店，不裸的異性戀家庭大多在附近趴睡、戲耍。

朝東一直走，微微左彎，原來通抵Playa del Inglés（英國人海灘，其實當初被這樣誤稱的外國人，是法國人）。以往，你都在綠洲鬼混，從沒到過此處。

這兒是偌大荒漠的邊陲，有一些小小的沙丘散布，周圍長了一些矮矮的乾旱植物，人們在上頭以黑石圈成傾斜的橢圓形，通常朝西，除了可以全面接受午後的太陽曝曬，主要爲了擋風沙，以及遮蔽不規矩的窺探。石頭無法堆得太高，遠遠靠近時，由於視角小，依然可以看到藏匿其中的肉色人影。

你稱這斜斜的碟子——石巢，以與「大教堂」附近小丘頂的木巢區分。

漸漸地，石巢那頭成爲你每日散步的路徑之一。

另一條則是去花園，順便小解，雖說那兒不可躺臥、逗留，但仍有些活動，只是眼睛要放亮一點——你在仔細觀察，並多次向哥兒們探詢之後，惡向膽邊生，你的海灘假期便增加了警察捉小偷、你追我躲的恐懼與刺激，這是以往在此縱慾所沒的感受。

◇

眞俗，僅兩根香蕉，你就被收買了。

馬丁是大加納利島人，家住鄰近城鎮，那裡生產香蕉。

來Maspalomas閒逛時，他總會攜帶幾條或長或短或大或小或直或彎的香蕉，掏出來自己吃，或與人分享。

你在花園穿梭時，與他撞個正著，他馬上撈抓你的小芭蕉，又是捏按又是掂量，像個識貨的人，卽刻測出你的品級與口感。

你本來只是禮貌性地回應他，因爲他不特別帥，那裡也僅比你的大一點，沒什麼性感的毛髮，倒是年紀似跟你相仿。

但第三次碰到時，見他和善，不知如何婉拒，你只得收下香蕉擺一邊，然後兩人在比手畫腳之間，不小心就互相摳摸起來。

令你驚訝的是——他的膨脹係數極高。

在彼此撩撥的過程中，他的竟迅速變大、變長，約是平靜時的三倍多，握在手裡仍是很驚人的。

難怪他對自己垂萎時的樣貌，一點都不在意，也不覺得羞赧——因爲他知道自己的實力，他有自信。

更令你驚訝的是——他童心未泯的玩法。

獨眼頂著單眼，他將兩條挺拔的陰莖，連成一條直線，然後以雙手拉出自己因勃起滾落、退縮的包皮，慢慢把你的龜頭密密覆蓋、吞吃，像變魔術。

於是，你的下體彷彿在前進，他的則在後退，最後兩人便停留在溫暖的刀鞘裡，完成了接龍的動作。

整個步序，也像水電工噴火烤軟一根塑膠管尾端，然後緊緊塞入直徑相近或略小的管子，將它們固定，讓液體得以在裡面暢行，滴水不漏。

但最最令你驚訝的是——他駐顏有術。

他爲你吸前、舔後，你承受不住，率先投降，他覺得可惜，連喊不不不，但知道覆水難收，只好自己快速來回，迎頭趕上，與你一道終結。

他射出一波，還有一波，本以爲結束了，停頓了會兒搓搓還有，眞是豐沛濃濁，令你嘖嘖稱奇。

發洩後，他摘掉小帽，搧搧頭，髮色有些花白，然後取下墨鏡，露出淺藍的眼珠，笑笑地指指自己，一手比五，一手比二。

你想他才五十二歲，形貌卻比你老些，這種狀況很常見，這就是亞洲人普遍的優勢。

結果不是！

他用腳趾在沙上寫了個七和零。啊？！這怎麼可能！他直點頭，說沒錯、沒錯，絕對沒騙你。一個七旬老頭，微微有肚子，但身材還很好，看起來竟跟你沒差多少。他到底是怎麼做到的？要是你到他這個歲數，外觀、慾望、體能、心態，還能像他這般年輕就好了。

他不但證明了「人生七十才開始」的可能性——亦即之後還有很多美好的時光等著他——，也在你面前樹立了一個榜樣，成爲你的標竿，你從他身上看到了希望。

問他長保青春的祕訣是什麼？——多吃香蕉！兩種香蕉！

眞的還是假的?!

◇

在平坦的沙地上走著，忽然瞥見一個人，身上亮閃閃的，好不刺眼。那是什麼呢？

與他錯身而過時，你趕忙低頭瞧個仔細。

啊！是個小籠子，金屬網目粗白，套在陰莖上，旁邊還有一個掛鎖。

這是爲了抗拒誘惑、防止自慰，或與人性交，而裝上的貞操帶嗎？

或者相反，這不過是個激發想像、撩起性慾的道具？那鑰匙到底在誰的手上？是陰莖的主人，還是他的伴侶？

這該不是包皮初割的保護措施吧?!何況有風、有沙、日曬強烈，如果又不小心勃起，那可是很容易感染或受傷的。

這麼多問題，想得到澄清，但對方對你質疑的目光，又不理不睬，僅木木地走過，你實在沒辦法拉住他的手，請他解釋一番。

就同迎面而來一個高過兩米的人，身材很好，比例勻稱，像運動員，但快速朝那裡一瞥，哇！他不止在龜頭上穿了個Albert王子銀環，還在陰囊上，釘了四個銀扣。

這些裝備的用途爲何？可以產生什麼快感？哪兒找來的資訊？安上去時，會不會痛？打不打麻醉針？有沒有危險？是醫生操刀的，還是刺青店的郎中？安裝後如何拆下？性交時會不會造成不便？

所以，觀察固然重要，但也不可忽視當事人的現身說法，否則都是假設，未曾應證，眞相依舊懸而不明。你要學習，怎樣勇敢上前與人搭訕。

這四個銀扣，倒是讓你想到一位在法國尋求政治庇護的俄羅斯行動藝術家Pavlenski。2013年警察節那天，他於莫斯科紅場，「發表」了一個作品：《fixation（固定）》——將陰囊釘在鋪石路上。

你不懂，如此的自虐與暴露，到底在訴求什麼？是爲了抗議人權迫害？挑戰肉體承受痛苦的極限？還是僅爲了博得聲量？

作者是說：「藝術家全裸，凝視自己被殘害的睪丸，是一個隱喻，指控俄羅斯社會的冷漠、對政治的無感，以及必須忍受這種處境的宿命。」

他的自剖，感覺空洞而牽強，不知道和私處的自殘有何關係？他自己明白嗎？或許僅有躁鬱症患者，才能快速找出能如此串接的理由吧！

作品的政治影響和效果，不見得達到，卻讓人把重點轉向這個猜臆：它的作者是不是心理有毛病？而且若與割腕自殺——不爲了做給別人看——的生之痛相比，他的行爲顯得造作，好像如此犧牲色相，有著商業算計。

偏偏他的樣子——大大的眼睛，凹陷的雙頰——，看起來眞的有點病態，儘管其藝術理念和動機可能值得探討，但無法激起你的興趣。你知道不該先入爲主，可是他的表達方式、他的說詞，確實未能觸動你、令你思考。你正同他所批判的大衆，對廣場上這突兀的一幕，漠不關心。何況，你跟他非親非故，他愛怎麼處置自己的身體——不論是源於自戀、自憐，或討厭自己——，你無權過問。你不解，但你尊重。

之於你，他的苦是白受了。

◇

吃過三明治，請M在背上抹一層防曬油，頸上圍了條浴巾，眼神飄忽，你穿過赤裸的人群，往東走。一直到僅剩稀疏的人跡時，你迅速脫下褲子，但留下小帽與拖鞋，讓陽光照撫、任微風吹拂汗濕的身軀，徹底解放自己，然後繼續向前。

幾個石巢之間，有個男的跪坐，軀幹白白，一旁橫躺的女子，淺色頭髮長長，雙肘撐起，好像正在舔吸。因隔著一段距離，又位在高處，你只能猜測。

你若無其事地停停走走，中間撒了泡尿，不時假惺惺地顧盼天上一彎彎飛傘，還不忘頻頻轉頭朝那個方向張望，看看角度是不是更好，得以一睹究竟；男的則像被你牽引，同步跟著你迴轉，更鼓勵你繼續盯旋下去。

你就這樣拎著短褲、內褲，毛巾披在肩上，誇張地搖晃著下體，以他們爲核心，順著間或串接粗繩的木樁，繞了一大圈，但仍看不出什麼名堂來。

所謂間或串接，不是有的地方沒串，而是部分掉落，或被人拔落，人們才有藉口，得以大方進入；之所以串，那是因爲木樁圈隔的範圍不大，以保護之名，把一群小沙丘監禁起來。

你終於回到起點，倚著木樁站定，但什麼料也沒瞄到。沒想到就在此時，男的竟對你做出了一個曖昧的手勢，僅兩下而已，動作很小，偷偷摸摸，像只針對你，不願被別人看見。因相隔二、三十公尺，實在遠了些，看不清楚，你不確定他到底是要招你過去，還是要把你趕開？

你最終判定是招你過去，不然眼光不會對你這樣鍥而不捨，可是你前一瞬解讀錯誤，以爲他在趕你，已尷尬地抿嘴、搖頭、拔腿離去，結果反而像是你驕傲地把他們拒絕了。

你雖嗟嘆，但是既已離去，就很難再回頭。

這是你第一次碰到這種狀況。演員這麼少，就你們三個，每個石巢之間相距起碼十公尺，海灘遊人遠在五十公尺外，可以說空曠無人，完全沒有與人相較或被觀看的壓力；正因爲沒人示範、打頭陣，你不知道會怎麼進行、會發生什麼事？也不曉得這對男女喜歡何種方式？況且你身上又沒保險套，這實在太危險了。

面對一個老不經事的處男，青澀生疏，他們在發現後，會取笑你的幼齒嗎？你會不會因不知如何因應，而一下子冷卻、垂萎？或者才被女的碰一下，就天雷勾動地火，一洩千里？眞的有太多的不可測了！你連使用了幾十年的身體都無法掌握，你也太遜了！

你一方面不敢試新的東西，怕出糗——想不到，都已一絲不掛了，還擔心另一種赤裸——，一方面又若有所失，微微懊悔，因爲機會難得。

或許這種事，最好有M在場？是不是必須先與當事人，說清楚、講明白，才不會因缺乏默契，而造成誤會與傷害？

一夜思量。

隔天，自認物質與心靈皆已備妥，你信心十足，興奮地在幾個石巢間找尋，都不見男女身影。他們該不會已經搭機離去？

這樣的際遇，還有下一次嗎？

◇

去花園邊的樹叢尿尿時，看到好多人，長長的兩條線，像在排隊購物。

你走近往右一瞥，原來盡頭躺、坐一對夫婦——男躺，女坐。概算，有二十人圍觀。夫婦沒在賣東西，卻在出賣色相。嚴格說來只有女的在賣，男的則像掌櫃、保鑣，或定心丸。

對面踱來一個人，狐疑地放慢腳步。他穿著短褲，曬得黝黑，手上提著長方形冰桶，一邊轉頭探望，一邊大聲叫賣：清涼可口的汽水、啤酒、冰淇淋，清涼可口……

可是更清涼養眼的東西就在一邊，哪有人會理他？

由於在場的男人都其貌不揚，沒什麼興趣，你便繼續往前晃，還偏頭勾腦繞了花園一圈，但不見幾隻貓，可能都被那對夫婦吸引過去了。

尿畢，無聊，你穿越花園，來到夫婦背後，以女的角度，近近研究形形色色勃起的男人與動作。

這個觀摩，讓你對一些法語用字，尤其是foutre這個字，有了影像的聯想，雖然用法不見得完全正確——好一場單字應用的練習！

女的頭髮銀白，兩側染了幾抹藍，像很有主見、時髦，對性事可能多少還存有幻想。

她光滑的身上無毛，臀下露出垂晃的銀飾，因夾在雙腿之間，不知安裝在陰部的哪個位置？

她可能六十出頭，剛退休，不胖不瘦，身材不錯，怪不得有這麼多愛慕者。

站在最前面那個男的，有點眼熟，但一時想不起在哪兒見過？

他看來野性，下半身邊幅不修，正用陰莖捅搓她的左乳；她則在他抽動的同時，輕輕抓捏他的陰囊協助，鼻翼翕張，像在吸嗅什麼，但沒張口含弄——根本就是達利的那幅畫，連標題都對。

與別人不同的是，他應該還有正事要辦，不能無限拖延，所以率先以浩蕩黏稠的精液（foutre，名詞，即sperme），襲擊她的酥胸，猛一看像濃濃的乳汁（法文有此一說：donne moi ton yop，快給我你的優酪乳！），卻不是出自她的乳頭。

她似「毫不在乎」（s'en foutre），並不擦拭或攤展，只挺著豪乳，隨白花四散，像驕傲的象徵，也是被眾人垂涎的證明。

foutre，動詞，源自拉丁文futuere，意思是「性交，占有女體」，應該也包括射精吧！

這個字和其反身動詞（se foutre），以及它的被動語態（se faire foutre），在對話中常聽到，據說非常粗俗、下流。人們朗朗上口，以這些腥羶的字眼，取代很多常見的動詞，好像這樣言語才更有味，但意思卻因此變得曖昧、模糊——至少對你而言。由於學校沒教，也不會想到要問人，查字典又看得懵懵懂懂的，你只能參考性交的種種畫面，依情境揣摩所指，牽強附會。

這個男的在解決後，拍拍屁股，準備「拔營走人」（foutre le camp）。他先自一旁矮樹叢取下短褲穿上，然後彎身提起冰桶——啊！原來是之前叫賣飲料的小販——，全裸的平等，或說優勢，突然消失，即刻降回原先的位置。

眞好空，呼喊累了，還有柔軟的女體犒賞！

有趣的是，女的明明就是aller se faire foutre，「去給人幹，讓人以精液掃射」，但這個表達，後來卻演變成「滾開，別來打擾」的叫罵。會對著人大吼，要他到別處給人惡狠狠地姦淫，似乎對此人有天大的怨恨與輕蔑，但這只是誇張的說法，今人早忘了原先的意涵。就眼前的狀況看來，女的非但沒要條條硬漢走開，反而積極鼓勵他們過來，越踴躍越好——因爲人多更好玩。

於是，哥兒們一個個輪番上陣，面目扭絞地向她慷慨的胸脯致敬：加速推送、睪丸提升、屁股緊縮、奮力噴洩，伴著嘶叫聲，像一瓶瓶香檳，湧冒激射，暢快淋漓，也像一根根沖天炮，呼嘯鑽升，大幅甩尾（queue，亦是男人陰莖），在空中爆裂，達到歡慶的高潮；她則像久旱的田畝，閉目承接，企圖澆熄無盡的慾火。

此時女的胸部已成妓院（bordel），到處是精液的殘留，灘灘凝聚、滴落、流淌，一片狼藉，眞是foutre le bordel，「搞得亂七八糟」。

據說精液的吞吃、收受，可以助眠、抗憂鬱，假若塗在皮膚上，還能養顏防老，好神奇！有人在把白汁唾出（crache la sauce）後，先前的陽剛融化一地，竟低頭親吻她的後頸；她馬上驚訝地閃開，表明只要性，不要柔情，因爲若僅是性，無所謂背叛——此卽她的底線？

顯然，就算讓人抹精，夫妻之間還是要有一些限制與約定的，否則吃到甜頭、亂了套，怕會不好收拾。

Jean de La Fontaine不是說：「Aimer sans foutre est peu de chose, foutre sans aimer ce n'est rien.（愛無性，如此卑微；性無愛，則什麼都不是）」？所以只要無愛，身上塗再多的foutre，都無所謂。

她的先生不時摸摸她的屁股，給她支持，讓她知道有他在一旁保護，但她偶爾還是會回首確認，看看是不是先生在那裡摳挖，而不是陌生人毛手毛腳的非禮，因爲若是被別人塞入、洩在裡頭（se foutre dedans，意思是「犯錯，把自己陷入尷尬處境」），那就糟了，所以必須把這些侵入者「遣走」（se foutre dehors）。

在她右側單手撐躺的高個兒，長得普通，也沒特別雄渾多毛，但有極粗長的陰莖。foutu是foutre的過去分詞，作形容詞用。foutu是「損壞了、沒救了」，可能是下體操勞過度的結果，但bien foutu指的卻是「長得不錯」——這是陰莖粗大、精液豐沛等特質，對顏值的投射嗎？這個詞似也意味著，人若長得不錯，下體應也不差。bien monté（或bien membré），裝設、配備不錯，即「下體粗大，具實力」，是bien foutu的同義詞，若是très très bien monté（TTBM，非常非常具實力，爲網上常見的自我標示），講的則是「巨屌」。

女的在歷經槍林彈雨之後，這條bien foutu 或TTBM的陰莖，就成爲她唯一俯身舔吸、寶貝的陽具。高個兒鐵定覺得很榮幸，但他也是在那裡耗得最久的一個，這麼有耐心，總該給他一點VIP的待遇吧！可見粗長確實討好，女人再怎樣還是會心動的。

先生下半身一群蚊蚋旋舞，時漲時縮如球體，揮之不去，像早晨或傍晚在天際聚飛的小鳥。奇怪的是，蚊蚋只攻擊他一人，卻不去沾惹太太胸上噴得到處都是的精液——這麼多人淋灑澆灌，勢必嗆鼻，像濃濃的漂白水（chlore），或許還有殺菌作用？——，不曉得他那裡是否有奇香或異臭？

隊伍的末端，停步的年輕男女看呆了，嘴巴開開，互牽的手掐得發白。伊甸園的景觀，驚鴻一瞥，古遠的鄉愁都回來了。

◇

這一天，看似沒來由地，海水幾乎把寬約一百公尺的沙灘全部淹沒，某些地方不但沖到沙丘底下，還蜿蜒注入低谷，形成及膝的水窪。

人們，有的見怪不怪，像看盡人世，僅將毛巾移到更遠處，繼續睡覺。有的隨遇而安，要不懶懶地在水窪中浸泡，要不拍水嬉鬧，彷彿來到露天泳池。有的則在斜坡上蹲坐，凝視底下嘩嘩的水流，像一株株顧影自憐的水仙。

曾經年輕的老朽裸身，臨水探看，這個景象，讓你突然想到Caravage的畫——《納西斯》。詭異的是，畫中的倒影，竟是一個長著鬍子的中年人，好像納西斯窺見的是自己的未來。而且這個未來並不光鮮亮麗，似乎不值得一活，不如在生命最璀璨的時候死去。

或者說，如畫般的平面影像，因著某個原因——如許願，或跟魔鬼簽約——，與立體的存在脫了節，一邊逐漸老去，一邊永保青春。不論王爾德有沒研究過Caravage的《納西斯》，只消將畫順時鐘轉個九十度，你便走入小說《道林格雷的畫像》之中。

海水上上下下，沙灘上的足跡全被清刷一空，像一種寫板，桿子一推，先前留下的文字都不見了，也像碰到大赦，將長年積累的罪惡，一筆勾銷。

你不禁質問，日日重複的壞習慣，是否可以因爲一個偶然，從此戒除？而自己那幅畫像，束之高閣久矣，不知已變得何等恐怖、猙獰？你還有找回靈魂、洗心革面的希望嗎？

很高興碰到這個漲潮現象，這顯示當初你對「高速公路」如何形成的揣測，並沒有太離譜：那是在久遠的過去，在沙丘還沒如此挺進海洋前的沙灘殘留；也可能是沙丘已在那裡，但在某個季節，月亮與地球特別親近，產生了巨大的引力，掀起了世紀水潮，長驅直入，深達四、五百公尺，然後困在那裡，慢慢滲透、蒸乾、變硬、生出白鹽，而且也正是在這些地方，堆積了很多形狀不一的小黑石。

在這些石頭之間，偶爾還會出現色澤特殊的，有如在表面塗了層厚漆，橄欖綠，看來油滋滋的，當然也成爲你的收藏。

感覺起來，黑石土生、早到，應與火山爆發有關，而沙丘則外來、後至，源起不詳。

海邊半濕黃沙上沉積的一層黑粉，黑亮如瀝青，大概是經年浪潮沖刷下，小黑石的屑末。

這些屑末，因爲比黃沙輕細（或者相反，比黃沙粗重），在水潮退去後，於平平的表面留下一些圖案，抽象、虛幻，像一幅以土黃打底的水墨畫，在時間中變易。

新景觀，新感受，是不是也會成就新體驗呢？

水到處都是，已無法閃避，你收起拖鞋，士氣高昂地踩著淺澤，往Playa del Inglés走去。

見不遠處有個光裸的身子朝你的方向小跑步奔來，你大剌剌地掏出小鳥，對準木椿邊的乾旱植物澆淋。剛剛因沙丘腳都是避水的人，不方便解決，你便一路憋來，憋了有半個小時，都快爆炸了，水柱自然強勁久長。

隨著對方的靠近，你的下體也慢慢展現它的潛力。對方已不到兩公尺了，還減緩了速度，你沒遮掩、閃避，僅挑釁地瞄了他一眼，低頭繼續進行中的事。

手上抓了條深色毛巾，他一邊側身往左轉開，一邊好奇地盯著你，但沒走兩步又倏地煞車、回頭，改從你的前面切向右邊，一樣的注目禮、一樣濃厚的興趣。他在些許躊躇之後，消失在小沙丘後面。

他是你前幾天在某個石巢裡看到的那個人嗎？可是那時他不是一個人。

你尿畢，渾身舒爽地顫抖了下，然後重重搖甩，才將短褲、內褲一併扯掉，快快跨前幾步，開始順時鐘繞著小沙丘找尋他的蹤影。

放眼無人，本以爲他不見了，後來才發現他正坐在面海的低矮石巢裡，左腿三角豎立，右腿彎曲貼地。

他揚眉看你，臉上露著驚喜，你回他一笑，便走過去把毛巾鋪在他的右手邊，然後一屁股坐下，雙腳擺出與他一樣但對稱的姿勢。

兩人都有起色，你們便互相搓握。但因一對男女自你右側經過，你忙縮手，他卻繼續抽抓你的，像完全不甩有別人在場。你看他如此專注、迷戀，都要以爲他的下一個動作就是吸你。

並沒這樣。

他像在評量你的實力，或在確認你是否健康，可是在檢視的過程中，他又依舊硬挺——粗圓、不長、很白，去包皮的龜頭並非粉紅——，像眞的很喜歡你。

總算研究完畢，他終於從你的下體鬆手：「我說德文、法文、英文、義大利文、還有荷蘭文，你呢？」用的是英文。

你以英文回答：「啊，這麼多！我只會說中文、法文，和英文。你是語言學家嗎？」

「不是，但我住瑞士。」他選擇使用法文。

「怪不得。」

「你一個人來這裡渡假嗎？」

「不，我跟我的朋友一起來。」

「男朋友？」

「對！」

「他知道你……？」

「噢！我們很自由。他在那邊的沙灘，離這裡很遠。」你抬臂指向右側，然後轉頭問：「你呢？你一個人嗎？」

「我已婚，跟我的太太一起來。」

「太太？那她人呢？她知道你……？」好像眞是那個人。

「我們都很開放。我喜歡到處走動，她則比較喜歡曬太陽，現在應該躺在某個沙丘上。」他往左側概略揮了揮。

他低頭沉思了會兒，問道：「既然是同志，你見識過女人嗎？」

「呃，還沒。」你有些不好意思。

「想不想試試？」

你的眼睛突然亮了起來：「當然想啦！」根本就是夢寐以求！但你不想說得太急切。

然後，他拍拍你的腿說：「如果你有興趣，就站在我太太面前；她要是對你有好感，就會這樣比比手，你就可以靠過去。」掌心側向內勾，重複一次，正是幾天前你看到的那個手勢！

「至於她會不會看上你，我無法左右，一切就看她了。」交配大權操在雌性手裡，這多像鳥類的世界啊！你有足夠華麗的羽冠嗎？

男子說畢，便朝大海走去，還用毛巾遮著下體，並沒有等你，或引領你。你不甚理解，剛剛他爲你勃起，代表的是什麼意思？這番對談，終極的目的又是什麼？

你狐疑地站了起來，才發現先前那對男女並未遠離，他們正在沙丘的陰影中吃午餐。

你緩緩循著木樁、粗繩，逆時鐘繞圈，朝一個個沙丘上的石巢探看，找尋落單女子的身影，一邊思索是不是眞要採取行動。來到與另一個沙丘群交接的地方，你僅瞇眼瞭望，並沒走近確認。

這邊的十幾個石巢，大多被占據了，通常都是兩個人，只有兩、三個僅一個人，但因爲躺著，而且被黑石遮住了，除非爬上沙丘，不然看不清是男是女；可是若眞毛毛躁躁衝上去，未經許可，那不就是入侵了？

你不禁懷疑，剛剛是不是聽錯了，或者被男的放鴿子？不知道長相、地點，你這個小白哥怎麼找得到降落的所在？你便開始搜索男子的蹤影，想向他求援，不然又只能不了了之了。

你不一會兒就在沙灘上找到他，原來他下水游泳，剛上岸，正在擦拭身子。他的個頭跟你差不多，線條直直壯壯，很白，沒有肥大的肚子，但不知爲何就是洋溢著親切感，像很熟的朋友，你能卽刻在人群中把他揪出來。

見你朝他走來，他一邊搓撥頭髮一邊高興地問：「怎麼樣？」

「我不確定你的太太在哪裡？」

他指了指近處的沙丘：「就在那邊啊！我還以爲你知道呢！……看到沒？」

「看到了。」

「好，那就趕快過去吧！」

「待會兒見。」

你轉身就要邁步出征，他拉住你，指指眼睛：「注意勾手邀請的動作。祝你好運！」

「謝謝！」

風蕭蕭兮易水寒，壯士一去兮不復還。

你慢慢蹭到女王——當然不是太后，或小公主——所處的沙丘底下，靠著木椿深呼吸。

你心裡明白，隔著黑石、植物，又位在高處，除非她起身張望，不然絕對看不到你。但是男子的目光仍黏著你，你騎虎難下，你也知道不能這樣躲著，不論如何，你得有所行動，給自己、給他一個交代。

別再撐了，這個動物界最基本的行爲，不正是你企盼已久的人生經驗嗎？

是不是就像得用法文打電話詢問一件重要的事一樣，你雖在心裡如此這般準備、模擬，仍怕交談時某些語句沒聽懂，又缺乏影像協助，而不知如何因應，所以遲遲不敢拿起話筒。可是往往線路一通，在問與答之間，訊息便順利得到交流，過程完全沒有想像、排練的困難？

你硬著頭皮，摸著繩索越過兩根木椿，然後若無其事地回首。可是僅這樣瞇一眼，你就知道必須後退，因爲距離石巢約有十幾公尺，哪能看清楚細節？你轉身往回走，停在半途，估計不遠不近、恰到好處，便朝崇高神聖的金字塔，撥開被毛巾遮覆的身軀，以大衛的姿勢站定，除了像備戰，決心打敗巨人歌利亞（Goliath），也儘可能提供女王關於你最完整的資訊。

你突然想到：到底歌利亞象徵的是異性戀社會，還是女人的世界？我眞的能將他搏倒嗎？

等待。一秒、兩秒、三秒……

冥思中的女王，恰好睜開了雙眼。由於石巢略略傾斜，往下看時，她在倒八字的雙腳間，發現了一尊雕像，正定睛望著她。她突然如通電的機器人，左手微微內勾了兩下，活了起來。

是了，就是這個暗號，明白無誤。

一系列的動作，是否將如預期，一一對你展開？

你像接獲指令，微笑、半蹲、側身，從繩下穿過圍欄，走入禁區。

動物在關鍵時刻，生死繫於一線，牠要嘛選擇應戰，要嘛夾尾逃跑，一切聽任直覺，不能猶豫。

你雖選擇應戰，卻有些力不從心。不過，敢去嘗試，已算不錯，該給自己一個愛的鼓勵，或……熊抱？不！若真的被毛茸茸的胸膛與臂膀*hug*一下，你可能又會跌回同個窠臼，必須小心避免。

如此的經歷，雖是人生重要的一章，你的記憶卻含混、跳躍，不太能釐清發生了什麼事，以及先後順序——畢竟這不是縝密計劃的結果，你被接踵而來的狀況推著走，窮於應付，無法靜心思考。

這就像情緒激動地與人爭吵之後，你根本沒能一字不漏地重複對方說了哪些話，心中只是存有那種不悅或被誤解的感覺。

倘若感官與心靈，是兩台全年無休且同步的攝影機，該多好！那樣，你就可以對事情的生、發，做出精準的分析和陳述。

不用說，現實是另一種樣貌。

你一方面忙著即興演出，非常投入，一方面又站在一邊當觀眾，相當抽離，所以你始終在熱與冷、瘋狂與理性之間轉換。過程中，繁多的資料不斷傳送、辨識、存入、讀取，疏漏與錯亂，在所難免。

你只好憑著片段的對話、感受到的氣氛，配上相對應的動作和想法，再按因果邏輯，於時間軸上重新擬出大概。

也就是說，你所能整理出的情節，看來順暢、清晰，雖不是假象，卻已是再創造，但你儘量做到忠實。

爬上小丘，你才發現石巢比想像的寬敞多了，上頭鋪了舒適的布巾，正方形，估計可以擠三個人。是位苗條的女性，稻草色的頭髮盤在腦後，白白的皮膚，有著淺淺的雀斑。

「你好，我可以進來嗎？」你禮貌地用英文問道。

「當然！」手掌攤開，做出邀請的動作。

你將拖鞋擱在黑石外，踩上布巾，扯下肩上的毛巾，鋪在她的旁邊，然後面向她側躺。

「你會說法文嗎？」啊！是雙藍色的眼瞳，微藍的眼影更襯托出眼神的深邃。

「一點點。我主要說德文和英文。」

「來這裡多久了？」

「快一個禮拜了，明天就要回去了。」

「這麼快。唉！歡樂的日子容易過……」，歲月如水奔流，歡樂的歲月如流，光陰一去不回頭。

「是啊！」

「有去參觀嗎？」

「沒有，就到海灘。我是跟先生一起來的。他喜歡游泳、散步，我則喜歡看書、做日光浴。」

「我知道，剛剛有碰到他。」

「碰到他？」她似有些驚訝。

「噢，對，我們聊了一下。」

「他有跟你做什麼嗎？」

「……就只稍微碰了下。」唉呀！是不是說溜嘴了？她知不知道先生也有一點這種傾向？……還是他不過是個誘餌，在替她的探險鋪路？

「啊！你看，他正好就在那邊。」你高興地朝正前方三、四十公尺外的他揚起了下巴，還差一點熱情地與他招手。

他正擰著毛巾，在狂風的吹拂下，往海的方向疾走。可能是怕壞了你們的好事，他僅微微朝你們這邊一瞥，像什麼都沒看見，便消失在一座座沙丘後面。

你突然意識到，你這樣談她的先生，好像你跟他很熟似的，在某個領域，甚至比她還熟，確實有些忘了自己的身分。

可能是獲得她先生的默許，或者說安排，在這段開場白之後，彼此的關係起了變化——你竟將左腳架在她的兩腿之間，開始輕撫她小巧鬆軟的乳房。

這個動作是如此自然，與其說是因爲好奇，或對異性戀行爲的模擬，不如說是一種親密的表示。

你的手先在她的乳頭上轉旋，然後落入乳溝，再不急不徐地往腹部和肚臍前進，最後宿命地停在三角地帶，卻沒顫慄或呼吸急促。

你將食、中指伸入她的體內，輕輕撩撫，她開始斷續哈嘆，一如小貓在滿意時發出的呼嚕聲。

到底是觸到哪個部位，你不太清楚，但心中的疑問是：怎麼這麼濕滑?!

這濕滑又分潮濕度與流動性，完全超出你的想像。

你在興奮時，獨眼小巨人釋出的淚水，第一量沒這麼多，第二沒這麼液態，也就是比較乾黏。

是所有的女人都這樣嗎？因爲女人是水做的？還是她是特例？或者她這麼潤澤流淌，跟你有關？

曾經聽人說，沾了女人淫水的酸梅，含在嘴裡，滋味之甘美，讓人頹廢。

《感官世界》裡，在女主角陰道塞了顆去殼的水煮蛋，卻不小心鑽了進去（是跑到子宮去了嗎？）。好不容易像尿尿或排便般擠出時，完好掉落乃至反彈的模樣，眞像母雞下蛋。

而溫泉區擺放生魚片的女體盛，其佐醬如何鹹濕、甜辣，不得而知，但內容與器皿搭配得如此合拍，應該讓食與色更相得益彰吧？

這也讓你想到一家日本料理的商標，表面上是一條細長的魚，如火箭般矗立，尾巴則呈翹鬍子狀，是兩彎美麗的圓弧，整個一筆成形，最後才在頭的上端點出眼睛。但是魚目混珠，仙女棒這樣輕輕一點，結果非同小可——魚眼突然變成陰蒂，人們吃食的竟是雙腿敞開的女陰。魚不再是魚，是性；魚還是魚，美人魚。

觸覺的探險，讓你回到當下。指尖揉轉的縫穴，開口緊狹，壁面披著水簾，脹綳如海綿，或如虎咬豬的刈包皮，上頭還有鬍渣般的微刺，這些對你而言都很陌生。

但僅這個經驗，卽讓你猜疑，女人用肉毒桿菌或玻尿酸充塡、打造的嘴巴，腫腫飽飽，就是爲了引起男人

對陰唇不由自主的遐思與渴望嗎？

才在想著，她將手指按在唇上：「你在意……？」她是要我……？

「對不起，我沒經驗……」

「沒關係。」

她伸手過來，滑過你的胸膛、你微凸的肚子、你的小腹、你毛髮修短的下體。

面對如此溫柔的撩撥，你卻太冷靜。而且，你越是質疑你到底怎麼了，你的腦子與陰莖的距離就越遠，甚至斷了線。

「我可以親它嗎？」

「沒問題。」

你平躺，張開雙腿，把自己交了出來。

你將左手枕在頭下，露出不甚茂密的腋毛，幽幽望著藍天下停佇的白雲，以及某些地方厚重的陰影。

她跪坐，向前傾身，含舔你的陰囊、啄吻你的陰莖。但你似乎並未完全鬆手，或者你心中的芥蒂還沒解除，你的胸腹依舊平靜無波，仍在酣睡。

你在她服務的同時，帶著柔情、帶著感謝，輕輕撫摸她細細的金髮、修長的脖子，然後順勢溜過她瘦瘦的背脊，來到屁股縫，再次探入濕潤的所在，引起她上下的蠕動與痙攣。

然後，你的下體變成一包即將成熟的玉米，任她翻轉、啃咬，一粒粒吞吃。但她僅偶爾吸吮你的龜頭一下，謹慎、秀氣，像怕得病，但又忍不住。可能就因爲她的動作不夠粗率、大方，而且不持續、集中，你就要昂然勃起，一不小心沒掌握好，又軟弱下來。

你的身上似有重重阻隔，血液一直流不到該流的地方。

究竟哪裡不對？是因爲她的毛都剃光了、皮膚太細、無體味、不夠狂野、下流？還是因爲含弄的嘴巴沒有圈著鬍子，少了刺刺癢癢的快感？

這個要硬不硬的現象反覆幾次，直到你終於快能榮耀她時，她問：「你有保險套嗎？」

「有。」

你撐起上半身，從短褲口袋搜出一枚，撕開，捏在手上備用，小弟弟卻因注意力小小的移轉，再度疲軟垂萎。

你只得請求：「你可以再幫我一下嗎？」

她又低頭努力，你則閉上眼睛，把信號刻意放大，以龜頭尖體會舒爽的感覺，還誇張地扭動腰枝，衝入她的喉中，尋找神祕的痛點。

你並沒有變得極雄壯堅硬，感覺卻要出來了，你只得趕忙止住她的廝磨，翻身而起。

出乎你的意料之外，你竟熟門熟路地掰開她的雙腿，趴跪在她的性器前，開始恭敬地膜拜。

法國的兒歌：Sur le pont d'Avignon, l'on y danse, l'on y danse…，在耳畔響起，但歌詞已被你篡改爲：Sodomie, fellation, cunnilingus, cunnilingus…，亦即「雞姦、吸屌、舔陰、舔陰」，剛好與「在雅維儂橋上，我們跳舞、我們跳舞」，有著等長的音節——這是你以旋律記字的一個特例。

凸拱的形狀與大小，像嵌在兩腿間的水蜜桃，割裂的細縫則像開心果，因毛髮全刮盡，並不像惹人愛憐的小貓，倒是很像供男人自瀆的陰道杯，或者中間劃一刀的雞胸肉。

你沒特別撥開觀看、研究構造，你只是撲上去，伸出舌頭閉目舔了又舔，再舔，像鑿井取水，一鏟又一鏟，沒完沒了；正因爲沒毛，不用撥開草叢，貓不再是貓，brouter la chatte（像牛吃草一樣舔貓）、bouffer la chatte（狼吞虎嚥地啖貓）等用語，就不再傳神。

你甚至不曉得是否舔對地方。

映入眼簾的是約略一點五公分長的薄片，像生蠔被撩開又閉上，周邊褐紅，那是陰蒂嗎？至於什麼是大陰唇、小陰唇，因沒有敞開、沒有鬆皺的皮層，你無法區分。

你有個疑問：陰莖可以獨立於臉孔之外，任人凝視、翻弄、驚嘆；陰道在絕大部分時間，尤其是電影中做愛的場景，都只是一個以手摸索的塞入口、一個內隱的空間，男人瞄都不瞄一眼，除了狂烈的抽撞，把女人捅得腦震盪，頂多只將目光落在她精心勾繪的面容上。爲什麼呢？

是因爲女人的性器不美，經不起各個角度的品評、欣賞嗎？

更諷刺的是，女人的嘴唇還得塗上接近陰唇內側的顏色，經由此唇導向彼唇，提醒男人在前者的視覺之外，還有後者的觸覺與味覺？

有一部廣告，總要把褐黑粗大的冰棒送入紅唇，然後特寫女人舔吮、陶醉的表情，還在抽出時將嘴皮往外捅拉，性意味實在太濃了、性器的指涉也太直白了。如此的片子，女人怎麼敢拍，還佯裝無知？這樣的冰棒誰來享用？肯定的是，你絕對拒買。

你雖有些分心，但沒忘了舌上的工作：舌尖挑逗，舌面掃蕩；她或拉住你的頭，示意你繼續舔弄，或推開，要你即刻停止，有時緊繃按奈，有時鬆口呻吟，如間歇泉階階增溫、級級加壓，不斷醞釀、積累。

但你漸漸因爲講不清楚的味道——既不像蝦，也不像尿，倒是有點像不甚新鮮的奶酪——，感到微微作嘔，不得不收起舌頭。

可能是意猶未盡，見你停下動作，她問：「你可以趴在我的身上嗎？」你喜歡她主動提出要求。

「這樣嗎？」你抱著她的頭，緊緊地貼著她的身體，把六十三、四公斤的重負，全獻給了她——你體會過這種感覺。

她抓著你的「愛的把手」，讓你的身體在她上面前後划動，越來越急，越來越猛，儘管沒有堅硬的東西在那裡頂進，她仍不時確保你不會裸騎入關。

她的喔叫越來越密、越來越渴切，手臂也越箍越緊，你則牢牢抱住她的頭，激動、感動地親她的臉，直到她再也承受不住、放聲哀嚎爲止。

到底發生了什麼事？僅在你的體重下手淫，就能達到高潮嗎？還是她沒動手，一切全憑想像？她那裡有泉流激湧嗎？

你忘了檢視，只覺得結束是好的，因爲這樣的拍擊，沒有女性性器的防震、保護、潤滑，把睪丸碰壓得有點痛。

所以，拍打睪丸會疼的不在乎（Je m'en bats les couilles），還是需要訓練的。

「對不起！讓你失望了。……這是我第一次跟女人在一起，我還有一些*blockages*（障礙）。」你自己主動招認。

性經驗的渴求和性渴求，畢竟是不一樣的。前者是你跟她的關係，後者是你跟她丈夫的關係。

「第一次？眞的？不會吧?!……可是我覺得很棒！」

你不敢置信：「眞的？你眞的覺得很棒、很舒服？」你需要被肯定。

「是啊！我不是才告訴你？」

你還是懷疑她在安慰你：「……我還不習慣女人的身體，所以很笨拙，有了這個經驗，下一次應該會好一點。……對了，妳叫什麼名字？」總該知道並記住夏娃的名字吧！

「Nadine。」

「Nadine，有特別的意思嗎？」

「源自斯拉夫文，代表『希望』。」

「『希望』，眞好！」杜象的煤油燈，映入心眼，旁邊劈腿的正是無毛的女體。

穿越性別的圍籬是你的希望，你卻曾是藝術學院一位已婚同學的希望！好像人們內心的渴求，是互相交叉的。站這一邊，想那一邊，坐那裡，覬覦這裡，總是對自己的境況不滿意。

「你呢？」

「我叫文彰，幸會。」

可能是發音對歐洲人來說太難重複了，她沒窮究這兩個字的意義，反而問：「……我很好奇，請問你幾歲了？」

「五十六。」你這一答，才發現打十六歲起，你竟艱辛地爬了四十年，才終於來到異性戀的籬邊，眞是晚發得無可救藥！但總比完全不發好吧！

「啊！不可能！五十六歲，怎麼身體還這麼年輕、光滑？你是怎麼保養的？還是你有做什麼特別的運動？」

「運動？就走路而已，我的朋友還嫌我太胖了。」

「怎麼會！你這樣剛剛好，不像一般中年人，眞令人羨慕。」

羨慕？她的話讓你想到林清玄的冰凍玫瑰，因爲某個理由，有意或無意地暫緩正常的代謝。你的理由是什麼？外觀能長保青春，你該感到慶幸，還是悲哀？但若與馬丁姣好的體態相比，你眞的只是小巫見大巫。

「那妳呢？妳幾歲了？」好像不該問女人這個問題，但話已出口，收不回來了。

「我……已經四十八歲了。」

可能是因爲瘦的關係，她看起來其實頂多四十歲。

「眞是bel âge（花樣年華）！」你胡亂找話搪塞，但又有點意有所指：要到這個年紀，才能做自己身體的主人，不怕主動展現女性慾求、挑選性交對象——女人四十一枝花。

「啊！bel âge！」她重複你的說法，若有所思地點點頭，顯然聽過這個法式表達。

停頓了會，她眞誠而關心地問：「既然沒碰過女人，你不會想在這一生中，起碼徹底做一次？總該知道感覺怎麼樣吧！」

做全套，aller jusqu'au bout（直攻到底），將陰莖挺進陰道，被女體包裹、疼愛，眞有這麼難、這麼神奇？

「想啊！怎麼會不想！」唉！只差臨門一腳，未能達陣，眞可惜。

「……如果你願意，吃過午飯，我們在五、六點時還會再來，你可以到這裡跟我們會合。」

「好啊！……但是最好有你的先生在，他有經驗，可以教我。」

畢竟她的老公能爲你勃起，你也可以因他堅硬，有了他的刺激與助興，一切將會不同。之後，你可以乘勝追擊，直搗黃龍，滿足她的慾望。也就是說，他是你從同性戀走向異性戀的邀請與過渡。

「好點子，那或許就待會兒見啦！」

拾起毛巾、褲子，以及開封卻沒派上用場的保險套——物質確已備妥，但是心靈仍待調適——，男版的維納斯從巨大的貝殼中站了起來。

奔下小丘，環眼四顧，不見她先生影子，你便朝M所在的Maspalomas沙灘走去，恰好與返回住處用餐的人潮，逆向而行。

他們著裝，你赤裸，卻不覺得羞赧。

你的下體，經過Nadine的疼愛，在陽光下熠熠生輝，彷彿鍍金。

儘管有一點遺憾，你仍挺胸翹臀，大步向前，像隻驕傲的*cock*（是公雞，也是屌）。

潮水已退，你在平濕的沙上，一步步踩下新的腳印。

未來會如何，你一無所悉，你的人輕飄飄的，有如走在雲端（être dans les nuages），頭還冒著金星，感覺不太眞切，好像剛走出電影院，怔忡迷茫，一時仍無法分辨看到的究竟是現實，還是幻象，也不確定這是自己的體驗，或別人的經歷？

你的性取向難得曖昧，你不急著釐清，就讓自己在混沌的狀態，懸浮久一點吧！

你邊走邊回味第一次在「灰度」上漂移的忐忑，想像青少年在轉骨時身上產生的痠痛。

這個經驗，雖然遲來，大大的遲來，總比不到好！

至於，這個屬於個人的成長，有必要向M坦白嗎？還是偷偷找個牆洞封存算了？

你打算先走著瞧，誰曉得新的足跡烙得多深？會不會腳才剛提起，濕沙即已如海棉般恢復原狀，一切不過是一場淺淺的夢，像不會發生？

彈簧腿跳著躍著，天色突然變了——太陽被烏雲遮蔽，風越刮越大，氣溫驟降，你感到有點冷。

空氣微濕，海那邊一片灰濛，似已落雨。黑壓壓的威脅，由遠而近，可能整個下午也泡湯了。

剛剛的約定，是否仍然有效？

幾個小時之後，你的人生會有怎樣的進展和轉折？

啊！Nadine，我的希望！

國家圖書館出版品預行編目資料

哥兒們／白中黑 著. --初版.--臺中市：白象文化事業有限公司，2023.5
面； 公分
ISBN 978-626-7253-86-1（平裝）

863.57 112002824

# 哥兒們

作　　者　白中黑
校　　對　白中黑
發 行 人　張輝潭
出版發行　白象文化事業有限公司
412台中市大里區科技路1號8樓之2（台中軟體園區）
出版專線：（04）2496-5995　傳真：（04）2496-9901
401台中市東區和平街228巷44號（經銷部）
購書專線：（04）2220-8589　傳真：（04）2220-8505
專案主編　陳逸儒
出版編印　林榮威、陳逸儒、黃麗穎、水邊、陳媁婷、李婕
設計創意　張禮南、何佳諠
經紀企劃　張輝潭、徐錦淳
經銷推廣　李莉吟、莊博亞、劉育姍、林政泓
行銷宣傳　黃姿虹、沈若瑜
營運管理　林金郎、曾千熏
印　　刷　基盛印刷工場
初版一刷　2023年5月
定　　價　450元